子弹曲音不从耳侧呼啸，
令色彩斑斓之飞羽。耳上
的呐喊声非但没有渐渐
歇止，反而变得越来越热
烈，越来越沸腾。
林哪在脑海喧嚣且回头，
与上方江做目光相撞。
整个世所的声音如潮汐消
退，消散得干干净净，他们
放眠且长容得了彼此。

阿陇有肌

和江敛一起出道。

他想走江敛将要走的那条路，也想与江敛站在同一座金字塔上。

目录

◆ Part 1
　走错门　> 001

◆ Part 2
　记仇鬼　> 025

◆ Part 3
　跳个舞　> 055

◆ Part 4
　十七岁　> 087

◆ Part 5
　感染力　> 143

◆ Part 6
　鼻尖痣　> 177

◆ Part 7
　分宿舍　> 195

◆ Part 8
　修罗场　> 225

◆ Part 9
　双人舞　> 249

◆ Part 10
　防火墙　> 283

◆ Part 11
　成团夜　> 307

◆ 番外　> 333

PRACTISE

初评级

主题曲
《予你的光芒》

首次公演
《台风眼》A组

第二次公演
《丛林月光》

第三次公演
Time's Up

第四次公演
《预言家》

成团夜

CONTENTS

他们一起看过凌晨的夜空,也一起看过天亮后的晨曦。最后在太阳闪耀而又灿烂地升起时,起身去迎接决赛和成团。

"复刻别人舞蹈的人不能被称为跳舞的人,
只能叫作跳舞的机器。"

"机器没有感染力,但是你有。"

"你可以用你的舞蹈去感染你的粉丝。"

"所以,从现在开始,
你需要想办法用你的舞蹈来感染我。"

……

"你明白了吗?"

TOP 2　　TOP 1　　TOP 3

PART 1

走错门

01

林椰在街边烤鱿鱼串被星哥看上的时候才十七岁,那人买了五十块钱的鱿鱼串,趁他拿辣椒粉的时候在身后碰了碰他的肩背。林椰以为是精神病院里跑出来当街骚扰他人的病患,便将一瓶辣椒粉朝对方身上撒去。

后者左躲右躲,辣椒粉落在崭新笔挺的西装上,也不生任何恼怒,只笑眯眯地问他:"你是不是学过跳舞?"

林椰说学过。

小时候爸妈还在的时候,家里不缺吃、不缺穿,长辈望子成龙,林椰什么都学过,钢琴、吉他、画画、跳舞,样样都学了好几年,直到几年前他爸妈车祸去世才作罢。

星哥捏着五十块钱的鱿鱼串在路边吃到天黑林椰收摊,才靠近去问他:"你是不是很缺钱?"

林椰和年迈的奶奶住在一起,虽然不是很缺钱,但也不够他继续上学。星哥看中了他独特的气质,一张嘴将出道做偶像、月入百万元不是梦说得天花乱坠。林椰尚未真正踏入社会,偏偏就缺了那点明辨是非的能力,似懂非懂地跟着星哥走了。

从基础开始林椰一学就是两年。

林椰拿着基本工资,省吃俭用地寄给奶奶,且只有逢年过节才有机会回家。林椰渐渐明白过来,与其把时间耗在这里,不如继续回家开路边摊,每晚收摊以后还能回家和奶奶吃饭。

公司合同年底就要到期,离年底还有三个月的时候,林椰的奶奶因病住院了。林椰向公司请假,公司看出他有想走之意,绝口不提合同到期的事,甚至还丢出另一份合同给他:"你签了这个,我现在就给你放三个月的假。"

林椰没有说话。

领导又说:"你家里人不是生病住院了吗?缺钱可以向公司借。"

林椰听了，二话不说就签了。

拎着行李箱进医院病房的时候，林椰还高高兴兴地对奶奶说："等明年我集训完，就可以回来陪你了。"

谁知道老人却没能熬过这一年，甚至都没能熬过这个严冬。

林椰料理完老人的后事，将家里四处铺上防尘布，又拎着行李回了公司。

元旦过去以后，工作室将他同其他三个人一道都送去了公司组织的集训的小岛上。

集训时宿舍是以工作室为单位来分的，林椰和自己工作室的人住在一起，同宿舍的还有另一个工作室的两个人。

公司想要通过选拔的形式挑选优秀的学员成团，集训的形式是百里挑七，一百个人中只有七个人能够组团出道。所有人的去留权皆握在现场观众手中，每次公演都会选择一千名观众到现场参与投票。对于学员来说，实力和镜头同样重要，因此工作人员为了培养学员的镜头感，将学员们的集训及日常生活拍成花絮，并在每次公演前播放给现场观众。上岛第一天，五个室友连同隔壁宿舍的选手都兴致勃勃地去食堂里偶遇导师，唯独林椰躺在上铺蒙头大睡。

他不想晋级也不想出道，只想快点回家。

在工作室里和林椰做了两年室友的夏冬蝉帮他打包了饭菜回来，中途五个人都被拉入另一间宿舍玩狼人杀，夏冬蝉抽不开身，打电话报出宿舍号，叫林椰自己过来拿。

林椰在床上玩了一会儿手机，才下床开门出去，循着记忆从走廊上一路找过去，最后停在对面的一间宿舍前，敲门走了进去，抬眼却撞见两人：一人以手撑头坐在沙发上；另一人垂头站在那人面前。

林椰冷静地道歉，要关门退出时，却看见坐着的那人，抬起线条漂亮而凌厉的下颌，看了自己一眼："长成你这样的我还看不上，门口那个也只是勉强能入眼。"

站着的那人循声朝他投来目光，漂亮的眼尾染上明晃晃的敌意。

林椰微微一愣，心底泛起些微的不适，却也不想无故生事端，后退一步就要走开，后脚跟却踩上身后人的鞋尖。

他转过头去，这才发现还有一人双手抱胸站在门外，眼里带笑一声不响地看热闹。

林椰转身绕过看热闹那人朝外走，上岛以来所见过的各式各样的帅气轮廓在脑海中交织闪过，最后定格在门内沙发上那人抬起的下颌和扫过来的眼眸。

下一秒，电话铃声适时响起。

林椰接起电话,在夏冬蝉"来了没有"的询问声里加快脚步,转而将刚才的插曲与那人抛到了脑后。

02

　　隔天要录制初评级舞台内容。
　　林椰和三个队友到舞台对面的阶梯座位入座时,有个人站起来朝他招手,笑眯眯地喊他:"勉强弟弟,坐我旁边来吗?"
　　林椰想起来那人是昨天他走错宿舍时,站在他身后看戏的人,也想起了那句"勉强能入眼"。
　　他不太想坐,队友的屁股却落得比谁都快。
　　林椰只能跟着坐下来,然后被夏冬蝉拽过去"咬耳朵":"你怎么会认识明让?"
　　林椰说:"昨天中午去找你拿饭,走错宿舍了。"
　　夏冬蝉露出了然的神色,用眼神示意坐在明让另一边的人:"他好像是陪江敛一起过来的。"
　　林椰顺着他的目光看了一眼,这才把人和脸对上号:站在身后看戏的是明让;说他"勉强能入眼"的是江敛。
　　还剩下一个。
　　林椰环顾四周,视线定在往上走的漂亮男孩儿脸上。
　　夏冬蝉顺着他的目光望过去:"怎么了?他你也认识?"
　　林椰摇了摇头,说"不认识"。
　　夏冬蝉迟疑了一瞬,继而自言自语道:"这是栗沅吧,妆好浓啊。"
　　他们队的出场顺序很靠后,所有的表演评级中,长得好看的人太多,实力不差的人也太多。林椰整场看下来,除去同宿舍的其他五个人,以及昨天推错门见到的那三个人,剩下一张脸也没记住。
　　江敛和明让下场时,夏冬蝉甚至在旁边看得哇哇大叫:"好帅啊,两个人帅爆了。"
　　林椰将自己被捏得皱巴巴的衣袖解救出来,懒洋洋地靠在椅背上没有说话,目光却不动声色地落在江敛脸上好几次。
　　轮到他们下去热身时,明让还将头枕着双手,坐在座位上朝他促狭挤眼:"勉强弟弟,加油啊。"
　　林椰礼节性地扯出一抹笑,很难得地听见明让旁边的江敛开金口,嗓音淡淡，却很好听："你这张乌鸦嘴，别是一开口就加倒油。"

明让的乌鸦嘴再加上江敛的减益辅助，最后果然不如人意，三个队友一排 B 等级刷过去，到林椰时连降两级变成 D。

明让坐在席上笑眯眯地开口问："沈 PD（沈制作人），你是不是念错了？毕竟字母 B 和字母 D 的发音也挺像，我上学那会儿在考场上和我兄弟讨论答案，就经常听不清是 B 还是 D。"

席上哄然一笑，导师们也都笑了。

明让这才摆摆手说："别收别收，免得播出去。"

沈 PD 轻咳一声，言归正传，当场点名林椰："你的态度呢？我没有从你的舞蹈中看到你的态度。"

林椰耷拉着眼皮虚心受教，并不反驳。

沈 PD 问："你的梦想是什么？你现在努力的方向是什么？"

林椰想了想，说："我的梦想是陪在我奶奶身边。"

"你是我听过的第一个说梦想不是舞台的人。"沈 PD 很温柔地笑了，"既然这样，你就要为了将来能够陪伴在你奶奶身边而努力，为给你奶奶更好的生活而努力。"

旁边三个知情的队友皆露出尴尬的神情来，林椰弯下腰鞠躬，说"谢谢 PD"，却没有说"我会努力"。

初评级舞台录制结束以后，所有人回宿舍里换班服。

赛训组在微信群里通知，半个小时后会有人过来没收手机。林椰寝室六个人坐在床边闲聊，微信群头像上的红色数字不断跳动增加，却无人注意。

同寝室另一个工作室的杨煦坐在床边问林椰："你该不会也是被逼着过来的吧？"

林椰道："你是？"

对方没有立刻回答，只扭头看向角落："摄像头应该还没开吧。"

林椰想了想："摄像头打开前会事先通知我们。"

杨煦才点点头，苦着脸道："我是啊，我一点也不想来这里受罪，是公司非要让我来的，说什么已经选不出其他人来了。我现在只想早点离开这里，去吃火锅和烤串。"

夏冬蝉冷不丁地插嘴："可是评级的时候，PD 还夸你是你们队里态度最端正、最上进的那一个啊。"

那人不说话了，低下头去摸手机，假装没有听见。

林椰朝夏冬蝉的铺位上一靠，不在意地开口："我也想早点淘汰回家。"

宿舍门却骤然被人推开，江敛朝里走一步，冷淡地道："想早点回家不一定要等淘汰，你可以直接选择退赛。"

想起自己还欠公司的钱，林椰没有说话。

江敛率先走向他，朝他摊开掌心："拿来吧。"

林椰翻身从床上坐起来，不明所以地仰起头来："什么东西？"

那边明让已经停在其他人面前："不好意思啊，各位兄弟，导演让我们过来收手机，麻烦大家都配合一下吧。"

见林椰盘腿坐着没动，夏冬蝉赶紧将自己的手机送入江敛手中。

江敛收了手机，转头递给旁边的选管（选手管理人员），又垂首望向床上的林椰。

林椰心中还堵着对方先前那句话，明摆着不怎么愿意配合，舒展双腿极为敷衍地在身上摸索两下，抬眸扯开唇角望向江敛："这会儿我也记不起来手机放哪里去了。"

江敛扫了一眼他牛仔裤口袋鼓起的形状，轻轻一哂。

林椰被江敛笑得一愣，回神时，江敛已经伸手朝他的裤子口袋探去。

不过是眨眼的工夫，江敛就已经从他面前退开，指尖还夹着他的手机。

林椰略略抬眸，目光触及江敛那张脸时，嘴唇动了动，最后还是沉默下来。

跟在江敛身后的选管忙不过来，江敛转身从桌上拿了空信封装好手机，俯身替林椰在信封上写下他的名字。

意外于江敛怎么会知道他的名字，林椰漫不经心地望过去，字迹刚劲漂亮，力透纸背，看得他挪不开眼。

明让却侧头提醒对方："名字写错了吧？"

林椰这才发现江敛把"椰"写成了"耶"，心中那点意外骤然荡然无存，从床边起身走过去："不是这个'耶'。"

江敛将笔递给他："你自己来写。"

林椰从江敛手中接过那支笔握在手中，对着信封上的字迹却觉得有些无从下手，并无其他原因，只是自己的字写得并不好看。

先前拒交手机的气势此时散得一干二净，林椰站在江敛身侧，心中倒是无端生出了羞于在江敛眼皮下将自己的字留在对方的字迹旁的念头。

他不由得抬头，看向江敛道："还是你来写吧。"

江敛走近一步，伸手握住笔，嗓音淡淡落下："怎么写？"

林椰下意识地侧头，抬手捏住自己的耳尖轻揉："加一个'木'字旁。"

江敛点头淡淡道："松手吧。"

林梛闻言，略有些失神地偏过头来问："什么？"

"笔。"江敛又是一哂，视线落在林梛握笔的那只手上，"你不松手，是想要我教你写字吗？"

林梛一顿，视线从江敛带笑的脸上滑过，面不改色地松开手退后一步，仓促中，手背却撞在了对方的手腕上。

林梛背过身去，仿佛上一秒碰过传染源般，抬起另一只手在手背上轻拍了两下。

03

下午全体集合，沈PD当场发布学习本次集训的主题曲和等级再评定的任务。

主题曲的名字叫《予你的光芒》，唱、跳都在中等难度，赛训组给出的学习时间为三天四夜。

学员们一片哗然，待原地解散以后，纷纷勾肩结伴去参观每个班的练习室。

夏冬蝉和其他两个队友留在练习室学舞，林梛上午跳舞出了满身汗，先回去洗澡，淋浴的时候洗了头发，换好班服出来找吹风机时，又不记得夏冬蝉把吹风机塞到哪里了。

他起身想要摸手机给夏冬蝉打电话，然后才想起来，手机中午就交了。

他抬手拨了拨湿淋淋的头发，发尖的水珠在他的动作中四处飞溅，落在他的睫毛和鼻尖上。

林梛打开宿舍门一间间敲过去，敲到昨天走错的宿舍时一顿，接着刻意跳了过去，却无一间宿舍有动静。

林梛没有办法，只好又退回来敲那扇被他"漏掉"的寝室门，本也抱着无人开门的准备，出乎意料的是，门很快就开了，开门的人还是江敛本人。

暖气扑面而来，江敛上半身未着寸缕地站在门前垂眸看他："怎么？你从第一间敲到最后一间，都没人出来给你开门吗？"

知道对方是在宿舍里听见了，林梛面上掠过一丝尴尬，很快又恢复如常："能借一下你们宿舍的吹风机吗？"

"进来吧。"江敛转身朝里走了两步，话里听不出是嘲讽还是建议，"宿舍温度这么高，你往暖气出风口那里一站，头发很快就干了。"

林梛无言地跟在他身后进门，见江敛路过沙发时，回头扫了一眼："把门关上。"

林椰转身去关门，回身时一块毛巾迎面砸在他胸膛前，林椰下意识地伸手接住，认出这块毛巾原来是搭在沙发扶手上的。

江敛的声音随之飘入耳中："把发尾擦干。"

林椰有些意外地抬眼，一句道谢的话已经徘徊在嘴边，却又听江敛道："不要把宿舍地板都滴湿了。"

林椰立即闭嘴，将道谢的话又吞回了肚子里。

他抓了怀里的毛巾要往头顶揉，入手却一片湿润。林椰略有错愕地垂眼，才发现毛巾中间有很大一块地方颜色偏深。

林椰面色有些一言难尽："你拿湿毛巾让我擦头发？"

江敛回头看向他。

林椰不着痕迹地皱眉："这块毛巾之前擦过什么——"

"头发。"江敛出声打断他。

林椰仍未反应过来："什么？"

江敛收回目光不再看他："毛巾之前被我用来擦过头发，你自己找边上干燥的部分擦一下。"

林椰这才面色稍缓，拿着毛巾在沙发边坐下。

那边江敛已经从柜子里翻出吹风机插在排插上，走到林椰身侧停下，弯腰去捡随手丢在沙发上的粉色班服。

班服的边角被林椰坐了身下，江敛抬眸喊他："屁股抬一下。"

林椰依言照做。

江敛将班服套上，叫他去排插前吹头发："头发在这里吹，吹风机不要拿走。"

林椰闻言抬起头来，目光掠向江敛腰边被自己压得皱巴巴的衣摆，随即站起身来，直直地对上江敛的目光，轻描淡写道："你放心好了，我没想要故意巴结你，更不会借着这种理由，三番两次地来和你套近乎。"

江敛闻言扬起唇角，目光流连在他脸上："晚上回来还要用，我怕你忘了还。"

林椰始料未及，继而镇定点头道："那就好。"说完，神情自若地朝前走。

"不过，"江敛在他后方冷淡地补充，"我也的确不打算和这里的任何人发展除队友和对手以外的任何关系，我最讨厌为了资源接近我的人。"

林椰推动吹风机开关的动作一顿，头也不回地反问："这种事，你单独告诉我有什么用？你应该去告诉那些想要利用你的人才是。"

04

下午学员在食堂里吃饭的时候,导演临时过来通知所有人,晚上按班级分开去不同的教室里录制和家人通话的环节,主要内容有两点:一是在通话过程中告知对方自己的初评定等级;二是说出再评定时自己的目标等级。

学员匆忙吃完饭赶回宿舍里洗头化妆,唯独林椰和夏冬蝉慢吞吞地享用完自助晚餐,又吃了人气高到晚两步就抢不到的饭后甜点,才回练习室里去练舞。

练习室中皆是只剩寥寥几个人,林椰穿着D班的班服跟在夏冬蝉身后晃入B班宽敞明亮的教室。

林椰盘腿坐在地板上,看向镜子中站在播放器前快进教学视频的夏冬蝉:"你们的教室比我们的要大。"

夏冬蝉按下暂停键,回头说:"那是因为你没有去看过A班,他们的教室才叫大。"

林椰双手后撑在地板上,舒展开两条腿,歪着头懒洋洋地接话:"总归不是自己的教室,无论去看多少遍也没用。"

"怎么会没用呢?!"夏冬蝉在他面前跪坐下来,神色兴奋地捧起他的双手,"就是因为去看过以后,我才更加坚定了自己下次评级要往上爬的想法。"

他望着林椰,眼睛里有光:"林椰,三天以后,我们一起进A班吧。"

林椰闭上眼睛仰躺在地上,没有说话。

夏冬蝉有一张与内心完全不匹配的脸。

与温柔且俊秀的五官大相径庭的是,他的心中有很强的欲念和野心,粗心的对手往往会对夏冬蝉掉以轻心。所谓扮猪吃虎,用在夏冬蝉身上再合适不过。

而他自己,大概也是因为从骨子里散发出来的懒散与不争,才和夏冬蝉越走越近的。

毕竟他进公司的初心是为了挣钱,而夏冬蝉进公司只有一个目的,就是出名。

晚上录制的时候,林椰排在很靠前的位置,被工作人员叫进去以后,却不到半分钟时间就出来了。

队伍中有其他学员面容忐忑地向他询问具体缘由,林椰也只扯唇一笑,很随意地说:"家里人都去世了,我没有电话可打。"

那人便说他傻,送到眼前的上镜机会不要,不知道先打给朋友,然后在导演问起通话对象时，借身世引起观众的注意。对方说着，露出一点得意的神色来："你对着镜头说你家里没有亲人可以通话，观众一定会呜呜哭着在屏幕前喊'是我的眼泪不值钱吗？''我真的心疼你啊！'"

林椰被他这副架势唬得愣了愣，最后回以对方一个敷衍的笑容，扭头去B班教室等夏冬蝉。

他运气还算好，过去时恰巧看见夏冬蝉进去的背影。林椰抱着双手靠在门边等，耳中听到另一边刚好叫到江敛的名字。

林椰转过头来，目光直直撞上迎面走来的江敛本人，本以为对方会目不斜视地从他身侧走过，却不想江敛脚步一顿，放低嗓音在他耳边道："穿着D班班服还敢进B班练习室练舞，胆子不小。"

林椰一愣，知道对方是看见了，亦神色平静地侧头，用气音反唇相讥："你家住海边吗？我进的是B班又不是A班。"

江敛不置可否，推门走了进去。

工作人员等在摄像机旁，从对方手中接过手机，江敛抬腿坐上拍摄背景前的高脚凳，先打给江家大哥，接电话的人却是秘书。

江敛直接开了免提，秘书的声音从手机中清晰地传出来："不好意思，江先生，江总正在开视频会议。"

江敛神色平静地挂了电话，又打到家中老宅，仍是开的免提，家中阿姨的声音亦很快响起："喂，是小敛吗？什么？找先生和太太吗？昨天的航班出国度假了，下个月才回来啊。"

工作人员皆是满脸憋笑的神色，导演只好用小采访来延长他在这个环节的时间，整个过程中一共问了三个问题。

第一个问题是："你觉得这些学员中实力能和你抗衡的人是谁？"

江敛答："明让。"

导演眼神微亮，故意将问题朝明让那边引："听说你和明让是从小一起长大的朋友，那么你们有没有私底下才会互相叫的昵称呢？"

江敛微微昂首，不答反问："这是偏私人的问题，我可以不回答吗？"

导演丝毫未料他半点面子也不给，被堵得哑口无言。与此同时，站在她身侧的人轻扯她衣袖附耳道："别问明让了，签合同时就说好不让江敛和其他学员捆绑宣传。"

导演面露不悦："和谁说好的，他签的工作室？"

"不是他工作室。"那人摇头，"是投资方，投资方也姓江。"

导演沉默片刻，最终放弃他和明让捆绑宣传的念头，挑了个比较中规矩的问题问:"除了明让,剩下九十八个学员里,你印象最深的是谁?"

江敛垂眸思忖,脑海中慢慢浮现出一个人的脸来。他屈起手指轻抵下巴,漫不经心地挑高眉梢。

导演不动声色地追问:"看样子是有人选了,所以是谁?"

江敛顿了顿,神色恢复如常:"夏冬蝉吧,他很勤奋。"

05

"夏冬蝉又是哪位?"通话录制结束以后,明让与他并肩朝教室外走。

走过全体学员的照片墙时,江敛停下脚步,目光从墙上一扫而过,最后屈起手指在其中一张照片下方敲了敲:"夏冬蝉。"

明让打量一二,指尖顺着他的方向从夏冬蝉照片上滑过,落在夏冬蝉右侧的林椰照片上:"夏冬蝉我不认识,这个勉强还能入眼的我倒是认识。"

江敛的视线在林椰脸上停留一秒。"夏冬蝉勤不勤奋我不知道,不过他勤不勤奋倒是一眼能看出来。我不说夏冬蝉,"他微微眯眼,"难道要在镜头面前说,除你以外最让我印象深刻的人是林椰,因为他最不上进?"

明让闻言,抚着下巴笑出声来。

隔壁教室的学员进出两三批以后,夏冬蝉才从教室里出来。他出来时,教室里另一位学员的录制进程已经过半。

林椰站在教室门外,门被夏冬蝉从里打开那一刻,教室中打开免提的通话内容如同流水般清晰地传入耳郭内。

那个学员的通话对象是爷爷奶奶,老人家双双上了年纪,听力皆不算很灵敏,学员不得不扯开嗓子在教室里大声吼,其间还夹裹着两位老人和蔼而宽慰的笑声。

林椰听得有点失神,不由得在心中想,假如此时他的奶奶还在世,自己和奶奶打电话的时候,大概也会是这样和乐融融的光景。

走出几步外的夏冬蝉奇怪地回头道:"林椰,你还站在那里干吗?"

林椰这才回神,缓缓吐出一口气,顺手将半掩的教室门带上,转身朝对方走去。

夏冬蝉叫他去 B 班练舞,林椰以进度跟不上为由拒绝了,回到 D 班时,已经有小部分人在跟着视频练舞蹈动作。

林椰站在队伍后,将主题曲的整套动作流程学了个大概,抬头一看挂在镜子前的电子时钟,时间已经跳到了晚上十点半。

此时教室里的人已经陆陆续续结伴离开，第一天往往不会有人留下来熬通宵。林椰推门去找夏冬蝉，B班还有不少人留在教室里。林椰没有进门，站在走廊上推开窗喊夏冬蝉的名字。

夏冬蝉从队伍中脱身出来，走到林椰面前，抬手抹一把额头上的汗水，微微喘气道："你再等我半个小时。杨煦他们刚刚回去洗澡了，你现在回寝室，也要排在最后才能洗。"

林椰点头："行，你练完以后来找我。"

夏冬蝉一边往回走，一边朝他比了一个"OK"的手势。

林椰转身欲往回走，余光不经意扫过走廊对面同样灯火通明的A班教室。他脚步微顿，转而朝A班窗边走去。靠近走廊这边的玻璃窗是打开的，林椰弯腰趴在窗台边朝里望去。

尖子生与"吊车尾"的差距一眼就能明了，他们教室还在学动作流程，A班已经开始抠舞蹈细节了。

林椰只看到了明让，却没有看到与明让同进同出的江敛，不过想来也并不觉得意外，江敛在任何人眼里，大概都是那种仅凭自身的优秀就能甩出旁人一大截的人。

察觉到他的视线，明让倏地转过头来看向他。

林椰想了想，朝对方露出笑脸算作打招呼。

明让却挑了挑眉，朝他所在的方向比了一个朝上的手势。

林椰不明所以地望向对方，发现明让并没有在看他，而是在看他的下方。林椰动作一顿，下意识地垂头往窗下看，入眼即高挺的鼻梁，再往上就是自然垂落的长睫毛，以及微微湿润而略显凌乱的额前碎发。

下一秒，搭着单腿靠坐在墙下的人也抬起头来，深邃黝黑的瞳孔直直地看了过来，林椰一怔。

江敛懒洋洋地抬手搭在眼睛上，隔绝掉林椰的视线与外界的光，嗓音里还带着剧烈运动后的微哑："准备来A班偷师吗？"

林椰抿紧嘴唇，没有第一时间出口反驳，只扶着窗台直立起身体。不知道为什么，林椰觉得自己有点低血糖，是那种随时都会眼前一黑，整个人直直朝地面的方向栽倒下去的低血糖。

他沉默不语地转身，朝着来时的路往回走，心中开始认真琢磨，回去时叫夏冬蝉陪自己去超市买巧克力的可行性。

06

林椰回去的时候，D班已经熄了灯。教室里空无一人，只剩下红外线摄像头孤零零地在角落运转。林椰又转身退出来，独自一人慢悠悠地晃去超市里买巧克力吃。

一来一回的时间甚至没有超过十五分钟，林椰打开教室的顶灯，将挂在小臂上的购物袋丢在墙边地板上，先拆开一块巧克力含在口中，然后站在镜子前活动下腰。

他有个习惯，喜欢在压腿或者下腰的时候放空或者思考。

浓浓的巧克力味道在口腔内化开，林椰脑海中又浮现出晚上站在门外听见别的学员与家中老人通话的画面。

走廊上有重叠的脚步声越来越近，在寂静的深夜里格外清晰，人声不高不低地响起来："D班这是谁还没回去？"

林椰思绪极为短暂地凝滞一秒，他听出来这是明让的声音。

江敛没有接话，面上浮起几分意兴阑珊的神色。明让却朝门边走近一步，将后门推开小半，看一眼在镜子前下腰的人，而后轻笑道："你看看这是谁？"

江敛从他身后走过来，抬眸朝里瞥一眼，没有说话。

明让道："你说他不上进？"

目光掠过镜前人两条笔直的腿，江敛终于缓缓开口道："到目前为止，有一点改观。"

明让问："什么改观？"

他压低嗓音，神色随意："腿长，不上进。"

林椰腰部卸力慢慢躺下来，门外说话的人已经走远了，余音还回荡在耳朵里。江敛最后那句话他并没有听得很清楚，只依稀听见对方说他毫无上进心。

他翻了个身，将自己的侧脸贴在凉凉的地板上，脑海中沈PD和江敛的话，以及学员和家人通话的场景交织翻滚而过，心中有些五味杂陈。

最初进公司时，他其实并不是浑浑噩噩度日、得过且过的那种人。相反，他也有奋力追梦的一腔热血，也有不服输的少年心性，大概就连夏冬蝉毫不掩藏的野心，他曾经也是有的。

即便是现在，听到江敛口中对自己糟糕至极的评价，他仍会像一条搁浅在海滩边却没有彻底干涸而死的鱼，心底第一时间想要反驳的情绪逐渐挣扎着破土而出。

撑着地板坐起来，自己的脸出现在镜子里的那一刻，林椰清清楚楚地看见，那张熟悉的脸上，却出现令他陌生不已的动摇神色。

第二天还是学员自由学舞的时间，中午却临时接到赛训组的通知，午睡时间赛训组要来宿舍拍摄检查行李的内容，并提前在公告栏发布了宿舍违规用品清单。

准备午睡的学员们匆匆从床上爬起，四处找地方藏自己带来的违规用品。半个小时后，摄像组扛着摄像机拥入宿舍大楼，选管组在广播里通知所有人在一楼大厅集合。

学员们顶着翘得乱七八糟的短发，睡眼惺忪地走出来，在听到选管宣布此次检查行李的内容为互相检查时，睡意顿时消散得无影无踪。

十八个宿舍分别派出代表上前抽签，林椰宿舍过去抽签的是杨煦。夏冬蝉拉着林椰胳膊跟他"咬耳朵"："我听说有两个宿舍都是两人间，分到两人间宿舍的都是什么运气？怎么我们进来的时候就没有分到两人间？"

林椰不置可否："九分之一的运气吧。"转念倒是想起，江敛和明让的那间宿舍虽然摆了六张床，却只有其中两张床上铺了床单和被子。

两人说话间，杨煦已经拿着抽到的宿舍号回来了。夏冬蝉率先凑过去扫一眼，有些迟疑地问："这是江敛和明让住的那间宿舍吧？"

杨煦如同丢烫手山芋般将字条塞入身侧同工作室的室友手中。"他们宿舍只住了两个人，你们有谁想去的吗？我可不想为检查行李这事得罪他们两个。"他压低声音，微微皱眉，"我听说得罪他们的学员，会被剪辑老师'一剪梅（没）'。"

夏冬蝉只觉可笑："你不去，也得不到任何镜头。"

杨煦还要说话，同工作室的室友却拦下他："他们要去就让他们去吧。我们怕得罪那两个人，夏冬蝉可不怕得罪他们。他不是除明让以外唯一能被江敛在镜头前提到的人吗？"

林椰有些意外："提到什么？"

夏冬蝉拉着他往外走出两步："他们都在传，江敛在上次的单人录制里提到了我的名字。也不知道是真是假，如果是真的，那就再好不过了。"

夏冬蝉笑了起来："这样我就能借由对方的口多涨点粉了。"

林椰跟着笑了笑，没有再说话。

让夏冬蝉和林椰参与拍摄这件事，林椰同工作室另外两位室友也没有任何异议。他们先等其他人来自己宿舍检查后，才跟着摄像组往江敛和明让的宿舍去。

走廊上堆满了从各间宿舍里搜刮出来的"热得快"和电饭煲，选管手中还提着一袋手机与平板。夏冬蝉率先走过去敲门，来开门的人是明让。

两人皆是在镜头前放得开的性格，一唱一和吸引了大半摄像组身后看热闹的目光。

江敛坐在沙发上翻杂志，见到摄像组进来时才放下杂志起身。

选管抖了抖手中的一大袋电子产品，说除了行李，床铺也要检查。夏冬蝉抬脚就朝贴了江敛名字的床铺走过去。

明让见状挑眉笑道："你们猜猜，哪张床铺是我的，哪张是江敛的？"

林椰敲了敲贴在床沿的明让的姓名卡道："这里不是写着吗？"

明让适时露出失策的神情："宿舍里允许私下换床铺吗？如果允许，我是不是可以赶在你们进来之前，先把我和江敛的姓名卡调换一下。"

林椰动作一顿，倒也没有在别人睡觉的床上搜来搜去的毛病，只做了做搜过的假象，就缩回手来，转身看向选管道："床上没有东西。"

选管身后不慎交掉第二部手机的学员，看热闹不嫌事大般嚷道："枕头下摸了吗？"

林椰睁眼说瞎话："摸了。"

那人还是不满意，指着上铺道："你爬上去摸摸枕头另一边。我藏的手机就是被他们从枕头另一侧下方摸出来的。"

剩下的人也跟着起哄："爬上去摸！"

林椰此时此刻终于对杨煦的话有些感同身受了，余光先是扫过站在一旁没说话的江敛，暗暗揣度对方脸上并无过多不高兴的神色后，才在众人的注视下，脱掉鞋子踩着床梯往上爬。

爬上最后一级时，江敛蓦地朝前迈出一步，抬眸瞥了林椰一眼。

林椰微微一愣，后知后觉地明白过来，对方这是让自己不要爬到床单上去。他不再抬腿，直接踩在床梯上，伸长手臂往床上的枕头下摸过去。

本也只打算做做样子，不料指尖却扫过又薄又硬的东西，林椰指尖一顿，在前进和后退之间迟疑一瞬，转而回想起昨晚对方对他那番毫不客气的评价，心中打定主意，伸长胳膊就去捞压在枕头下方的那东西。

后方杂乱的脚步声靠近，林椰将东西握在掌心里微微侧目，在身后此起彼伏的询问声中，摄像大哥已经扛着摄像机朝这个方向走来。

林椰已经扬起笑脸，准备对着镜头开口了，腋下却骤然一紧，修长有力的手臂从身后伸来。

林椰的指尖随之一松，江敛直接将他从床梯上拉了下来。

07

摄像机停在脸前，江敛将他放开，如同对待好兄弟般抬手扶住他肩头，其他人在摄像组身后扬长脖颈期待地问："找到没有？"

林椰佯装没听见，一边低头穿鞋，一边不动声色地抬起眼皮扫向江敛。后者面色如常地与他对视，唇角适时露出一点笑意来，瞳孔里却满是冷淡。

林椰背对着摄像机蹲下身系鞋带，心中将昨晚那笔账与刚才那笔账叠在一起算了算，不动声色地仰起头来，在摄像机与众人看不到的地方，毫不示弱地冲江敛抬了抬下巴，缓缓扯开唇角。

江敛面上神色微顿，并不怎么意外地扬起眉尖，甚至主动伸手拉住林椰，将他从地上拉了起来。

起身的瞬间，林椰突然改主意了。

他转身看向镜头，摊开空空如也的两只掌心："我没有搜到任何东西。"

看热闹的学员们一片唏嘘，继而失望不已地将目光投向明让那边。然而明让床上也并未搜出任何电子产品来，学员们又起哄要检查行李箱。

选管以行李是私人物品为由，抬手将其他人哄出门外，剩下门内几个人简单拍摄完检查行李箱的流程，选管就领着摄像组人员离开了。

林椰和夏冬蝉也没有多留，甚至连多余的话都不再说，后脚也跟着推门走了。

下午舞蹈组的导师过来验收学习成果，所有人都乖乖待在教室里练舞。分到 D 班的导师是沈 PD，她将教室中每人的舞蹈一一点评过，在离开前将林椰单独叫了出去。

她并未说要去哪里，林椰也没有问，只安静地跟在身后，一路穿过 C 班和 B 班的教室，最后停在 A 班教室的窗外。

导师在教室里查阅 A 班成员的舞蹈，没有人察觉到他们的到来。两人站了片刻，沈 PD 才开口问："你觉得 A 班的舞蹈实力怎么样？"

林椰目光定定地落在中心位的江敛身上。虽说在初评级时已经亲眼看过对方的实力，然而第二次看江敛跳舞时，心中还是不免生出震撼感。

所有人都穿着相同的衣服，做着相同的动作，踩着同样的节点，却唯独江敛一人能让他感受到，自己胸腔内心脏的每一次跳动，都带着前所未有的力度，就仿佛自己的心此时此刻也踩着教室里的音乐节点，与大家共同跳动。

圈内跳舞实力令人震撼的前辈老师不在少数，甚至有些强者也是江敛目前所不能及的，然而江敛带给他的震撼感却与其他人不太一样。

至于是哪里不一样，林椰自己也谈不上来。

他压下心中的震撼感，没有说"很好"，而是说"非常好。"

沈PD点了点头，走向走廊尽头的露天阳台。

林椰落后一步跟上去，看见沈PD在阳光下朝他转过身来，眼里含笑的模样与初评级舞台上如出一辙："林椰，我对你印象挺深刻的。你不应该是D班的实力，也不应该留在D班，你还可以往更高的地方走。"

沈PD说："林椰，你的基础和功底并不比A班成员差，可是你对待舞台的态度和他们天差地别。这点是你有再好的功底和实力都无法弥补上来的。"

她朝林椰招手："你过来。"

林椰慢慢走入阳光下。

"沐浴阳光的感觉是不是很好？舞台对于我们来说，就像阳光。"沈PD面容肃然，"林椰，你只有两个选择，要么在舞台上发光发热，要么离开这里。如果你不想要在舞台上发光发热，不需要等到顺位淘汰，现在就可以离开。"

她最后又说："你没有必要浪费自己的时间留在这里，你可以利用这些时间去做更多的事情。更何况，对于更多等待舞台机会的人来说，你是在挥霍和糟蹋他们梦寐以求的东西。"

林椰在阳台上晒到额头发烫才离开，推开阳台门的瞬间，余光却瞥见江敛垂头靠在墙角。他面色微愣，继而轻咳一声，像是许久才找回自己的声音："你什么时候来的？"

江敛抬眸望他，淡声开口道："这里是走廊上的摄像头盲区。"

林椰定定地看向他手中握的东西，半响眯眼笃定道："你私藏手机。"

江敛："私藏手机怎么了？"

"私藏手机的后果你不知道吗？"林椰反问一句，"上次宿舍搜出第二部手机的学员都被扣了学分，如果学分扣满十分，就会直接被劝退。你不怕我去选管那里举报你？"

江敛道："你想去，就去好了。"

林椰没有说话。

片刻以后，如同陡然泄出一口长气般，他肩头微微下耷，垂下眼睛低声说："你把你的手机借给我用一下，我就不去举报你，怎么样？"

江敛没说"好"或"不好"，只问他："你要给谁打电话？"

林椰语气含混："给家里人打。"

江敛道："我听说安排给家里人打电话那晚，有学员没有参与录制。"

林椰皱眉望向他。

"你如果是想给公司打电话，完全没有必要。"江敛靠在墙边，手指夹住手机把玩，"沈 PD 有句话说得没错，你现在这样，对于更多等待舞台机会的人来说，是在挥霍和糟蹋他们梦寐以求的东西。"

林椰提起脚尖，有一下没一下地轻点地板，语气平静自然，却也藏着不易察觉的固执："得到这个机会的同时我也在失去。"

"得与失的计算题难道很难算吗？"江敛眉眼冷淡，声音听上去有点不近人情，"原本的你既有左手也有右手，现在的你已经失去了左手，为什么还不能好好抓住右手？要等到双手都失去的时候，才来追悔莫及吗？"

林椰愕然抬头，看见江敛皱眉问他："你多大了？"

他嘴唇微动，犹疑着开口："生日没到不算的话，就是十九。"

"主题曲任务除了等级再评定，还有机会拿到舞台主题曲录制的名额。"江敛收好手机往回走，"你好好想想吧。"

林椰定在原地，心中摇摆不定。直至看江敛的背影越来越远时，他突然回神，追上前去拽住对方的手臂："你能帮我抠一下动作细节吗？"

江敛脚步微顿，神色平静地回头看他："你说什么？"

林椰轻扬眉尖与他对视："你帮我抠一下舞蹈细节，否则我会跟选管举报你私藏——"

他的话没有说完。

江敛伸出一根手指贴在唇边"嘘"了一声，林椰话音一顿。

江敛靠近他，嗓音又低又沉："监控听得到声音。"

林椰回过神来，沉默地点了点头。

08

早起去食堂吃早餐的路上，林椰他们遇上夏冬蝉在 B 班关系不错的学员。看见林椰嚼巧克力，对方面露惊讶："大早上就吃这么高热量的东西？"

夏冬蝉替林椰解释："他早上起床容易低血糖。"

对方"哦"了一声，又抱着试探性的心理问："你们 D 班现在到什么进度了？"

林椰说："还没开始记歌词。"

对方闻言松了一口气，继而又皱起眉来跟夏冬蝉抱怨："你说 A 班都是什么魔鬼？我听说他们教室每晚都是熄灯最早的那一间，可是他们现在已经把歌学完了。"

夏冬蝉笑笑没说话，同寝室不同工作室却同在 D 班的赵一声伸手拽林椰衣角,压低声音道:"我们进度太慢了,导师下午过来上声乐课,我们舞蹈部分都还没抠完。刚好我在A班有认识的人,待会儿吃完早餐,我们去A班找人带带我们吧?"

林椰想起昨天下午在走廊上与江敛的对话,没有说话。

旁边赵一声已经自说自话般一锤定音:"那就这么说定了。"

半个小时以后,两人一前一后跨入D班教室。赵一声已经迫不及待,径直冲到镜子前号召其他人:"大家先停一停。我和林椰打算去A班找人帮我们抠一下舞蹈细节,你们还有谁要一起去的吗?"

许多学员在公司里学舞时,都有舞蹈老师手把手教,然而到了这里以后,只能对着镜面的舞蹈教学视频自学,几乎算得上是一夜之间从天堂落入地狱。

因而赵一声话音还未落地,近十人一哄而上,七嘴八舌地抢问:"我也想去,可是A班的人应该不会这么好心给我们抠舞吧?"

赵一声被众人簇拥在中间,笑得颇为自得:"这个大家就放心好了,我在A班有认识的人。"

赵一声犹如领头羊般,领着身后人浩浩荡荡朝外走,迈出两步后才似想起什么一般,回头看向弯腰站在视频播放机前的林椰:"你还愣着干什么?一起去啊。"

林椰撑着膝盖站直身体,在去与不去之间犹豫一秒,最后思及赵一声好歹也是抬头不见低头见的室友,便慢吞吞地迈着步子排在队伍末尾,跟着其他人朝外走去。

A班六个人都在教室,却只有四个人在练习。

赵一声率先推门进去,对着教室中央的人喊了一声"小沅",然后侧身露出身后跟来的近十个人,有些不好意思地笑道:"一听说我要过来找你,他们就都跟着过来了。"

被叫小沅的人神情一顿,继而弯起漂亮的杏眼走过来道:"都进来吧。"

穿着紫色班服的人群鱼贯而入,露出走在最后的林椰,杏眼微弯的人笑容微不可察地一顿。

林椰适时抬起眼来,不偏不倚地与站在几步外打量自己的人目光相撞。即便没有初评级那天的浓妆,他还是认出了栗沅。

余光瞬时从窗边的江敛身上滑过,回忆起第一天走错宿舍时,因为江敛那句话给他招来的莫名的敌意。他立刻就回过味来,自己跟过来大概是个错误的选择。

林椰双手插入裤袋,想要找个借口离开。

栗沅却并不打算就这么放他走,口中念念有词般从领头的赵一声数到林椰前一个学员，略显为难地蹙眉道："单数不太好排队形，而且人多了我也顾不过来。我就带八个人吧，至于剩下那个，我们班的人现在都在这里，要不你找其他人单带一下你？"

剩下的学员齐齐将目光投向他。

林椰抬眼环顾一圈整个教室。

原本跟在栗沉身后练舞的三个A班学员此时背对着他们，在角落里盘腿坐着练歌，俨然一副置身事外的漠然态度。

明让与江敛屈腿坐在窗下的墙边，前者明摆着一副兴致勃勃看热闹的模样；后者则戴着一顶白色的棒球帽，帽檐压得极低，只露出下巴，从他们进门到现在，都不曾抬一下头。

林椰甚至有足够的理由怀疑，江敛一直在低着头玩手机。

江敛并不愿意私底下帮他抠动作，即便是他以举报对方私藏手机为理由威胁。这件事说不耿耿于怀是假的，甚至于此时此刻再见到江敛时，林椰心中还生出一点尴尬的情绪来。

尴尬之余更多的是庆幸，庆幸江敛自始至终都没抬头看过他一眼。被江敛拒绝这件事甚至都未过二十四小时，林椰还无法做到心平气和地站在对方面前，佯装昨天无事发生。

然而他也没能预料到江敛接下来的行为。

所有人都等着看林椰好戏的同时，江敛毫无预兆地撑着膝盖起身，大步流星地穿过教室内零散分布的人群，如同漠不关心的过路人般从林椰身侧擦过，目不斜视地走出了教室。

林椰微微一愣，被栗沉故意刁难时没有出现的难堪终于在此时涌上心头。

虽不指望自己能在江敛那里占到朋友才会有的重要份额，但林椰也以为，至少他和江敛的关系已经从陌路人顺利过渡到了朋友以下的见面点头的熟人关系。

但江敛的态度对他无疑是当头棒喝。

林椰道："既然人满了，那我就自己回去练好了。"

他弯起唇角冲栗沉一笑，在对方微微凝滞的面色中朝外走，一边走，一边从长裤口袋里摸出一块巧克力，指尖翻转，漫不经心地将裹在巧克力上的那层包装纸拆开。

路过A班教室旁的楼梯口时，林椰将手中的包装纸揉作一团，脚步一转欲朝楼梯口的垃圾桶走去，拐过墙角的时候，却差点迎面撞上站在楼梯口的人。

林椰及时止步，揉成团松松握住的包装纸却被人抽走了。

"我每天的时间都是已经提前安排好的。"江敛转身将垃圾丢入身侧的垃圾桶中,"让我额外抽时间帮你抠动作,你要拿什么来换?"

林椰满脸意外地抬眸看向他,却只看到棒球帽在他脸上投下的小片阴影。

江敛对他面上的神情变化视若无睹,目光在他微鼓的脸颊上停留数秒:"你在吃什么?"

林椰愣愣地答:"巧克力。"

江敛问:"还有吗?"

林椰说:"有。"

江敛却不再问他,对他全身上下打量一番,径直朝林椰迈近一步,将手伸入林椰同样微鼓的长裤口袋中。

那只手再抽回时,掌心赫然多出一块巧克力来。

"那就用这个来换。"江敛垂眸瞥一眼被自己捏在指尖的巧克力,抬手将自己的白色棒球帽取下来,手腕一翻,转而将棒球帽扣在了林椰头顶。

棒球帽的帽檐遮掉了大半视线,林椰看不清对方的神色,只能听见江敛开口说话,声音不远不近,不大不小,却始终有点听不真切,像是心情不错地笑了一声,又像是维持一贯熟悉的冷淡语调。

他听见江敛说:"晚上十点来 A 班小教室找我。"

09

事实上,每个班的教室都带了小教室,只是小教室一直从未对外开放过。林椰不知道江敛手中怎么会有小教室的钥匙,只是思及其他人口中关于得罪对方就会被剪辑师"一剪梅"的说法,江敛能拿到小教室的钥匙也不足为奇。

既然有公司都不敢得罪的背景,江敛又怎么会在意他脱口而出要向选管举报的说辞?

林椰疑惑了一瞬,而后毫不在意地转开思绪。过程如何并不重要,结果好才是他想要的。眼下他该思考的,应该是晚上要找什么借口避开夏冬蝉才是。

整个下午都毫无头绪,甚至在声乐课上有点心不在焉,还被声乐导师点名拉出来批评,林椰佯作虚心诚恳,对导师的批评全盘接受,背过身退回队伍里后,却是直接左耳朵进右耳朵出,并未将那些话放在心上。

倒也不是他不尊重导师,只是他在唱歌上实在没有过人天赋,嗓音条件只能用中规中矩来形容,音域也偏窄。这也直接导致了他在唱、跳两项上毫不犹豫地朝跳舞一面倒。

出乎意料的是,白天还令他焦头烂额的事,晚上却迎刃而解了。

与夏冬蝉去吃晚饭的路上，对方突然开口道："今天晚上我打算在教室熬夜，你要不要跟我一起？"

林椰摇摇头道："我想早点回去。"

夏冬蝉陡然停步，转过脸来眯眼打量他："林椰，你真的打算就这样混到下轮顺位淘汰，然后直接拖行李箱走人吗？"

林椰没有正面回答他，只双手插着口袋漫不经心一笑："这样不好吗？你也能少一个竞争对手。"

夏冬蝉歪了歪头，大大方方地开口："林椰，对我来说，前二十名才算得上是我的竞争对手。我不会允许自己在二十名以外被顺位淘汰。"

他笑嘻嘻地伸手拉住林椰的手臂，脱口而出的话却有些一针见血："林椰，我不相信你会甘心在第一轮中离开这里。"

林椰面色一顿，笑了起来。"你说得对，我现在的确有点不甘心。只是，"他垂下眼睛，一脚踢开挡在路前的碎石头，像是在问夏冬蝉，又像是在自言自语，"总觉得还是缺了点什么。"

他想，大概是缺了点让他彻底下定决心留在这里为之努力拼搏的东西。

林椰在晚上九点五十分去了 A 班小教室。小教室有两扇门，一扇通向 A 班教室内，另一扇连接大楼的另一侧走廊，林椰直接绕到了另一侧走廊。

窗前的窗帘拉得严严实实的，看不见教室内是否有人，林椰抬手敲门，却发现门并没有关紧。他进入室内反手带上门，江敛坐在地板上抬头瞥他一眼，先是意外地扬眉，而后才说："门锁上。"

林椰依言将门反锁，走到对方眼前蹲下来，抬手摘掉头顶的白色棒球帽，拨了拨被帽子压得软塌塌的额发，将帽子递给江敛："还给你。"

江敛接过帽子丢在一旁："需要先热身吗？"

林椰道："热身我自己可以，你不用管我。"

他走到镜子前慢慢吐息下腰。

江敛微微一哂，起身朝他走来："我有说过要管你吗？"

林椰双手还扶在腿上未松开，身体却是微微一晃，很快就憋红了脸，像是下意识想要开口说话，却一口气未能提上来。

江敛伸出一条手臂托住他，扬眉客观道："林椰，你退步了。"

林椰没说话，饶是脾气再好，也忍不住在心中将江敛骂了两遍，片刻后咬着牙关挤出一句话："我晚饭吃多了。"

"运动前不要吃太饱。"江敛看了一眼他平坦的腹部，"晚饭没吃太多，谎倒是撒得脸不红气不喘。"

托在他的手臂蓦地发力，江敛将他拉起来，收回手道："你的腰没问题，直接压腿——"

结果压腿的时候，林椰也不明白怎么就得罪江敛了，对方抬起膝盖抵在他的后背上，力道一次比一次重。

林椰忍不住闷哼出声。

江敛动作一顿，反倒放下那条腿来，有些心不在焉地蹲下身来，拍拍他道："行了，起来吧。"

林椰从地板上爬起来，欲言又止地抬手摸了摸被江敛拍过的衣服。

江敛站在播放机旁扫他一眼，淡淡开口道："放心，我手上没脏东西。"

林椰面色略显古怪，忍不住问他："你——"然而唇边堪堪吐出一个音节，声音就被如潮水般涌来的音乐声淹没过去，望着江敛的侧脸，林椰最终还是闭上了嘴。

许多人说江敛长得好看，甚至对方的外貌放在所有学员中也称得上优越。然而林椰觉得，再好看的一张脸，看的次数多了以后，也就自然而然免疫了。

林椰在江敛面前跳了一遍完整的主题曲舞蹈，江敛只替他纠正了两三处抢拍问题，又简单提点了他一句——需要将舞蹈框架在原有的基础上再扩大一点，让动作在视觉上更加赏心悦目一点，同时也要避免用力过猛。剩下的就没再点评。

"你在舞蹈上的问题并不大，你的舞蹈基础也不差。"江敛把音乐进度条退回前奏部分，"歌词都记住了吗？"

林椰闻言一愣："记住了。"

江敛面向他下巴轻扬："现在跟伴奏唱一遍。"

林椰脸色有些微妙，却还是依言将主题曲唱了一遍。

高潮部分林椰唱不上，嗓子反复游走于破音的边缘，江敛按下暂停键，挑眉看向他："你知道自己最大的问题在哪里了吗？"

林椰面上掠过一丝尴尬："唱歌一直是我的短板。"

"音域偏窄可能是天生的，但并非后天不能拓宽。"江敛嗓音又低又沉，落在他脸上的目光逐渐锐利，"你不能妄想在导师面前走偏科录取这条捷径，你该想的是如何改掉偏科这个毛病。想进 A 班，唱跳俱佳是基本条件。"

"当然也有第二种方法。"江敛语气稍顿，"你还可以通过日常表现积累粉丝。只是粉丝……"

他微微一哂："你现在有吗？"

林椰犹如被定在原地，神色有些难看。

将他面上模样收入眼底，江敛却挑起一点唇角来。他摸出手机看一眼时间："我要回去了。"

林椰这才猛然回神，一言不发地朝门边走去。

江敛将他叫住，在林椰循声转过来时，抛出手中的东西。

东西在半空中划出一道高高的弧线，准确无误地落入林椰怀中，却从他双臂之间漏了下去。

林椰弯腰去捡，才看清楚是一把钥匙。

江敛越过他拉开门朝外走："这间小教室只有我一个人用，你要用可以自己过来。"

林椰始料未及，握着钥匙立在门边愣了片刻。下一秒扫见被遗弃在角落的白色棒球帽，他蓦地回神，捡起棒球帽拉开门朝外追去。然而一路跑出训练大楼，也没有看见江敛的身影，林椰拿着帽子返回小教室，气喘吁吁地在地板上呈"大"字形躺下。

整个晚上发生的事情犹如影片般在眼前回放，他索性闭上眼睛，顺手将江敛的棒球帽遮在了眼皮上方。

江敛回来的时候，明让正搭着腿靠在沙发里和人视频聊天，余光瞥见江敛开门进来，他百无聊赖地掐掉视频，开口道："回来了？"

江敛丢下钥匙，扫一眼明让手中的手机："你注意点，集训期间被曝出来和女网友交往过密可不是什么好事。"

明让不以为意地一笑，正襟危坐打量他一二："你去干吗了？你可不要跟我说，你在练习室待到现在才回来。"

江敛打开衣柜翻换洗衣服，漫不经心地答："就是练习室。"

"你帮林椰抠舞去了？"明让神色狐疑，语气调侃，"难道你还能把他说的跟选管举报你私藏手机这话放心上？选管有胆子扣着你的手机不给？"

"倒不是因为这个。"江敛扬唇一笑，转而从裤子口袋中摸出一块巧克力，隔空抛给明让，"巧克力吃吗？"

明让撕开包装袋咬一口，满脸不解地望向他："你从哪里弄来的这么甜腻黏牙的玩意儿？"

江敛答："从林椰那里拿的。"

明让神色微顿，终于后知后觉地回过味来，眼中戏谑的情绪更甚："你说，大家是听到我和女网友交往过密的八卦更吃惊一点，还是听到你主动辅导其他学员的消息更吃惊一点？"

江敛不置可否。

PART 2

记仇鬼

10

等级再评定前一晚，D班与F班不少人留在教室里熬通宵，就连A班与B班许多人也在后半夜才踏入寝室门。等级落后的人想要往上爬，等级靠前的人则要想方设法保住自己已有的位置。

林椰在凌晨时分被灯光和人声吵醒，睡眼蒙眬地翻了个身，抬起手臂遮掉头顶刺目的灯光。开灯的室友闻声驻足朝他睡的上铺看一眼，语气未带多少歉意地道："原来你在宿舍啊。不好意思，我刚刚都没有看见。"

林椰声音懒懒地"嗯"了一声，将被子拽过头顶，整张脸埋入被子当中。

被子外的声音非但没有变小，反而越来越大，人声与杂音交织起伏。林椰掀开被子坐起来，眯眼望向墙上的挂钟，时针与分针一长一短重叠在数字"4"上。

练完舞的室友才刚开始准备排队洗澡。

开衣柜的咯吱声、拖椅子的刺啦声、进浴室的关门声，还有几个室友围坐在沙发边的谈笑声，犹如劣质唱片发出的几重唱般不绝于耳，令人头痛欲裂。

他爬下床，仰头喝水，拿起搭在椅背上的羽绒服裹在睡衣外，穿上运动鞋绕过几个室友朝外走，拉开门的瞬间，冬日的冷风灌入衣领内。

林椰瑟缩了一下，抬眸将走廊尽头窗外无尽的黑夜收入眼底，不知道谁把走廊上的窗户推开了。

他跺了跺脚，走廊上的声控灯应声而亮。林椰裹紧衣服朝尽头的楼梯口走去，走至一半时，声控灯倏然黑了下来，走廊再度恢复到漆黑一片，唯有两侧宿舍门缝下露出几丝暖融融的灯光。

林椰摸黑往前走，却被横亘在路中间的东西轻轻绊了一脚，松松垮垮钩在小指上的宿舍钥匙掉在地上，很快滚入黑暗中。

林椰又跺一下脚，脚尖踢开被人丢在走廊中间的快递盒，借着昏暗的灯光蹲下来寻找钥匙，两分钟以后，终于在身侧宿舍的门缝下边看到了一半在门里，一半在门外的钥匙。

他一只手扶在门框上，弯下腰伸出手去捡门缝里的钥匙，支撑身体平衡的那扇门却冷不丁地被人从里拉开。

林椰身体一歪，直直朝门里倒去，踩着拖鞋站在门后的人不慌不忙后退一步。林椰结结实实地坐在了门边的鞋毯上，抬眼就见江敛站在门里看自己。

林椰转开视线，看清门上贴的宿舍号时面露无奈。良久以后，他伸手摸出被自己坐在身下的那把钥匙，朝江敛举起来说："你放心，我没什么半夜贴别人宿舍门偷听的特殊嗜好，只是想捡掉在门缝下的钥匙。"

靠在沙发上的明让听出他的声音，扭头朝林椰在的位置喊，语气颇有几分热情好客："弟弟要不要进来玩啊？"

林椰下意识地看向面前这间温暖而明亮的宿舍，有那么一瞬间甚至开始怀疑，走廊外的黑夜与这间宿舍处于不同半球的时间里。

他欲起身开口拒绝，江敛却先一步转身朝里走去："进来把门关上。"

林椰一顿，咽下已经到嘴边的话，从鞋毯上爬起来，转身将走廊上的黑暗与刺骨寒冷隔绝在门外。

明让大大咧咧地把手机握在手里，拍了拍自己与江敛中间空出来的位置，朝他招手："过来坐。"

林椰脱下羽绒服搭在空椅背上，犹豫片刻后，还是挤入两人中间坐了下来。

明让身体倾斜过来，一只手搭在他肩头，另一只手将手机递给他看："哪个比较漂亮？"

屏幕上是一张国内新晋女团的合照，林椰接过手机，目光在她们脸上流连数秒，最后将手指向了中间那个："这个吧。"

明让托着下颌若有所思："这是你喜欢的类型吗？"

林椰没有回答，将手机递到江敛跟前："你看看。"

"你不用给江敛看，"明让侧过脸来，"他对这些没兴趣。"

林椰闻言笑了笑，缩回手来，却没有说，其实他对这些也不感兴趣。

他慢吞吞地抬眼看向江敛，冷不丁地回忆起来找江敛借吹风机的那天。

思绪沉浸间，林椰抬起的手肘撞在江敛的肩窝上，明让的手机从掌心滚落，掉在了地上。林椰坐直身体，看见江敛的右腿边落了小团光亮，自己却坐在对方的左侧。

林椰迟疑片刻，见对方没有任何要替他捡手机的想法，只好自己侧身弯下腰来，伸出手去捞还未熄屏的手机。

现实距离比预估中的还要长一点，林椰单手撑着沙发边缘仰头看他："你把腿挪过去一点，我捡不到。"

江敛戴着头戴式耳机，眼睫微垂，单手支在额前，大半张脸隐没在光影间，看上去冷淡而有距离感，就差直接在脸上写"心情不佳"。

江敛像是没有听见他的话，又像是听见了，却懒得开口搭理。

先前进门时江敛站在背光的地方，林椰并未过多注意对方脸上的神情，此时才发觉，对方眼尾残留着没睡好的倦怠。林椰瞬时面露了然，这两人多半也是被凌晨回来的学员给吵醒，所以他俩的宿舍才会在凌晨时分灯火通明。

林椰抬手轻敲江敛头上的耳机，江敛抬起眼皮来看他。

林椰指着地面方向，提高音量说："手机。"

江敛这才道："我听得见。"然后将两条腿朝右边侧了侧，给他腾出一点空间来。

林椰再度俯身去捡，手机分明近在眼前，却仍觉得手臂还是不够长。他绷紧指尖去够手机边缘，反倒还将手机又推远了一点距离。林椰终于耐心耗尽，忍不住直接抬手拍了拍江敛屈起的膝盖，示意对方再将腿挪过去一点，眼前的两条长腿纹丝不动，头顶倏地落下一片阴影，遮掉了视野中的大半光线。

下一秒，江敛将夹在指尖的手机丢入他怀中，伸手拍了拍衣服。

林椰落在江敛脸上的目光一顿，立刻就将前一秒的歉意抛到脑后，心底反而生出一股说不清道不明的复杂情绪。片刻以后，犹如带着报复心理般，他意有所指地道："放心，我手上也没脏东西。"

江敛手上动作顿住，终于在这天晚上第一次有了笑脸。

他摘下耳机，在林椰的注视中低笑出声："记仇鬼。"

11

不记得是什么时候睡着的，从梦中惊醒后，瞥见窗外天光大亮，林椰猛然记起，上午九点有等级再评定的录制。他翻身坐起来，甚至开始怀疑，夜晚与江敛和明让并肩坐在沙发里的画面只是一场梦，直到他看见挂在对面椅背上的黑色长款羽绒服。

宿舍中仍是暖气充足，却空无一人。毫无疑问那两人已经离开，甚至都没有将他叫醒。林椰从沙发上起身，匆匆抓起昨晚被自己丢在桌边的宿舍钥匙，捞起椅背上的羽绒服抱在臂弯里，转身就往门边走。

大约是听见动静，江敛擦着湿润的发尖从浴室里走出来："时间还早。"

林椰抬头去找墙上的挂钟，却发现钟盘里的时针和分针永远地凝固在了数字"12"上。

他再度望向窗外几乎白到发光的世界,语气犹疑:"冬天一向都天亮得晚。"

江敛没有说话,走到窗边推开窗,冷风呼啸着灌入室内,他回过头来说:"你睡着以后就下雪了。"

林椰微微一愣:"下雪了?"他抱着羽绒服迎风走到窗边,双手搭在窗台边沿抬眼眺望,果然看见远处小矮楼上覆着厚厚的雪层,洁白无瑕。

他目光亮而有神,探出上半身垂头朝楼下看,甚至对按在窗沿上冻得逐渐发红的双手毫无察觉。

江敛见状轻轻一哂:"没见过雪?"

林椰目光从楼下雪地中被人踩出的脚印上掠过,下意识地答:"见过,只是没见过这么大的。"

"集训结束后你想怎么看就怎么看。"江敛言简意赅,伸手要将窗关上。

林椰放下手来,要从窗边退开时,却听见雪地里传来熟悉的人声,甚至依稀从那零零落落的说话声中听到了自己的名字。他循声朝楼下望去,看见一夜未见的夏冬蝉与同工作室另外两个室友,并肩走在雪地里。夏冬蝉面容干净清爽,笑容明朗,每一步都迈得信心满满。

林椰这才想起自己一夜未归,收回视线欲从窗边走开。

与同伴说笑的夏冬蝉却像是有所察觉,倏然仰头朝他与江敛站的窗边直直望过来。

不想被夏冬蝉看见,林椰猛然退后一大步,竟毫无防备地撞上身后的人,江敛适时抬手越过他将窗关上。

林椰眼皮一跳,从玻璃窗上看到了自己略显手足无措的样子,以及身后江敛那双波澜不惊的黑色眼眸。他瞬时冷静下来,在心中暗骂自己大惊小怪,弯腰钻出来:"我要走了。"

江敛漫不经心地点头,等他走到门边时,又抬眸扬唇道:"回去把脸洗干净点。"

他回宿舍换上班服,又洗了把脸,就这样素着一张脸从宿舍大楼里走了出来。夏冬蝉在休息室看见他时,并未问他昨晚干吗去了,只满脸诧异:"你就打算这样素着脸进去录制?"

林椰点点头,目光落在夏冬蝉脸上。

先前站在楼上远远朝下看时,只觉得夏冬蝉那张脸在自然光下水润而好看,如今近距离看时,才发现对方是化了淡妆。

夏冬蝉放轻嗓音:"你自己看,这里除了你还有谁是素面朝天进来的?"

夏冬蝉将林椰拽到角落里坐下，将他的脸擦白一层，又给他涂口红，最后拍拍手递给他一面镜子，神色颇为满意："你看看。"镜子里映出一张唇红齿白的脸庞来。

林椰把镜子还给夏冬蝉，双手交叉放在后脑勺上，淡淡地说："女孩子的审美我欣赏不来。"

主题曲评级是两人一组。江敛的话说得不错，林椰果然在唱歌部分栽了跟头，等级堪堪从D晋升到C。离场时沈PD仍是对他说："林椰，我觉得你还没有做到真正的努力。你还没有想清楚吗？"

林椰没有说话，目光却不由自主地从沈PD脸上挪开，落在了对方身后"越努力越优秀"的红色横幅上。

二次评级结束以后，林椰脱下紫色班服，换上绿色的。夏冬蝉亦如愿以偿地领到了新的粉色班服。A班和B班人数以肉眼可见的速度增长。导师亲自挑出主题曲舞台录制的三十个人，而中心位由所有学员不记名投票决出。

投票环节在空教室拍摄，所有学员从后门排队进入，再从教室前门出来。算入下笔和陈述理由的过程，一百位学员的录制时间加在一起堪称漫长，林椰排到中途时去上厕所，在厕所另一头的走廊尽头看见江敛和明让。

两人叼着东西站在窗边说话。林椰以为他们是在抽烟，从厕所出来，走近去看才发现，两人咬的是棒棒糖。

明让一只手搭在栏杆边，另一只手将棒棒糖夹在指尖，装模作样般轻抖两下，朝林椰斜起嘴角："要不要来一根？"

林椰一时语塞，半晌后才道："我还要过去录制。"

明让不甚在意，摸出一根棒棒糖不由分说地塞入他手中，又从口袋中摸出一个打火机，抬手朝林椰扬了扬手中那个打火机，发出一声满意的唔叹："你陪江敛在这里吃糖，我去楼道里透透气。"

目光从明让消失的背影上收回，林椰忍不住笑了笑。他将棒棒糖放入口袋里，转而摸出一张空白的投票纸，递到江敛眼皮底下，屈起食指往薄薄的纸张上轻弹两下："你不打算在我这里给你自己拉拉票？"

江敛取出口中的棒棒糖隔空丢入垃圾桶，面上不置可否："你只有一票，学员有一百个。"

"一票也是票。"林椰道。

江敛笑了："我记得夏冬蝉也在中心位候选人里面。"

他轻描淡写地补充："你和他关系最好，可以把票留给他。"

夏冬蝉的确与他说过投票的事，只是说完后，又嘻嘻哈哈地笑起来："虽然让你给我投票,不过我可没指望能从江敛手里抢中心位,他的粉丝可比我的多太多了。"

收回思绪,林椰故作惋惜地将投票纸折叠好,放回自己的口袋里。

江敛不以为意地抬眸,目光从林椰白皙的脸上一掠而过。下一秒,他冷不丁地朝林椰道:"你过来。"

林椰误以为他是后悔了,朝江敛走近一步,面上甚至还故作疑惑:"怎么了?你又后悔了?"

江敛眉眼淡淡,视线从他脸上轻轻扫过。

林椰一声不吭地望向他。

江敛微微垂眸,嗓音低沉:"擦粉了,还涂口红了。"

"擦掉吧。"江敛从口袋里摸出干净的纸巾递给他,"林椰,你涂口红就像小姑娘。"

林椰神色略有不自在,接过纸巾在嘴巴上重重擦了两下:"你在舞台上不带妆?"

江敛没有说话,从他手中抽出纸巾揉成一团,抬手丢了出去。

纸巾团在空中划过一道弯弯的弧线,准确无误地落入垃圾桶内。

江敛扬起唇角:"是像可爱的小姑娘。"

他侧过脸来,眸光浅淡而好看:"你说得对,我后悔了。所以林椰,记得要给我投票。"

林椰愣住。

他觉得江敛不像是在拉票。

他觉得江敛是在用脸杀人。

江敛夸人的手法相当拙劣,甚至还比不上他那张脸有用,林椰想。

12

林椰在回去途中遇上了夏冬蝉。

"快要轮到你了,赛训组让我过来找你。"夏冬蝉拽过他往回走,视线从他脸上扫过,"林椰,我以前怎么就没发现,你还有吃口红的坏习惯啊?"

林椰摸摸嘴巴:"我擦掉了。"

夏冬蝉费解:"拍摄还没有结束,你擦掉干吗?"

他想起江敛的话:"又不是女孩子,整天涂口红做什么?"

夏冬蝉闻言轻哼:"难道我就是女孩子了?"

林椰煞有介事地转头打量他一眼："你这么一说，我还真觉得有点像。"

夏冬蝉作势要掐他，工作人员迎面走上来打断他们，催促林椰道："下一个就到你了，快过去吧。"

夏冬蝉退开一步，朝他摆摆手说："你去吧，我在前门那里等你。"

林椰跟在工作人员身后进入录制教室，前一位学员已经离开。导演坐在摄像机后朝他比了个手势，示意他到投票箱前去。

在投票箱前站定，林椰从口袋中摸出投票纸，捡起桌边的笔对着空白的纸张思忖一秒，然后弯腰落笔。

摄像机摆在对面没有动，导演让他将投票纸举起来，面朝摄像头停留三秒钟。林椰却像是没有听清楚，手快将那张纸丢入了投票箱。

导演皱起眉来，转念思及林椰也不是高人气学员，便跳过这个环节，直接问他："你刚刚投的是谁？"

林椰神色一顿，继而对着镜头笑起来："夏冬蝉。"

导演又问："你投他的理由是什么？"

林椰垂眸思考两秒："大概是，这里没有人会觉得他不是中心位吧。"

导演眉间褶皱又深一分，先朝林椰点点头，示意他可以离开了，而后转头对站在身侧的人说："这都讲的什么乱七八糟的话？剪掉。"

后者点头道"好"。

下午赛训组组织被挑选出的三十人进行主题曲舞台录制，中心位人选毫不意外地落到了江敛身上。顺位排名还未公布，仿佛就有许多人理所当然地认为，上岛时在综合能力评定中拿到第一名的江敛，就应该在主题曲舞台录制中拿到中心位。

且不说江敛在等级评定中的实力，进岛之前，就有许多人听说过江敛与明让，以及两人背后的在整个演艺圈赫赫有名的经纪团队。

甚至已经有人私下料定，最后出道时的中心位竞争，多半又是同工作室内部打架。无论是谁拿下中心位，剩下的那位都会将高位揽下，经纪团队即为最大的获利者。

赛训组给剩下的七十个学员放了半天假，林椰欲回宿舍睡觉，同工作室另两个人却要去录制大厅看主题曲拍摄，也叫上了他。

林椰想了想，最后还是跟他们去了。

进入厅内时，他才发现舞台对面零零散散坐了不少被放假的学员，布场工作还没完成，赛训组的人忙得脚不沾地，化好妆的学员们站在舞台两侧闲聊。

林椰注意到，所有人都脱掉班服，换上了绀色制服。

上身是白衬衫和绀色西装外套，下身是绀色西装长裤和黑色皮鞋。衬衫扣到最高一粒扣子，领带上夹着银色的领带夹，胸口别着名牌。

　　制服林椰也有，只是还没有穿过。

　　他目光漫不经心地流连于舞台旁，却不知道是在找什么。

　　左侧肩头微微一沉，有人将手搭在他的肩头，站在他身后问："在找我吗？"

　　林椰视线猛然顿住，回头就见夏冬蝉笑嘻嘻地站在自己身后。

　　他面色如常地点头："是啊，在找你。"说话的间隙里，目光却悄无声息地越过夏冬蝉，落在舞台边一人的背影上。

　　下一秒，那人似有所觉般侧目，遥遥地与他对视上了。

　　林椰的目光顺着江敛在灯光里越发深邃挺立的五官下落，看见了他缠绕在领带上细长而有力的手指。

　　对方似是坐在舞台边打领带，一条腿朝前舒展，另一条腿屈起，黑色的鞋底踩在台阶上，衬衫领口松松敞开，西装外套的扣子没有扣，眉间淡漠，侧脸光影明灭。

　　夏冬蝉还在说："制服比班服好看太多了，是吧？"

　　林椰却有些心不在焉，只敷衍地点了点头。

　　舞台布置完成，工作人员拍手通知三十名学员集合。

　　夏冬蝉匆匆转身离开，身边的人潮缓缓涌动起来，不断有人从视野中穿梭而过，或是从身侧擦肩而过。

　　江敛扣上制服外套，从台阶上站了起来，却没有转身上舞台，而是逆着人流走下台阶来。

　　林椰站在原地未动，看着江敛朝他走过来。

　　走到他跟前时，林椰收回目光，侧身退开一步给对方让路。

　　江敛亦没有多看他一眼，神色如常地从他身旁走过。

　　擦肩而过的瞬间，林椰瞥见对方嘴唇轻启。

　　江敛的声音低却清晰地响起，叫了他的名字："林椰。"

　　耳中世界蓦地一静，林椰下意识地屏住呼吸。

　　江敛言简意赅："今天晚上公演分组，你要不要跟我一组？"

　　林椰愣住，飞快回过头去，却只来得及看见江敛的背影。

　　人声和伴奏调试声由四面八方汇聚而来，如潮水般涌入耳中。

　　他回过神来，一时之间竟然有点分不清，江敛说的那句话是臆想还是现实。

　　数分钟后，舞台上的学员在聚光灯下排好队形，江敛一个人站在队首。工作人员发号施令，音乐前奏响起，学员们面带笑容，跟随身体记忆踩着音乐节点动起来。

林椰站在舞台对面的观众席，目光始终定在江敛身上。

他看对方抬臂收臂，踢腿转身，在间奏里蹲下起身，动作利落从容。

胸腔里心脏的有力跳动声逐渐与耳边的音乐重叠，仿佛就连血液也沸腾起来。又来了，这种感觉，林椰想。即便是一个简单的动作，也能够轻而易举地唤起他胸腔中的共鸣。

他在伴奏的高潮里望向江敛，毫无防备地撞上江敛如深海般深邃的瞳孔。舞台灯光落在他的眼睛里，就像是月光落在浪潮涌动的海面，又或者整片星空坠入海底。

林椰心中一震。

恍惚间有点明白过来，江敛带给他的震撼感为什么不同于别人。对现在的他来说，那些老师、前辈都是遥不可及的，可是江敛不一样。江敛是真实存在于他身边，是他看得到、摸得到，能够奋起直追的人。

他甚至明白了憧憬舞台是一种怎样的感受。

他觉得自己已经开始憧憬舞台上江敛身边抑或是身后的位置。

毫无疑问，站在江敛身边跳舞，或者只是和江敛站在同一个舞台上跳舞，都对他有着非同一般的吸引力。

这种吸引力，与实力相关。

他想，他是不是终于可以下定决心了。

13

主题曲舞台录制时间漫长而烦冗，林椰并没有看到最后。

晚上还有更加重要的比赛过程拍摄，地点在宽敞的阶梯教室。工作人员要求所有学员穿西装制服，林椰回宿舍洗了个澡，从衣柜内翻出赛训组发的制服换上。

制服尺码合身，可林椰不会打领带。

他站在床边朝枕头下摸了摸，想要用手机搜打领带教程，摸到一半时才想起来，手机已经上交。

林椰试图回忆江敛坐在舞台边打领带时的动作步骤，却怎么都回想不起来了。

他拽下挂在脖子上的领带，随手折叠起来塞入外套口袋中，避开用餐高峰期去食堂吃晚饭。

参与主题曲录制的学员大约才解散，远远能看见食堂内人影交错，嬉闹声忽高忽低地飘出来。

林椰掀开门帘走进去，环顾一圈食堂内的窗口与餐桌，所有人都穿着同款同色的西装制服，想要从这些人中找到夏冬蝉有点困难。

在窗口打了一份卤肉饭，他端着餐盘朝人少的角落走。食堂内都是四人和六人沙发卡座，卡座之间都有矮墙隔离。

他走过去时并未注意到，绕到常坐的那张餐桌前时，视野中陡然出现小片绀色制服的衣角，沙发已经有人先坐下了。

林椰脚步一顿，端着餐盘转身要朝对面走。

身后却有人叫他的名字，尾音不太确定地上扬："林椰？"

林椰转过头来，看见明让单手托腮，探出半边身体朝他站的位置瞥过来。看清他的脸时，明让笑眯眯地开口："果然是你啊。我就说，这个黑色后脑勺看着有点像。你换了衣服，我都要认不出来了。"

林椰抬眸笑了笑，端着餐盘朝前迈一步，果然发现江敛坐在明让对面的沙发里，垂着头，侧脸满是漫不经心。

他与明让离得更近，直接在明让身旁的空位上坐下来，率先开口："你们看见夏冬蝉了吗？"

明让懒洋洋地反问："夏冬蝉哪位？"

林椰淡淡地说："我室友，A班的。"

明让仔细回忆无果，勾起一边嘴角没有接话。

倒是江敛抬眸扫一眼坐在对面的他，问的话却与夏冬蝉毫无干系："你的领带呢？"

林椰说："在口袋里。"

江敛点了点头，淡淡道："为什么不系？"

林椰神色略有不安，却还是大大方方地答："我不会系。"

江敛闻言轻扬眉尖，从林椰没打领带的衬衫领口处收回目光。

明让却面露戏谑："不会打领带，还是没长大的小朋友啊。"

林椰并不反驳他的话，埋头专心致志地吃饭。

明让顿觉无趣，丢开手中的筷子，起身问餐桌对面的人："我去打汤，你要不要？"

江敛问："什么汤？"

明让蹙眉想了想，并未想出个所以然来。

坐在旁边的林椰咽下口中的米饭，插话道："今天是玉米排骨汤。"

江敛说："要。"

明让起身朝卡座外走，背影很快消失在视野内。林椰收回视线，夹起一片卤肉放入口中，余光却瞥见江敛放下手中的筷子，指节轻叩桌面，对他道："起来。"

林椰诧异地抬头："怎么了？"

江敛没有说话，先隔着餐桌起身。

林椰面有疑色，却还是慢吞吞地站了起来，只见江敛微微倾身，一只手越过桌面伸入他的外套口袋中，从里面拿出一条被叠得有些皱巴巴的领带，朝他道："你过来一点。"

隐约察觉到对方的意图，林椰抵在桌边的双手不由自主地握起来，依言上半身朝江敛所站的方向前倾。

江敛指尖捏住他的衬衫扣子，替他将领口扣好，又替他系领带。

领带打好以后，折叠过的部分却不太服帖，似是不满意般皱眉，江敛抬手解开自己制服外套上的扣子，在林椰的注视下，取下领带上那个银色的领带夹，俯身将它夹在了林椰的领带上。

夹好领带夹后，江敛抓住他领带的那只手仍未松开。

林椰仍旧神色愣愣，眼中仿佛只剩下那个银色的领带夹。

江敛抓住领带的指节微微用力，将人拽了一下。

林椰猝不及防地朝前弯了弯腰，双手仓促间撑在桌面保持身体的平衡。

江敛冷不丁地看向他，语气轻描淡写："想好了吗？"

整个过程过于短暂，林椰甚至都没来得及回答。

身后脚步声渐近，江敛松开他坐回沙发上。明让端着两碗汤走过来，诧异地望向林椰："你站着干吗？"

林椰闻言回神，扯开唇角敷衍一笑，匆匆坐下来，扣上制服外套，将领带上的那个银色领带夹拿下来。

14

晚上七点半，所有学员在阶梯大教室集合。

在宿舍里等了等，不见夏冬蝉回来，林椰才独自前往阶梯教室。教室里的座位区已经人满为患，夏冬蝉先一步过来占了座位，坐在前排朝他招手。

座位区一侧靠墙，另一侧靠过道，每排有十个座位，一共十排。夏冬蝉坐在第三排的墙边，林椰只能从过道这一侧绕进去。

坐在外侧的人纷纷屈起双腿让道，林椰扶着前排的椅背慢吞吞地朝里挪，前排两个学员搂抱成团相互打闹，手肘撞在林椰身上，将他撞得下意识后退一步，鞋底踩在身后人的脚上。

对方二话不说抽出那只被踩的脚，林椰鞋底一空，双腿膝盖不由自主地弯了弯，身体踉跄着往后倒了下去，一双手适时伸过来将他扶稳。

前排扭作一团的人这才发现自己撞到了人，忙放开身侧的人扭过头来朝他道歉："不好意思啊，我不是故意的。"

林椰回了句"没关系"，抓着椅背要起身，却察觉到肩头的力道猛地加重。他不由得诧异偏头，冷不丁地对上江敛平稳的目光。

林椰的神色渐渐转为惊愕。在他的注视下，江敛扶住他的双手稍稍用力，将他推了出去，继而不紧不慢地拍了拍有些皱的西装裤腿。

仿佛前一秒被对方按住这件事，只是林椰自己的错觉。

林椰忍不住回头望了江敛一眼，对方却并没有看他，面色如常地侧过身去与明让说话，只留给他一个冷淡的侧脸。

咽下嘴边道歉的话，林椰收拾好面上的表情，亦装作无事发生般朝夏冬蝉身旁留出的空位走过去。

七点四十分，沈PD准时出现在教室里，先简单总结上午主题曲评定的情况，然后向大家宣布第一次公演的准备事宜。

首次公演的形式为小组对决，对决曲目有八首，每首歌各有A组和B组。当中七首歌为六人组，剩下一首歌则是八人组。十六个中心位里，前八个中心位由几位导师选出，剩下八个由全体学员不记名投票选出。

沈PD先在大屏幕上公布八位由导师选出的中心位，然后从桌下拿出一沓白纸分发给所有学员，由他们在纸上写下那八人以外的任何一个名字。

工作人员唱票的时候，林椰抬头看了一眼大屏幕。江敛、明让与夏冬蝉赫然在那八人之中，就连栗沉的名字，也并排出现在夏冬蝉名字旁。

唱票结束以后，沈PD报出剩下八位民选中心位的名字。林椰的名字不在其中，他毫不意外。

沈PD在屏幕上放出八首歌的名字，学员们纷纷勾肩搭背、交头接耳，同时目不暇接地从八首歌上一一扫过，已经开始物色自己心仪的曲目。

夏冬蝉问林椰："你要不要跟我一组？"

林椰顺着对方的目光将视线落在声乐组下方："你又不是不知道，我唱歌不行。"

夏冬蝉闻言，点了点头，语气中却并未有多少遗憾："也对，看来我们注定要分开了。"

夏冬蝉的目的很明确，他来这里不是交朋友的，而是来参加有淘汰规则的比赛的。

林椰在舞蹈组的三首曲目上流连数遍，脑海中浮现出江敛下午在录制大厅中问过他的话，却不太确定对方是否会选择舞蹈组。毕竟在他看来，江敛是偏向全能的类型。

五分钟以后，十六个中心位按照进岛时的初排名依次上台挑表演曲目。江敛是第一个上去的，在他眼前有八个选择，林椰视线定定地落在江敛的背影上。

江敛抬起的指尖滑过说唱组的两首歌，徘徊于舞蹈组与声乐组的六首歌之间，冷不丁地侧过脸来，遥遥地朝学员们坐的方向看了一眼。

对上江敛视线的那一刻，林椰右手大拇指紧按食指指腹。

沈PD见状笑问道："你在看谁？是已经和谁商量好一组了吗？"

明让笑眯眯地接话："看我也没用，我们这次注定是不能进同一组的，只能在舞台上针锋相对了。"

江敛挑了一下唇角："我有说是在看你吗？"

在场众人哄堂大笑。

江敛回过头来，细长的食指掠过声乐组，落在舞蹈组下方的那首《台风眼》上，指尖轻点两下道："我选这个。"

林椰肩头微松，不由自主地笑了起来。

然而进江敛那组，却比想象中还要难得多。所有中心位挑好曲目后，还要按照排名顺序依次挑组员。

一轮接一轮过去，江敛始终没有叫过他的名字。不仅如此，大概是托前两次评级中表现不佳的福，除去早先说好的夏冬蝉以外，剩下的中心位也无人点名要他。

前四轮过后，林椰与C班其他学员，以及D班和F班的人一道被剩了下来。

他心中逐渐动摇起来，或许江敛并没有自己想象中那样愿意拉他进组，下午心血来潮开过的玩笑话，转过身后并没有放在心上，又或者对方是真的看上了他的舞蹈能力，却因为没有等来他的回答，因而理所当然地以为，他已经另有选择。

无论事实偏向哪一种，林椰情绪皆不高。

从理智上来看，江敛组里其他四个人等级评定都在A班与B班，即便下一轮时江敛只能在剩下三个等级中做出选择，对方也没有必要拉他这么个在唱歌上拖后腿的人进组，C班唱跳俱佳的学员并不是没有。

从感情上来看，他与江敛的关系似乎还没有好到能够让对方像夏冬蝉那般，不看实力直接拉他进组。

他抬起头来，对上夏冬蝉挑眉望来的视线。

事实上，在走下座位区之前，夏冬蝉曾开玩笑般对他说："假如到最后一轮还没有人要选你的话，你就进我这组吧。与其阴错阳差进其他声乐组或是说唱组，还不如到我这里来。"

林椰闻言摆摆手，毫不在意地道："我总不至于这么惨吧。"

没承想，还真就有这么惨，林椰轻叹一口气，有些无可奈何地弯起嘴角来。

第五轮开始时，江敛没有像前几轮那样直接点人。

他扫一眼稀稀落落坐了人的座位区："我们队里现在有两个声乐歌手、一个说唱歌手、一个舞者，你们谁对自己的定位是舞者？"

坐在林椰前面的赵一声急切地举起手来；林椰亦直勾勾地看向江敛，举起手来，末了余光扫向四周，几个举手的人里，唯有他和赵一声穿着绿色的班服。

竞争似乎并不大，林椰稍稍放松。

江敛淡淡收回视线，转身与站在身后的另四位队员讨论起来。片刻以后，林椰看见江敛微微点头，抬眼看向自己与赵一声所坐的位置。

小组对决的赛制中，最终的奖励是加给整组而不是个人。显而易见的是，加入第一名那组对所有学员来说，有百利而无一害。将当中的利与害想得清楚，赵一声噌地站起身来，语气中裹着几分殷切："我舞蹈和唱歌都学过好几年，之前也有过舞台打歌的经历，对舞台并不生疏。"

林椰眯了眯眼眸，亦在赵一声话音落地后站起身来，欲开口替自己说几句，却见江敛朝赵一声点了点头，出声打断他："可以了。"

林椰在赵一声志得意满的笑容里闭紧嘴巴，他的心微微一沉。

他坐回座位上，压下心中的一团郁气，忍不住暗骂一句两秒前还在江敛那里心存侥幸的自己。

反省过后又难免有些生怒，难道凭着此前那些交情，自己还不能在江敛面前说上一句话吗？

林椰不再看江敛，却听见有人叫自己的名字。

他绷着面色抬头，在赵一声逐渐难看的面色中，看见江敛朝自己招手："过来吧。"

林椰一顿，心中怒气与憋闷瞬时转为惊愕，片刻后起身朝对方走去时，已经是面色平静。

江敛朝他张开手臂，做出一个拥抱的姿势。

林椰同样伸开手臂回抱对方。

江敛压低了嗓音问他："你看夏冬蝉做什么？怕我不叫你？"

林椰没有吭声，转身去同另外四位队友击掌。

15

林椰他们组是《台风眼》A组，练习教室在A班。

分组结束的隔天上午，组内六个人在教室集合会面，定下每人在组内的任务分配。

江敛是中心位毋庸置疑，剩下五个人里，还有四个竞争位。有人提议队长也由江敛担任，林椰与其他人并无异议，江敛却直言不当。

队长人选只能先搁置，剩下五个人竞选主唱和主舞，温免和祁缓都想要主唱的位置，分别临场发挥唱了一段高音。

大家商量过后，主唱定下了相对更稳的温免，剩下主舞给了颜常非，说唱部分给了程迟。

整个过程当中，林椰一直沉默不语。他自知自己是这六个人里评级最低的那个，什么主唱、主舞都落不到他头上来，只借着这个机会慢慢记住其余四个人的名字与脸。

五个人里除了江敛，他都不怎么熟悉，此时此刻倒是慢慢回想起来，四个人中有三个他是见过的。

温免是电话录制那晚教他如何赢取观众关注的人，初评级录制时对方还和他同在D班，再评级就已经从D班升到了A班；程迟和祁缓则是昨晚在座位上打闹时将他撞倒的那两个人。

剩下一个颜常非，林椰虽然不认识他，却也从室友口中听到过这个名字。再评级前那三天，颜常非总是最后一个从教室离开的学员，天天如此，雷打不动。

假如导师要根据勤奋程度与练习时长来定中心位，那么颜常非一定是排在榜首的。

他收回思绪，转而听见其他四个人在讨论队长人选。颜常非建议队长从剩下的林椰与祁缓当中挑选，程迟与温免点头赞同。

江敛却冷不丁地开口："我们组不需要过来浑水摸鱼的人，队长由主题曲学习期间练习时长最短的人来当，督促其他人的同时也是督促自己不要在训练期间偷懒。"

众人闻言一顿，继而齐刷刷将视线投向林椰，以及贴在他腰间的那个等级C。

林椰稍显迟疑，却还是忍不住顶着面前几个人的灼灼视线为自己辩解一句："我只是等级最低，不是练习时长最短。"

江敛对此不置可否，只淡声道："算算就知道了。"

最终计算结果在众人的意料之中。颜常非的练习时间最长，林椰的练习时间最短。更为夸张的是，颜常非的练习时长是林椰练习时长翻倍以后的数值。

温免调侃他道："勤奋果然是与成功分不开的。"

林椰听得哑口无言，却也不好再解释什么。

江敛将队长徽章丢入他怀里："其他人没意见的话，队长就定他了。"

温免点头如捣蒜："我没意见。只是，为了能够让我们的队长更好地成长，我想提一个建议。"

林椰闻言看向他，心中隐约浮现出一点不怎么好的预感来，果不其然，就听对方道："我建议以后每天早上，都由队长来叫我们起床。"

林椰有些头疼，转头就见其他三个人举高双手以示赞成。他又不死心般将目光挪向江敛，却见后者也微微扬眉，赞同道："建议不错。"

林椰瞬时就有点后悔进江敛这组了。

《台风眼》这首歌的学习难度大多集中在舞蹈动作上，几个人看过教学版本以后，一致决定先学习歌曲部分。

其他人唱跳水平皆不差，唯独林椰一人唱歌水平中等偏下，学歌时进度落后于所有人。他起身走到墙边坐下，一个人对着歌词本慢慢咀嚼。

对面B组成员也在练歌，几重忽高忽低的不同嗓音钻入耳朵里，始终令他无法彻底集中自己的注意力。

被那些声音扰得心烦意乱，林椰仰头朝墙上一靠，将手中的歌词本摊开盖在自己脸上，将自己的视线与外界隔绝开。

黑暗中情绪逐渐沉静下来，林椰默记先前看过好多遍的歌词。

头顶的窗户被人从外面推开，有人伸手将歌词本从他脸上拿开，光线陡然泻入视线，林椰忍不住眯了眯眼睛，熟悉的声音从头顶传来："林椰，你又在偷懒吗？"

林椰抬起眼睛，看见夏冬蝉一只手提着歌词本，趴在窗台上看自己。

抬手接过歌词本，他开口说："我在记歌词，你怎么过来了？"

夏冬蝉歪了歪头："那你继续，我就是过来看一看。"

林椰果然没再看他，闭上眼睛后，又将歌词本盖回自己脸上。

夏冬蝉却没有离开，片刻后又伸手来掀他脸上的歌词本。

皱眉的同时，林椰抓住对方，咬着重音将刚才的话强调一遍："我在记歌词。"却听见对方问得轻描淡写："你是准备在梦里记歌词吗？"

林椰眼皮一抖，歌词本从脸上斜斜地掉下来，睁眼就看见自己抓着江敛。

江敛目光沉沉："松手。"

林椰匆忙放手，捡起掉在身边地板上的歌词本，眼睛并未看对方："我以为是夏冬蝉。"

江敛没有再追问，只问他："歌会唱了吗？"

林椰一愣，下意识地答："会唱了。"

江敛说："唱一遍给我听。"

林椰翻开手中的歌词本，对着歌词唱了一遍自己分到的部分。

江敛面上神色并未有太大变化："你知道自己最大的问题在哪里吗？"

林椰想了想，将那晚在小教室内江敛说过的话原封不动地搬出来："唱不上去高音。"

江敛摇了摇头，指尖落在歌词本上的高音部分："这几句已经分给了温免，所以高音目前不是你最大的问题。"

"你的气息不行，林椰。"江敛拧起眉来，话里一点情面都不留，"我选你进我的队里，不是让你来拖后腿的。"

林椰闻言沉默下来。

江敛扫他一眼："你靠墙坐好。"

林椰依言照做。

"背挺直，"江敛抬手伸向他身后，"腰和背贴墙。"

林椰瞬时挺直了背脊，后背和腰紧紧贴在墙上，然后抬头看他。

江敛在他身侧单膝跪下，掌心朝下隔着班服覆在他的肚子上："现在开始，先吸气，再慢慢吐气。整个过程中，腰和背都要紧贴墙壁，肚子要朝外鼓，不要朝里瘪。"

林椰没有说话，一一照做，先吸气，再缓缓吐气。这样的动作周而复始做过好几遍以后，他抬起眼睛，询问般看向始终神色淡淡的江敛。

江敛没有说话，径直卷起他的班服，检查他的动作是否标准。

林椰一口气没憋住，肚子瘪了下来。

江敛放下手："记住这个感觉，以后每天都要做。"

林椰心不在焉地点头，余光瞥见四周其他学员来回走动的身影，伸手想要将自己的衣服放下来。

江敛却先一步替他整理好衣服，扬唇哂道："原来你有腹肌。"

林椰闻言，毫不客气地回击："你没有吗？"

江敛淡淡反问："我有没有，你很想知道吗？"

林椰拍拍膝盖上蹭到的灰，双手撑地欲站起身来："算了，我也不是很想知——"话未说完，就被其他人的声音打断。温免停在两人面前，语气略带迟疑地问："你们在干吗？"

林椰猛然回头，清晰地看见对方脸上浮现出傻眼的神色。

江敛面不改色地站起来："我在教他用呼吸法练气息。他不会，我给他做个示范。"他微微一顿，看向林椰："你现在会了吗？"

短暂的沉默后，林椰慢吞吞地抬眼道："我会了。"

16

A组当天没有练到很晚，江敛和温免被工作人员叫去拍广告，剩下的人在教室各自练习。

程迟与祁缓关系好，两个人大多数时候黏在一起。林椰和颜常非却没什么交情，就连话也说得少。

恰好B组有一个人生病缺席练习，明让直接把林椰从A组叫过来给他们组填补队形，林椰索性就跟着B组练了一整个下午的舞，晚饭也是和B组五个人一起吃的。从食堂里出来的时候，其他人打算继续回教室练习，明让却摆摆手道："你们去吧，我回去洗个澡。"

剩余四个人又看向林椰："你呢，回宿舍还是去教室？"

想着江敛与温免都不在，A组今晚大概也不会再集合练习，晚些时候宿舍其他五个人也要回来洗澡，免不了要排队等浴室，林椰朝明让身侧走一步："我也先回宿舍洗个澡。"

其他人便点头应下，转身朝训练大楼的方向走去。

明让转身勾住他肩头，将他带向相反的方向，聊起闲话来："弟弟，你多大了啊？"

林椰张口要说十九，却回想起数天前江敛皱眉询问他年龄的情景，不动声色地改了口："二十。"

明让点点头，笑眯眯地问："找女朋友没有啊？"

林椰说："没有。"

明让面上并不惊讶，只拍着他的肩头感叹："还是小朋友呢。"

林椰轻扯嘴角:"你们难道不也是我这个年龄吗?"

明让却不回答,只故作高深地打量他两眼,而后才慢吞吞地问:"你这是想打听我的年龄,还是想打听江敛的年龄呢?"

林椰不慌不忙地回望他:"我只是随口一问,算不上打听吧?"

明让眉尖微挑,吐出一个数字:"二十四。"

林椰先是面露诧异,而后又逐渐了然。先不说明让平常说话时喜欢以哥哥的身份自居,就单看江敛说话做事,确实也不像他的同龄人。

天色渐黑,他将脖子缩在羽绒服里埋头往前走,却没有听见明让落后两步轻声呢喃:"江敛和小朋友还玩得挺好。"

林椰回到宿舍,却没能看到一个空荡荡的浴室。多半是抱着和他相同的想法,几个室友赶在他之前先回了宿舍。他进门时,浴室里已经有人在洗澡了。

他躺在沙发上翻夏冬蝉带过来的漫画书,余光瞥见第一个室友洗完出来,第二个室友又抱着衣服和毛巾进去。

林椰耐心耗尽,皱眉坐起来,将手中的漫画书盖在茶几上,起身朝门口走过去。

右手搭在门把手上,正要朝里拉时,敲门声却先响了起来,林椰神色微愣,后退一步将门打开,明让的脸出现在他的视野内。

对方披着羽绒服靠在门边,发尖仍在滴水:"吹风机先借我用用,我们宿舍的不知道被江敛收到哪里去了。"

林椰想了想,人站在原地没动,嘴巴倒是差点先脱口而出一句"我知道"。他闭紧嘴巴,转身去柜子里翻吹风机。

明让却跟了过来,极为随意地扫他一眼:"你还没洗澡?"

林椰将找出的吹风机递给对方:"室友还在洗。"

明让若有所思地点头,却不接他递来的吹风机:"你要不要到我们宿舍去洗?"

林椰有点心动,目光却落在宿舍内紧闭的浴室门上:"我的洗发水和沐浴露都放在里面,现在不好进去拿。"

明让:"你可以用我们的。"

本也不打算留在宿舍浪费时间,林椰没有再推辞,转身朝自己的衣柜走去。

两分钟以后,林椰抱着衣服抬脚迈入对方的宿舍里。

他将毛巾和衣服放在浴室内的衣架上,出来时却见明让靠在椅子上吹头发,沙发上堆满了对方脱下来的衣服。

林椰脱羽绒服的动作一顿。

明让丢下吹风机，起身将江敛的椅子往桌外拖了拖，懒洋洋地开口："你衣服脱了挂他椅子上吧，他一时半会儿也回不来。"

林椰把羽绒服挂在江敛的椅子上："里面摆的洗发水和沐浴露，哪边是你的？"

明让眯眸想了想，开口道："左边是我的，右边是江敛的。"

林椰穿着自己的拖鞋朝浴室里走，中途回头道："我用你的。"

明让闻言，也只举着吹风机勾唇笑了笑，没有说话。

洗澡时间不算长，却也不算短，林椰要洗头发，连带着洗澡时间也延长了一点。

他用了明让放在左边的洗发水和沐浴露，洗完头发对着花洒冲泡沫的时候，林椰凝神一听，才发现不知道从什么时候开始，明让吹头发的声音已经停了。

热水冲干净发顶和身体，林椰关掉花洒，扯过毛巾站在暖黄色的灯光下擦头发，却听见浴室外先后传来开门与关门的响动，明让似乎出门了。

林椰扯下另一条毛巾，不疾不徐地擦干身体，然后开始穿衣服，浴室外却有清晰的脚步声由远及近，深色的人影投在水雾弥漫的磨砂玻璃门上。

原来不是出门，而是刚从外面回来。林椰套上卫衣，又弯下腰抬起一条腿穿裤子。

门外的人一只手拎东西，另一只手抬起来敲门，敲门声中夹裹着淡淡的不耐。

林椰系好卫裤上的抽绳，抬眸扫一眼对方侧脸映在玻璃门上模糊却流畅的线条，转身抱起换下的要洗的衣服裤子，朝门边走去。

门外的人终于开口，语气低沉不悦："明让，我说过多少次了，不要把你的衣服挂在我的椅子上。"

林椰一愣，落在门把手上的那只手动作顿住，视线再度隔着磨砂玻璃落在门外人的身影上时，先前所有的从容不迫瞬间消失殆尽。

他有片刻的失神，心中亦翻涌起些微惊异，却很快平静下来，握在门把手上的五根手指逐渐收紧，猛然拉开面前这扇门，热腾腾的水汽大片大片地涌向门外，当中还混有熟悉的沐浴露和洗发水的淡香。

林椰顶着一头湿漉漉的短发站在门里，仿佛就连瞳孔和睫毛也变得湿漉漉起来。

江敛一怔。

他眼眸微眯看向面前的人："你用了我的洗发水和沐浴露？"

17

"你的？"林椰再度在记忆中确认一遍,"我用的是明让的。"

他上前去接被江敛拎在手里的黑色羽绒服:"不过,你手里的这件衣服是我的。"

江敛顺势松手,稍稍扬眉:"明让告诉你,那是他的？"

林椰点头,就见对方不再接话,转身提起沙发上散落的衣服裤子堆在明让下铺,取下手表丢在沙发里,头也不回地问他:"洗完了吗？我要去洗了。"

林椰说洗完了,抱着自己的衣服朝门边走,中途却又停下脚步,看一眼墙上的挂钟时间:"洗完澡还去练习室吗？"

江敛淡淡反问:"你准备今晚洗两次澡？"

林椰说:"练歌不需要剧烈运动,不会出汗。"

江敛闻言转头,定定地看向他。

被看得莫名其妙,林椰问:"你看我干吗？"

江敛扬起唇角,语调却平平无起伏:"我们队里现在还需要练歌的,大概也就只剩下你了吧。"

林椰顿时语塞。

江敛收回视线:"你先回去,半个小时后拿歌词本过来找我。"

林椰求之不得,脸上终于浮起笑意来。

他回宿舍洗衣服,在走廊上遇见夏冬蝉。后者加快步伐赶上来,伸手拉住他问:"你这是刚从哪儿回来？"

"去别人宿舍洗了个澡。"林椰说。

夏冬蝉点点头,凑近他,鼻翼微微耸动:"你这个是什么味道的沐浴露？真好闻。"

"是吗？"林椰笑了一声,"我用的别人的沐浴露。"

夏冬蝉又嗅了嗅:"下回你帮我问问,我也想买这个味道的沐浴露来用。"

林椰一顿,没说不好,也没说好,只当即岔开话题问:"你今天怎么回得这么早？"

"你不知道吗？"夏冬蝉一边推门,一边回头看他,"工作人员在训练大楼里广播通知,叫我们都回宿舍,说是今晚八点要开宿舍里的摄像头,拍我们的宿舍日常。"

林椰摇头:"我回来得早,没听见广播。"

踏入宿舍门内，他将手中的衣服放入脏衣篓里，转身去看时间。

离八点到来还有二十分钟，林椰想等摄像头关掉以后再去找江敛，打开柜子找吹风机的时候，才想起来吹风机还放在江敛寝室里，没有拿回来。

拿毛巾擦干发尾的水珠，林椰又披上羽绒服去敲江敛寝室的门，虽然是去拿吹风机，出门前却还是犹豫一秒，将歌词纸叠起来放入了口袋里。

敲完门后等了片刻，却没有人来开门，猜测江敛此时此刻大概已经在浴室里洗澡，林椰裹紧羽绒服要往回走，却听见门在身后开了。

他止步回头，看见江敛皱眉站在门里，下身还穿着赛训组发的运动卫裤，上身的工字背心像是匆忙间套上，没来得及整理的衣边已经卷到了腹部上方。

林椰鬼使神差地扫了一眼他的腹肌，坚实有力，的确比自己的腹肌块数要多。

江敛垂眸整理自己上卷的衣边，语气不咸不淡地开口："不是叫你半小时后再过来？"

林椰收回目光，面不改色地拨了拨自己湿润的短发："吹风机落在你们宿舍里了，我过来拿。"

江敛神色如常地转身："进来关门。"

路过沙发时，他抬手一指："你坐沙发上等我。"

林椰应下。

对方洗澡的时候，林椰坐在沙发上吹头发。江敛洗完澡出来时，他恰好摸着自己干燥的发顶，将手中的吹风机放下。

江敛换上了短袖和运动短裤，踩着人字拖去拿柜子上方的罐装啤酒，回头瞥向他："啤酒喝吗？"

林椰张开双腿歪靠在沙发里，被宿舍内充足的暖气熏得整个人都有点懒洋洋的："八点的时候摄制组要开宿舍摄像头，你小心点。"

江敛闻言，下意识地抬起手腕看表，却想起来手表在洗澡前已经摘下，又抬头扫一眼墙上的挂钟，离八点整还有不到五分钟。

没有再拿酒，他朝沙发走去，扫见林椰斜斜靠在沙发那头儿，毫不客气地占据整个沙发的模样时，扬眉道："你倒是一点也不见外。"

林椰这才反应过来，轻咳一声收回双腿，给江敛空出一半位置来。

江敛在他身侧屈腿坐下来，空气中陡然翻涌出浅淡却悠长的香味，清淡冷冽，像是暴雨后去掉泥土湿腥的森林的气息，又像日落时分蔚蓝深远的大海的气息。

林椰闻出来这是沐浴露的香味，好闻而不腻的香味开始干扰大脑，林椰的思绪慢了下来。

江敛的话将他带回现实里:"看见我的手表了吗?"

林椰慢半拍地抬头:"手表?"

江敛道:"我丢在沙发上那块。"

林椰似有所觉般侧身,露出身后角落里的黑色表带来。

他维持着上半身倾斜的姿势,探手朝沙发一角摸去,尝试好几次却都没能成功。

江敛扫他一眼,从沙发上起身,越过他的肩头伸手朝后摸去。

从旁观的角度看过来,两人的距离十分近。

林椰反应过来,余光扫向墙角缓缓摇头的设备,嘴唇翕动,低声提醒:"摄像头已经开了。"

江敛闻言微顿,垂眸看他:"开了就开了。"

林椰语塞,又飞快瞥一眼墙角正对自己的摄像头:"你难道不怕有人说你在故意和我捆绑?"

江敛抬眸看他,似笑非笑:"你知道在这种集训里,能让你的人气短时间内快速上升的方法是什么吗?"

林椰下意识地接话:"是什么?"

身后的宿舍门猛然被人推开,推门人身影未到,响亮逗趣的嗓音就先飘入:"公演分组后的第二天晚上,让我们来看看人气最高的两位学员在宿舍里干什么——"说话声戛然而止。

充当临时主持人角色的温兔维持着一只脚踏入门内,一只手朝镜头打手势的姿势顿在原地。

江敛扬眉看向温兔,面色略有不善:"进来不敲门?"

"我看门没关紧就进来了……"温兔的目光扫过江敛身旁的林椰,迟疑着退后一步,下意识地又抬头看一眼门上贴的名字,"这是你和明让的宿舍没有错吧?"

江敛道:"没错。"

温兔神情恍惚地点头,再度踏入宿舍内,斟酌着措辞问:"你们……刚刚是在干吗?"

江敛未回应。

温兔心中一跳,一边谨慎打量对方的脸色,一边暗暗怀疑,自己是不是问错了问题,却见江敛对着镜头扬唇一笑,缓缓摊开掌心,露出一直握在右手中的手表——那块本该躺在沙发角落里的黑色手表。

"在找手表。"江敛说。

林椰看向镜头微微一笑:"没错,找手表。"

18

温免并没有马上离开,见林椰从口袋中掏出熟悉的歌词纸向江敛请教,心中也有些触动,不免凑上前去加入讨论。

镜头下,同组成员互帮互助的场面和乐融融,以至于当明让踏入寝室时,有那么一瞬间甚至在怀疑,自己走错了寝室。

温免在工作人员的示意下将主持人的任务转交给明让,后者莫名其妙而无奈,屁股还未碰到沙发边又起身,领着身后几个老师去其他寝室串门。

剩下林椰三人在江敛寝室中继续唱法与技巧的讨论,大约半个小时以后,夏冬蝉也湿着头发找过来了。

门是温免开的,看见江敛在沙发上给林椰开小课时,夏冬蝉还有些神色发愣,而后才在温免的询问声中回过神来:"明让说他借了我的吹风机,让我过来拿一下。"

温免侧身给他让路,夏冬蝉走入宿舍内,一眼扫见桌面上随意摆放的熟悉的吹风机。他弯腰拔下插头,将吹风机抱在怀里,又看向沙发上专注练歌的林椰,叫了一声他的名字。

林椰声音一顿,这才察觉到夏冬蝉的存在,神色意外:"你怎么也过来了?"

"我来拿吹风机。"夏冬蝉扬了扬手中的东西,"你现在回去吗?"

林椰闻言,下意识地抬头看向墙上的挂钟:"已经九点半了吗?"

他从沙发上下来穿鞋子:"那我和你一起走吧。"

两分钟以后,三人从江敛寝室离开。他们的寝室方向不同,温免右转回自己寝室,林椰与夏冬蝉两人则是左转。夏冬蝉紧挨着他,冷不丁地开口问:"江敛人是不是挺好的?"

林椰诧异地挑眉:"你怎么会这么觉得?"

"他还给你单独辅导你最不擅长的唱歌。"夏冬蝉若有所思,"我本来还以为除了明让,他对谁都冷淡,更别说是私下辅导其他学员。"

林椰沉默半响,而后笑了起来:"毕竟第一次公演是小组对决,虽然我猜他并不想让我这种偏科的人进他们队,不过真进来了,为整个A组考虑,还是至少得把我的表现拉到整组的平均水平,这样才能不给其他五个人拖后腿吧。"

夏冬蝉想了想,不再深究:"你说得也对。"

两人一前一后进了寝室，很快就将这个话题抛到脑后。

隔天早上，林椰七点起床。穿好衣服完成洗漱后，他出门去叫其他队友起床。江敛住的宿舍距离最近，林椰却下意识地跳了过去，将那间宿舍排在了最后。

他先去敲温免和颜常非的宿舍门，温免已经自觉起床，口中还叼着牙刷，口齿不清地告诉他："颜常非早上六点多就起床去教室了。"

林椰点点头，又去叫程迟与祁缓。大约是听到他的敲门声才醒过来，程迟披着外套睡眼惺忪地过来开门，看清他的脸时朝他笑了一下："队长过来叫起床了吗？"

仍对这个头衔有些不适应，林椰愣了一秒，才同样回以笑容："是啊，你们起来了吗？"

"祁缓还没起。"程迟说完，扶着门框转头朝里喊："祁缓，起来了！"

短暂的安静过后，寝室里传来窸窸窣窣的穿衣服声音，林椰一句"你们慢慢来，我先去叫江敛"还未出口，就听见祁缓抬高嗓音冲门边喊："程迟，你是不是穿错我裤子了？"

程迟看向自己的裤子，一边喃喃自语"没穿错吧"，一边转身朝里走。

没了对方身体的遮挡，林椰此时站在门边，顺势将宿舍里的情况看了个一清二楚。而后他便意识到，整栋宿舍楼中仅有的两个双人间，一间是被江敛和明让住了，另一间竟是被程迟和祁缓住了。

他无意旁听那两个人有没有穿错裤子，只朝宿舍里迈出一步，对程迟道："我去叫江敛了，我们练习室见。"

程迟应声回头："好，你出去的时候帮我们把门带上。"

他敲开江敛宿舍的门，对方已经起床并且去过食堂，此时正坐在桌前吃早餐。先前还未觉得有多饿的胃部，此时此刻终于饥肠辘辘地叫了起来，林椰准备回宿舍叫上夏冬蝉一道去吃早餐。

江敛却叫住他，言简意赅："早餐吃吗？"

林椰看看桌上另一份没有动过的早餐，又看看仍在上铺睡觉的明让："难道不是给他买的吗？"

"是给他买的。"江敛抬眸，"不过他昨晚和别人聊到半夜，大概现在也不会起床。"

"那我就都吃掉了。"林椰冲他一笑，拉开椅子坐下来，抬手去拆碗盖。

早餐吃到一半时，温免过来了。他循着香味走到桌前，单手撑着林椰的肩头探身嗅了嗅："好香啊，我也想吃。"

林椰闻言，用自己的筷子夹起一个小笼包，喂入对方口中。

坐在对面的江敛扫一眼两人，没有说话，握着水杯起身去接水。

瞥见他离席的动作，温兔与林椰"咬耳朵"："我还想吃江敛的那个饺子。"

林椰说："你吃啊。"

"我可不敢让江敛伺候我。"他低声感慨，而后怂恿林椰，"你帮我夹一个过来。"

从前在公司里吃外卖，大家都是一双筷子喂过来喂过去，林椰并未多想，起身用江敛吃过的筷子夹起一个饺子，要喂给温兔。

后者却猛地后退一步，拼命朝他使眼色。

林椰一愣，慢半拍地察觉到江敛已经端着水杯转身走回来。

他左右为难，喂也不是，不喂也不是，最后索性喂给自己吃了。

江敛放下手中的水杯，皱眉问他："你用了我的筷子？"

没料到对方会不高兴，林椰语气迟疑："你有洁癖？"

"没有。"江敛否认，语气却显得不近人情，"不过我也没有喜欢用别人用过的东西的特殊嗜好。"

林椰神色尴尬，翻出一双新筷子递过去："对不起，我以后会注意的。"

温兔站在他身后，面上神色不变。

他有意和林椰交朋友，然而江敛的身份背景剩下九十九个学员人人皆知。他决不想因为林椰而得罪对方，最后平白无故丢失一个出道位。

19

上午在教室里练舞，舞蹈老师亲自过来给做分解动作的教学指导。《台风眼》的两组成员混合在一起，站位随意，学动作时你一言我一语，很快打成一片。

两个小时后，舞蹈老师宣布解散休息，学员们皆是气喘吁吁地原地坐下，仰头大口大口地喝水解渴。

舞蹈老师三言两语总结过所有人的学习情况，最后点了林椰的名道："今天来给你们上课，最让我惊讶的还是林椰。可能是你在初评级上的表现并不怎么出色，所以我一直对你没有太深印象，但是我没有想到你的舞蹈功底原来这么好。"

林椰抬手擦额头上的汗，稍稍平复呼吸："谢谢老师。"

温兔冲他挑眉，笑容满面地站起来问："老师，那我的表现怎么样？"

老师笑意温和:"温兔无论唱歌还是跳舞一直都是发挥很稳定的,不过我记得你初评级的等级也不太好吧?"

温兔闻言悻悻道:"那是初评级的表演曲目没选好,而且当时一起表演的几个队友都是临时组队,以前没有一起练习过。"

老师点头:"短短几天你能从D班升到A班的确很不错,林椰也要加油。"

林椰说:"好的,老师。"

温兔又笑眯眯地问:"老师,那我和林椰比,谁的舞跳得更好一些?"

舞蹈老师登时就笑了起来:"都挺好。"

温兔却不想要这样的答案:"我觉得我跳得也不比林椰差。"

林椰坐在地上,闻言扫他一眼,懒洋洋道:"你是声乐歌手又不是舞者,跳得比我差不是很正常?"

舞蹈老师尚未说话,周边围坐的学员们已经热血沸腾,纷纷看热闹不嫌事大般起哄:"好不好不是你们自己说了算的,我们要求现场比拼!"

明让直接朝教室内的工作人员打了个响指:"老师,麻烦给我们随机来一段音乐。"

教室里学员们的呼声瞬时被推向顶点,林椰便被赶鸭子上架似的和温兔斗了一段舞,两人你来我往,动作毫不拖泥带水,抬臂甩腿间皆似能肉眼见到噼啪炸裂的火花。

明让却坏心眼地把随机舞曲切换成女团综艺节目的一首主题曲。

两人舞步皆是明显一滞。温兔像是有些吃不消这首曲子般缓下动作,林椰却仍如鱼得水般晃动身体与四肢。他在公司里做学员时学过女团舞。

身体记忆往往要比大脑中枢发出的命令更快一步,他条件反射般踩着音乐节点下腰,轻扬脸庞,指尖穿过发尾,抚过后颈,缩肩展肩,腰线骤然绷直,大弧度地舞动,做出一个波浪动作来,从娇俏到性感无缝衔接。

上一秒还在悠然吹口哨看热闹的学员们,此时纷纷睁大双目,情不自禁脱口而出的呼声几乎要掀翻教室天花板。

假如不是林椰那张脸显而易见是一张清俊男孩儿的脸,学员们还以为自己在看女孩子跳舞。

主题曲戛然而止,江敛双手抱臂站在音响旁,面容冷淡:"你们是来练舞的,还是看表演的?"

学员们纷纷心虚噤声。

林椰缓缓吐出一口气,浑身燥热地坐下,一只手拉住上衣领口抖风,另一只手掀起额前汗湿的刘海儿,胡乱用手背蹭了蹭。

脑子一热跳了女团舞，没有任何来由地，这件事让他有点耻于面对大家。

舞蹈老师亦拍手提醒："大家休息好了就起来继续吧，练舞这件事不能松懈。"

学员们稀稀拉拉地从地上站起来。

有人高喊一句："老师，你觉得林椰和温免谁跳得更好啊？"

舞蹈老师神色欣慰："跳得都很好。"

那人又看向江敛与明让："两个中心位也评价一下？"

"我吗？那我投林椰一票好了。"明让笑了一声，他摸着下巴，意有所指，"看林椰跳舞更让我觉得是在享受。"他说完，抬起手肘抵了抵身旁的人，眼神饶有兴致："你觉得呢？"

江敛一顿。

众人纷纷将目光投向他，就连坐在地上没动的林椰，此时也忍不住抬眼朝他望去。虽然并不想承认，可林椰还是发现，自己心中对江敛的回答隐含期待。

江敛在学员们的注视下开口，面色仍是不咸不淡："我的话，温免吧。"

林椰失望垂头。

此时此刻，即便是温免本人，也有些不好意思地站出来："其实我自己也觉得，林椰跳得比我好。在跳舞上我还需要更多的学习与努力。"

然而他的话并没有让林椰开心起来。他在心中告诉自己，江敛只不过随随便便开口一句话，他不需要太放在心上。

然而逐渐与粉饰太平的表面剥离开来的，是他心底愈演愈烈的耿耿于怀。

就连林椰自己都不太明白，为什么要这样在乎江敛对他的看法。

林椰的情绪一直低迷到午饭以后。他与夏冬蝉一道回宿舍睡午觉，夏冬蝉跟他说练习室发生的琐碎事情，他却始终情绪不高，偶尔吭声回应也是显而易见的敷衍，午睡时更是翻来覆去地睡不着。

他索性穿衣服下床去练习室，路过江敛寝室的时候，虽然一度想要走过去敲门，但最后还是忍了下来。

午休时间的教室里，就连练习最勤奋的颜常非也不在，林椰想要去开音响，却瞥见与小教室连接的那扇门是轻掩状态。

小教室开放以后，除去各组成员进去开会的时候是紧闭的，其余时间都是开着的。

站在原地望一眼小教室中被拉上的窗帘，他迟疑片刻，还是走了过去，悄无声息地将门缝又推开了一点。

教室没开灯，近日才打开的摄像头被羽绒服遮得严严实实，江敛头枕着杂志，脸上盖着一顶黑色棒球帽，躺在光线昏暗的小教室里睡觉。

林椰心中逐渐浮上怒气。

他推开门走进去，跪坐在江敛身边，抬手去掀江敛盖在脸上的棒球帽。

闭眼休息的人大概是没有真睡着，倏然睁开眼睛望向他。

两人四目相对，林椰猝不及防，一眼望进江敛那双黝黑的瞳孔深处，竟一瞬间有点词穷。

林椰半晌回神，挪开目光，手中仍旧捏着从江敛脸上拿下的棒球帽，压低声音道："你是认真的？"

江敛问得随意："什么认真的？"

他沉默数秒，视线再度转回江敛脸上，神色逐渐复杂："你真的觉得，温免的舞跳得比我好？"

江敛没有回答，只反问道："我的看法很重要？"

林椰满脸意外："什么？"

江敛又问一遍："对你来说，我的看法很重要？"

林椰自然不好说实话，也不愿承认自己竟然会是这样斤斤计较的人。他假装不以为意地笑了笑："你说得对，其实也没那么重要。"

下意识地拍了拍掌心，他想起身。

江敛却拉住他。

林椰回头，以眼神询问对方还有什么事。

江敛左手拽着他，右手撑地坐起："你想听真话？"

林椰神色狐疑，抿唇不语。

江敛松开他的手："你过来。"

真话的诱惑力太大，林椰内心抗争无果，不由自主地往前靠去。

江敛道："再过来一点。"

林椰又挪过去一点。

江敛顿住，继而低声吐字道："很好。"

林椰始料未及，神色愣怔："什么？"

江敛扬唇，神色漫不经心："你……跳得……"

TOP 2　　TOP 1　　TOP 3

PART 3

跳个舞

20

　　林椰没能等到江敛的那句真话。大教室里骤然响起的音乐将他们的对话打断，林椰诧异起身，走过去掀开一点窗帘布，看见颜常非轻哼着歌词，站在落地镜前做热身运动。

　　而此时距离午休开始的时间才过去一个小时，说不震撼是假的，林椰没再看身后的江敛，推门走出小教室，对颜常非说："练舞吗？加我一个。"

　　颜常非见到他同样意外，甚至开玩笑道："没有想到有一天我也会在午休时间的练习室里看见队内练习时长最少的人，看样子我的勤奋'人设'要不保了。"

　　林椰已经开始压腿，闻言笑道："我要是再不努力，就真的对不起你们给我的这个队长头衔了。"

　　他与颜常非练习了整个中午，却始终没有见江敛从小教室里出来。中途停下休息时，林椰走到门边，朝小教室里看了一眼。

　　连接另一侧走廊的门仍是上锁状态，挂在摄像头上的羽绒服消失不见，江敛已经不在小教室里了。唯独那本被对方枕过的杂志，孤零零地躺在地板上。

　　知道江敛手里有小教室的钥匙，林椰对于江敛的突然消失并不意外，他的目光再度回落到地板上那本闭合的时尚杂志上。

　　整个练习室里没有人带杂志过来看，他也没有在江敛宿舍里见过任何时尚杂志。林椰走上前去，弯腰捡起地上那本凭空多出来的杂志，十分随意地翻看两眼。

　　杂志是上个月的刊物，里面大多涉及一些近来流行的妆面风格以及穿搭教程，林椰并不喜欢看这些东西，合上封面，将杂志丢回地板上。

　　颜常非在外面叫他的名字，林椰应声回头，余光却瞥见因杂志落地时扫起的一阵细风，一张粉色的便笺腾空飘起，最后安静地落在光线昏暗的地板上。

　　林椰愣了一秒，神色如常地上前弯腰，将那张便笺夹回杂志里，捡起那本被他丢下的杂志走了出去。

颜常非已经恢复体力，身体跟着音乐节奏有力地动起来。林椰走到教室角落，将那本杂志压在自己的羽绒服下方，最后若无其事般回到颜常非身侧，动作自如地跟上对方的舞动节奏。

下午声乐老师来给他们上强化课程，A组的程迟与祁缓迟迟不到，所以一对一指导先从B组开始。

《台风眼》的两组成员大多是等级靠前的学员，老师在教学指导上也更加轻松。唯一出岔子的就是B组的C班成员，他分到了调偏高的部分，虽然顺利地唱了上去，嗓子却直接劈叉了。

旁观的学员们瞬时爆笑，坐在墙边旁听的温兔更是直接笑歪在林椰肩膀上。

林椰亦忍着笑意将温兔的头推开，偏过脸望一眼坐在另一侧的江敛。后者不仅没有笑，反而一盆冷水对着他当头泼下："你先把自己唱的部分练好了，再笑也不迟。"

林椰瞬时面上笑意全无，旁边的温兔却是笑得更加大声了。

B组一对一指导结束以后，睡过头的程迟与祁缓也终于匆匆赶到。

A组六人排成横排将整首歌完整唱了一遍，声乐老师先从发挥最稳定的江敛与温兔两人点评起。点评的话里多数为夸赞，并明确指出，两人只需要一直维持这样的状态到公演那天就好。

接下来点评了颜常非等三人，分别给三人或多或少地提出几点建议，并表明三人依旧还有进步空间，还能做得更好。

最后看向林椰时，声乐老师却是皱起眉来："你和其他人的和声部分没有太大问题，你再单独把你自己的部分唱一遍给我听。"

林椰在老师的注视下又唱一遍，开口时嗓子甚至微微发紧。

声乐老师笑了起来："我可是听说上午你和温兔比拼舞蹈的时候还非常自信，我在隔壁教室的讲话声都要被你们这里的吵闹声给盖过去了，怎么唱歌的时候又紧张了？"

林椰这才稍稍放松，抬眼一笑。

声乐老师却敛起笑容变得严肃："林椰，一旦上了舞台，话筒会把你声音里的缺陷无限放大。改善气息不足这件事我们不可能一蹴而就。但是这个部分，你需要再试着将嗓音放低一点，否则容易走音。"

林椰依言尝试了几遍，却始终降不下去。

声乐老师皱眉，片刻后又道："如果真的降不下来，还有其他的办法，让温免或者江敛帮你垫一下音。"

这边结束以后,声乐老师去了别的教室。

温免攀过林椰的肩,提议道:"我替你垫?"

林椰没有回答。温免是队内主唱,对方的高音部分结束后,就是林椰的部分。两段歌词紧密衔接,高音又十分消耗嗓子,他担心温免无法兼顾。

相比之下,似乎江敛才是更合适的人选。

他抬眸望向江敛,对方却转头与颜常非说话,似是一副置身事外、漠不关心的模样,自始至终都没有表现出想要帮他的意思。

林椰心中左右摇摆,一时拿不定主意。

学员们又在教室里待了一个小时,直到下午五点左右,才陆陆续续结束练习,三三两两结伴离开。

明让留在教室单独给队员抠动作,江敛等他去食堂吃晚饭,也没有提前离开,只中途离开去了一趟洗手间。

林椰见状,也从临时队形中脱离出来,抬脚出门跟了上去。

他并未追到江敛身边,只一直不远不近地跟在对方身后。江敛拐入洗手间后,林椰就停在门外墙边等他。

左右一想,林椰还是决定问一下江敛。假如对方愿意帮忙,那是再好不过的;假如对方不愿意帮忙,也在情理当中。

毕竟在所有人看来,小组对决的获胜奖励对江敛来说,实属可有可无。林椰毫无理由地相信,即便没有公演获胜奖励的票数,江敛多半也是能够稳居第一的。

相反,真正需要那些票的人,应该是林椰他们才对。

而在此之前,江敛一共帮过他两次。第一次是主题曲评定前,那是他以不举报的条件换来的;第二次是昨天晚上,林椰猜想那大概取决于对方当时的心情好坏。

林椰垂眸靠在墙边,不由自主地陷进自己的思绪里,就连江敛从洗手间内走出来,也没能立即意识到。

直到江敛在他面前停步,率先开口问:"有话要说?"

林椰方才回神,点点头说:"有。"

江敛并不意外,却也不点明,只又问他:"什么话?"

林椰道:"刚刚老师讲的那件事,我——"

江敛直接打断他:"想要我帮你?"

林椰再次点头,目光直勾勾地望向他。

江敛屈起食指抵住下巴，略一思忖："理由呢？"

林椰搬出那套连他自己都无法信服的说法来。

江敛的回答倒是与他想的如出一辙，林椰心中没有太大的情绪落差，反而坦荡荡地点头承认："你说得没错，我在舞台上出错，观众只会觉得是我不行，不会觉得我的五个队友不行。"

"你明白就好。"江敛神色淡淡，"集训的本质是竞争和淘汰，而不是下乡扶贫。扶贫并不能让你出道，竞争更多的镜头，淘汰掉其他人才能让你出道。"

林椰沉默转身。

"不过，"江敛在他身后笑了一声，"我没说过不帮你。"

林椰蓦地回头，眼神灼灼地望向他。

"别用那种眼神看我。"江敛声线低沉，单手插着口袋，朝没装摄像头的安全通道走，"帮你可以，只是这一次，你又打算用什么东西来换？"

林椰问："你想要什么？"

江敛抬手推开通道口的大门："我暂时还没有想好。"

林椰紧跟上前，却不防江敛突然停下脚步，他整个人毫无预兆地撞了上去。

下一秒，江敛侧过身来，露出围坐在楼梯间看手机的三个《台风眼》B组的学员来。

他淡淡地问："你们在看什么？"

似乎是正到精彩环节，陡然听到人声，三个学员毫无防备，纷纷神色错愕地抬起脸来。

林椰跟着江敛上前一步，手机上的视频内容映入眼帘，林椰一眼掠过，露出难以言说的复杂神情，这几人竟然在看女团跳舞。

其中一个人拉两人同看："你们……要不要也一起看？"

林椰出言婉拒："你们看跳舞不听背景音乐？"

三人藏起手机从台阶上起身，还有人嘴快，欲言又止地埋怨道："还不是上午看你跳那女团舞……"

林椰顿觉头痛。

说话那人在同伴的疯狂暗示下终于闭嘴，三人皆是眼神闪烁，好不心虚地从楼道里离开，离开前还向林椰与江敛说软话，请求他们帮忙保密私藏手机的事。

江敛始终一声未吭。

待到那三人杂乱交叠的脚步声消失在耳朵里后，他才侧过脸来。

"我想好了。"他的目光从林椰脸上轻掠而过，"你跳个舞吧。"

林椰眼皮一跳，心中隐约浮起不好的预感："什么舞？"

江敛抬眸，口吻轻描淡写："就上午那个女团主题曲的舞吧。"

21

林椰欲言又止："现在吗？"

江敛答得随意："你想要先欠着也行。"

林椰大松一口气，笑容真诚，道："那就先欠着吧。"

两人随后回到教室里，组内其他四个队友还没走，江敛将所有人召集起来，简短讲过自己替林椰垫音的事，最后丢出的理由仍是："团队互助很重要。"

四人点头会意，解散后便各自去食堂吃晚饭。明让也已经结束对组内队员的操练，与江敛一道离开。

走前温免问林椰："你去吗？"

林椰看一眼时间："我等夏冬蝉一起。"

温免点点头，先和颜常非走了。

教室内陡然空了下来，林椰关好靠走廊的窗户，去里侧窗台上拿自己的羽绒服，打算去夏冬蝉那边看看。

衣服腾空的瞬间，时尚杂志落入视野内，林椰一愣，这才想起中午的事情，又抱着羽绒服在窗台边坐下来，拉过左侧的窗帘遮住自己，然后翻开杂志。

便笺一面是空白的，另一面却有字，他以为是江敛留下的便条，将有手写笔迹的那一面翻过来，却一眼认出，纸上不是江敛的笔迹。

严格算起来，他其实只在刚住进宿舍的时候，见过一次江敛的字迹，写的还是他的名字，他却一直对江敛的字迹记忆深刻。

便条上的字迹笔锋与江敛的相差太远。

他脑海中浮现出江敛头枕杂志休息的画面。既然不是江敛写的便条，那么这张便条多半就是写给江敛的。虽然他无法确定，江敛本人是否有见到这张便条。

有人想私下约江敛见面。

他定定地看了两眼便条上的时间与地点，心中思绪游走。一百个学员同住一栋宿舍楼，又同在一栋训练楼练习，有什么事不能青天白日下当面讲？

林椰有点好奇。

默念几遍两天后的时间，他将便条撕成碎片握在掌心内，拉开窗帘抱着羽绒服从窗台上跳下，想要将杂志放回小教室的地板上。

冷不丁地有人在身后叫他，林椰心中正虚，闻言眼皮轻轻一抖，故作镇定地转过身去，看见夏冬蝉站在门边朝他招手示意。

缓缓吐出一口气，林椰朝对方走过去："你们结束了？"

"结束了。"夏冬蝉扶着教室门框，面色奇怪，"你这是从哪里冒出来的？我刚刚站在窗外，看遍整个教室都没看见你。"

"在窗台那边。"林椰抬起手指了指窗台的方向，"大概是被窗帘挡住了。"

夏冬蝉了然，目光却落在他手中的杂志上："你也看这个？"

林椰闻言扬眉："还有谁看？"

"栗沅吧。"夏冬蝉蹙眉，"这次小组对决我们不是挑的同一首歌嘛，所以平常也在同一个教室练习。你知道的，他的舞台风格与'人设'跟我的很像，所以我会格外注意他一点。我看他在练习室放了好几本这个杂志。"

"是吗？"似是才想起来般，林椰补充，"我不看，杂志是我在教室里捡的，你先等等，我把它放回去。"

吃过晚饭后，队内最勤奋的颜主舞又组织大家加练了两个小时。所有人积极响应，在练习室里尽情挥洒汗水与体力。

晚上十点，整栋训练大楼突然停电。

当时林椰他们正在进行走位练习，六个人呈倒三角的队形站在落地镜前。

间奏过后，站在前排中间的林椰需要从中间急退，站在林椰两侧的程迟与温免要从队外后撤。而站在两侧的祁缓与颜常非，以及站在后方中心位上的江敛三人则要插空上前，让队形回到正三角，是一次比较大的队形变换。

六人凝神听音乐，间奏尾声消失的瞬间，所有人同时动起来。

音乐却骤然停止。与此同时，整一层楼的教室与走廊都陷入了黑暗，就连角落里的四个摄像头，也停下来不再运转。

伸手不见五指的黑，走位一度变得混乱起来，祁缓惊恐地尖叫一声，林椰脚步一乱，鞋底踩在身后人的鞋尖上。

有人伸手将他扶稳了。林椰神经微绷，下意识地抬头看向面前的落地镜。

镜子里除了浓郁的黑什么也没有，林椰提起的气还未松下来，又听见身后那人低声道："脚挪开。"

耳旁其他人七嘴八舌的讨论声久久萦绕，林椰听出来是江敛的声音，没有听出话的内容，不做思考地侧过脸去，声音很轻地吐出两个字："什么？"却差点没能站稳，他下意识地朝左边退开一大步。

身后再度传来祁缓惊慌的嗓音："谁踩到我脚了？"

近在咫尺的温免首先开口："不是我。"

其次是程迟:"不是我。"

接着是颜常非:"不是我。"

然后是声音有些远的江敛:"不是我。"

最后是尚未回神,仅凭本能做出回应的林梛:"也不是我。"

教室中蓦地一静。

下一秒,祁缓尖叫着跳到近旁人的身上,四肢紧紧挂住对方,声音微弱而哽咽:"可是,我们这个教室里只有六个人啊。"

外围几个人迅速以林梛为中心后退散开,剩下原地不动的林梛终于反应过来:"对不起,说错了,刚才应该是我踩的你。"

黑暗中松口气的声音此起彼伏,干耗的几分钟时间里始终没来电,几个人摸黑出去看,碰上聚在走廊上的其他教室的学员,当中就有温免和颜常非的室友。

温免问:"怎么突然停电了?"

室友闻声回头:"不知道什么原因,只知道好像是整个岛上都停电了。"

颜常非道:"今晚还会来电吗?"

室友摇摇头:"我们也不知道。"

"这时候如果谁有手机就好了,"祁缓叹了口气,"打个电话给工作人员问问情况。"

其他人顿时面面相觑。

"我有手机。"有人在黑暗中举手,"我有手机。可是现在打电话过去,不就相当于主动跟工作人员承认我私藏手机了吗?"

"这个好办,你们谁会伪声?"温免笑得意味深长,"如果工作人员来查,我们就都抵死不承认,就算他们那边录了音,也查不出来打电话的人是谁。"

剩下的人你一言我一语,开始讨论这个办法的可行性。

还未讨论出个所以然,工作人员就拎着手电筒上楼来了:"岛上的电路出了点问题,导致整个电路系统暂时瘫痪了,你们先回宿舍洗澡睡觉,宿舍那边有紧急供电。"

学员们乖乖点头,各自转身回自己的教室里拿东西。

林梛与颜常非回教室拿六人脱在窗台上的羽绒服,拎衣服的过程中似乎有东西被抖落在窗台边,发出一点轻微的声响。然而教室中漆黑一片,两人急着出去,皆没有太在意。

停电以后走廊上又黑又冷,想要辨认出自己的衣服实在太困难,大家索性摸黑随意穿了。

羽绒服上身的那一瞬间，熟悉的沐浴露香味将林椰整个人包裹起来。他立即就反应过来，自己穿的是江敛的衣服。

六人走出大楼，程迟与祁缓要去超市买日用品，剩下四人踏着月色结伴回寝室。温免和颜常非并肩走在前面，林椰与江敛慢吞吞地落在后头。

冷风迎面刮过来，林椰习惯性地戴上衣服后的帽子，将脸埋入羽绒服里，深吸了一口气。

吸完后冷不丁地想起，江敛既然有不喜欢和别人共用筷子的习惯，说不好也有不喜欢和别人共穿衣服的习惯。

他从衣服里抬起脸："你用的什么沐浴露，留香这么久？"

江敛瞥他一眼，神色了然："你穿的是我的衣服？"

林椰问："现在要换过来吗？"

江敛语气淡淡："回宿舍脱给我。"

林椰应一声"好"，又自言自语般喃喃："我的衣服还不知道被谁穿走了呢……"

末了，却冷不丁地记起来，宿舍钥匙还在羽绒服的口袋里。他心中一沉，顿住脚步，抬眸看向越过他往前走的江敛："你的口袋里有钥匙吗？"

江敛停步转身，对上他的目光："怎么了？"

"我的宿舍钥匙放在羽绒服口袋里了。"林椰说。

江敛微微张开双臂，神情淡然地站在原地看他："你自己过来看看。"

林椰蹙眉上前，双手落入对方的羽绒服口袋，两边口袋入手皆是空荡荡的，没有任何东西存在。

他眉间蹙得更紧，失望地拿出双手："没有。"

江敛："丢了就丢了。"

林椰闻言望他："丢了钥匙，万一室友不在，我还怎么回去？"

江敛道："现在停电了，你那些室友除了在宿舍里待着还能去哪儿？"

林椰没有说话。

"放心，"江敛轻轻一哂，"钥匙应该在其他人的口袋里。"

林椰开始思考要不要掉头去找。

见他不答，似是终于不耐，江敛冷淡扬眉："你不走，我就先走了。"

对方丢下这句话，竟就真的插着口袋迈腿往前走，不再回头停下等他。

林椰下意识地跟着迈出一步，却又立即反应过来，自己又不是走夜路还需要人陪的小孩，干吗要眼巴巴地追上去。

他掉头朝来时的方向走，没走两步又想起来，自己手上没有照明工具，回去也是白跑，索性又转变主意，决定先回头找温免与颜常非问一问，转身的那一刻却被人拽住。

"行了，先回宿舍吧。"江敛在月光下眯眼看他，"如果他们的口袋里没有，我陪你回去找。"

22

林椰在宿舍走廊里追上温免和颜常非，钥匙也不在两人的口袋里。

温免问他："你要不要先等程迟和祁缓回来？"

林椰还未回答，又听颜常非道："之前我们去窗台边拿衣服的时候，我好像听见有东西从衣服口袋里掉出来的声音，你听见了吗？"

仔细回忆片刻，他抬眼道："我好像也听见了。"

心中稍稍有谱，与两人告别以后，林椰转头去找身边的江敛，却见对方已经走到宿舍门前，伸手摸钥匙开门。

宿舍里暖气充足，断电的训练大楼里冷意浸骨。林椰并不指望对方真能陪他回去找钥匙，只问了一句："你有手电筒吗？借我用一下，我回来还你。"

将钥匙插入钥匙孔内，江敛抽空回头瞥他一眼："等着。"

林椰在走廊上等了两分钟。

两分钟以后，江敛关门走出来，上身换了一件白色羽绒服，没拿手电筒，只从口袋里摸出一样东西塞入林椰手中。

林椰垂眸一扫，竟发现江敛塞给他的东西是手机。

他诧异至极："你要把手机借给我照明？"

江敛敷衍地点点头。

林椰道："可是我不知道密码。"

江敛张唇报出四位数字："我的生日。"

林椰沉默不语，心中一时竟想不明白，江敛怎么就能放心把私人手机借给别人用。他愣愣地点头，收起手机朝对方昂头示意："那我先走了。"

江敛却扬起眉尖，神色颇为不乐意："怎么？你拿到锁屏密码，就想卷了我的手机跑路？"

林椰不明所以地瞥向他。

江敛走上前来，抬手按在他的肩头，顺势将他整个人掉转方向，揽住他的肩膀将人往前一推，目不斜视地开口："走吧，不是让我陪你过去找？"

林椰面色更是古怪，心中关于对方颠倒黑白的劣迹又记一笔，他什么时候主动开口，让江敛陪他回去找钥匙了？

两人踩着月色吹着冷风往回走，偶尔遇上三三两两结伴回宿舍的学员，却一直不见程迟和祁缓两人。

他心中觉得奇怪，提道："他们去买什么日用品，怎么现在还没回来？"

"不知道。"江敛头也不回地走在前面，语气中裹着几分漠不关心，"别人回不回跟你有什么关系？管好自己的事就行了。"

林椰便不再多说。

两人一路摸黑爬上练习室所在楼层，整栋大楼里已是空无一人，唯剩无边无尽的黑暗与他们对视。

江敛停下脚步，提醒他："拿手机照一下墙上的教室门牌。"

林椰打开手机自带的手电筒，发光孔对准身侧的教室门牌依次照过去，最后准确无误地找到A班教室，两人推门而入。

林椰走在前面，进教室后直奔窗帘半拉的窗台边。江敛落在他身后，漫不经心地跟过去。

橘黄色的光束一扫而过，窗台上空荡荡的，什么也没有。林椰始料未及，转过头小声对江敛道："没有。"

江敛从他身侧绕过，走入窗帘里垂眸瞥一眼，没有说话。

林椰满脸失望："难道钥匙真的在程迟和祁缓其中一人的口袋里？"

江敛又往里迈了一步，金属轻擦地面的细碎声音响起。他借着光亮低头，淡淡道："在这里。"

林椰站在窗台边未拉窗帘的那一侧，拿手机的那只手抵在窗台边缘，弯腰伸出另一只手去捡。

冰凉的金属入手，林椰右手握拳直起腰来。

走廊上骤然有脚步声响起，似是主人故意为之，那脚步声又轻又细，在漆黑沉寂的楼里却格外清晰，一步又一步，仿佛踩在林椰的胸口。林椰身体微滞，下意识地抬眸望向江敛。

对上他在光亮中轻轻浮动的视线，江敛神色不变，低声道："有人来了。"

林椰眼皮一跳，猛地按掉手机上的照明灯，打开了飞行模式，脚步声却越来越近，仿佛从一开始，对方就目的明确地直奔他们所在的教室而来。

他突然意识到自己大半边身体还露在窗帘外，只是此时再拉窗帘已经来不及，剩下半边窗帘内看着也只能藏下江敛一个人。

林椰无处可躲，反倒很快冷静下来，猜测对方多半和他一样，也是返回教室来找东西的学员。他完全没必要反应这么大，坦荡荡地往外走就好。

他朝外迈出一步，江敛始终沉默不语，此时却抬手抓住他，猛地将他拽进窗帘里。

窗帘后的空间不算小，林椰站在里面，甚至还能小范围地转动身体。

他忍不住回头，视野中一片黑暗，只能凭借自己撞在对方腿上的手肘感觉到，对方坐在窗台上。

同一时刻，走廊上的脚步声进入教室里。林椰心中愕然，还没来得及细想个中缘由，教室里传来了清晰的门窗落锁声。

室内温度分明低如冰天雪地，林椰却热得额角冒汗。他站在窗帘里，窗帘很长很厚，却不足以遮住他的双脚。

江敛径直伸手将他拉上了窗台。

林椰本就长得高，想坐上窗台并不是什么难事。他顺着对方的力道往上坐，双腿弯起时膝盖却顶在面前的窗帘上。

他轻屏呼吸，凭借感觉判断。窗帘在外力的撞击下轻轻一荡，而后又悄无声息地归于静止。

黑暗中没有人注意到窗帘上的细微变化。

23

直到窗帘外响起熟悉的说话声，林椰才知道是程迟和祁缓。两人声音都压得极低，林椰也无意去偷听他们的谈话内容，和江敛躲在窗帘里没有动。

从进来到走，他们都没能发现窗帘后的林椰与江敛。甚至那两人离开以后，林椰和江敛又在窗台上待了十分钟，才从窗帘后走出来。

两人没有再在教室内久留，踩着浓浓夜色回到宿舍大楼。林椰要脱下羽绒服还给江敛，后者拧眉，不假辞色道："出了一身汗，洗了再还给我。"

林椰抱着羽绒服回宿舍，夏冬蝉躺在沙发上玩魔方，听见动静抬起脸来，当即愣住："你这是刚从哪里回来，流了这么多汗？"

林椰抬手拨了拨额前汗湿的碎发，语气随意："刚从楼下跑完圈回来。"

夏冬蝉迟疑着点头，不再多问。

大汗淋漓的后背已经被冷风吹得冰凉，林椰丢下衣服去浴室洗澡，将热水开关打到底仍觉得不够热。

身体先后在汗流不止的高温和寒夜低温里滚过，林椰早已疲惫不堪，洗过澡后爬上床闭眼，竟然在宿舍没熄灯的情况下，极快地坠入深度睡眠里。

早晨林椰没能从床上爬起来。

闹钟坚持不懈地响,夏冬蝉过来替他关闹钟,叫他起床。林椰头痛欲裂地睁眼:"我不去了,你帮我请个假。"

夏冬蝉说"好",片刻后就与其他室友先出门了。

宿舍内空了下来,林椰爬下床吃感冒药,又抱起夏冬蝉床上的被子丢到自己上铺。

到底不是多病体质,他盖着两床被子睡了一觉,醒来时捂出满身大汗,除去喉咙发声仍是嘶哑难听,感冒已经好了大半。

林椰下床刷牙冲澡,握着牙刷立在洗脸池前时,还半耷着眼皮在想,昨晚大概是睡糊涂了,竟然梦见程迟和祁缓在漆黑的教室内密谈,还被躲在窗帘后的自己和江敛撞见。

弯腰吐出一口牙膏沫后,他的脑子才悠悠转过来。原来那不是梦,是真实发生过的事情,也是造成他感冒的罪魁祸首。

十分钟后,林椰满身清爽地走出浴室,从衣柜里翻出另一件吊牌未拆的白色羽绒服换上。

他叼着超市里买的黄油面包,绕远路将江敛的黑色羽绒服送到干洗店,然后才折回位于干洗店和宿舍楼中间的训练楼。

岛上已经恢复供电,走廊两侧的教室里飘出风格各异的音乐声。林椰将羽绒服领口拉到最高处,双手插入上衣口袋,戴着兜帽低头走入Ａ班教室。

A组另五个人围坐在教室后方讨论队形的优化,温免最先从镜子里瞥见他,以为是隔壁教室全副伪装过来刺探敌情的间谍,起身绕行到他身后,抬起臂勾住他的脖颈儿:"哪个组的?捂这么严实?"

颜常非替林椰答:"我们组的。"

温免这才认出林椰来,干笑一声拉过他在自己身旁坐下:"你不是请假了吗?"

林椰扯唇一笑,哑声道:"身残志坚。"

对面的祁缓咂舌:"你声音怎么成这样了?昨晚干吗去了?"

林椰微顿,下意识地瞥向身侧神色如常的江敛,用同样的借口搪塞过去:"下楼跑圈冻感冒了。"

众人不疑有他。

颜常非率先起立拍手道:"既然林椰来了,那我们还是把昨晚停电前的队形变换再练练吧。"

其他人并无异议,纷纷响应号召起立,林椰亦起身去窗台边脱羽绒服。昨晚半遮半掩的窗帘此时已经被人完全拉开,林椰钩下衣服上的拉链,余光扫见江敛站在他身边摘手表。

他目视前方，嘴唇轻轻翕动，脸始终不曾朝江敛的方向偏过去分毫："羽绒服送去干洗店了，留的是你的名字，你自己去拿。"

江敛同样低声缓缓道："如果下周你的嗓子还是这样，赛训组不会允许你上公演舞台。"

林椰无言片刻，一字一顿地轻声问："这难道不是队友的功劳？"

江敛沉默不答，却突然欺身过来，越过他去拿放在角落里的棒球帽："吃不吃润喉糖？"

林椰抬起眼睛看他："你有？"

江敛眉尖轻挑，将摘下的手表放入棒球帽内，握住棒球帽的帽檐掂了掂，从口袋里摸出一盒糖，抬手抛给他。

林椰有些猝不及防，手忙脚乱地弯腰伸手去接糖盒。

江敛环抱双臂，好整以暇地将他这副模样收入眼底，半晌扬唇轻哂："林椰，你的技术该练练了。"

林椰面色一滞，身后温免的声音落入耳中："什么该练练了？"

身侧江敛放下手中的棒球帽，面不改色地转身："跳舞。他跳舞的技术，该练练了。"

温免大为震惊，凑近林椰奇怪道："不过才一次合作，他就对你要求这么高？"

林椰倏然抬眸看向他。

温免不明所以："你这么看我干吗？我脸上有金子？"

林椰略显敷衍地摇头，懒洋洋地舒展开眉眼道："你说得对。我为什么要练？我和他又不会有第二次合作了。"

温免更是不明所以，片刻后，咂舌喃喃道："话可别说这么满，指不定下次公演舞台又分到同一组呢。"

林椰却已经走开，没能听到他的自言自语。

24

林椰感冒以后，早上叫队友起床的任务也就不了了之。感冒好得差不多那天，有工作人员过来通知，周四会安排他们去美容室染发。两组成员的时间恰好错开，A组是下午，B组是上午。

对方说话的时候，林椰恰好低头咳嗽，只听进去前半句话，没有听见后面的,理所当然地认为所有人都是早上八点整在教室集合。周四早上起床时,林椰甚至以为自己睡过头,爬下床匆匆刷过牙洗过脸,从桌上的收纳盒里摸出一块巧克力丢入长裤口袋,就径直去了教室。

进门后却只见颜常非在练习,程迟和祁缓在吃早餐,不见组内其他人和B组的任何人。他问祁缓:"早上不是要去美容室吗?"

祁缓正在喝粥,嘴咬吸管,口齿不清地答:"上午是B组啊,下午才是我们组。"

竟然弄错了时间,林椰摸出巧克力放入口中,一边转身朝门外走,一边对祁缓道:"如果江敛他们来了,你帮我告诉他们,我先去食——"话音未落,身体就先撞上从门外进来的人。

江敛退后站定,扬眉询问他:"告诉我们什么?"

林椰微微一顿。

江敛已经走到教室里,温免亦落后一步进门。江敛点过人头,目光扫向仍坐在地上吃早餐的两人:"昨天的舞蹈整齐度一团糟,你们吃完就起来,我们多练几遍。"

说是舞蹈不整齐,其实六人当中也只有程迟和祁缓不太整齐。

众目睽睽下,心知肚明拖了后腿的两人也不好意思再觍着脸让其他队友等,立即放下手中的早餐起身道:"我们吃好了,现在开始吧。"

几人迅速排好队形,林椰仍站在队伍外没有动。江敛看他一眼:"你还有什么事?"

林椰沉默半晌,最后还是放弃侥幸心理,打消折回食堂去吃早餐的念头,摇头说"没有",然后脱掉羽绒服,走到自己的位置上站好。

教室内没有播放音乐,站中心位的江敛负责念节拍,队员们跟着节拍收放舞蹈动作。到第二小节时,队伍变换到正三角形,所有人都需要抬臂再收臂、迈腿弯腰,单手撑在膝盖上。

程迟与祁缓没有出任何问题,江敛拧眉停下,看向镜子中林椰站的位置:"抢拍了。"

林椰站直身体,闭了闭眼睛:"不好意思,再来一遍吧。"

六人又来了一遍。

出状况的人还是林椰,他没有抢拍,却慢了小半个节拍。

江敛再度停下看他,语气冷淡:"什么问题还要我说吗?"

林椰抿抿嘴唇,第二次道歉:"不好意思,我走神儿了,没跟上。"

他们又将第二小节跳了第三遍。

迈腿弯腰的动作林椰节奏卡得正好，其他人收腿直起身体时，林椰却垂头撑着膝盖没有动。江敛大约是耐心终于耗尽，从队伍中脱离，走到他跟前问话，开口时嗓音稍显冷淡："你的感冒还没好？"

林椰没有抬头："好了。"

江敛当着所有人的面训他："既然好了，为什么状态还这么差？如果不想练，可以直说，但是不要把你的天分和实力当作你挥霍的资本。"

林椰本就容易低血糖，加上没吃早餐，此时脑袋发晕，只觉得对方的质问声令他心烦意乱。他皱紧眉头直起腰来，反唇相讥的话还没来得及冲口而出，就先眼前一暗，整个人朝一侧歪过去。

队友们皆是一愣。

离他最近的江敛亦面露怔色，站在原地伸出手来，将人接住。

队友们先后回神，立即围上前来问："是不是发高烧，烧晕了？"

江敛右手环住林椰，腾出左手去摸林椰额头。

林椰侧脸避开对方探过来的手，抬起眼皮问："你要干吗？"

江敛面色淡淡，语气却稍有缓和："看你是不是烧糊涂了。"

林椰想要站起来，却仍觉得四肢发软无力，索性自暴自弃，脑袋轻轻垂落下来，心不在焉地答："没烧糊涂，快要饿糊涂了。"

队友们顿觉虚惊一场，温兔立刻道："我说你今天怎么来得这么早，原来是没有吃早餐。"

他们的练习不得不临时中止，温兔去食堂替他买早餐，程迟和祁缓继续吃没有冷掉的早餐，颜常非躺在地板上闭眼休息。剩下林椰与江敛两人，前者靠坐在墙边等早餐，后者去窗台边拿水喝。

教室内瞬时安静下来，竟无一人说话。

余光瞥见江敛站在窗台前喝水的侧影，以及对方吞咽时滚动明显的喉结，林椰垂下眼睛，下意识地抬起左手的大拇指与食指，指腹相叠轻轻摩挲而过，最后抬起手来，摸了摸自己的喉结，似乎并不如江敛的喉结那般突出。

他放下手来，舔了舔有些干燥的嘴唇，抬头朝着江敛的方向开口，声音不高不低："我也想喝水。"

江敛听见了，拎着水瓶侧过脸来："哪个？"

林椰眯眼辨认片刻，抬手指向他身侧："蓝色那个是我的。"

江敛放下手中的水瓶，弯腰提起窗台边的蓝色水杯丢进他怀里。林椰握着杯身朝他摇了摇道谢，拧开杯盖仰头喝水，余光扫见江敛在自己身侧屈腿坐下。

林椰喝完水，没和对方搭话，又似才想起来一般，侧身从裤袋里摸出一块巧克力，撕掉包装纸，低头一口叼住巧克力的小半截，包装纸飘飘然而下，落在江敛的手边。

江敛捏起支离破碎的包装纸扫一眼，很快想起数天前在教室外的楼梯上，从林椰口袋中掏出巧克力的画面。他将指尖的包装纸揉作一团，问得漫不经心："你低血糖？"

林椰叼着巧克力点头。

江敛却不再说什么，目光落在他脸上："巧克力好吃吗？"

林椰咬字模糊地问："你之前没吃？"

"没吃。"知道他是在问什么，江敛神色如常，"巧克力给明让吃了。"

林椰道："如果你要尝，下次我可以给你带。"

江敛扬起唇角，低声缓缓道："我想现在尝。"

对方说这话时，林椰恰好仰起下巴，试图依靠活动上下嘴唇，将后半截露在空气里的巧克力吞入口中，闻言动作一顿，转过脸看向江敛："这已经是最后一块了。"

江敛道："这里不是还有半块吗？"

他们身后有三双眼睛，头顶还有四个摄像头。

林椰清晰地听见，自己紧绷的神经断掉的清脆声响。

他眼皮一跳，却见江敛已经抢走了自己另一半巧克力。林椰恍惚回神，后知后觉地反应过来，自己听到的是江敛掰断巧克力时发出的声响。

林椰下颌紧绷，环顾四周。

颜常非仍是躺在地板上闭眼假寐，程迟与祁缓低头凑在一起"咬耳朵"。除去角落里幽幽摆头的摄像头，没有任何人注意到他们两人。

林椰垂着头，目光并未看江敛，语气却不可思议："你想退赛吗？这里有摄像头。"

江敛道："有什么问题？"

林椰扯开唇角，眼中却毫无笑意："你说有什么问题？"

江敛神色淡淡："你能接受和别人共用一双筷子，难道不能接受和别人分吃一块巧克力？"

林椰愣住，继而思绪清晰地反驳他："那不一样。"

江敛问："哪里不一样？"

"哪里都不一样。"林椰偏头看他，眼中情绪很平静，"我不会和别人在镜头下共用同一双筷子。"

"我不是傻瓜,我知道这意味着什么。"林椰的目光中浮起几分讽意,过往岁月中消磨掉的少年气性在这一刻展露无遗,"我不认为自己需要靠别人的粉丝和人气,才能活在这个舞台上。"

"即便只能上一次舞台?"江敛开口。

林椰不明所以:"什么?"

江敛抬起眼皮,面上似笑非笑,目光中却含有几分锐利与深意:"即便排名'吊车尾',会在第一轮投票中被淘汰,你也会坚持你现在的想法?"

林椰满脸错愕,继而久久地沉默不语,江敛这个问题他答不上来。

他看不上那些被粉丝贴上"蹭人气"标签的"吸粉"手段,却又毫无能够留到最后的自信。当真正面临即将被淘汰的困境时,假如有人向他伸出手,愿意拉他一把,他的内心大概也会有所动摇。

林椰到最后也没有给出自己的答案,因为江敛看上去似乎并不怎么想要知道他的答案。大约从他脸上的表情变化中,江敛就已经得到了那份答案。

林椰听见对方道:"放心好了,刚才那些不会播。"

他一时语塞,甚至为自己总是轻易被对方看穿这件事有点恼火,转而又记起先前排练时,江敛那副公事公办且丝毫不近人情的冰冷模样,心中越发不快。

他抬头目视前方:"巧克力好吃吗?"

江敛道:"太甜了,我不喜欢。"

林椰并不意外对方会不喜欢,只轻扯唇角,话里话外意有所指,带着不满与责问:"五分钟前还在骂我跳得太差,五分钟后又来抢我的巧克力,你把我当什么了?"

江敛答得平常:"你想我把你当什么?"

饶是林椰也有些始料未及,下意识地抬眸却不偏不倚撞入对方深如墨潭的瞳孔里,这令他陷入短时间的失语中。

"公是公,私是私。队友跳舞拖后腿,难道不该骂?更何况我们私底下也没什么关系。除非,"江敛抬眸轻哂,两条长腿舒展交叠,视线轻飘飘地从林椰脸上扫过,嗓音沉而淡,"你想真的利用我?"

25

林椰没有回答江敛的问题,因为他的早餐来了。

担心还有人没吃早餐,温免多买了一份。队友除去林椰以外,其他人都吃了早餐。他又去隔壁教室问,把多出来的早餐送给了隔壁组的学员,被

"投喂"的学员大为感动。

下午 A 组所有人去美容室染发。助手们忙前忙后地做准备工作，造型老师根据公演当日的服装造型，替他们挑出两个颜色，紫灰色和奶灰色。

江敛、程迟和颜常非是紫灰组，剩下林椰、温兔与祁缓是奶灰组。

等待洗头时，温兔兴致勃勃地问："这样我们三个不就是兄弟头了？"

众人一笑而过，皆没有把这话放在心上。

祁缓却数次欲言又止，最后小心翼翼地举手提问："老师，我能不能也染紫灰色啊？"

造型老师道："发色除了造型上的参考，也是要看你们个人的肤色和五官轮廓。你如果要换成紫灰色，可能染出来不会好看。"

祁缓失望地放下手："谢谢老师，那我还是染奶灰色吧。"

将他的神色变化看在眼里，林椰不由得回想起那晚在窗帘后听到的谈话声，心中翻涌出一点微妙情绪，他忍不住越过挡在中间的颜常非，朝对方身后的江敛看去。

恰好江敛也投来目光，两人视线撞在一起，林椰动作微顿，想要收回目光，却见江敛遥遥隔着颜常非，轻描淡写地朝他微笑。

林椰没有笑，倒像是临时起了较劲心思般，朝着江敛的方向回以一个挑眉。

眼见对方唇角笑意渐渐敛起，又恢复到平常的模样时，林椰莫名地心情舒畅，下一秒却又发现，对方面上毫无笑意，眼中却缀着浅淡而零碎的兴味盎然，仿佛早已看透他的所有心思。

他微微一愣，最后选择背过身去，将自己的背影留给对方。

六人抹染发膏的时间相差无几，却因为发质不同，所以上药水和染发剂的时间都不一样。

林椰发质太好，头发不易上色，花在美容室里的时间也最长。队友们染完头发陆陆续续离开，唯独剩下他坐在美容室里昏昏欲睡。

中途造型老师来看过一次，从镜子中瞥见他眼皮耷拉的模样，笑着道："时间比较久，你可以在这里睡一觉。"

林椰抬眸扫一眼挂在墙上的时钟："大概还要多久？"

造型老师也顺着他的目光往钟上看："食堂晚饭你肯定是赶不上的，打个电话叫队友帮你留一份吧。"

林椰刚要点头，转念又记起手机早已上交，开口道："我没有手机。"

造型老师神色了然："那我帮你打。"

林椰不明他话里意思，想要出言阻止，却见对方手快已经按下通话键，手机屏幕跳转到等待接通的页面。

数秒后,电话接通了。造型老师站在他身侧,按下扩音键,不等对方开口就道:"你们组有个小朋友头发还没好,食堂马上要关门了,你叫人替他带份晚饭过来。"

熟悉的声音从浅浅的电流声中淌出,带着同样熟悉的冷淡口吻:"谁?"

"是叫——"造型老师稍稍卡壳,弯腰翻出林椰腰侧的名字贴扫一眼,"叫林椰的小朋友。"

电话那边的人顿了两秒,挂掉电话前,简短道:"好。"

造型老师收起手机,打趣林椰道:"听得出来电话里的人是谁吗?"

林椰想了想,主动问:"是谁?"

"是江敛。"造型老师戴上手套翻看林椰的头发,"我以前替他做过几次造型,跟他关系还不错。"

他摘下手套,打着哈欠朝门外走:"你可以先睡一觉,睡醒以后晚饭也就差不多到了。"

林椰点头说"好",看着那扇门在眼前打开又关上,对方的身影消失在视线中,他缓缓闭上眼睛。

半个小时后睡醒,才发现身后的沙发上凭空多出一人来,那人戴着棒球帽,低头坐在沙发上玩手机,只需看一眼,林椰就认出来那是江敛。

大约是听见动静,对方抬起眼皮:"醒了就吃饭。"

林椰伸手去拿旁边椅子上的饭盒:"晚上还练习吗?"

"不练。"江敛放下手机靠在沙发上,"晚上宿舍有突击拍摄环节。"

林椰瞬时明白过来,江敛会出现在这里的原因,多半是不喜欢被拍到私底下生活中的模样。

他佯作遗憾,面上却无太多失望,语气更是极其随意:"我又完美错过了一次上镜的机会。"

江敛骤然起身,走到林椰身后停下,帽檐在他英挺的鼻梁上落下小片阴影:"上镜也不一定会播,不需要抱太大期望。到时候视频出来,镜头多的永远都是工作室送钱多的。"

林椰也不是少不更事的小孩子,自然也是知道这样的形式不可能做到绝对公平。他赞同江敛的话,却并未多说,只仰起头来,望向江敛:"你也是吗?"

江敛站在他身后,没有穿羽绒服,双手插在裤子口袋里,微微弯腰,居高临下地俯视他,言简意赅地答:"我不是。"

林椰想起学员之间口口相传的流言,当中提到次数最多的就是,江敛的经纪团队不送钱,但赛训组也不敢剪掉他的镜头。

他仍在走神儿,江敛却骤然俯身。

江敛站在他面前,棒球帽遮掉头顶的灯光,使他的视野变得隐隐约约,看不清晰。

林椰没吭声。

江敛从灯下偏开头,屈起指尖在他的饭盒上敲了敲。阴影从视野中偏离,光线倾泻而下,江敛开口提醒道:"你再不吃,就要冷了。"

林椰嘴唇微动,垂头去看自己腿上的透明饭盒。

江敛转身去捞沙发上的羽绒服:"我还有事,先走了。"

林椰将目光从饭盒上收回,跟他道谢。

门边的江敛停下脚步,回头淡声问:"你刚刚想说什么?"

林椰思考两秒,抬头答:"我只是想问,你的沐浴露是什么牌子的。"

江敛轻扬眉尖,却没有回答他,径直推门走了。

留下林椰坐在椅子上,定定地对着那扇门看了两眼,确定对方不会去而复返后,才抬起手来捏了捏隐隐发酸的后脖颈儿。

对方走后没多久,大约一顿饭的工夫,造型老师过来替他做收尾工作,双手固定他的头顶与下巴,对着镜子端详片刻,面露满意:"奶灰色衬得肤色白。"

林椰心说一句"倒也不必这么白",面上却挂起恰到好处的笑容。

"昨天有个学员过来染头发,皮肤比你还白,名字也很可爱,好像是叫——"这位不擅长记人名的造型老师再次卡壳,"好像是叫栗沅。"

林椰纠正道:"栗沅。"

造型老师道:"没错,是叫这个名字,我记得他染的是粉色。"

他与栗沅几乎毫无往来,栗沅却对他有敌意。

事实上,除开主题曲练习期间,林椰在训练大楼见到对方的次数屈指可数,最近一次听到栗沅的名字,还是因为捡到的那本杂志被夏冬蝉看见。

思绪飘到夏冬蝉身上时,林椰心中一动。他在脑海中回忆栗沅写给江敛的那张便笺的内容,最后有些意外地发现,时间恰好是这个晚上。

时间已经临近,只是跟他没有任何关系。林椰自行起身洗掉头上的染发剂,吹干染成奶灰色的短发,向造型老师道过谢,出门下楼,迎着冷风朝宿舍大楼走去。

夜灯下的道路几乎无人行走,偶尔迎面遇上穿班服的学员,他也会礼节性地点头微笑打招呼。

只是整个过程里,林椰始终有些心不在焉。

直至远远看见在黑夜里散发光亮的宿舍楼时，他终于停下脚步，神色略有困扰地拨了拨额发，最后犹如下定决心般，又掉头朝着来时的路走了回去。

假如放在以前，偷听墙根这种事林椰断然是不会做的。只是今晚，这件事却始终横亘在心头，林椰无法不承认，虽不知道为什么，但的确有点好奇。

栗沉约江敛在训练大楼的楼顶天台见面，林椰走回训练大楼，从昏暗的安全通道爬上楼顶。天台大门半开，天台上却空无一人。

林椰躲回门后避风，疑心自己是不是记错时间，却也无处可求证。

他又等了片刻，没有听到任何人上楼的脚步声，也就再无耐心继续等下去，转身下楼了。

下到五楼的时候，林椰从楼道间推门进去，循着走廊上的标志找卫生间。

卫生间在走廊的另一头，他踩着落地的灯光穿过楼里的健身房，依稀能听见健身房里传来三三两两学员的声音。

走廊尽头左拐进去是卫生间，林椰抬脚往左边走，目光扫过尽头的露天阳台时，却猛地顿住了。

训练大楼每层都有露天阳台，但是这层的阳台有些不一样。阳台并不是路的尽头，栏杆扶手中间立着一扇小门，门外还连着一条挂满藤蔓的小走廊。

林椰走入阳台，借着月光抬眼向走廊对面眺望，眼中浮起些微诧异，走廊对面似乎有一个空中花园。

而在那空中花园的中央，隐约可见两道黑色的人影，夜风将轻不可闻的说话声卷进了阳台里。林椰眯了眯眼，仍旧无法从浓郁的夜色中辨认出那两道人影。

直觉那大概是栗沉和江敛，他轻轻推开阳台上未上锁的小门，悄无声息地穿过走廊，躬身躲入花园里的大花坛后。

江敛与栗沉坐在离他不远的藤椅上，中间隔着一张圆石桌。两人说话的声音落入林椰耳中，在寂静无声的夜色里清晰可闻。

不过，说是两人的对话声大概不够准确。自从林椰蹲在花坛后，大多数时候也只听见栗沉的声音。

有住进宿舍后亲眼看见的画面记忆在先，林椰想过无数种可能性，也不难推断出，栗沉大概一直都对江敛别有目的。

事实与想象果然偏差不大，栗沉想和江敛捆绑宣传。

"不过是做做戏，用来'吸粉'的手段而已，这对你并没有什么坏处。有镜头的时候装一下；没有镜头的时候，我们可以继续保持距离，甚至零互动。"栗沉说。

"对我没什么坏处,但也对我没有太大好处。"江敛目光淡漠,"你的粉丝基数还没有大到对我有诱惑力的地步。"

"我可以用其他的东西来交换。"他的语气中浮起微不可察的急切。

江敛嗓音毫无波动,甚至眼皮也未抬起:"你想用什么交换?"

似是很快镇静下来,栗沉问:"什么都可以。"

江敛这才抬起眼眸,犹如打量待估价商品般,将他从头至脚扫视一遍,语气中染上几分不耐:"你身上没有我想要的。"

"双赢的事你也不想要吗?"栗沉倾身朝前探,"我的人气也不低,两个高人气学员捆绑在一起,对你而言不仅没有任何坏处,甚至还会给你带来意想不到的收获。"

江敛轻轻一哂,重复那两个字眼:"双赢?"

大概是觉得有戏,栗沉勾唇笑起来,不再掩饰自己语气中的急不可耐:"等价交换,不是吗?至于热度怎么提升,我都听你的。"

"我说过,我没兴趣。"江敛道。

"你不试试,又怎么知道,是真的没兴趣?"栗沉满脸的志在必得。

江敛扣住他,将他从圆桌上拖下来,眼中仍是波澜不惊,吐出来的两个字却无端令人心生寒意:"滚开。"

栗沉心有不甘,却还是走了,走前定定地看他:"你既然没有这个想法,又为什么要来赴约?"

江敛道:"与你无关。"

当事人栗沉听得既是怒意丛生,又是不明所以。蹲在花坛后的林椰却是心中一跳,悔意上涌。

栗沉离开的脚步声消失在耳中后,果不其然就听江敛淡声道:"还蹲着干吗?出来吧。"

林椰神色还算镇定地起身,脚底板却涌上一股强烈的麻意。

江敛本就心情不悦,此时此刻久等不见人出来,更是直接从藤椅上站起,视线掠向斜对面的花坛,拧眉道:"不出来,难道还想等着我过去请你出来?"

林椰欲言又止:"脚麻了,你让我缓缓。"

江敛却不给他缓冲的时间,走到他跟前问:"刚才的话都听见了?"

林椰抬头,目光与他不期而遇:"听见了。"

江敛道:"没有镜头,也没有多少粉丝,你觉得你能在第一轮淘汰中留下来吗?"

林椰沉默不语。江敛说的话并没有错,他甚至都无法反驳。

"竞争比你想象的还要残酷，我可以帮你留下来。"江敛望向他，"小组对决中获胜的那组，中心位手里有一个保队友的名额。如果你被淘汰，我可以保你。"

林椰面露愕然。

"当然，不仅限于此。第一轮顺位淘汰结束以后，我还可以帮你在短时间内积攒出大量人气。这一次，"江敛神色冷淡，犹如公事公办的谈判方，"你打算拿什么来换？"

江敛第一次帮他，他给了对方一块巧克力；江敛第二次帮他，他欠对方一次女团舞。

这一次江敛想要什么，林椰认真想了想，认为自己没有什么能够换给对方。没有在第一时间里给出回答，他反问回去："你想要什么？"

江敛眯起眼眸陷入思考，半晌懒洋洋地勾起唇角道："我要你的时间。"

"我的时间？"林椰面露诧异，"你要我的时间做什么？"

"陪练。"江敛垂眸瞥向林椰，"每天的练习时间太无趣，你来给我当陪练。"

"不过，"他神色淡淡地补充，"前提条件是，你能做到随叫随到。"

回忆起栗沉说过的话，他想也不想地脱口而出："双赢？"

尚未等到江敛的回答，林椰自己就先反应过来，自嘲般地笑了起来。要说这样的交易是双赢，他还真是太高看自己了。无论是人气还是实力，他和江敛从来就不在同一条线上。

林椰眼眸微垂，神色难辨："交易的时限是多久？"

江敛道："到赛训结束为止。"

林椰竟然有些心动。

平心而论，他并不反感与江敛来往，也不反感和江敛待在一起。陪练本就是你情我愿的事，对他来说，给江敛当陪练，不仅不算是浪费时间，反而还能跟着对方学习。

这样看来，江敛提出的这桩交易中，占尽便宜的反倒是林椰自己。虽然他给不了江敛什么，但是平白从别人那里受了恩惠，却什么都没有付出，这让他心中有些不是滋味，也有些不太情愿。

更何况，第一轮排名还没有公布，林椰想要留下来，却不是想靠别人留下来，而是想靠实力留下来。

想到这儿，他抬起头来，扬唇一笑："陪练可以，但是晋级的名额，我不需要靠这种手段来换。"

26

那晚他和江敛终究没能达成共识。林椰不愿意私下用特殊的手段与江敛做交易，对方大抵是觉得他不知好歹，也没有再多说什么。

林椰起初并不理解，与对方分开以后才想明白其中干系。江敛大概只是想和他做交易，而并非想要和他做朋友。

毕竟说到底，这是个你争我抢的竞争性形式。虽然林椰自诩没那能力做江敛的竞争对手，但是从一开始就将自己放在对手位，总好过后期上演朋友反目的唏嘘戏码。

如若两人之间仅仅是交易关系，往后即便牵扯到出道位，大家也都是利益至上，各取所需。

江敛提出的交易关系，干净利落地开始，又干净利落地结束，然后将这段经历从他们的人生履历上抹去，散作过往云烟，无人知晓，也无人提及。

前途依旧光明，未来依旧坦荡。

这没有什么不好的。相反，对林椰他们这样的人来说，这样的关系甚至堪称完美。毕竟他也不认为，离开了这里，自己还会和江敛有其他轨道上的命运交会。

只是林椰觉得，自己被江敛看轻了。江敛言语中无不透露出不想和自己交付真心的深意，又怎么能肯定，他就一定会成为和自己交付真心的朋友？

江敛可以做到的事，他也能够做到，林椰对此毫不怀疑。如果江敛不想和他有任何亲近的关系，那么他绝对不会朝那条泾渭分明的线外跨出半步。

也不是没有过微微动摇的瞬间——在接收到来自江敛的好意时，但是那样的好意，也不是只有江敛带给过他。他不会因为对方散落出来的那点好意，就傻兮兮地凑过去，觍着脸捧出自己的真心。他更加不是从前那个，轻易就被旁人流露出来的善意所打动，头脑发热地倾尽所有去回报，最后被人从背后捅了刀子，才意识到自己自始至终都没能看清对方脸上戴着假惺惺面具的傻瓜了。

一朝被蛇咬，十年怕井绳。

旁人对你，有时候不一定就是出自真心。

曾经的经历无时无刻不在提醒他，识人不清最后会让自己陷入多么糟糕而又难堪的境地。

所有在当时建立起来的亲近与依赖，皆在两人撕破脸皮后化为乌有，生活再度被打回孤身一人的原点，再遇到旁人伸出援手时，甚至会下意识地心怀忌惮和猜疑。

原来自己一个人，也可以做到很好地生活，十八九岁的林椰时常会这么想。

抛开当晚略有波折的插曲不说，林椰终于意识到，话果然不能说太满。前一天晚上才信誓旦旦脱口而出豪言壮语，第二天他就在教室里被现实重重地甩了一个巴掌。

林椰捂着脸颊，尴尬又失落。当然，比起那微不足道的尴尬情绪，更多的还是铺天盖地而来的失落与消沉。

与江敛不欢而散的第二天，也是公演倒计时第二天，沈PD将所有学员集合在阶梯教室中，向众人丢下一颗重磅炸弹："之前没有告诉你们的是，这一次公演结束以后，奖励除了加票以外，每个获胜小组的中心位手里还将拥有一个救队友的名额。"

消息甫一落入湖中，瞬时激起千层浪，学员无不面带震惊与激动，唯独早已从江敛口中得知消息的林椰，面色依旧平静。

立刻有人从高处站起来问："是我们想的那种名额吗？"

"是的。"沈PD打出一个安静的手势，"就是你们想的那样。第一轮淘汰将有二十人不得不离开，假如队伍中有队友在离开的人里，那么队中的中心位可以使用那个名额，救回被淘汰的队友。"

有学员道："如果获胜的那组没有被淘汰的队友，中心位能不能把名额让给别的队？"

"假如队内没有队友被淘汰，中心位手中的名额只能就此作废。"沈PD面色肃然，"同样，假如队内有两名或者两名以上学员被淘汰，那么很遗憾，中心位只能救下其中一个。"

学员们一片哗然。

夏冬蝉看向林椰："早知道赛制是这样的，你还不如来我的队里。"

林椰双手交叠抵在脑后，垂眼漫不经心地说："对手是栗沉那组，你应该也没有百分之百的把握赢吧。"

夏冬蝉眸色一深，面上笑容却又浅又淡："说得也是，我的确没有百分之百的把握。"

讲台上沈PD已经打开墙上的电子屏："相信大家现在都很激动，就在刚才，赛训组经过慎重考虑，为了鼓舞和激励大家，决定放出所有学员的票数排名。"

这是第二颗深水炸弹，没有手机上网，没有内部知情人放消息，原以为要等到顺位淘汰时才能得知自己的名次。座位席上的学员们沸腾了。

夏冬蝉偏头问他："你紧张吗？"

林椰笑了起来，放下抵在脑后的双手："有点。"

他面上有几分懒洋洋，胸腔中的心跳却快得有些不受控制，一声接一声，如密集的鼓点般震在他的耳膜上，仿佛只要夏冬蝉再靠近他一点，也能将那声音听得清清楚楚。

林椰下意识地弓起背来，抬手按了一下胸膛上心脏的位置，又低头去看自己的鞋面，确定脚上鞋带没有松，全身上下亦无其他问题，才缓缓坐直身体。

始料未及，林椰抬头就看见了自己的名字，以及悬挂在自己名字上方明晃晃的两位数。

沈 PD 并未给他们做好心理调适的时间。

林椰几乎瞬时怔住，目光定在自己的名字上，仿佛眼中只能容下那个数字，再无其他内容。

走神的时间说长不长，说短也不短，林椰缓过神来再眨眼的时候，页面已经跳转到下一批名次。

他轻轻吐出一口气来，许久没有说话。

学员的票数排名是按倒序放出的，他的名字在第一张图里，一百个学员中淘汰二十人。以林椰第九十名的名次，毫无疑问他也在即将离开的人当中。

林椰的名字夏冬蝉也看见了，他眼中有惋惜，也有遗憾，却并无意外和惊诧，仿佛早已料到是这样的局面。夏冬蝉对他道："现在去找江敛谈还来得及，小组赛有他在的那一组绝不会输。"

林椰抬眼看他："你是让我去找江敛，说服他把那个名额留给我？"

夏冬蝉神色坦荡："你不去，也会有其他人去找他。所以如果你不去，就是白白把这个机会拱手让人。"

林椰道："你觉得我能拿什么来说服他？论唱跳能力，其他人实力也并不差。"

"过程并不重要，重要的是结果。"夏冬蝉弯唇一笑，"各凭本事，不是吗？"

林椰抿唇不语，却对夏冬蝉的回答并不意外。在他看来，夏冬蝉就是这样的人。假如哪一天，对方在他面前提起骨气和尊严，他大概才要心生疑虑。

两人说话间，排名已经跳到最后一页，江敛和明让毫无意外地霸占了榜首和第二位，夏冬蝉的名次也在前二十。

沈 PD 关掉电子屏，离开前对他们说："第一期幕后花絮已经制作完成了，如果大家想看，可以自行到健身房旁的放映室去看。"

学员们解散以后，同工作室的两个室友约他们去放映室看比赛的视频，林椰和夏冬蝉却打算先去超市,两个室友索性也跟他们一起去超市。

从训练大楼出来,途经录制区的侧门时,四人远远就瞧见门外蹲着一排粉丝。

待他们走近以后,甚至有两三个粉丝捧着相机起身,挤在铁门后朝他们喊话。

四人顿觉新奇,听了片刻,才听出来是在叫夏冬蝉的名字。林椰与另两个室友脚下步子放慢,剩下夏冬蝉朝前走出两步,远远地朝粉丝抿出一个漂亮的笑容来。

粉丝激动得手中镜头抖动,隔着铁门高声叮嘱夏冬蝉要好好吃饭,好好睡觉。

后方林椰几人欲掉头先走,铁门后却又陡然响起情绪激昂的两声,分别喊的是林椰两个室友的名字。

两个室友也是头一次遇到这种阵仗,亦有些心情激动,不由得跟着朝前走出几步,笑容满面地给喊话的粉丝比爱心。

剩下林椰一人落在最后,再去看前方排成一排的那三人时,反倒觉得突兀的人成了他自己。他垂头站在原地等那三人,将自己大半张脸掩在羽绒服的兜帽下,摆出一副无所谓的模样,片刻以后,却还是忍不住抬头,视线朝铁门后扫去。

除去夏冬蝉与另两个室友的粉丝,剩下的年轻女孩儿皆是盘腿围坐在地上嗑瓜子,自始至终都不曾抬头朝他站的地方看过一眼,仿佛对他是谁这件事漠不关心。

林椰收回目光,漫不经心地提起脚尖踢了踢地面。这些人当中,夏冬蝉有好几个粉丝,就连排名中下的两个室友也都有粉丝,唯独不见他的粉丝。

不过,思及他那糟糕至极的排名,没有粉丝也是意料之中。一共有整整一百个学员,坐在铁门外的那些年轻女孩儿,现在大概连他的名字和脸都记不住。

自觉有些好笑,他抬手扯了扯挡风的兜帽,转过身独自朝超市走去。

脚下的水泥路平坦而宽阔,路上没有四处乱窜的私家车,也没有摇铃警示的自行车,冬末春初的风仍旧寒凉,吐息或哈气时还能看见小小的可爱的白色雾团。

粉丝的声音逐渐远去,林椰脚下的步子迈得越来越慢,越来越迟疑。

最后,他驻足回头。

身后的道路上分明空荡荡无一人,脑海中却魔怔般地回响起江敛低沉的嗓音。

"没有镜头，也没有多少粉丝，你觉得你能在第一轮淘汰赛中留下来吗？"

"林椰。"他仿佛能够听到江敛在叫他，"我可以帮你。"

27

他回过头，才发现是真的有人在叫自己。

明让面上挂笑朝他走来，手中还拎着未开的罐装饮料："你往后看什么呢？"

林椰说："没看什么，我等人。"

明让扫一眼他身后空荡荡的道路："等谁啊？这么久不来。"

林椰道："等室友。"

明让又是散漫一笑，抬手搭在他肩上，下巴轻抬，隔空点了点对面的超市大门："别等了，哥请你喝饮料。"

林椰闻言，转过脸来望他，眼中情绪放松下来："什么饮料？"

"想喝什么都行。"明让按住他的肩头，将他朝前轻推一把，"你自己进门去挑，叫在前台结账的人先替你付，再帮我转告一句，钱我稍后还他。"

林椰道了句谢，穿过马路走上台阶，从超市后门进去，到货架前拿了罐可乐，转身绕到前门一看，才发现站在台前结账的人是江敛。此时并不太想看到对方，他退后一步，有意识地与江敛拉开距离。

后者似有所感般回头，视线掠过他手中的那罐可乐，侧过身让收银员看见林椰，指着他手中的可乐，语气自然："算上那罐可乐的钱。"

林椰不得已上前，低头翻口袋，头也不抬地道："钱我还你。"

头顶却落下一句："我只收转账，不收现金。"

林椰顿住，只能停下手中动作："那我拿到手机以后再还你。"

江敛不置可否，提起柜面上的购物袋推门朝外走，余光瞥见他还站在原地，单手握在门把手上催促："还不快出来。"

林椰垂眸从门内走出，江敛的声音落入耳中："与其沉浸在对排名的失望里，不如花心思想一想，怎样才能在公演舞台上抓住观众的眼球，至少还有翻盘的机会。"

大概是没有料到江敛会对自己说这个，他稍稍一愣，张口刚要说话，余光却扫见明让越来越近的身影。林椰咽下唇边的话，看见明让三步并作两步迈上台阶，笑意满满地问他："我们要去放映室，你要不要跟我们一起？"

林椰抬头望向对面，视野尽头那三人仍是没有要出现的迹象，索性点头应下："那就去好了。"

三人走小树林近道回训练大楼，路过健身房旁人声嘈杂的放映室时，却不见江敛和明让停下脚步。林椰不由得出声提醒："再走就走过头了。"

明让转过身来，抬起钩在指间晃动的钥匙："我们去另一间。"

林椰心中了然，不再说话。

想来看视频的大概只有林椰和明让，江敛从进门以后，就兴致缺缺地坐下玩手机。唯独林椰和明让守在屏幕前，拖着进度条看完了第一期花絮。

两个多小时的时长被一百个学员分下来，江敛和明让的镜头不算多，也不算少，林椰的镜头却少得有点可怜。

等级初评定部分与再评定部分的镜头加起来不过十秒，再评定部分前的练习室镜头从来都是远远地对着他的脸一扫而过。宿舍中上交手机和检查宿舍行李的环节，更是被剪得干干净净，只留下了夏冬蝉检查明让行李的画面，仿佛从头至尾查无林椰此人。

他走神的间隙，进度条恰好被拉到江敛给家人打电话和接受采访的环节。夏冬蝉的名字从画面里江敛口中吐出时，林椰倏然抬头，冷不丁地回想起数天前室友口中传出的流言。

原来那不是流言，江敛是真的在采访里提到了夏冬蝉的名字。

夏冬蝉和江敛没怎么说过话，江敛又是什么时候记住了夏冬蝉的名字？林椰忍不住转头看他一眼。

江敛适时抬眸，撞上他的视线，继而瞥向屏幕里的自己，并未开口说什么。

反倒是明让神情若有所思，指尖轻点字幕上夏冬蝉的名字，问林椰："这是你朋友吧？他镜头不少，这一次名次也不低。"

林椰道"是"，随后听江敛淡声道："他镜头多跟我提到他没关系。"

"这个是没多大关系，但是微博上你俩一直被绑定在一起宣传，这跟你有直接关系。"明让神情好笑，看向林椰："你和他是哪个工作室的？"

林椰报出自己工作室的名字。

明让又问："你们工作室送了多少人进来？"

林椰说："四个。"

明让托腮点头，神色了然："我听说有几家工作室在和主办方谈出道位，你们工作室也在其中。照这个镜头时长看，多半是你们工作室为了捧他，给他们打了钱。如果出道位能谈下，最后也只会留给夏冬蝉。剩下你们三个同工作室的，中途被淘汰反倒没事，但如果留到最后，大概会成为夏冬蝉出道的阻碍。"

他说完，又后知后觉般挑眉一笑："我可不是在挑拨你和他的关系。"

　　明让说的这些事，林椰没有从夏冬蝉口中听到过只言片语，却也不难猜出来，夏冬蝉如果能拿到工作室谈下的出道位，一定是和工作室签下了比他们三人签得更为苛刻的保密合约。

　　他毫不在意地一笑："谈不上挑拨离间，真要说的话，也是该骂工作室偏心。"

　　无论夏冬蝉如何，那也是对方自己做出的选择。林椰无暇分心去管别人的事，此时此刻心中想的是，按照这样的镜头时长，他真的能在公演舞台上让自己的排名翻盘吗。

　　他前所未有般地强烈意识到，自己的内心已经有所动摇。

　　明让不知道什么时候已经离开，放映室内仅剩下他和江敛两人。林椰抬头去看江敛，后者有所察觉，亦抬起眼眸，漫不经心地扫向他。

　　片刻以后，江敛神色平静地起身，打开了放映室里的灯。

　　明亮强烈的光线瞬间涌入视网膜内，林椰条件反射地闭上眼睛。

　　花絮视频里的说笑声随着视野里的光线远去而消失，整个世界安静下来，脑海中的思绪变得前所未有的清晰。

　　耳朵里传来江敛在自己身侧走动的声音。很快，对方的脚步声停在了离他很近的地方。

　　"三天时间。"江敛低声开口，用的分明是风轻云淡的口吻，听在林椰耳里，却似乎带着几分意味深长，"如果你改变主意，随时可以来找我。"

TOP 2　　TOP 1　　TOP 3

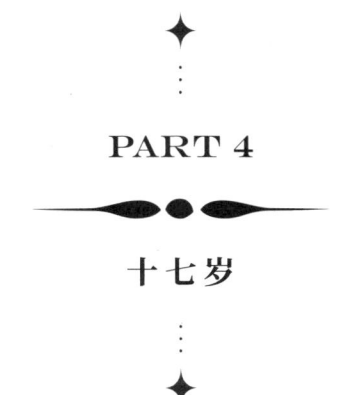

PART 4

十七岁

28

公演倒计时最后一天，学员们几乎是二十四小时泡在教室里，甚至连中餐和晚餐，都是统一交由组内两人打包带回来。

担心公演当天肠胃掉链子，几人晚餐都没有吃得过于油腻，温免看看自己饭盒里的蔬菜，又看看教室角落中转动的摄像头，压低声音故意做哭丧脸状："粉丝看到了，一定又会呜呜呜地哭着说，'我偶像好惨，连肉都吃不上，你想吃什么，我给你买啊'。"

祁缓亦极为上道地补充："今天不努力，明天我偶像没肉吃。"

林椰在旁边泼冷水："说不定这镜头都不会播。"

听得其他几个排名中等的队友连连叹气。

晚饭时间江敛不在，A组剩下四个人时不时插科打诨，唯独颜常非频频起身离开教室，即使坐下也是满脸心不在焉。

毕竟公演在即，任何人出了问题，都会或多或少地影响整个队伍。祁缓忍不住向和对方同寝室的温免打探："他这是怎么了？"

温免皱眉道："他家里人得了急病住院，赛训组特批把手机还给了他，让他保持和家里人的联系。"

剩下不知情的三人皆是一愣，也不知道该怎么安慰他才好。

温免见状，展眉笑起来："颜常非那性格，其实也不太习惯被人安慰，你们只要像以往那样，正常对他就好了。"

众人也就不再提起。

他们吃完饭，江敛也掐着点回教室了。六人进小教室排练，其他教室的学员过来打探敌情，纷纷趴在门边惊叹："这组舞好齐啊，还好我们不在他们的对手组里。"

B组成员当即就不服气地反驳："我们组也很齐的好不好，我们组和他们组势均力敌。"

打探情况的学员以为他心虚嘴硬,毫不留情地嘲笑道:"行行行,你们组最强,行了吧。"

B组成员横眉竖眼,上手搂脖子抱腰,和对方打闹作一团。

江敛暂停音乐过去关门,转身对五人道:"他说得没有错,论团队整体实力,明让那组的确和我们不相上下。最后一个晚上,我们都不要松懈。"

程迟问:"今晚要通宵吗?"

江敛没有第一时间回答,只看向五人:"通宵你们能坚持吗?"

林椰想了想:"我应该没问题。"

剩下四人也道:"没问题。"

江敛点头:"那就视情况而定。"

到午夜时,整座训练大楼内没有一间教室熄灯。又过了两个小时,直到凌晨两三点,教室外的走廊上才陆陆续续响起学员们离开的脚步声。

A班教室仍是无一个学员回宿舍睡觉,连续几个小时的高强度排练让所有人疲惫不堪,身体更是犹如浸泡在汗液里。

中途停下喝水时,江敛从支架上取下录视频的平板电脑,在地板上坐下:"休息十分钟,我们看看视频。"

散开去喝水擦汗的队员们纷纷放下手中的东西,围靠过来,颜常非顺势在江敛左侧坐下,祁缓和程迟两人在江敛右侧坐下。

林椰来得迟,错失掉观看视频的最佳位置,只得退而求其次地在江敛身后单膝跪下,从颜常非与江敛之间的夹缝里仰头看过去。

温免是最后过来的。半夜三更他仍是精神抖擞,丢下擦汗的毛巾,跑过来径直朝林椰背上一扑,单手抓住林椰,将身体的大半重量压在林椰背上。

被他扑得猝不及防,林椰惯性般地跟着朝前歪倒,直接撞在了江敛身上,靠着对方后背对自己身体的支撑,才没有倒下去。

事情发生得过于突然,江敛当即就侧过脸来瞥了他一眼。

林椰被看得眼皮轻跳,正要开口解释,却发现对方什么也没说,又将脸转了回去,甚至指尖点着屏幕上的画面,语气平常地与颜常非讨论起来。

林椰微微一愣,转头见温免也加入了讨论,亦一副对自己所作所为毫无察觉的专注模样。他缓缓吐出一口气,索性也看向屏幕。

颜常非接过江敛手中的平板电脑,按了暂停:"这个地方还是有点不齐,我们可以再练练。"

画面中能够清晰地看到,问题出在祁缓身上。江敛问坐在右侧的声乐歌手:"你跳这个动作的时候,有没有意识到自己没跟上?"

祁缓面露尴尬："我以为自己是刚好踩在点上的。"

程迟替他说话："会不会是拍摄角度的问题？"

"不会。"颜常非摇头，"整齐的舞蹈，无论从哪一个角度看过去，都是整齐的。"

几人七嘴八舌，但始终没有听见林椰开口。江敛皱眉侧头，想叫林椰的名字。还未开口，耳边就先传来了轻缓悠长的呼吸声。

江敛微微扬眉，却没有将身旁不小心睡着的人叫醒，神色如常地转回脸来，一语敲定道："这个地方，我们再练一练。"却没说什么时候再练。

其他四人理所当然地以为是休息过后练。坐在地上的三人就地躺下恢复体力，温免从林椰背上起来，拿起放在窗台上的水杯，转头问其他人："你们有谁要去接水？"

前一刻才躺下的三人又从地板上爬起来，拿起自己的水杯跟上温免，朝教室外走去。

江敛转头将林椰叫醒，问得轻描淡写："困吗？"

林椰挣扎着睁眼，人已经困得有些不清醒，下意识地答："困。"

江敛又问："想回去睡觉吗？"

林椰说："想。"

江敛似笑非笑："是谁说可以熬通宵的？"

林椰瞬时清醒过来，从地板上爬起来，揉着眼睛，自言自语道："刚刚不知道怎么就睡着了。"

江敛伸手拦住他，抬眸在他那张睡眼惺忪的脸上打量两秒，而后松手道："行了，回去睡觉吧。"

林椰微微一愣。

与此同时，接水回来的四人声音已然由远及近，甚至隐约能听见他们的闲话内容。

江敛从地板上起身，看向进门的那四人道："精神不好会影响舞台上的发挥。我们今天先练到这里，剩下的早上再排。"

神采奕奕的四人皆是一愣，温免更是满腹疑问，看看身侧的人又想想自己，是谁精神不好？

不管怎么说，回去睡觉的决定最后还是全票通过，六人定好早晨六点在教室集合，然后前前后后地回了宿舍。

室友都没有回来，大门还是反锁的状态。林椰一边眯眼打哈欠，一边开门进入，然后反手关门，打开墙边的灯，脱掉衣服进浴室冲澡，最后关灯上床睡觉，前后所花时间不超过五分钟。

只是闭上眼睛坠入梦境的前一刻，他隐约回忆起来，自己大概是忘了做什么事情。仅剩的清醒并未让他来得及思考到底是忘了做什么，浓浓的睡意很快就让他失去意识。

这一觉不过短短几个小时，林椰却始终困在如囚笼般的漫长梦境里。

他在梦中回到十七岁那年的夏天，炙热难耐的天气、聒噪起伏的蝉鸣、衣服上的汗液与油渍，还有萦绕在鼻尖久久不散的烤鱿鱼味道。

林椰终于想起了被刻意遗忘的事情。

当时他并不是只有做艺人这条路可走。在星哥找他后的不久，奶奶曾经托人替他找过一份销售的工作。

那人曾信誓旦旦地对他说，那样的工作不看学历，只看绩效与提成，辍学后工作一年就能买房的案例在公司中比比皆是。

林椰虽然没能再继续读书，却也能够轻而易举地分辨出，两张"大饼"中，比起做艺人出名赚大钱，可信度更高的还是脚踏实地地靠自己赚钱。

他却选择了去做艺人。

进公司的最初目的真的只是为了钱吗？林椰在梦中问自己。还是说，曾经对跳舞的热情终于在两年时间里被蹉跎和消磨掉，就连他自己，都将年少时的初心忘得干干净净。

29

三个小时以后，他在怅然若失的感觉中醒来，看到的是江敛那张熟悉的脸，听到的第一句话就是对方的"你睡过头了"。

林椰终于想起睡前被遗忘的事情——忘了将闹钟时间提前。他顶着睡得乱七八糟的短发从被子里爬出来，跪坐在床铺上俯视对方，眼角还残留些微睡意："你怎么进来的？谁给你开的门。"

江敛轻轻一哂："你给我开的门。"

林椰不明所以，脸上略显迟疑："我什么时候下来给你开门了？"

江敛瞥他一眼，抬手露出钩在指间的钥匙："你昨晚回来的时候，钥匙插在门上没取。"

林椰顿时语塞，却怎么都想不起这一茬来。他不再多想，转身在床边坐下，探手去叠被子，两节笔直修长的小腿悬空垂在床边，有一下没一下地晃荡来晃荡去。

江敛站在床边看他一眼："脚别乱晃。"

林椰动作骤然停住，垂头去看江敛，面上还挂着茫然神色："怎么了？"

江敛轻哂："你的脚要踢到我了。"

林椰点点头，老老实实将两条腿缩回床上盘好，沉默不语地盯着面前叠好的被子看，却没有半点要下床收拾自己的打算。

意识到他大约是还没睡醒，江敛皱起眉来，嗓音也有些冷："你知道我们今天要干什么吗？"

林椰缓缓将头转向他，脑海中空白数秒后，终于恍然梦醒般回神，意识到自己现在不是梦里十七岁的年纪，也不是在为不同方向的未来犹豫不决，而是即将在十几个小时以后，迎来自己的第一场舞台公演。

他的眼神逐渐清明，无暇去思考和追忆过往种种选择的是非对错，动作利落地爬下床去洗漱。十分钟以后，他穿好宽松暖和的羽绒服，对坐在沙发上等他的江敛道："走吧。"

江敛起身，目光从他素面朝天的脸上掠过，而后停留在他头顶翘起的发尾上："昨晚你头发没吹干就睡了？"

林椰象征性抬手压了压："太困了。"

江敛收回目光："戴个帽子再出门。"

林椰转身去衣柜里翻赛训组发的棒球帽，却对帽子的位置没有任何记忆，最后只找到数天前从小教室中捡回来的江敛那顶帽子。他拿着帽子心中迟疑，最后试探般转身，将手中那顶帽子暴露在对方视野中。

江敛看他一眼，似是并未认出那顶帽子是自己的，只催促道："找到就走吧，其他人在食堂等你。"

林椰不着痕迹地松一口气，将帽子戴在头顶，跟在对方身后走出宿舍。

六人吃过早餐，又到练习室中练过两个小时，就被工作人员叫去化妆间换衣服上妆，然后进行舞台彩排。岛上备有小型的演出场地，最多可容纳两千个观众，学员们彩排和表演皆不需要离岛，只需等着观众们坐船上岛就好。

林椰第一次化舞台妆，上完妆后去照镜子时，还有些不太习惯，不知道是打光还是底妆原因，整张脸看上去比平日里还要白皙透亮——大约是为了衬托偏浅的发色。眼妆也是浅淡的粉色，眼周覆着一层薄薄的彩色亮片，画过眼线的眼睛要更加炯炯有神。往常搭落在额前的碎发被吹出中分的桃心形状，露出一点光洁饱满的额头。服装搭配的是黑白撞色的连帽卫衣。

谈不上是什么感觉，林椰只觉得有点认不出镜子中的自己。

工作人员在化妆间来回走动，高喊示意上完妆、换好衣服的学员下楼乘大巴去演出场馆。林椰转身找队友，恰好撞上做完造型的江敛和明让从里侧隔间出来。那两人染的皆是紫灰发色，偏深的眼妆衬得两人五官和轮廓越发深邃英俊，身高亦在人群中十分显眼，一路走来时引得其他学员频频侧目。

林椰倒是更想要他们那样的妆面。

两人在他面前停下，江敛目光从他面上扫过，没有找他说话，明让更是始终都没有看过他一眼。林椰欲主动搭话，却听明让对江敛道："你先和你们组的人过去，我要留下等我们组的人。"

江敛点头淡淡道："那我先走了。"

明让闻言却挑眉："你不去找你们组的人？"

江敛冷不丁地扬唇，下巴微抬示意他道："不就在这里吗？"

明让稍有惊诧，视线绕过四周一圈，最后定定地落在林椰脸上，这才面露了然，眼中浮现出浓厚兴致："这是哪家来的漂亮弟弟，以前怎么都没有见过？"

林椰这才扯唇一笑："你真没认出我？"

明让面露惊叹神色："真没认出来。"

林椰轻耸肩头："我自己也没有认出来。"

其他队友已经不在化妆间，他和江敛从化妆间里出来，一前一后上了停在门前的大巴。大巴车恰好还差两个人坐满，待他们上车以后，司机就直接发车离开。

大巴车开出整个封闭的赛训基地，绕岛行驶一半路程，最后停在演出场馆的后门入口。学员们拉着窗帘坐在车里，车门未开就听见车外粉丝喊声此起彼伏，发音各异的名字交错混杂在一起，竟是什么都听不清晰。

林椰侧头从窗帘缝中瞥去，高举手幅和灯牌的粉丝夹道站在两旁，穿深色制服的保安双臂展开，竭力挡在朝前涌动的粉丝身前。那些手幅与灯牌上写得最多的就是江敛和明让的名字。

却没有他的名字，林椰毫不意外。

保安维持好车外混乱的秩序，司机才打开车门让他们下车。林椰和江敛坐在最后一排，亦最后下车。两人从车内出来的同时，江敛粉丝的呐喊声排山倒海般涌入耳内，震耳欲聋。江敛却始终神色冷淡，并不像其他学员那般向粉丝微笑，只目不斜视地迈腿朝里走。

粉丝们热情不减，举着手机和相机在拥挤的人群里艰难对焦，疯狂按下快门。

林椰踩着交叠的快门声，神色平静地跟在江敛身后走，隐约之中听见身侧有年轻女孩儿在问："跟在江敛身后的弟弟是谁？参加集训的学员里有这号人吗？我怎么不记得？"

他的余光循着声源仓促扫过，只来得及捕捉到声音主人穿的鹅黄色长款大衣，而那微不足道的声音，很快又淹没在粉丝们浩浩荡荡的呐喊声里，不留一丝痕迹，不引一丝波澜，仿佛它从未出现过。

30

彩排的时候沈PD和导师们都在现场。

林椰站在舞台上，耳中是单曲循环的主题曲。耀眼绚丽的舞台灯光打在身上，他转头朝身边看去，队友们脸上的兴奋与激动清晰可见。台下的座位席空荡荡一片，唯有沈PD和导师们坐在最前排，神色隐没在光影间看不清晰。

他心跳平稳，面色如常，倒不是遇事镇定，仅仅因为心中没有太多实感。

他们是第一个上台的，彩排中林椰的表现中规中矩，不算太出彩却也完成得还算圆满。整个队伍中唯有江敛有舞台经验，剩下五人皆是第一次走上舞台，无论是在台上的队形走位，还是对台前镜头的捕捉，或多或少都有不足的地方。

声乐导师破天荒地点评了林椰一句"还行"，林椰站在台上向导师鞠躬道谢，心知肚明对方说的"还行"，不是发挥得还行，而是混在其他五人的音色中并不显得突兀，不会因此成为整场表演中的明显败笔。

沈PD在对镜头的捕捉上指点他们几句，最后又道："我知道你们现在不怎么紧张，是因为台下没有任何观众。彩排和公演是不一样的，我还是希望你们在真正上舞台时，能够做到临危不乱。"

舞蹈导师补充："还有最基本也是最重要的一点，要保持和粉丝们的眼神交流，不要回避，要倾尽全力地去传达，你们对这场表演所拥有的感情。真正能够将自己的内心情感传达给粉丝们的表演，才是一场完美的表演。"

六人鞠躬道谢，然后退场回候场厅坐下。身侧十五个小组的学员们来来去去，时间在那些人的脚步间飞逝而过，所有人的表情逐渐从粉饰太平般的冷静过渡到焦灼。

傍晚六点整，一千名粉丝全部进场完毕。工作人员将候场厅里的直播屏打开，屏幕直连舞台前的观众席，所有人的视野中亮起大片七彩荧光海。随着那荧光海一同到来的，还有粉丝们铺天盖地的呐喊声。

即便心知肚明，那些粉丝中没有人是在为他呐喊，林椰的心脏仍是控制不住地随着那声音急促地跳动起来。

而这样急速的跳动，在双脚踏上耀眼夺目的舞台，眼中映出台下眸色发亮的粉丝们时，变得更加激烈和有力起来。林椰心中关于舞台的概念，终于有了真真切切且前所未有过的实感。

工作人员将话筒递交到林椰手中，从他开始依次做自我介绍，台下的呼声亦从他开始依次增高。直到话筒被传入站在中间的江敛手中时，粉丝的呼声几乎直逼顶峰。

话筒从江敛手中递出时，站在江敛身侧的颜常非却走神了一秒，没有接住江敛递来的话筒。话筒闷声落地，颜常非连忙弯腰捡起，握着话筒道："抱歉。"

沈PD温和一笑，替他打圆场："是不是太紧张了？"

颜常非长长地吐出一口气，脸上露出恰到好处的笑意："是的，第一次上台，真的很紧张。"

他恢复精神饱满的状态，向台下粉丝做自我介绍。

温兔悄悄用手指碰林椰，偏过头小声问他："你紧张吗？"

林椰缓缓吐出一口气："有点。"

温兔满意地笑起来："听到你也说紧张我就放心了。"

林椰扬起唇角，视线轻飘飘地落入前方的灯牌海中，目光灼灼，似有细碎的光点闪动。片刻以后，他收回视线。林椰没能在一千个粉丝中找到一个他的粉丝。

千分之一的概率都没有吗？他嘴角笑意敛起，懒散垂眸望向地面。

没有人的目光会专注在他身上，从这一刻起，他突然不再紧张。

恰好此时灯光暗下来，沈PD从旁边退场，身侧队友们也动起来，走到开场队形时自己的位置上站好。江敛朝他走来，擦肩而过的那一刻，对方目不斜视，低声吐出一句话："如果你还想要镜头，就把头抬起来。"

林椰愕然抬头，江敛已经走出他的视线。

灯光再度回到身上，伴随音乐前奏，他们在光影变幻下转身，双臂支撑单膝跪地。中心位的江敛从白色的烟雾中一跃而出，完美的嗓音唱出第一句歌词，粉丝们的尖叫声骤然拔高。

从台下粉丝的反应来看，整场表演完成得还算顺利。虽然当中有一半原因要归结于江敛自带的粉丝为他们整组增光添彩。只是除了林椰大概没有人发现，江敛在走位上做出了细微的变动。

数天前在教室里排舞时，舞蹈老师曾经给他们留出小段间奏作为每人的个人表演部分。在这个部分当中，每个成员都可以自由设计自己的舞蹈动作。公演时跳到这一小节，江敛本该上前去补颜常非的位置，林椰则顺势补上江敛原本的站位。却不知道出于什么原因，江敛仍旧停留在原地并未上前。林椰原本设计好的单人动作，也就临场发挥成了和江敛的双人互动。

对此他没有太在意。

表演结束下台以后，六人坐在候场厅里，温兔从工作人员手中借来手机，提议要拍大合照留念。祁缓一边匆忙整理发型，一边向他抱怨："怎么不在上台前拍？我脸上的妆都掉得差不多了。"

程迟搂着祁缓的脖颈笑，颜常非从后排插空露脸。林椰坐在江敛身边配合地看向镜头，温兔举着手机坐在最前方提醒他："再靠近一点，我快要看不到你的脸了。"

林椰迟疑了一秒，最后也只象征性地朝江敛的方向偏了偏脸，双手撑在腿上，并未像程迟那样，伸手去搂江敛的肩头。

温兔满意地点头，口中扬声高喊三秒倒计时，镜头里的学员们纷纷扬起笑脸，颜常非在最后一秒倏然起身。

拍照键已经按下，颜常非只在照片里留下小片衣角。他从座位里走出来，离开前只匆忙留下一句："你们先拍，我去一趟卫生间。"

程迟神色诧异，问温兔道："这是怎么了？"

后者收起笑容，迟疑数秒后答："大概还是……因为家里的事吧。"

其他人闻言点头，不再多嘴过问。

颜常非掐着B组舞台结束的时间回到厅内，林椰所在的A组再度被叫回台上。两组学员并排站好，依次接过话筒发言，替自己所在小组拉票。发言环节结束以后，沈PD宣布："投票开始。"

现场一千名粉丝对着镜头高高举起手中的投票器，台上两组学员寂静无声，度秒如年。

两分钟的投票时间结束，获胜小组即将公布。

聚光灯在两组学员之间摇摆不定，粉丝们口中拼命呐喊自己喜欢的学员名字，沈PD开麦高声倒数，学员中有人闭上了眼睛，也有人喃喃祈祷。

现场的气氛被推至顶点。

聚光灯落在了A组六人的脸上，终于不再摇摆向其他地方。

林椰仰头站在光里，耳中是台下粉丝激动而喜悦的呼声。即便那些呼喊声不是为他而来，他心中仍为之动容。

在那一刻，他的目光不由自主地越过身旁的温兔，直直投向站在中间的江敛。

有些人是为舞台而生，有些人却不是，但他们可以为舞台而活。

沈 PD 向 A 组道恭喜，又给予 B 组适当的鼓励。两组学员向沈 PD 和台下粉丝鞠躬，然后退场下台。舞台上的灯光暗下几分，学员们的背后是观众席的清晰投屏。上镜的粉丝们纷纷摇动手中的灯牌和荧光棒，林椰随意地抬眸，视线中掠过一片鹅黄色。

他骤然定住目光。

穿鹅黄色大衣的年轻女孩儿高举手机滚屏挡在脸前，夹在四周色彩缤纷的灯牌中显得微不足道。

但他还是看清楚了，屏幕上滚动的是他的名字，林椰屏息了一秒。

温免双手扶上他肩头，笑嘻嘻地推着他往前走："发什么呆呢？"

林椰回神，才发现镜头已经转向了其他地方。

从他们下车进入馆内彩排，到此时他们与另一组的对决结束，中间不过短短几个小时，他就有了自己的粉丝。

粉丝并不如想象中那样来得困难，他亦不想就这样不明不白地停在这里，带着三分遗憾、七分不甘，甚至都没来得及等到自己的镜头出现，没有人知道他的名字，也没有人能记起他的脸，在第一轮顺位排名中被淘汰，独自拖着行李离岛。

来时寂寂无闻，走时还是寂寂无闻。

几周前刚上岛的林椰曾经抱着这个想法，几周后的他却不再甘愿接受这样的惨淡收尾。

小组对决已经进行到第二首歌，坐在候场厅内观看的学员们，时不时对着屏幕发出惊叹声。

中途江敛起身离座去卫生间，对方前脚走出厅内，林椰后脚就不动声色地跟了上去。

场馆后台有两个卫生间，靠近候场厅的卫生间学员和工作人员进进出出。江敛路过门口时脚步不停，径直朝走廊更深处而去。

林椰始终不远不近地跟在他身后，跟着他一路穿过来往人流，最后踏入另一条寂静无人的走廊。

江敛推门进去后，林椰站在门缝半开的卫生间外，花上十秒钟时间，再度思考了一遍对方那夜在小花园中提出的交易。

从前在公司做学员时，林椰反感一切形式的交易。

林椰等在门外，直至听见门内的洗手池传来流水声，推门迈入，在江敛抬头看过来之前，按掉了墙边的顶灯开关。

黑暗中，江敛关上出水的龙头，直起腰甩干手上的水珠，借着窗边洒入的昏暗月光，抬腿笔直地朝门边走来。

门是关上的状态，江敛停在门边，在黑暗中准确无误地朝向林椰所站的位置："你关灯干吗？"

林椰没有说话。

似是对答案并不感兴趣，江敛抬手握上门把手，准备拉门离开。

林椰伸手将江敛拉开的门缝压回去，沉默地抬起头来，在黑暗中与江敛四目相对。

后者并无太大反应，耐心极好地站在原地等他开口。

已经在门外想清楚，此时并无过多犹豫，林椰径直上前一步，开门见山地问："上次说的话，还算数吗？"

31

公演在晚上十点结束，粉丝依依不舍地退场，目送所有学员坐上大巴回赛训基地，才三三两两结伴回酒店。

工作人员在大巴上宣布第二天放假，学员们齐齐雀跃欢呼，情绪亢奋毫无睡意，下车后又相约去食堂里吃夜宵，庆祝公演圆满结束。

撑头坐在夜宵窗口边昏昏欲睡的师傅立刻神采奕奕，忙前忙后地吆喝招待，给大家送烧烤和啤酒。

赛训组的摄像大哥和助理也跟了过去。

一百个学员将大半个食堂塞得满满当当，酒量极好的学员邱弋脱鞋踩上凳子，握着酒瓶高喊："我们今晚不醉不归，战到天亮才能走。"

学员们纷纷响应起身，碰杯声不绝于耳。

同桌的学员相互碰完杯，喊着"不醉不归"的邱弋又道："都要给我喝完，一滴也不能剩。谁不喝完，就是看不起剩下的九十九个哥们儿。"

已经坐下的学员们一片唏嘘："你先喝！你喝完我们再喝。你喝不完这一瓶，就是看不起我们九十九个人。"

邱弋嘴角轻抽，四两拨千斤地将自己从话题中摘出："我怎么能第一个喝？第一个怎么说都该让准中心位喝。"

学员们兴致高昂地扭头张望，不约而同地去人群中找江敛的身影，口中怂恿道："说得没错，大哥先喝！"

江敛从容不迫地起身，面朝人群举了举手中的酒杯，仰头喝掉杯中的酒。

学员们很给面子地卖力鼓掌，"彩虹屁"吹得不留余力："大哥就是大哥！"

江敛微微一笑，欲弯腰落座。

邱弋又冷不丁地开口："难得人这么齐，不如我们大家现在拍张合照吧。"

学员们齐齐响应。

邱弋转身朝坐在角落里的工作人员喊："老师，能不能麻烦你替我们拍一张合照？谢谢老师！"

工作人员拿着相机走过来。

学员们起身聚拢。每张餐桌坐十人，大家勾肩搭背地挤在一起，有人坐在旁人腿上，也有人一半屁股坐在凳子上，另一半悬空在凳子外。

江敛一人站在中间的空地上高举手中的酒杯，剩下坐在桌前的九十九个学员握着酒杯，朝着江敛的方向摆出碰杯的姿势。

所有人的脸都不约而同地转向工作人员手中的镜头。

工作人员一边对焦，一边朝他们喊："PD美不美？"

浓浓的"土味"观光团既视感扑面而来，学员们靠在队友身上笑得前仰后合，却还是异口同声吼出来："美！"

画面被永远地定格在了那一刻。

不知道是谁开口："后天就要顺位发布排名，这样的世纪大合照，以后再也不可能有了吧。"

有人接话："今晚是我们唯一，也是最后一次的百人聚餐。"

也有人道："两天以后，我们就再也凑不齐一百个人了。"

甚至有人真情实意地剖白："我明年就二十九了。我知道，我长得不好看，年龄不小，粉丝也没有你们多。可我还是来了这里。这是我留给自己的最后一次机会。但不管怎么说，我也是和你们一起上过舞台的人了。就算后天被淘汰，我也算是没有白走一遭，不留遗憾了。"

公演结束后的庆祝大会瞬时演变成第一次顺位淘汰前的离别大会。十分钟前戏言般脱口而出的"不醉不归"，到眼下却真的成了惺惺相惜的不醉不归。

就连在学员中交际圈不算大的林椰，也被许多面容熟悉却叫不上名字的学员抱住，以"也不知道以后还有没有机会坐在一起喝酒"为由，劝喝下了好几杯酒。

《台风眼》A组六人刚好坐在一桌，林椰咽下含在口中的啤酒，单手撑头，心不在焉地听温免和程迟说话，脑海中浮现出来的，却是几个小时前他将江敛堵在洗手间内的场景。

江敛没有给他任何明确的答复，林椰亦没有料到清洁人员会在那时过来做清洁。两人听见动静，赶忙从门前退开，看清洁人员提着清洁桶推门而入，语气困惑地脱口而出:"怎么这么黑?灯坏了吗?"

林椰沉默以对。

两分钟以后,他与江敛一前一后地回到候场厅,看见祁缓抬头问:"洗手间是不是人很多?"

林椰摇头说:"有两个洗手间,你可以往前走远一点,那里没人去。"

祁缓向他道谢,拽起程迟步伐轻快地朝厅外走去。

那之后到现在,林椰一直都没能找到和江敛单独说话的机会。

他下意识地偏过脸去,瞥了一眼身侧的江敛。

后者似有所觉般投来目光,却轻飘飘地从他脸上掠过,落在林椰旁边那桌的明让身上。

林椰垂下眼皮,不再看他。

江敛隔着他叫明让的名字,明让闻声侧头,懒懒地询问:"怎么了?"

江敛道:"桌上还有多出的筷子吗?"

明让随手拿起一双未拆封的筷子,朝他扬了扬:"你要?"

江敛道:"我要。"

明让斜过身子要递给江敛,林椰却不偏不倚地挡在两人之间,全程围观的温免戏笑他道:"林椰,你有没有突然觉得,自己坐在那里有点多余?"

林椰抬眸一笑,配合地答:"好像是有点多余。"

温免朝旁边挪了挪,拍拍空出来的位置朝他挤眼:"来吧,来和我坐。"

林椰道:"好啊。"说完就要起身。

江敛却对他与温免两人的对话恍若未闻,在他站起身来的前一秒,动作自然地抬起一只手按在他肩头,借由他的肩膀作为支撑点,另一只手越过他,精准无误地握住了明让递来的筷子的另一头。

林椰转头看他一眼,没有再动,任由江敛左手撑在自己肩头。

江敛从明让手中接过筷子,按着林椰肩头缓缓坐正。两人身体交错而过的那一瞬间,林椰听见江敛低声道:"明晚来宿舍找我。"

凌晨三四点,夜宵桌上终于有学员扛不住,陆陆续续地离开回宿舍。

林椰起身去找夏冬蝉:"你什么时候回去?"

夏冬蝉头晕目眩地攀着林椰站起来,对他道:"现在走吧。"

林椰伸手扶他一把,忍不住蹙眉:"你喝了多少?"

夏冬蝉趴在他肩头轻笑:"赢了对手组,我高兴。"

林椰了然点头,放开已经站稳的夏冬蝉,目光扫及坐在斜后方的另外两位同工作室室友:"要不要叫上他们一起?"

放在平日，夏冬蝉此时大概已经主动过去搭话，如今却只顺着他的目光看一眼，漫不经心地答："随便你。"

林椰神色一顿，还是抬脚朝那两人走过去，走近后才发现与那两人同桌喝酒的学员还有赵一声和杨煦。林椰记得清清楚楚，那两人在小组对决中与赵一声和杨煦不是同一组。却不知道四个人什么时候开始走得那样近了。

压下心底的诧异，他叫同工作室室友的名字："我和夏冬蝉回宿舍了，你们要不要一起？"

被叫的人闻声转头，看见林椰时朝他敷衍摆手："你们先回吧，我们跟赵一声他们一起回。"

对方的态度亦与几天前同桌吃午饭时的态度天差地别，明摆着是要与他们疏远。林椰思绪渐渐明朗，却也不以为意，朝对方点了点头，转身离开了。

同工作室一起过来的三个人里，林椰与夏冬蝉认识的时间最长，与夏冬蝉的关系也最好。至于另外两人，从前在公司时都是见面点头的普通同事关系。

他虽然不知道那两人为什么态度急转直下，却也没打算浪费时间去深究其中缘由，没料到那两人反而先和夏冬蝉在宿舍里吵了起来。

起因是那两人清晨回宿舍动静过大，林椰回来冲澡睡下不过两三个小时，就被那两人打开的天花板顶灯和说话声吵醒。他翻过身面朝墙壁，将被子拽过来盖过头顶，睡意昏沉间听见夏冬蝉开口道："你们不睡觉，宿舍还有人要睡，能不能安静点？"

下方那两人不知道说了什么话。

饶是将"立好自己的人设，不到迫不得已的时候，决不与任何人撕破脸皮"的原则贯彻到底的夏冬蝉，也低低地骂出一句脏话。

下方一人声音瞬时拔高："你看看他这副嘴脸，仗着自己抱上江敛大腿，能在江敛的单人采访里被提及，背后还有整个工作室替他撑腰，怕是恨不得明天就中心位出道。"

另一个人附和："人家是公司重点主推的学员，我们不过就是全程陪跑的。"

夏冬蝉冷笑出声："陪跑？赵一声是这么给你们洗脑的？"

其中一人道："你那么多镜头，敢说不是工作室花钱给你买的？"

夏冬蝉点头："你们说得没错，工作室就是要捧我，就是要给我买镜头，江敛也乐意伸大腿给我抱。你们既没有镜头，也没有江敛的大腿可抱，还要被赵一声当枪使，跑到我面前来'酸'。"

两人面色瞬沉，上前动手要将夏冬蝉从床上扯下来。

林椰掀开被子坐起来，面露不耐："在宿舍里打架，是想被赛训组退赛吗？"

那两人退后，仰头看坐在上铺的他，眉间还有怒色："工作室要捧夏冬蝉，你跟我们一样，也只会落得个全程陪跑顺位淘汰的下场。"

林椰趴在床边栏杆上不以为意地一笑："那不是正好合了我的意？"

两人被堵得无话可说，满腔怒意又无处可发泄，最后抓起羽绒服，一前一后地摔门而出。

夏冬蝉从床边站起来，目不转睛地看他："顺位淘汰真的合了你的意？"

"假的。"林椰敛起面上笑容，回视他，"我骗他们的。"

夏冬蝉笑了起来："工作室拿给我签的合同的确和你们的不太一样。不过，抱江敛大腿的话，是假的。"

"我知道。"林椰答得简洁，在心中补充，他抱江敛大腿这件事才是真的。

夏冬蝉问他："你去找过江敛了吗？"

并未料到对方还记得这件事，当初排名公布时，他以为夏冬蝉不过是随口一提，林椰微微一顿："没有。"

夏冬蝉面露遗憾："若你不去找他谈，江敛手里那个名额多半是不会留给你了。"

"他不给我，还能给谁？"林椰伏在栏杆上想了想，"我记得排名公布那天，我们那组的队友排名大多在中间或中上。"

夏冬蝉抬眼看他："你不知道？"

林椰道："我应该知道什么？"

"颜常非的排名，"他顿了顿，"你没有看到吗？"

林椰一怔，不由自主地撑着栏杆直起腰来："我没有看到。"

"他实力不差，长相和性格却不容易'圈粉'，加上几乎零镜头，排名比你还要低几位。如果你打算和颜常非公平竞争江敛手里的名额，我认为你的胜算不大。"夏冬蝉眯眼思考，"假如让我在你和颜常非之间做选择，我也会选择留下颜常非。"

林椰沉默不语。

他心中想的不是自己可能会被淘汰，而是夏冬蝉口中颜常非的排名。

他没有料到颜常非的排名会比自己的还要低。在所有的学员中，绝不会有人比颜常非还要勤奋和努力。自己和颜常非更是差得太远。

他不知道自己该不该去找江敛。夏冬蝉的话很直接，却也一针见血。对方说得没有错，如果是他和颜常非抢那个名额，他几乎毫无胜算。可是颜常非的实力和努力有目共睹，他也不愿意用和江敛的交易淘汰掉颜常非。

往往当他觉得摆在面前的选择已经足够令他为难时，他总是毫无防备也没有料到，还会有更加难以抉择的二选一在身后不远的地方等着他。

林椰觉得自己陷入了两难。

32

林椰最终没有如约去找江敛。

一觉睡到傍晚时分，他下床漱口洗脸，连睡衣都没换，裹着羽绒服去食堂吃晚饭，吃完饭回来的路上，在走廊里被温免以"玩扑克牌三缺一"为由拦下来，二话不说拽去了对方寝室，玩到深夜才回宿舍睡觉。

他再睁开眼睛的时候，就等来了第一轮顺位发布。

学员们再次换上绀色的西装制服，化妆和做发型，然后在粉丝的镜头下，意气风发地前往录制大厅。

准确来说，意气风发的学员大概只占到所有学员里的百分之七十。剩下百分之二十位于淘汰圈内的学员，以及百分之十游走在淘汰边缘的学员，大多情绪低落而沉重。

厅内金字塔对面的座位区已经贴好公演对决的小组名字，所有学员必须按照自己的组名入座。《台风眼》A组的座位在前两排，每排各有三个座位。

六人入场以后，程迟和祁缓率先坐入第一排里侧，颜常非紧随两人在外侧剩下的空位上坐下来。

走在颜常非身后的林椰直接去第二排，在最里侧的座位上坐下。江敛停在过道上，抬眸朝他的方向扫一眼，直接空出中间的位置，在最外侧的座位上落座。

林椰愣了一秒，下意识地转头朝江敛望去，也只来得及瞥见对方冷淡疏离的侧脸，视野就被在他与江敛中间坐下的温免遮住了。

他不着痕迹地收回目光。自己出尔反尔毁约在先，江敛对他的态度有所转变也不足为奇。他看向前排颜常非平静的侧脸，心知肚明今天自己多半是留不下来了。

温免愁云惨淡地坐在旁边："没有想到淘汰来得这么快，感觉昨天才拖着行李箱上岛，今天就要面临别离。"

林椰笑了一声："你排名那么稳，又不会被淘汰，你担心什么？"

温免皱起眉来："我也不想你和颜常非走。"

林椰撑头看前方舞台上忙碌的工作人员，有几分漫不经心："只是淘汰而已，又不是以后再也见不到。"

他瞥一眼温免，将心中微妙的焦灼感压下："不是还欠你一次投票吗？出去后就报名当观众给你投。"

后者沉默片刻，压低声音横眉骂道："这是什么破赛制？要是可以网络播出的话，我们的公演舞台那么炸，一定可以让你们被更多的观众看到。"

"那可说不好。"林椰轻描淡写地扯唇，"如果公演舞台的视频继续没镜头，公演现场也不给你切近镜头，还是没有人能看到你。"

温免瞬时哑口无言。

十分钟后，顺位公布的录制正式开始。

沈PD一身华丽长裙，手提裙角，握着话筒出场，首先照着台本与所有学员互动，活跃现场氛围，然后才进入本次录制的重要主题——公布截至昨天零点的学员排名。

一百名学员中将有二十人要离开，排名发布从第七十九名开始，留下第八十名作为整场排名公布中第二大的悬念。

从第七十九名到第四名，大多数人的排名与几天前的票数排名变化并不大。

被念到名字的学员们激动起身，接受身侧其他队友或真情或假意的恭喜和祝贺，拥抱击掌，然后笑容满面地踏上舞台，一边频频回头朝座位席鞠躬感谢，一边紧握工作人员递来的话筒，在镜头前发表自己的排名感言，最后目光坚定地走向金字塔上那个属于自己的位置。

剩下前三名未公布时，三个中心位候选人一同走上舞台。沈PD拿起话筒递给三人："每个人都来说一说，你们觉得中心位会是谁？"

邱弋最先拿到话筒，答得没有任何迟疑："江敛吧。"

沈PD问："为什么会这样觉得？"

邱弋大大咧咧一笑："因为我不觉得我的票数能在短短几天内赶超江敛和明让啊。"

然后拿到话筒的是明让，他挑眉笑道："我吧，虽然几天前的排名我是在第二位，但是我也想坐一坐最中间那个位置。"

江敛接过话筒，直接点头淡笑道："可以，上去以后我借你坐两分钟。"

学员们哄堂大笑。

好端端的互相吹捧机会被歪成了互放狠话环节，沈PD满脸哭笑不得。

当然，最后的结果毫无悬念，中心位轻轻松松被江敛收入囊中。三人依次发表排名感言，朝金字塔上最高的两排座位走去。

接着是第八十名的公布，座位席上剩下的二十一名学员面容惴惴。座位紧挨的学员互相紧握掌心，闭眼祈祷；落单的学员故作镇定，却大气都不敢喘。林椰从第二排走了下来，坐在颜常非身边。

两人对视一眼，皆未说话。

沈PD在众人瞩目里念出那名学员的名字。

对方单手握拳挥向半空中，高声喊着从座位上跳起来，转身大力搂住身侧的同组队友，几乎要喜极而泣。四周的学员起身轻拍他肩头算作祝贺，坐下后满眼落寞。

待第八十名学员说完感言，在金字塔底层最后一个空位落座，学员面前的屏幕上赫然出现小组对决中获胜的八组。

沈PD道："被淘汰的学员们也不要气馁，你们还有留下的机会。现在，我们要来兑现公演前给出的承诺，出现在屏幕上的八个小组，每组的中心位学员手上都握有一个救队友的名额，希望大家能慎重考虑自己手中名额的去向。"

这个环节按照公演顺序的倒序进行，公演时林椰那组是第一组，如今自然也就轮换到了最后一组。

获胜的八组当中，有两组比较幸运，成员中只有一人被淘汰，结果自然也是毫无悬念地被中心位救了回来。而包括林椰那组在内的四组比较不幸，两个或三个被淘汰的成员竞争唯一的名额。剩下夏冬蝉和邱弋带领的两组，组内无人被淘汰，两人手中的名额统统作废。

对于作废的两个名额，坐在金字塔上的学员们无不惋惜和遗憾，却也无可奈何。

漫长难耐的时间在前几组中心位的难以抉择和左右为难中一分一秒地走过，最终等来了最后一组的选择。

大屏幕上林椰和颜常非的名字及名次跃入众人眼帘，两人被沈PD请上舞台，队内的中心位选手江敛从金字塔的顶端迈步而下。林椰与颜常非分别立在两侧，江敛站在两人中间。

沈PD看向林椰和颜常非："现在是你们的发言时间，你们可以说说自己这些天的感受，也可以在中心位面前给自己拉拉票。"

颜常非率先开麦道："我很感谢江敛把我选入《台风眼》，也要感谢我的五个室友，我在这里学到了很多东西，也有了很多朋友。你们带给我的东西，是我之前在公司里从未有过的。我很喜欢这样的氛围。虽然我最初来的时候，也是抱有明确的目的的，但是今天就算是止步于此，我没有完成我的目标，也会觉得不虚此行。我想对我的室友和队友们说，你们能够留下来真的都很棒，我希望你们能走到最后。"

他结束发言，队友和室友们从座位上站起来叫他的名字，朝他卖力挥手。

颜常非转过身去，微笑着高举双手，对他们做出"点赞"的手势。

林椰在台上听完全程，心中亦有些微触动。然而令他困惑不解的是，颜常非始终都在感谢和感慨，从头至尾都没有提过与拉票相关的只言片语。

他不明白，却也没有多想，伸手接过对方送来的话筒，抬脸看向镜头。林椰不是擅长抒情和剖白内心的人，无法做到像颜常非那样，坦然地对身后朝夕相处的队友们道谢。来集训以后的感触也是三言两语简单提及，结束发言前，林椰犹豫一秒，也删掉了拉票的话语。

江敛要选谁，自然是心中早有定论，不是他三言两语就能动摇和改变的。林椰迈出一步，朝对方伸出握有话筒的那只手。

江敛侧过身来，却没有抬手接，只抬起眼皮冷淡地望向他。

林椰未料到对方会直接在镜头前给他难堪，竟有些难以适应，又往前一步，背对着镜头将话筒强塞入江敛怀中，然后退回自己的位置上站好。

沈PD继续走流程："两位学员发言完毕，现在我们的中心位选手有一分钟时间可以思考。如果你心中想好了人选，随时都可以走向你心中的选择，然后握起他的手，将他的手举起来。"

江敛点头，垂眸摆出思考的模样。

屏幕上跳出一分钟倒计时的红色数字，学员们也莫名有些紧张，甚至开始与左右两侧的人窃窃私语，猜测江敛的最终选择会是谁。金字塔上《台风眼》A组的队友们更是揪心和不安。无论江敛选择谁，他们都将有一个队友要走，这不是什么令人高兴的事。

座位席上的议论声渐渐扩大，学员们努力回顾公演那天两人的表现，还没厘清头绪时，却见江敛动了。

众人屏住呼吸，眼看着江敛走向林椰站的位置。

林椰也看到了，抬起头来，沉默地看江敛走近，面上神色并无太大起伏。

江敛神色淡淡地扫他一眼，没有伸手去握他垂在身侧的任何一只手，只是张开手臂抱住了他。

座位席上的学员们茫然一瞬，前前后后地反应过来，林椰这是被拒绝了。

金字塔上的温免和祁缓更是直接起身，眼眶微微泛红。

就连林椰自己也在心中想，原来江敛也会用这样温柔的方式来拒绝他。他甚至以为，对方大概会连带着对自己爽约的不快一起报复，当着所有人的面不近人情地对他说，你被淘汰了。

顾及着仍有镜头，他抬手象征性地回抱了江敛。一秒之后，他欲缩回双手退出来，对方却不着痕迹地加大了压在他背上的力道，将他按住动弹不得。

林椰身体僵住，而后听见江敛在他耳边开口，声音淡漠："林椰，如果我淘汰你，也是你自找的。"

下一秒，两人分离，江敛毫不犹豫地转身走向颜常非。

林椰立在原地，心中情绪翻涌，却无可辩驳。

出乎众人意料的是，江敛也伸手抱了颜常非。所有人都看见，江敛抬臂环过颜常非肩头，右手落在对方背上，轻拍了两下。片刻以后，两人也皆是神色如常地分开。

学员们面上满是疑惑，沈 PD 主动开口问："江敛，你现在有选择了吗？"

江敛道："有了。"

沈 PD 点头，口中的话温柔而残酷："那么现在，请做出你的选择。"

江敛转身看向颜常非。

温兔和祁缓两人哽咽着喊林椰的名字，夏冬蝉亦从座位上站起来，一言不发地看向林椰。林椰闻声回头，分别回以三人平静的目光，耳边却传来江敛的声音："很抱歉，我选林椰。"

众人愣住，温兔和祁缓还没来得及说出口的话更是直接堵在喉咙间，两人满脸愕然。

厅内蓦地一静。

在这满场无声寂静中，林椰缓缓回过头来，望向站在颜常非身侧的江敛。

江敛面不改色，重复一遍自己的话："林椰，我选他。"

33

颜常非淘汰的事已经成定局。

江敛并没有解释选择林椰的原因，颜常非却转身朝金字塔上的队友们鞠躬道歉："虽然你们可能没有发现，但我还是想说出来。在公演那天的舞台上，我一瞬间的走神导致走位失误了。"

他微微一顿："这样的低级错误，就连我自己都无法容忍——"

后面的话他没能说出口，温兔直接从台阶上跳了下来，抱住了他。

温兔的行为犹如打开一道缺口，其他学员纷纷从台阶上跑下来，和自己的室友或是队友拥抱。场面一度变得有些混乱，沈 PD 却没有开口阻止，而是悄无声息地退到了一边。

镜头掠过他们微红的眼圈、滚动的喉结，还有欲说还休的嘴唇，将所有真情流露的样子定格在摄像机里。在镜头拍不到的角落里，林椰看着江敛，脸上尚留存没能完全退去的愕然:"我以为你那样说,是打算淘汰我。"

"这个名额只是对第一场公演的奖励,所以公演舞台上的表现占绝大部分比重。"江敛目光从他脸上一掠而过,带上公事公办的语气,"如果不是颜常非出现失误,现在被淘汰的人就是你。"

林椰没有接话,心中思绪却不由自主地飞离眼下还未结束的录制,落向了另一处。两秒以后,他再度抬眼看向面前的江敛,嘴唇微微一动,似是想要说什么话。

明让却从江敛身后走上前来,挑眉对他道:"恭喜。"

林椰咽下滚到嘴边的话,冲对方笑了笑:"谢谢。"

明让又转头与江敛聊过两三句,就不再多做停留,转身没入拥挤的人群,去找自己队内被淘汰的队友。江敛将目光从对方离开的背影上收回:"你想说什么?"

林椰顿了顿,最后摇头道:"没什么。"

被淘汰的十四人都是隔天一早的船票,林椰和其他人凌晨起来各自去给队友送行。冬天昼短夜长,早上五点半左右出门时,窗外仍是漆黑一片,唯有宿舍楼下道路两旁缀着星星点点的路灯。

林椰走出宿舍楼,才发现门前的空地上熙熙攘攘站了数十人,大家睡眼惺忪、哈欠不断,在黑夜中的冷风里跺脚和搓手,却仍是坚持从被窝里爬起来给队友送行。

林椰一路与其他学员打完招呼,走向自己的队友。十四个学员陆陆续续地拖着行李箱下楼,一群人浩浩荡荡地在黑夜中前进,几十人的脚步声重叠交错在一起,大家的说话声被夜风卷入半空,队伍末尾的摄影大哥扛着摄像机紧紧跟随。

林椰陡然驻足,回头望去,身后夜色浓郁如墨,星光浅淡零落,路灯散发出的小小光团几乎被黑暗吞噬,前方却是一片欢声笑语,喧闹沸腾,仿佛有一道无形的分界线,将两边的世界分隔开来。而那些开怀大笑、互相打闹的学员,则是从身后的黑暗里走出来,正一步步迈向更好的明天。

学员们不能擅自离开赛训基地,只能将那十四人送到基地大门口。大门外零零散散蹲着些粉丝,工作人员过去推开铁门,保安出门维持秩序,被淘汰的十四人拖着行李箱缓缓走出门外。

送行的学员们站在门内与他们挥手道别,大喊他们的名字,约定出岛再聚。十四人不约而同地回头,朝隐没在黑夜当中的学员们比出"OK"的手势。

有人卖力地挥动手臂大声吼:"老师——那天晚上在食堂里拍的合照,你一定要记得发给我啊！摄影老师——你听见了吗——"

站在角落里的摄影老师哭笑不得地回吼："我听见了——"

那人又吼："老师，你知道我是谁吗——你找得到我在群里的微信号吗——要不要扫码加个微信好友啊——"

摄影老师无可奈何地吼："我会发在大群里的——"

那人便心满意足地放下手来，拖着行李箱往前走出两步，又似陡然想起什么一般，回过头双手拢在嘴边喊："我永远也不会忘记这座岛——不会忘记岛上的食堂——不会忘记大家在食堂里通宵庆祝吃烧烤和喝啤酒——"

剩下十三个人的声音起起落落地附和："我也不会忘记——"

有人回应："谁忘记谁是小狗——"

也有人吼："谁忘记谁请吃火锅——"

直至最后，不知道是谁喊了一句："我们决赛再见！"

留在门内的学员们皆是一愣，继而燃起满腔斗志，语气坚定而有力地脱口而出："决赛见！"

大门在眼前缓缓关上，走远的学员们背影渐渐融入黑暗里，送行的几十个人这才踏着夜色与星光往回走。来时走的大路，回去时身后没了摄影老师跟随，所有人一致决定走树林里的小路。

颜常非已经离开，《台风眼》A组的队员们便三三两两分散开来。温免和宿舍剩下几个室友并肩同行，程迟与祁缓毫不意外地黏在一起，剩下林椰和江敛并排走在一起，中间隔着不远不近的距离，一路皆无话。

爽约的事情始终横亘在心头，除去昨天的顺位发布不说，林椰一直都没能和江敛单独说上话。他不知道之前谈过的交易，是因为他的爽约就此作罢，还是对方因为他的出尔反尔心生不快。

昨天在舞台上，林椰差点就要问出口了，好在明让的出现及时将他打断，脑海中的思绪才逐渐清晰明朗，第一时间让他意识到，在人流来往和四面八方都是镜头的舞台上，与江敛谈这种话题并不是什么好的决定。

此时几十人浩浩荡荡地穿过桃树林，林椰冷不丁地停下脚步，伸手拉住了江敛。

江敛侧头瞥他一眼："有事？"

对方话一出口，身旁走过的其他学员也纷纷侧目。林椰借着夜色扫一眼自己的鞋面，一边弯下腰摸上鞋带，一边扬声对江敛说："我鞋带散了，你等我一下。"

学员们神色如常地收回目光，继续朝前走去。

江敛依言站在原地没有动,看着林椰慢吞吞地散开鞋带又系上,再抬眸时,大部队已经走远,只留下他们两人落在最后。

"人都走了,"江敛双手插入羽绒服口袋,不再看他,"你有什么话就说。"

林椰站起身来,朝他迈近一步,借着林间抖落的稀疏月光观察他面上的神情:"前天约好的事,我不是故意要爽约的。"

江敛:"你拉住我,是打算跟我解释?"

林椰道:"不是。"

江敛问:"你还有什么事?"

林椰迟疑一秒,错开目光问:"我们谈好的事,现在是因为我爽约,所以作罢了吗?"

江敛语气冷淡:"你既然不来,我以为你是要反悔。"

"我是有点后悔。"林椰微微皱眉,"我只是不想把你手里的那个名额也算在我们的交易里。"

江敛脸上依旧没什么表情:"关于我的选择,我在顺位发布前一天就已经跟他谈过了。"

林椰面上浮起几分意外的神色,倒是记起来公演结束后颜常非脸色不好。包括温免在内的几个人都以为对方是忧心家人的病,真相却是颜常非在舞台上出现失误。

他的确没有料到,无论他那天有没有去找江敛,对方手中这个名额,最终都会阴错阳差落入他手中。

不管怎么说,顺位发布也已经结束。此时此刻,他只想从江敛口中听到明确的答复:"所以,对于我们之前谈好的事,你现在是想中止,还是继续?"

江敛垂眸扫向他,却并不答话。

林椰的视线在对方脸上转过两圈,隐约浮出一个念头来。他不由自主地猜想,或许江敛不答,是将主动权交到了他手中。交易还要不要继续,多半是要看他态度如何。

他下意识地环顾四周,领先他们的那批学员早已走得不见人影,身侧树林在黑夜中影影绰绰,放眼望去,皆是望不到底的浓郁黑暗。

从这场交易中的地位来看,江敛的确是主动方,他是被动方。没有这场交易,江敛并不会损失什么,他却会熬不过第二次顺位淘汰。有了这场交易,江敛仅仅是多了个陪练,权当调剂枯燥的集训生活,他反而成了两人当中最大的获益者。

林椰想得很清楚。

他神色认真地看了江敛一眼，动作缓慢地点了点头。

江敛双手插在外套口袋里，淡淡开口问："你放我鸽子的事，就这么算了？"

林椰面露诧异："我虽然没去找你，但也没求你救我，不是应该两两相抵？"

对方轻眯眼眸："抵不了。"

林椰决定退一步："那你说，要怎么办？"

江敛没有回答，静静地看了他半晌，毫无预兆地转身朝前走去。

林椰愣住，反应过来对方已经走出好几步远，连忙抬脚追上去："你还没说——"

江敛头也不回地丢下一句话："每天陪练的时间延长。"

"现在开始吗？"林椰下意识地反问，神色里透着两分迟疑。

前方江敛的音调微微扬高，意味不明地开口："不行？"

犹豫了一会儿，林椰轻声开口道："也不是不行——"

江敛骤然停下脚步，转身朝他挑高唇角："你过来。"

林椰不明所以地走了过去。

"你就是想，现在也不行，天已经快亮了。所以，"江敛伸手将他敞开的羽绒服拉拢，"现在给我把衣服拉上，赶紧回去睡觉。"

林椰连忙低头，动作随意却不失利落地将羽绒服拉到最高，随即跟上去："你还没有告诉我，每天要延长多久。"

江敛微微一顿，而后轻笑出声："先睡觉，明天再告诉你。"

两个小时后，所有学员被广播里的主题曲音乐叫醒。选管在广播中通知全体学员，半个小时后在宿舍一楼大厅集合。

林椰起床排队刷牙洗脸，八点整和夏冬蝉踩点赶到一楼大厅。

学员们在大厅内就地盘腿坐下，选管拿着话筒站在最前方通知所有人："因为一百个学员中已经有十四人离开，所以我们现在需要进行一次宿舍调整。"

对方话音落地，学员们面色各异。

有人不想与现在的室友分开；有人却是和室友关系不和，一直等着换宿舍。林椰和夏冬蝉如今在宿舍中，与另外四个人几乎零交流，就等着换宿舍。

选管抬手示意大家安静："我们现在是八十六个人，所以是十四间六人间和一间两人间。A班成员可以按照排名来挑选任何一间寝室，剩下的人必须接受随机分配。"

这番话在学员之间掀起一片波动，有人欢喜有人愁。

两分钟后，所有人就地解散，A班七人各自去挑寝室，剩下其他学员回去整理行李。

待所有人收拾好行李回到大厅，选管手上的寝室分配新名单也出来了。江敛和明让还是原来的两人间维持不变，A班剩下五人各自挑了心仪的寝室和心仪的铺位。林椰和夏冬蝉仍然在同一间寝室，剩下四位室友分别是程迟、祁缓和另两位没怎么说过话的学员。

六人都很满意自己的五个新室友，会面时气氛和睦而友好。挑床时林椰还是睡在夏冬蝉的上铺，祁缓睡在程迟上铺，剩下那两位学员占掉另一个上下铺。

铺好床位整理完衣柜，六人坐下后还没来得及聊上几句，就听选管在宿舍大楼的广播中通知，赛训组将要举办寝室布置大赛，下午会安排所有学员乘坐大巴去岛上的购物中心，采购用来布置寝室的相关物品，经费均由赛训组支出。

每间寝室的经费有限，所有学员都应在付款前仔细斟酌，最终在投票中脱颖而出的寝室，将会获得神秘大奖。

广播结束以后，众人在寝室里高声欢呼，终于能够离开基地放风，接着开始兴致勃勃地讨论，什么风格的寝室比较受欢迎。

林椰兴趣缺缺地起身，拎起靠在墙边的垃圾袋出门丢垃圾。开门时恰逢走廊对面的寝室也有人开门，林椰抬头，冷不丁地对上明让那张笑眯眯的脸：
"好巧，我们住对门啊。"

林椰露出笑脸："是很巧。"

明让转身锁好门，朝前走出两步，又似想起什么一般，回头冲他吹了声口哨，面上笑容不减。"看来，我得先和你室友交个朋友啊。毕竟——"他的语气意味深长，"以后我来你们寝室串门的次数多着呢。"

34

吃完午饭，全体学员搭车前往岛上的百货超市购物。采购时间只有两个小时，寝室六人分为两组分头行动。

林椰在的那组负责去买墙纸和贴纸。三人直奔家居装饰区而去，中途路过零食区的时候，夏冬蝉却停下来，拉着他们去逛零食货架。

另一个室友与夏冬蝉志趣相投，两人站在进口零食货架前，兴致勃勃地讨论什么牌子的薯片好吃。摄影老师停在两人身边推进镜头，将他们的谈话内容一字不漏地录下。

剩下林椰一个人慢吞吞地往前走，漫不经心地扫过两侧货架上琳琅满目的商品，走到装冰激凌的冰柜前时，才记起来回头看一眼。

走在身后的人却是其他寝室的学员，夏冬蝉和另一个人没有跟上来。林椰原路返回去找他们，却见薯片货架前已经空无一人。两个室友和摄影老师都不在了。

林椰又走回冰柜区域，沿途路过中间的货架时，都停下来朝里望了一眼，却不知道那两人跑到哪里去了。最后反倒在冰柜前遇到江敛和明让，还有单独跟着他们的摄影老师。

他抬步走过去，本想开口问两人有没有看见夏冬蝉，却先被明让从明亮的玻璃柜门上看见他靠近的身影。

明让一只手抵在玻璃门上，转过头来笑道："让我看看，这是哪个弟弟来了？"

随着对方声音转过来的，还有摄影老师手里的镜头，林椰能够明显地感觉到，老师手里的镜头定在了他腰间的名字贴上，一秒以后，又沿着他的腰逐渐上移，最后对准了他的脸。

林椰没有刻意偏头去看镜头，下意识地露出一个无可挑剔的笑容。

江敛亦闻言回头，扫他一眼，朝他示意："过来。"

林椰面上笑容转为恰到好处的疑惑，走近对方向："怎么了？"

江敛二话不说，在镜头下伸长手臂搂过他脖颈，另一只手从柜门上轻点而过："你喜欢什么口味？"

林椰真真实实地愣住了，脑海中空白一瞬，甚至有些反应不过来。

江敛勾着他的那只手轻轻抬起，如同提醒般碰了他一下，又淡淡问一遍："你喜欢哪个口味？"

林椰终于回神，意识到对方这是故意在镜头下与他互动亲近，很快调整好面上的神情反问："怎么，你要给我买吗？"

江敛笑了一声，放开勾着他的手，漫不经心地反问："你想吃吗？"

明让靠在冰柜旁，冷不丁地懒懒插话："江敛，我人还站在这儿呢，你就要当着我的面挪用我们共同的财产给别的弟弟买冰激凌？"

眼看着节奏被明让带歪，林椰终于记起正事来："你们有没有看见夏冬蝉？我和他走散了。"

江敛道："没看见。"

明让闻言，面上笑意更甚："捡到一个落单的弟弟。"

他擅自做下决定："那么我现在宣布，你被临时编入我们这组了。"

说完，他也没给林椰回答的机会，直接将购物车推到林椰跟前："新来的弟弟要乖乖替哥哥们干苦力，你负责帮我们推车。"

想着跟在两人身后蹭镜头也不错，林椰伸手接过了购物车。明让带头朝后方的零食区域走，随手拿了许多零食丢进购物车内，路过巧克力的货架时，江敛也顺手拿了几盒进口巧克力。

林椰低头扫一眼车内那些与布置寝室毫不相干的东西："你们这算是挪用公费吗？"

明让随口道："反正这种比赛最后给出的奖励也不是什么好东西。"

林椰闻言点头，心中亦有同感。

然而两人皆没有想到的是，赛训组最后给出的奖励，还真算是不错的东西。

两个小时以后，林椰在结账处与其他室友顺利会合。几个室友排队结账时，他独自到超市出入口处等他们。

江敛和明让排在队伍中比较靠前的位置，也是率先结完账走出来。那两人手中一共拎了三袋东西，明让一袋，江敛有两袋。

林椰坐在不近不远的位置看过去，能够明显地看见江敛提在手中的两袋东西都没有装满购物袋。分明可以装在一个袋子里，对方却要提两袋。

他心中奇怪，但也没有多问，只在两人从自己面前走过时，摆了摆手权当打过招呼。

江敛却停在他面前，将其中一个购物袋塞入他怀中。林椰下意识地扭头去找摄影老师的位置，却是一无所获。

他坐在凳子上，抬手掂了掂怀里的购物袋，仰头看对方，目不转睛，语气半是玩笑半是认真："我的苦力工作还没有结束吗？"

"已经结束了。"江敛垂头与他对望，轻扬唇角，"这是给你的奖励。"

林椰一愣，忍不住低头望去，怀里的购物袋中赫然躺着江敛之前拿的那几盒巧克力。

回基地后的时间留给学员们布置寝室。林椰寝室敲定的是游戏主题。他们在墙壁上贴了游戏主题的海报，会画画的人爬上爬下地在浅色墙纸上涂鸦，靠近阳台的那面墙特意给大家留出来签名。

林椰和夏冬蝉在进门的墙边装了一个小小的挂式篮筐，篮筐下的墙边有一个迷你篮球。

祁缓和程迟在飘窗上摆了一张小桌子和两个坐垫，桌上摆着两台老式游戏机，是两人装在行李箱里带过来的。

沙发前的茶几上有两个大大的抽纸盒，左边的盒子里装满口香糖，右边是抽奖盒。

晚上七点整，所有学员的宿舍准时对外开放，大家纷纷排队参观。十几间寝室的拉票方式五花八门，有寝室送零食，有寝室送水果，还有寝室准备了吉他弹唱的小节目。

围在林椰他们寝室门前的人最多，六人已经彻底把寝室打造成游戏室。学员们两两组队进入，先在门口进行投篮比赛，然后到飘窗前玩一局俄罗斯方块的对抗游戏，最后来到沙发上比试谁用口香糖能先吹出泡泡。

游戏规则三局两胜，获胜者可以得到一个抽奖的机会。抽奖盒内有感谢参与奖，也有赠送零食奖。

最后在不记名投票的环节中，他们寝室顺利拿下第一名。六人皆以为奖励是零食，也始终都没有听工作人员提起过只言片语，直到隔天坐在录制的教室里，才发现原来奖励和第二次公演任务有关。

用祁缓的话来说，大概就是"一直以为口袋里只有五块钱，后来伸手一摸才发现原来有五百块钱"。

工作人员给每个学员发了一张格式相同的纸，让所有人在纸上写下自己的名字，以及即将到来的第二次公演中，自己想要合作的学员。

五分钟后，所有人手中的调查表被收回。

沈PD在讲台上宣布第二次公演的任务内容："公演曲目为十首，其中七首歌的成员为八人，剩下三首歌的成员为十人。所有曲目都是对外保密的，每个人的选择也将是对外保密的。"

有人举手提问："这要怎么选？盲狙吗？"

沈PD道："只是针对还没有选歌的学员保密。你们现在从这间教室里走出去，就可以看见对面一整排教室门上贴有不同歌曲的名字，你可以选择自己心仪的歌曲推门而入，每个房间容纳人数有限，当房间里满员后，有老师会在门上贴'人满不可进'的标识。"

"所以这一次，"沈PD笑容狡黠，"大家若想要和心仪的学员分在一组，就要看运气了。"

又有人问："选曲顺序是按照顺位发布的排名来吗？"

"没错。"沈PD朝他点头，却又话锋一转，"不过，今天有几个例外。昨天在寝室布置大赛中票数最高的那间寝室，所有成员将拥有最先抉择权。"

座位席上一片哗然。

所有人都没有料到，原来真的会有神秘大奖。林椰和其他室友亦满脸意外。

程迟和祁缓已经在谋划，出门后首选声乐曲目，假如声乐曲目不止一首，那么就选名字最短的那首。

林椰坐在旁边，下意识地扭头望向坐在后一排的江敛，不确定自己是否还能和对方选在同一组。

察觉到他的目光，江敛垂眸回望，仿佛知道他要说什么，却面色如常地转开话题："玩过射击游戏没有？"

林椰一愣，片刻之后答："没有。"

江敛神色并不诧异，只微微扬眉，漫不经心地吐出一句话："射击游戏的所有地图里，我最喜欢的是丛林。"

选曲开始之前，还有一个互动的小环节。工作人员已经将收上来的调查表整理完毕，沈PD要当场公布所有人最想合作的学员选择。

沈PD故意将A班所有人的调查表垫底，先从其他学员念起。除开那七个A班成员，剩下的成员们填写的心仪队友大多数为排名靠前的学员，也有人写关系密切的好友。

整个现场犹如一锅热腾腾的公演组队乱炖，有人陷入队友三角关系中的单箭头，有人是相互选择的双箭头。

林椰和夏冬蝉的调查表叠在一起，也是一前一后地被沈PD读了出来。两人填的都是江敛的名字，也对彼此的选择没有太大疑惑。

稳坐中心位的江敛，毫无疑问是这项调查中最热门的人选。

当只剩下A班七名学员的选择还未公布时，所有人的好奇心终于被高高吊起。七个人当中，第六名和第七名是双向选择，同在一个寝室的第五名陷入第四名和另一位学员的三角循环中。

剩下"左右护法"明让和邱弋，皆是毫不犹豫地选择了中心位的江敛。在念到明让的选择时，座位席上的学员们满脸唏嘘和感慨。

说来也是很不巧，江敛和明让的关系和实力，所有学员都是有目共睹的，然而两人却没能在第一次公演中有合作舞台。没能看到万众期待的强强联手，让不少人私下里都多多少少有些遗憾。

第一次公演不能合作，是因为赛制规定。第二次公演，没了之前那样的赛制，两人合作的概率直线飙升。

更有学员兴奋地凑近室友"咬耳朵"："'空江月明'要强强联手了吗？"

室友斜眼看他："你又背着我偷偷上网冲浪？"

学员心虚一笑，不再说话。

众人的视线齐刷刷集中在沈PD手中最后一张调查表上。所有人都不约而同地在心中想，作为中心位的江敛写下的名字，是最大的悬念。而对江敛来说，却又毫无悬念。

在数道关注的目光中，沈 PD 看向手中那张纸。一秒以后，对方却轻"咦"了一声。

学员们齐齐仰起脸来。

"看来我们中心位的选择，大家都没有猜到呢。"沈 PD 毫无预兆地笑了起来，语气中掺杂了几分玩笑意味，"让我们恭喜林椰学员荣获'第二次公演中江敛最想合作学员'称号！"

众人震惊到无以言表，视线齐刷刷聚集到人群之中的林椰身上。

先前脱口而出"强强联手"四个字的学员面露茫然，身侧室友在他耳边戏谑开口："你的期望落空了。"

35

互动环节结束，正式进入选曲环节。

首先是林椰寝室拥有选择特权的六人，他排在第六位。排在前一位的夏冬蝉完成选择以后，工作人员在广播中通知他出门。

林椰起身离开录制教室，走廊对面的教室门上果然白纸黑字贴着十首歌曲的名字。他抬眸从那些歌名上一扫而过，才陡然明白过来，江敛那句话中明晃晃的暗示。

因为走廊尽头第一间教室门上贴的歌名就叫作《丛林月光》。

他没有任何犹豫地推开了那间教室的门。

十秒钟以后，他在头顶的广播里听到了江敛的名字，以及门外空荡荡的走廊上，逐渐清晰可闻的脚步声。

江敛出来了。

对方的脚步在走廊上微微一顿，转而朝着林椰所在房间的相反方向远去。林椰眼中浮起几分疑惑，忍不住从座位上站起来，朝门口的位置迈出一步。

下一秒，门外的脚步像是中途掉转方向，又朝着他的位置由远及近。

林椰面上神色稍显放松，站在门边听了片刻，却轻轻皱起眉来。隔着薄薄的门板，他似乎听见江敛停在了隔壁那间教室的门外。

他循着记忆回想贴在隔壁教室门上的字条，歌名叫《取向狙击》，也是四个字，却和"丛林"二字毫无关系。

他又静等了片刻，始终没能听到对方的脚步声再次响起。林椰的心渐渐不定，将隔壁教室的歌名翻来覆去咀嚼数遍，眼中的迟疑愈演愈烈。

江敛似乎从头到尾都没有明说，只提到藏有暗示意味的"丛林"两个字。

而林椰虽然没有玩过射击游戏，但也听说过具体玩法。

既然是射击游戏，那么必定会和"狙击"二字息息相关，林椰心中的天平在两首歌之间摇摆不定，无论选择哪一首，结合江敛藏有暗示的那句话，分析起来皆是有理有据。

林椰甚至怀疑一开始就是自己选错了。

心中的天平在不断扩大的犹疑中倒向了《取向狙击》，他抬手握住门后的门把手，回头扫了一眼装在墙角的摄像头，而后转过头来，垂眸看着门把手思考了两秒。

虽然没有明确说过房间内的学员不能擅自开门出去，但可想而知的是，擅自开门出去一定会违反相关规则。

两秒之后，林椰朝前走一步，做出开门的动作。

然而握住门把手的手指还没来得及用力，面前的门就先一步被人从外面拉开，林椰顺着门上的力道迎面撞上站在门外的人。

对方顺势倚在门边，以似笑非笑的口吻问："进门就收到你亲自来迎接的大礼，是拉开这扇门的人都有，还是只我一个人有？"

林椰闻声退后一步，胸腔内那颗高高悬起的心，在抬头看清江敛的脸时，终于完好地落了回来。

他和江敛在教室里没待上多久，明让和邱弋也前脚接后脚地推门进来了。顺位前三名都选择了同一首歌，《丛林月光》队伍最终成为十支队伍中唯一的3A战队，也是被寄予最高期待值的一队。

十支队伍不再需要和别的队伍共用练习室，江敛仍是选择了A班教室作为他们的练习室。与此同时，第二期幕后花絮和第一次公演的视频也准时制作完成了。

《丛林月光》组的八个成员抽空去放映室看了视频，以公演任务和舞台为主题的第二期中，林椰只在江敛和温免在宿舍里替他开小课的镜头中出现。公演舞台更是如他预料那般，他的部分无一例外都是远景。

只是这一次，林椰的心态远比上一次要平静得多。他甚至还能分出多余的心思，对着自己那仅有两分钟的镜头，冷静地分析自己在镜头下的表情管理。

下午是例行的选队长、中心位和分声部流程，第二次公演的队友比第一次多出两个，也就意味着每人分到的声部会比上一次还要少。

而令人欣慰的是，编舞视频中，除去中心位，剩下七人都有几秒单独的唱歌镜头的设计。

选队长的时候，邱弋率先大大咧咧举手发言："中心位肯定抢不过，我就竞选一下队长好了。"却不想队长的头衔除他以外竟然无人竞选，也就顺理成章地落到了邱弋头上。

选中心位的时候，只有江敛和明让两人举手。新上任的队长邱弋组织两人跳了一段舞蹈中的高潮部分，再由剩下的六人来投票。最终投票结果决出，中心位为江敛。

邱弋宣布完中心位获得者，就地蹲下拍着林椰的肩头问："你怎么不去争一争？"

林椰侧头反问："难道你觉得我会有胜算？"

邱弋咧嘴一笑道："怎么没有胜算？没准江敛直接就把中心位让给你呢？"

对方话音一落，就引来剩下七个人面色各异的注视，林椰更是神色古怪地盯着他看："什么叫直接让给我？"

邱弋顿住，丝毫没有意识到自己有过什么危险发言，面色迟疑地回望他："既然你是江敛最想合作的学员，为什么没有江敛直接把中心位让给你的可能性？"

林椰面露无奈。

他几乎瞬间就能断定，邱弋是个彻头彻尾的傻瓜，一个永远也不会意识到自己的发言有多么惊人的傻瓜。

明让竞选中心位失败，几乎所有人都以为他会参与竞选主舞。然而对方始终一副散漫模样，似是对主舞这个位置意兴阑珊。

邱弋对候选的三人道："你们单跳一段，我们再投票。"

江敛冷不丁地开口："等等。"

邱弋一愣："有什么问题吗？"

江敛缓缓站起来："再加一个人。"

邱弋神色诧异："中心位不能和主舞重叠。"

"我什么时候说过要加我了？"江敛微微一哂，转身伸出一只手，将林椰从地上拽起来，单手搭在林椰肩头，神色不变，"再加他一个。"

竞争者由三人增加到四人，评委团由原本的五人缩水到了四人。林椰临时加入主舞位置的竞争，站在其他三人身旁跳舞却丝毫不露怯。

组内其他对林椰从未有过注意的队友神色意外，似是没有料到他的舞蹈功底不但不差，反而算得上好。

最后评委团投票时，江敛和明让的两票毫无意外地落在了林椰头上，邱弋那一票也投给了林椰。剩下一人，已经没了再投票的意义。

林椰半路加入，从其他三人手中抢下了队内的主舞位置。

工作人员送来队长和中心位的徽章，离对方最近的明让顺手接过，找出中心位的徽章丢给林椰，然后叫来邱弋，替他把徽章别在胸前。

林椰拿过徽章转头递给江敛："你的。"

江敛伸手接过，低头将徽章背后的细针从班服的胸口位置穿过。

林椰坐在他面前，单手抵在脸侧，盯着他手上的动作看。

胸针戴上以后，察觉到他直勾勾的注视，江敛上半身前倾，面朝他坐的方向低声问："帮你拿到了主舞，你要怎么感谢我？"

收回落在徽章上的视线，林椰抬起眼睛，不慌不忙地反驳道："这个难道不是我靠实力抢下来的？"

"明让从来都不是看实力投票的人。"江敛轻轻一哂，"我也不是。"

林椰神色微顿，迅速反应过来，语气还算镇定地问："你要我怎么感谢你？"

江敛眼眸微深，不咸不淡地开口："是时候兑现我们的交易了。"

林椰抿了抿嘴唇，似乎是被江敛的话直接镇住，一时半会儿竟然没有反应。

江敛不悦地蹙眉，细长的指尖屈起，对准他眼前的空气虚虚一弹："你发什么呆？"

林椰眼皮轻颤，陡然回过神来，最终还是没能忍住，冲他眯眼笑了起来。

江敛同样眯起眼睛来，半晌低低"啧"了声，其他什么都没说。

36

组队第一天的训练任务并不繁重，队长邱弋在晚饭的饭点前准时宣布解散："大家回去洗个澡好好休息，明天早上八点我们在教室集合。"

队友们陆陆续续地穿上衣服离开，林椰与夏冬蝉在走廊上会合，又去另一间教室找程迟和祁缓。

未进教室就先听见里面传来争吵声，林椰与夏冬蝉站在门外听了片刻，才知道门内的学员们是因为中心位的人选起了争执。

林椰率先推门进入，恰巧看见胸前别着队长徽章的程迟站在队友中间道："祁缓的中心位是我们共同选出来的，你不服气也改变不了这个结果。"

背对门口的赵一声冷笑："这里有谁不知道你和他的关系好。"

程迟不慌不忙地道："我和祁缓关系再好，也只能投他一票，剩下的五票，都是其他人凭主观意志投的，跟我无关。"

赵一声阴沉着脸不说话。

夏冬蝉适时上前插话:"你们组结束了吗?结束了我们就去吃饭。"

教室中间的学员们闻声转过头来,程迟朝他点了点头,看回其他人:"中心位人选其他人没有异议吧?"

队友们纷纷摇头。

程迟与其他人约好明天早上集合的时间,拉上祁缓朝门边的林椰和夏冬蝉走去。

站在原地未动的赵一声视线从林椰和夏冬蝉脸上掠过,冷哼一声,声音不大不小地道:"物以类聚。"

"选不上中心位就迁怒别人,"夏冬蝉笑容满面,"废物。"

赵一声面色铁青。

四人走出训练大楼,祁缓才问夏冬蝉:"你们认识他?"

夏冬蝉点头道:"以前的室友,关系很差。你们跟他分到一组,要小心他背后嚼舌根。"

祁缓神色不以为意:"要嚼就由他嚼去吧,中心位是我靠实力拿到手的,不怕他嚼。"

四人很快转开话题,不再提及这事。

吃完饭回到寝室,另两位室友还没有回来。四人猜拳决定洗澡顺序,林椰运气最好,在第一轮中就以石头对其他三人的剪刀胜出,先去洗澡了。

剩下三人分出顺序后,各自去忙自己手头的事。林椰进浴室后没多久,三人就听见门外有人敲门。

离门最近的夏冬蝉放下手里的魔方起身开门,看见江敛站在门外,他很快反应过来:"找林椰吗?"

江敛简洁地"嗯"了一声。

夏冬蝉朝后退一步,给他让路:"他在洗澡,你要不要进去等?"

"我不进去了。"江敛神色淡然,"那麻烦你替我转告他,晚上八点回教室加训。"

夏冬蝉道:"好的。"

对方离开以后,他关门走到浴室外叫林椰的名字。

林椰已经关上花洒在穿衣服,闻言抬头问道:"怎么了?"

"刚刚江敛来了。"夏冬蝉隔着浴室门通知他,"他让我转告你,八点回教室加训。"

林椰手上动作一顿,下意识地反问:"加训?"

门外夏冬蝉尚未接话,祁缓就先冲过来,语气夸张地道:"林椰,你们组这么勤奋的吗？这才分组第一天，晚上就要加训？"

林梛只好又穿回班服，抱着毛巾和睡衣推门出来，被水打湿的脸上亦有不解："不是说今晚不训练，怎么又突然说要加训？"

"不知道。"祁缓耸耸肩朝他摊开手掌，满脸遗憾，"你这个澡算是白洗了。"

林梛这个澡的确是白洗了，一个小时后去教室练习，又要动得大汗淋漓。假如江敛早来一点，又或是他晚进浴室一步，大概就能够免去他多洗一次澡的命运。他也不知道自己在划拳中胜出，到底是算幸运还是不幸了。

他去阳台上挂好毛巾和内裤回来，夏冬蝉已经进了浴室。林梛躺在沙发上，拿过夏冬蝉转到一半的魔方玩起来。

接近八点的时候，沙发里昏昏欲睡的林梛睁眼坐起来，穿好羽绒服开门朝外走。

抬头看见对面那间寝室的门缝下有灯光透出，理所当然地认为江敛和明让还没走，他上前去敲门。

敲门声在安静的走廊里回荡过两三轮，却始终没有人来开门。林梛不疑有他，只当是那两人粗心大意，离开前忘了关灯，放下手转身朝楼梯口走去，一路上没能遇上几个学员，走到训练大楼前，抬眼就能将整座悄无声息蛰伏在黑夜中的大楼收入眼底。

从楼下的位置看过去，楼上靠窗面朝这条道路的教室皆是漆黑一片。A班教室则是在大楼的另一边，无法从楼外找到它的位置。

林梛收回目光，低头朝楼内走。他一连上了好几层楼，都没有听到楼中传来任何音乐声。分组的第一天，所有小组的学员都已经早早离开教室，回寝室洗澡休息。

林梛并未多想，拐入长长的走廊，朝A班教室的方向走去。等到循着记忆中的位置走到A班教室门外时，他才意识到了不对劲。

和其他教室没有任何不同，A班教室也陷在一片黑暗中，教室里没有灯光，也没有任何动静。

再三确定没有走错地方，林梛站在教室外，忍不住垂眸思考，是他或者夏冬蝉记错了练习时间，还是这单纯只是一场整蛊游戏。

下一秒，他否定了自己的所有推断。因为当抬手去推门时，他发现后门被人从里面锁上了。林梛又走到前门处，前门也是反锁状态。

他脑海中浮起的第一个念头，就是有人私自躲在教室里谈话。没有兴趣去窥探别人的隐私，林梛放轻呼吸和脚步，转身沿着来时的路往回走，路过玻璃窗前时，余光中却出现了微弱的光亮。林梛下意识地止步看去，几乎没有任何犹豫地确定，那小小一团光亮是与大教室共用玻璃窗的小教室里散发出来的。

林椰眯眼看了片刻，鬼使神差地朝着小教室后门所在的那条走廊绕了过去。

走到小教室门外后他又发现，小教室内的光团骤然消失了，仿佛那在黑暗中骤然亮起的微弱光芒，只是为了将他吸引过来。

林椰上前伸手握住门把手轻轻一推，没有反锁的教室门被他推出一条细细的缝。林椰动作顿住，心中已经隐约猜测出来，小教室里的人会是谁。

他神色如常，将面前的门推开大半，浓郁的黑暗迎面侵袭而来，又在转瞬之间被光亮尽数吞噬。

小教室里的灯重新被打开了，朝外敞开的大门内，江敛双手抱臂站在那里等他，侧脸轮廓被四周流溢出来的灯光勾勒出利落分明的线条："你迟到了。"

37

他们在小教室留到很晚，回到宿舍的时候，整栋大楼的灯已经熄掉了。但林椰并没有很累，甚至还会觉得，身体内留存有用不完的冲劲。

他甚至在入睡前思考，是不是自己在这方面过于天赋异禀。

只是隔天在闹铃声里醒来，林椰强忍身体上的强烈不适，从被子里爬起来去关闹钟，才意识到自己错得离谱。

他踩着上铺梯子爬下去，动作缓慢到犹如迟暮老人，双脚落地的同时，脑海中只剩下一个念头——他亏大了，不过是一个主舞的位置，全身肌肉就要痛上几天，简直就是一场不公平的交易。

而这样的想法，在他看见教室里行动自如的江敛时，也变得越发强烈起来。好在学歌不需要大幅度的运动，林椰不动声色地松一口气。

只是练习室中坚硬的地板，还是让林椰有些坐立难安，就连坐在旁边的其他队友，也都明显看出林椰的煎熬难耐和心不在焉来。

邱弋忍不住抬头问他："你今天怎么了？"

林椰动作一顿，目光越过邱弋，轻飘飘地看向江敛，答得简洁："昨晚加训的时间有点长。"

邱弋面上神色从诧异过渡到同情："虽然勤奋是好事，但是身体更重要。"

明让插话道："不舒服就不要坐太硬的地板。"

林椰看向空荡荡的教室，口吻随意地问："那你觉得我应该坐哪里？"

明让没有回答，反倒是邱弋挤眉弄眼地接话："没有地方坐，那就坐我们腿上好了。"话一出口，就引来林椰与其他队友的灼灼注视。

邱弋愣了愣，略有迟疑地开口："开个玩笑而已，都看着我干吗？难道你们以前上学的时候，没有坐过同桌大腿？"

队友们嘴角轻抽，没有说话。

唯独始终神色淡淡的江敛，此时却面色自然地舒展开屈起的双腿，掌心在大腿上轻拍了两下，抬眸扫向林椰，扬起唇角道："坐我腿上，要不要？"

捆绑做戏这种事，向来都是一回生，二回熟。

林椰很快就反应过来，捏着歌词本起身，走到江敛面前停下，面上还挂着没消失的笑意。但他到底还是没往江敛腿上坐，而是弯腰在对方身旁坐了下来。

队友们全程满脸看热闹的神情，邱弋看得兴味盎然，故意往旁边挪了挪地方，邀请林椰："坐他那边多挤啊，来我旁边坐啊。"

不想这样的镜头放出后被江敛的粉丝指责，林椰亦有适可而止的想法，就顺着邱弋的话，伸手扶住江敛肩膀，从对方身侧站起来。

原本背靠墙的江敛从墙边直起腰，对邱弋幼稚的行为不置可否，反倒自然而然地身体前倾，从林椰手中拿过他的歌词本，神色如常地翻阅他在歌词旁写下的笔记，甚至还简略点评了两句："这句情绪不对，不仅仅是单纯的愤怒。"

"是吗？"林椰一愣，目光落回自己的歌词本上，"那除了愤怒，还有什么情绪？"

江敛张唇吐出两个字："悲愤。"

林椰故意与他较劲："悲愤不也是愤怒的一种？"

江敛道："那不一样。"

林椰不以为然："有哪里不一样？"

"除了愤怒，还有悲痛。"江敛转头朝明让的方向摊开掌心："给我一支笔。"

明让从其他人那里要了支笔递给他。江敛握着笔将纸张上林椰写的"愤怒"二字划掉，在上方的空白处留下笔锋流畅的"悲愤"。

林椰对着江敛落在自己歌词本上的笔迹稍稍走神，无端回想起自己来参加集训的第二天，江敛进他们宿舍收缴手机，在信封上写下的他的名字。

对方的字还是一如既往地刚劲漂亮，他与江敛的关系却发生了翻天覆地的变化。当时的他断然不会料到，自己有一天会和江敛关系这样亲近。

当然，用"亲近"来形容大概还不算十分恰当。他和江敛现在也只是陪练的交易关系，也谈不上什么真情实感和相识相知。

察觉到他在走神，江敛盖好手中的笔帽，抬起笔敲他的手背："发什么呆？"

林梛回神:"没什么。"

江敛目光扫向被自己改过两个字的歌词笔记,片刻之后,眉尖轻扬。"字是丑了点。不过,"他的语气中染上微不可闻的笑意,"人比字好看就行了。"

林梛一愣,不知道该怎么反驳他。

身侧江敛将歌词本和笔塞入他手里,出声提醒道:"坐够了就起来吧。"

林梛没有依言起身,倒是又想起一桩事来,下意识地抬眼望向四周,见其他人都在埋头看歌词,并未注意他们这边时,才放心地转头看向江敛。

对方已经收回双手,往身后的墙上靠去。林梛抬手拉住江敛的衣服,在摄像头录不到脸的地方,扬眉问:"我给你当随叫随到的陪练工具,你就拿一个凭我自己实力也能抢到手的主舞打发我?"

江敛靠近他,眉眼深邃:"中心位的大腿可不是什么人都能抱的。"

"谁知道赛训组会不会剪掉。"林梛低声自语,抓在他衣服上的那只手却松开了。

上午的练习时间快要结束时,工作人员送来了统一样式和颜色的新队服。

林梛那组拿到的是印有赞助商标志的白色卫衣和卫裤,工作人员叮嘱他们:"从明天开始,就不要再穿五颜六色的班服了,大家都统一穿队服。"

学员们点头应下,每人都挑了一套码数合身的队服。工作人员走后,邱弋摸着新队服感慨:"赛训组终于肯给我们发新衣服了。我还以为身上这套要一直穿到最后一期。"

有人笑骂他身在福中不知福:"如果是 A 班的粉色班服,让我穿到出道那天我也愿意。"

邱弋瞬时和对方闹作一团。

林梛把未拆封的新队服垫在屁股下方,拿起歌词本还没看几行,赛训组又有老师过来了。

对方直接点名把江敛叫了出去,邱弋和打闹的队友临时"和解",满脸好奇地对视过后,双双弯下腰背放轻脚步,挪到门边去听墙根。

没过两分钟,邱弋就带着情报返回。"老师让江敛从我们组挑一个长得高的带上,下午去给赞助商拍广告。"他轻啧一声,"我们中间谁最高啊?"

明让笑了一声:"站起来比比不就知道了?"

邱弋抬手示意所有人起立,又把林梛从地板上拽起来。七人站成一行对着落地镜比了比,学员们的目光齐齐落在明让脸上。

邱弋正要开口,余光瞥见江敛从门外走进来。他朝对方转过身去,听见江敛道:"赛训组的老师让我带一个队友过去拍广告——"

对方话未说完，邱弋就先摆手打断他："知道，要长得高的嘛。"

江敛瞥他一眼，神色不变："是要长得高的，但是不能比我高，也不能比邱弋矮。"

众人愣了愣，倒是没料到后续还有这样严格的附加条件，随后纷纷看向林椰，将他推了出来："刚好有一个符合要求的。"

林椰神色惊讶，向江敛确认道："我吗？"

江敛淡淡反问："除了你还有谁符合这个要求的吗？"

队友们你看看我，我看看你，最后摇头："没了。"

"那就你了。"江敛朝他的方向轻抬下巴，"中午要提前做造型，你跟我过来。"

对方撂下话就转身往外走，林椰立在原地迟疑一秒，最后还是跟了过去。

两人才走出教室，林椰就叫住江敛，面色复杂地问："拍广告有没有跳舞环节？"

江敛停下脚步："我问过了，没有。"

林椰稍稍放心，片刻后又面露狐疑："老师真的说要找不能比你高，也不能比邱弋矮的？"

江敛双手插在口袋里，定定地看了他半晌，意味不明地反问："你相信？"

林椰想了想："我不信。"

江敛点头，若有所思地视线掠向他。数秒以后，他收回目光，嗓音里裹上笑意："倒也不算傻。"

林椰一愣，忽然有点不好意思。

那边A班教室里，邱弋搭着明让肩头叹道："多可惜啊，你就这样和上镜的机会擦肩而过了。"

明让微微一笑，推开他落在自己肩膀上的手臂，转而拍了拍他，笑容不变："你还太年轻了。"

38

一辆面包车等在楼下，见江敛和林椰出现，守在车外的工作人员忙朝他们招手，示意两人上车。

林椰上车以后，才发现车内还坐着温兔和栗沅。两人看见林椰时皆有些意外，温兔笑容满面地跟他打招呼，栗沅则始终没有用正眼看过他。

面包车直直驶出赛训基地大门，把他们送到了岛上一座室内体育馆里。

四人进入体育馆中的篮球场内，工作人员带他们去换衣服，换完衣服后，又叫几人去领盒饭吃，吃完饭就去找化妆老师上妆。

吃饭的时候，林椰注意到他和栗沉上身是同款不同色的休闲卫衣，江敛和温免穿的则是球衣球裤。

盒饭不怎么好吃，林椰吃得很快。他和江敛起身去找化妆老师上妆时，温免和栗沉还捧着盒饭埋头挑大葱和辣椒。

等到他们做完造型，温免和栗沉才刚刚开始。导演把他和江敛叫过去，简单讲了两句广告内容。大致就是赞助商出了新品饮料，广告中江敛需要和温免下场打篮球，剩下林椰和栗沉在看台上当啦啦队。

对方说完，从助理手中拿过篮球递给江敛："先去试试手吧，如果投球命中率不高，我们就分两个镜头拍，到时候再合。"

江敛拿着篮球随意转了转，目光掠向旁边的林椰："会打篮球吗？"

林椰有些心痒，却又顾及自己不能做大幅度运动，只能掩下眼中情绪道："怎么不会？我上学的时候是校篮球队的。"

江敛闻言意外扬眉，将篮球抛入他怀里："投个球试试看？"

林椰拍着手中的篮球走向篮筐的位置，而后停在二分线上，双手捧球锁定篮筐的位置，抬高双臂将手中的球投出去。

篮球沿着抛物线飞出，砸在篮筐边沿缓缓转过两圈，从篮筐外掉了下来。江敛蓦地从篮筐下一跃而起，半空中拦过往下落的篮球，替他补投投入篮筐内。

篮球穿过篮筐掉在地板上，而后又高高弹起。江敛伸长手臂将球捞回臂弯内，抬眸评价一句："看样子校队成员的命中率也不怎么高。"

林椰瞥他一眼："如果不是因为你，我现在也不会这样。"

以刚才江敛投球时行云流水的动作，不难看出来，对方篮球打得很好。心中被江敛勾起的跃跃欲试的念头越烧越旺，他忍不住伸手抓住对方手臂，看向江敛的眼眸炯炯有神："下次，比一场怎么样？"

江敛垂眸盯着他不语。

林椰扯开唇角笑："你该不会是怕我赢你吧？"

江敛迈步上前："打一场可以。不过……"

他话锋陡然一转，口吻漫不经心，眼眸却深邃如深海："你要是能赢，换我给你当陪练。"

江敛扬起唇角："你这样的眼神很好。希望下次在公演舞台上，也能看到你这样的眼神。"

林梛微微怔住，还没来得及开口说什么，后背上猛地传来一股力道，压得他跟随惯性朝前跟跄一步。

完成妆发的温免从后方搂上他的脖子："你们在说什么？"

林梛陷入短暂性失语，唯有江敛面不改色地接话："说篮球赛的事。"

温免点点头，松开林梛道："导演让我来叫你们过去。"

对方说完，率先朝看台的方向走去，留林梛和江敛落后几步。两人并排走，步伐不快不慢，他忍不住稍稍偏头，目光扫向江敛的侧脸，轻声开口问："真的？"

后者循声侧过脸来："什么真的？"

"你给我做陪练。"林梛重复一遍他的话。

江敛眼睛并未看他，唇角却扬起轻微的弧度来："真的。"

"随叫随到？"林梛的眼底浮起几分雀跃。

"随叫随到。"江敛点头。

林梛眼眸明亮地盯着他，还要开口说什么。

"不过，"江敛率先打断他，动作自然地抬臂揽上他的肩头，推着他大步朝导演站的方向走，同时还不忘似笑非笑地强调，"前提是你得赢我。"

四人到齐以后，导演给他们详细讲解了广告剧本。助理将作为拍摄道具的饮料递给他们。拍摄组的工作人员各自就位。

镜头从篮球场中心的较量开始，林梛与栗沉在看台上呐喊助威，江敛连续几次带球进攻，却被防守方的温免半路截下。

他露出泄气的模样，提出中场休息，走到候补区的长凳边坐下，捞起毛巾覆在头顶。

镜头继而转到前排看台上，林梛与栗沉喊得口干舌燥，各自转头拿起放在身边椅子上的饮料，拧开瓶盖大口大口地喝。

喝到一半时，林梛从看台上站起来，扶着栏杆叫江敛的名字，后者应声回头，眉头仍是紧皱。

林梛对他展颜一笑，转身捞起另一瓶饮料，隔空对准江敛的位置抛了下去。

江敛仰头喝了两口饮料，拧紧瓶盖将手中的饮料丢回林梛怀里，重拾自信回到篮球场上，一口气带球突破防守的温免，完成一个三步上篮。

看台上的林梛和栗沉欢呼而起，江敛翻上看台，分别与林梛和栗沉拥抱。最后的镜头是四人共同高举饮料瓶碰杯，大口灌下饮料。

拍摄过程中的重拍次数屈指可数，最后一次重拍，还是因为江敛回到看台上与他们拥抱过后，错拿了林梛喝过的那瓶饮料。

林梛下意识地伸手拉住江敛，听见导演在不远处喊"卡"，纠正他的错误,他们又补拍了最后这个镜头。

他甚至没来得及换回江敛手中的饮料,对方就已经率先拧开瓶盖,仰头喝了起来。

拍摄结束以后,导演一边喊着"辛苦了",一边拍手示意四个人去更衣室换衣服。

更衣室就是篮球场后台的两间小休息室,林椰中途脱离队伍去了一趟洗手间,回来时看见助理靠在休息室外的墙边低头玩手机。

他伸手去推右边那间休息室的门,发现是上锁状态,转而又走到左边伸手轻推一把,门被他推开一条细缝。

林椰没有贸然进入,而是转头问那位助理:"这间有人吗?"

助理闻声抬头,看向已经被他推开缝隙的那扇门,思考片刻后道:"没人吧,里面的人好像已经出来了。"

林椰向她道谢,推开门走入休息室里。

反手带上门转身的那一刻,林椰才注意到休息室里还有人。那人背对着他,双臂交错捏住球衣的边角,正要脱衣服。

只需看一眼后脑勺,甚至不用靠球衣背面的数字,林椰就能辨认出对方是江敛而不是温免。他停下后退的脚步,走到小沙发前坐下。

"我要换衣服,"江敛侧头瞥他一眼,"你不去门外等?"

拍摄时一直没有休息,林椰此时坐下后,甚至有些不太想挪屁股,整个人懒洋洋地陷入沙发里,极为少见地直白开口:"都是男人,有什么不能看的?"

江敛眉尖轻扬,却也不再多说什么,任由他在房间里待着,抬起双臂,肩胛骨轻微发力,将身上的球衣从头顶脱下来,然后动作利落地换上了来时穿的衣服。

江敛换好衣服,竟也没有要离开的意思,抱着双臂靠在储物柜前,言简意赅:"你快点。"

林椰回味过来江敛的言外之意,面上镇定自若道:"你不出去?"

江敛嗓音低沉平常,将他说过的话复述出来:"都是男人,有什么不能看的?"

林椰微微一愣,倒是没有料到对方会拿自己说过的话来堵他,而后才低头在沙发上找自己拍摄前脱下的衣服。

换下来的班服被他压得有些皱,林椰拎起来在空中轻抖两下,然后将衣服铺开摆在腿上,抬手去脱身上穿的连帽卫衣。

卫衣领口有点小,林椰抬高双臂,尝试了两次,也没能把衣服扯过头顶脱下来。

他整张脸闷在衣服里，开口叫江敛帮忙。

后者大概是笑了一声，走到他面前俯身，伸手拉宽卫衣领口，替他把厚厚的卫衣脱了下来。拍摄前吹好的发型在衣服里拱得乱糟糟的，林椰匆忙套上膝盖上的班服，极其敷衍地摆头甩了甩头发。

原本已经站直身体的江敛垂眸扫他一眼，再度弯下腰来，按住他肩头淡声吩咐道："别乱动。"

林椰停下摆头的动作，就着仰脸的姿势看向面前神色略有几分漫不经心的人，而后才反应过来，对方是在给他整理发型。

任由江敛摆弄自己的头发，他眼睑微垂，盯着面前的地板发起呆来。

江敛的声音将他拉回来："刚才拍最后那个部分的时候，你拉住我干什么？"

林椰略想了想，语气带笑道："我只是想提醒你，不要误用了我的东西。"

江敛诧异一秒，而后明白过来，林椰这是在拐弯抹角地回敬自己之前说过的那句"没有喜欢用别人用过的东西的特殊嗜好"。

他一哂，停下手中动作，目光锁住林椰的视线："记歌词不怎么行，记仇倒是很厉害。"

林椰道："难道我有说错？"

"你说得没错，但是……"江敛目光顺着他的鼻梁无声无息地下滑，在他脸上漫不经心地扫过。

见他迟迟不补话，林椰抬起眼睛追问："但是？"

对上他困惑的神情，江敛眼底浮起几分不太明显的笑意："没人告诉你——"

他的话没能说完，下一秒，门外响起了敲门声，温兔的声音从门外模糊地传入："林椰，你好了吗？"

江敛退后让开，偏头示意他先出去，面上看不出太多情绪。

林椰亦没有说话，抱起自己脱下的衣服开门往外走，迈出门的同时，反手将门紧紧合上。

温兔问："你看见江敛了吗？"

林椰微微一顿，回答道："没有。"

"老师让我过来叫你们。"温兔说完，兀自往前走了两步，转头见林椰没跟上来，停步等他的同时，神色间浮起诧异，"你在想什么？"

林椰思绪回笼，神情自若地一笑："我在想，江敛去哪里了。"说完，又在心中无声反驳——不对。他不是在想江敛去哪里了，他只是在想，刚刚在更衣室里，江敛到底想对他说什么。

39

第二天去练习室的时候,所有人都换上了贴有名字的新队服。林椰昨晚没有洗头发,早上起床发现头发被枕头压得乱糟糟的,出门前随手拿起摆在桌边的白色棒球帽戴上。

教室里寥寥几人围坐在一起吃早餐,江敛和明让都没有来。林椰昨天出去拍广告落下了学习进度,特地早起过来追进度。

他只脱下羽绒服没有取帽子,捏着歌词本坐在靠走廊的窗台上练习歌曲。江敛与明让路过窗外,明让屈起一根手指,从他身后轻弹他的后脑勺,在他回头的那一刻笑道:"好努力的弟弟。"

恰逢林椰有一段合唱部分唱不对正确的调,他单手撑在窗框上,捏着歌词本,大半边身体探出窗外:"能不能帮我找一下正确的调?"

"你替他看。"明让接过歌词本顺手递入江敛手里,转身从前门踏入教室,直奔教室中间吃早餐的几人而去的同时,口中还在念叨:"你们吃什么好吃的呢?也给我尝尝。"

江敛也戴了顶黑色的棒球帽,垂眼扫过手中的歌词本两眼,靠在窗边朝他轻扬下巴示意:"你过来一点。"

林椰又往江敛那边凑近几分。两人的帽檐迎面撞在一起,林椰偏了偏头,将自己的帽檐从江敛额前错开,余光却陡然瞥见,江敛帽子右侧的边缘有一片小小的白色字迹。

他凝神看去,认出来那是江敛的名字拼音首字母的大写。

他心中一跳,继而想起自己头上这顶偶尔会戴着出门的棒球帽还是江敛的。他回忆片刻,却始终记不起来自己有没有在头上这顶帽子上翻到过任何江敛留下的记号。

窗外的江敛抬起歌词本敲在他的帽檐上:"听清楚了吗,我的话?"

林椰堪堪回神:"什么?"

江敛不快地扬眉,重复一遍刚才的讲解:"现在听明白了吗?"

林椰点头道:"明白了。"

江敛将歌词本还回他手中:"你唱一遍。"

林椰依言放缓声音唱了一遍。

江敛皱起眉来。

林椰亦从转音中听出明显的不对劲来,有些头疼地自语:"这个转音好难。"语气中还夹裹了几分耐心流失的浮躁和抱怨。

江敛似笑非笑地抬眼："你在撒娇？"

林椰满脸愕然，堪堪脱口而出一个音节"我——"，接着就被江敛打断。"如果是你的单人声部，我就帮你唱了，但是合唱声部我不能帮你唱。"他看向林椰，"既然这个转音其他人都能唱，你为什么不能克服？多听多练，时间还很充足。"

对方撂下这句话，转身从前门进入教室内。林椰被他一番话堵得气闷，二话不说从窗台上跳下追过去，要笑不笑地叫对方名字："江敛，我什么时候——"一句话没说完又被身后迈步进门的邱弋打断，对方双手插在口袋里，一只耳机塞在耳朵里，另一只耳机垂荡在空中，前一秒还在眼皮微垂、专心致志地哼唱歌曲，后一秒就好不诧异地抬起眼皮："你们两个大清早的在这儿干吗？演偶像剧吗？"

林椰登时语塞。

有些人开口前和开口后是两个模样，粉丝们恨不能堵住他们的嘴巴，让他们永远都不要开口说话，说的大抵就是邱弋这样的人没错了。

队友们来齐以后，身为队长的邱弋开始组织大家练歌。学员们的声乐水平皆不算差，只是每个人的音色与惯用的唱法完全不同，想要将八个人的声音完美融合和衔接在一起，不是简单容易的事。

当中比较违和的部分，就是在和声的转音部分，林椰走调的声音略显突兀。队友们纷纷给他打气，起初还算一本正经，说到后面却越跑越偏。

这人道："反正时间还早，加油练吧。"

那人道："如果实在不行，我们可以求老师不要给你全开麦。"

剩下有人点头附和："是啊是啊，彩排的时候先录好，公演的时候直接对口型就好了。"

身旁队友一巴掌拍向他的后脑勺道："你是不是傻？对口型那是不开麦，半开麦还是要唱的。好的不学，这些有的没的倒是一样都没落下。小心被剪辑老师收到花絮视频里，让你粉丝都跑光，到时候哭着叫妈妈也没用。"

对方闻言面露心虚，摸着后脑勺嘀咕："不是我说，你说话这口气还真有点像我妈。"

队友横眉竖眼，佯装生怒："那也该是你爸。"末了，还戏多地伸手揽过他，摸摸他的脑袋。

两人就"争执"了起来，其他人在边上看了一会儿热闹，才慢吞吞地扑上去"劝架"。岂料劝到最后，自己反倒不受控制、不分敌我地加入了"混战"之中。

唯有组内年龄最大的江敛和明让稳坐一旁，不受"打架"的队友们波及。林椰更是心不在焉，借着混乱不已的场面取下自己头上的帽子，直接翻到右边，仔仔细细检查一遍帽子边角。在确定帽子上并无江敛的名字缩写后，才不动声色地松了一口气。

那边叠罗汉玩得不亦乐乎的几人终于气喘吁吁地"休架言和"，一个接一个地从队友后背上翻身落地，然后不约而同地面露困惑："刚刚是在说什么来着？"

明让似笑非笑地接话："林椰的转音。"

"没错，林椰的转音。"大约还记得自己肩负队长的身份，邱弋面色很快恢复如常，气喘吁吁地走到林椰左侧盘腿坐下，"你们先自己练，我教林椰唱这个转音。"

邱弋坐得离他很近，两人肩膀轻轻撞在一起，林椰觉得有些挤，动作慢吞吞地往外侧挪了挪，连带着手中的歌词本也跟着往外挪了挪。

眼看着歌词本离自己越来越远，邱弋也下意识地跟着歌词本往林椰坐的位置移动。

过程中冷不防额头被林椰的帽檐顶到，他捂着额头抬起脸来，大大咧咧地咧嘴道："怎么今天你和江敛都戴棒球帽？你们两个这是偷偷约好戴帽子，还不告诉我们吗？"

教室内蓦地一静，队友们纷纷扭头看向邱弋。

"巧合而已。"林椰面不改色，指着歌词转开话题，"需要我先唱一遍给你听吗？"

邱弋却一声不吭，当对方是没有听见，林椰又问一遍邱弋还是不答。

林椰神色古怪地转过头，想要伸手推邱弋，却不偏不倚地对上对方落在他脸侧略有疑惑的目光。

下一秒，他听见邱弋轻咦了一声，指着他的帽子左边问："你帽子上写的，是江敛名字的缩写吗？"

对话最终以江敛的一句"帽子是我的"作为终结。哥们儿相互借帽子戴是再正常不过的事。

然而林椰心中始终有些介意。他一声招呼不打，就把江敛的帽子留下自己用，怎么想也不算是合情合理的行为。

亦没有人知道，这一切仅仅是因为他找不到赛训组发给自己的帽子。

40

接下来的两天，众人都是在教室里学舞抠动作。

晚上熄灯睡觉前，寝室六人开了一场卧谈会。也不知道是谁开的头，大家纷纷聊起自己小时候的亲身经历或是亲耳听说过的灵异事件来。

祁缓最怕听灵异事件，忙不迭地抬高声音制止："打住打住，你们再说，今晚我要睡不着了。"

程迟适时替他岔开话题："你们听说植树节的活动了吗？"

林椰道："没有，有什么活动吗？"

"我们也是从其他人那里听来的小道消息。"程迟补充，"听说植树节当天赛训组会组织我们去岛上的环山公园种树和野餐。"

"野餐？"夏冬蝉露出感兴趣的神情，"我上一次野餐，还是上小学的时候。"

祁缓附和："我也是。"

林椰算了算："植树节不是马上就要到了吗？"

其他人面露恍然，继而你一言我一语，兴致勃勃地讨论起野餐前需要准备的东西来。

林椰有些好笑："八字还没一撇的事。"

祁缓面上的激动与兴奋分毫未减："如果植树节当天赛训组不带我们去野餐，我就自己去好了。"

哪知到植树节前一天，赛训组的老师果真将所有学员召集起来，通知了大家第二天外出植树和野餐的行程安排，以及出门时必须统一穿着打扮的事项，末了又嘱咐所有人提前买好野餐的食物。

八十多个学员中，大多是二十岁左右的成年人，嘴上说着"小学生集体春游的浓浓既视感"，眉梢眼角却忍不住露出几分雀跃的笑意来。

当天所有小组的练习都提前结束，大家前呼后拥地拥向基地里的生活超市，将超市中货架上的零食饮料扫荡一空。在铁门外蹲守来逛超市的学员的粉丝手中快门声甚至没有间断过，场面一度壮观到堪称过年。

植树节的行程以第二次公演的小组为单位，学员们各自和自己的队友们行动。

《丛林月光》小组八人赶到超市门外时，发现超市内已经被其他人挤得水泄不通，便临时改变策略，由队长邱弋带领三人冲锋陷阵抢物资，剩下四人在超市外等他们。

二十分钟后,以邱弋为首的几个人拎着沉甸甸的五大袋东西走出超市,八人粗略分了分拼命买到的物资。

江敛、明让和邱弋三人各提一袋,剩下两袋以两人一袋提回去。林椰走在最后,轮到他的时候东西已经被分完了。

八人中唯有他两手空空,林椰抬手揉揉鼻尖,对江敛三人道:"你们谁需要我帮忙?"

江敛扫他一眼,脱下身上的羽绒服丢进他怀里:"你帮我拿衣服。"

林椰抱着他的衣服,转而看向明让和邱弋两人:"你们呢?"

两人轻轻松松拎起手中的购物袋,对他摇头,明让甚至还调侃道:"江敛,你再拿点什么东西给他好了。"

江敛闻言停步,打开手中的购物袋垂眸看一眼,如同长辈哄几岁小孩那般,从里面翻出一包薯片递给他。"你自己拿着吃。"末了,他甚至还扬起眉尖,轻描淡写地补充,"不要把油蹭到我衣服上了。"

林椰无言以对。

八人浩浩荡荡地走过超市外的坡道,转入另一条稍窄的小道,从离侧门不远的地方经过。

学员们虽然靠得很近,身上衣服裤子也都相差无几,但铁门外的粉丝们还是很努力地依靠发色和侧脸辨认出自家的偶像,一边稳稳地举着"长枪大炮"对准他们的脸,一边很努力地喊他们的名字。

江敛的粉丝嗓门一骑绝尘:"江敛——你回个头吧——回个头啊——"

明让的粉丝后来居上,毫不逊色:"明让——你走慢一点啊——你能不能走慢一点啊——"

邱弋的粉丝亦不遑多让:"邱弋——我已经两天没有拍到你的正脸了——"

高低相叠的喊声中,林椰仿佛也听到了自己的名字。

他以为那是错觉。

邱弋却用空余的那只手勾住他的肩头:"回个头嘛。赛训组只是不让我们跟她们说话,没说不让回头啊。"

林椰愣愣地抬头,看见邱弋那张嘴巴在视线中一张一合,仍是没有反应过来,直到两秒之后,对方的声音才如同回潮般,冲破桎梏,齐齐涌入他的耳中——原来那不是错觉。

他忍不住回头,远远地朝铁门外的粉丝看了一眼。即便看不清对方的脸,甚至分不清人群中到底是哪一个在叫自己的名字,他仍是不由自主地笑了起来，在原地停下，朝着拥聚在铁门外的年轻女孩儿摆手道别。

叫他名字的粉丝心满意足地伸手回应，手臂摆到一半时又猛地顿住，犹如发现什么新大陆般喊道："林椰——虽然哥哥们宠你——不让你提东西——但是你也不要恃宠而骄——要多帮哥哥们做事啊——"

林椰唇角微抽，倒是不知道自己从什么时候起就成了所谓"受宠的弟弟"。已经逐渐走远却依稀还能听清只言片语的学员们笑得东倒西歪。

那边侧门外，朝林椰喊话的年轻女孩儿放下手中的相机，挑眉看向身侧的追星姐妹："怎么样？我的偶像本人好看吧？相信我，入股不亏。"

"是长得好看，还好顺位发布被我的偶像救下来，否则又有一个漂亮弟弟只能零镜头一轮游。"江敛的粉丝点头，继而话题一转，"但是你们看看我的偶像，那么重一袋东西他竟然能单手拎这么久，还不需要换手。"

她握着相机，嗓音隐隐激动："江敛最有男人味儿，还有谁不知道的吗？！"

明让的粉丝道："明让也是！"

邱弋的粉丝道："邱弋也是！"

剩下拍林椰的粉丝，低下头打开相机，看看镜头里林椰抱在手里的衣服和薯片，又看看其他人手里明显沉甸甸的购物袋，立即决定闭嘴。

下一秒，边上又有不知道是谁的粉丝探身凑近，飞快瞥一眼林椰粉丝相机里的照片，欲言又止地开口："难道没人想来猜一猜，林椰一直抱在怀里的那件羽绒服是谁的吗？"

41

采购结束后回到寝室没多久，又到了晚饭时间，林椰叫上宿舍室友去食堂吃饭，几人坐上餐桌时还在讨论，晚上的练习是不是也要取消，毕竟还要花时间来整理背包。

话音未落，就听赛训组的老师在公共广播发布通知，晚上训练大楼会临时关闭，全体学员取消晚上的练习计划，回宿舍整理明天出行需要带的东西，摄像老师也会突击宿舍楼进行拍摄。

学员们埋头加快吃饭的速度，想赶在摄像老师过来之前抢先冲回宿舍洗个澡，再敷个面膜，化个裸妆，至少上镜时不会还是练完舞后那副满头大汗的邋遢模样。

林椰宿舍六人还是猜拳定洗澡顺序，大概是在上次的石头剪刀布中提前花光了运气，林椰很不走运地排在了第六位。

最先猜拳胜出的夏冬蝉晚饭都没吃完，就独自提前回了宿舍，剩下五人盘算着夏冬蝉的洗澡时间长度，不慌不忙地吃完餐盘里的饭菜，掐着时间点在半个小时后回到宿舍。

五人开门进入时，夏冬蝉已经洗完澡，头顶覆着毛巾蹲在柜子前找吹风机。排在他之后的程迟片刻也不敢耽误，在祁缓的催促声中，翻出换洗衣服进浴室冲澡。

林椰和祁缓在沙发上玩扑克牌，另两个室友坐在床边闲谈，他和祁缓偶尔也插上一两句。

程迟从浴室出来，祁缓放下扑克牌起身去洗澡。林椰一个人在沙发上转魔方玩，片刻之后想起来垃圾还没有倒，便拎着垃圾袋开门出去。

倒完垃圾回来的路上，他在走廊上遇见了正要出门的明让。

林椰神色诧异："赛训组不是说晚上要过来拍我们的宿舍活动，不让我们出门吗？"

"去超市里买东西。"明让答得直白，末了，借着走廊里昏黄的灯光上下打量他，"晚上要拍摄，你还不回去洗澡？"

林椰道："室友在洗。"

明让点头，语气理所当然："那你去我们宿舍洗好了，我和江敛都已经洗完了。"

林椰一愣，倒是没有提前想到这茬。

明让催促他道："去吧，又不是之前没去洗过。"

林椰笑着应了一声"好"。

去江敛宿舍洗澡的确是个好办法，能节省时间，他不用再干巴巴地等到宿舍其他人都洗完。先不说之前不是没有去过，若说他第一次去洗澡的时候，和江敛还不算太熟悉，眼下他和对方的关系早已今非昔比。

林椰没有犹豫地去敲对面那扇门。

江敛握着手机过来开门，屏幕亮起的手机，断断续续地传出外放的游戏音乐与技能音效，对方垂眸专注地盯着手机，口吻随意："又没带钥匙？"

林椰半是玩笑、半是认真地开口："我没你们宿舍的钥匙。"

江敛闻声抬头，看清他的脸时轻扬唇角："怎么了？"

林椰道："我们宿舍人太多，借你们寝室的浴室洗个澡。"

江敛松开门把手，踩着拖鞋转身朝里走："进来关门。"

林椰抱着毛巾和衣服进门，先去浴室的置物架上放东西，而后返回脱下身上的羽绒服。

明让床前的椅子上堆满了东西，江敛又坐在沙发上，本是下意识地要将羽绒服挂在江敛床边空荡荡的椅子上。林椰人已经走到椅子前，却又及时回想起来，上次来这里洗澡的时候，江敛拎着自己挂在他椅背上的羽绒服满脸不悦的模样。

脚下步子一转，他提着羽绒服走向对面那把堆满衣服的椅子。

江敛目光扫向他，眉尖轻扬："好好一把空椅子给你放衣服不要，非要去明让的椅子上挤。"

林椰闻言转身，意有所指道："还不是有人不让放。"

"不就说过你一次，怎么这么记仇？"江敛面上挂起几分似笑非笑的表情，"你放吧，我不说你。"

林椰放下衣服，进浴室前又被江敛从身后叫住："沐浴露和洗发水知道是哪两瓶吗？"

时隔数日，始终对江敛沐浴露的味道难以忘怀，林椰当然不会不知道。他心中这样想，却没有说出口："里面沐浴露和洗发水那么多，随便用哪瓶都行吧。"

仿佛对他的答案不太满意，江敛眯眼打量他片刻，抬手朝他示意："你过来。"

林椰顿了一秒，仍是站在原地问："过来干吗？"

江敛哂笑，目光落在他脚上："你是打算穿着脚上这双拖鞋进去洗澡？"

林椰低头看去，这才发现自己出来前忘了换鞋，脚上还穿着室内的家居拖鞋。他朝江敛脚上瞥了一眼，室内温度很高，对方没有穿加绒拖鞋，穿的是洗澡的防滑拖鞋。

江敛问："过不过来？"

林椰走到对方跟前停下："你脚上的拖鞋先借给我穿。"

江敛挪开双腿："自己过来拿。"

林椰弯下腰，伸手去拿地上那双拖鞋。

"我的沐浴露和洗发水认识吗？"江敛的视线扫过他低头时露出的浅浅发旋，"别拿错了。"

"认识。"林椰穿上拖鞋，冲他点头应道。

他速度很快地洗完澡和头发，关掉热水转身去架子上找擦头发的毛巾时，才发现毛巾并没有带过来。他走到门后，打开门锁，将面前那扇门缓缓拉开一条细缝，声音不高不低地喊江敛的名字。

沙发上的江敛淡淡应了一声。

林椰道："我擦头发的毛巾忘记带过来了，你的毛巾借我用一用。"

江敛起身去阳台上取毛巾。

隔着那扇门,林椰清晰地听见对方从门外经过的脚步声。片刻之后,那脚步又由远而近逐渐返回,最后停顿在门外。

江敛的声音响起:"你自己开门出来拿。"

林椰闻言,又将门缝拉大一点,从缝隙中探出一只手来。

江敛将毛巾递到他手中,余光扫到他肤色偏白的手腕,白到像是整个冬天都没有晒过太阳,甚至隐约可见埋在皮肤下的青色血管,却并不像年轻姑娘的手腕那样又细又瘦,而是拥有介于少年与成熟男人之间的修长骨架。看得出来,他应该偶尔会去健身房,只是去的次数不会太多。

"艺人的身材管理也很重要,"在面前那扇门彻底合上之前,江敛轻描淡写地冲他撂下话,"有空记得多健身。"

42

林椰舒舒服服地洗了个热水澡,洗完以后穿好衣服,才终于想起另一茬来。自己来这里借用浴室洗澡的目的,是提前为晚上的突击拍摄做准备。

江敛还似他进去之前那般,懒洋洋地靠在沙发里玩手机。

林椰走过去低头问:"现在几点了?"

江敛道:"你进去前是六点半。"

林椰神色迟疑地看他:"摄像老师该不会已经来过了吧?"

江敛抬眸看向他:"还没来,应该快了。"

林椰转身回到浴室里,将窗户推开通风散气。出来以后,余光略略扫过墙上挂钟,他径直走到江敛身旁弯腰坐下:"该不会是已经来过,你没有发现吧?"

似乎对这件事并不怎么关心,江敛头也不抬地开口:"你可以回去问问你的室友。"

林椰一想觉得也是。他此时倒希望是后一种情况,毕竟摄像老师扛着相机过来,发现江敛室友不在,反倒是他这个本该待在自己宿舍里的人和江敛在宿舍单独相处,多半也免不了在幕后花絮放出以后,要被江敛的粉丝说他为了增加关注度故意和江敛亲近。

假如是前一种情况,他也应该赶在摄像老师突击前回自己宿舍才是。林椰抱着自己的东西起身,后衣领却猛地被人钩住。

江敛将他拉回沙发上坐好:"你打算就这么回去?"

林樾露出疑惑的眼神。

江敛没有说话，弯腰从茶几下翻出一面镜子，递到他面前来。

就着江敛的手照了照镜子，林樾看着镜子中自己的脸问："脸有问题？"

江敛手腕轻轻一转，将镜子的角度稍稍前倾，照出他的脖颈和肩膀。

林樾顺着他的动作垂眼，看到了自己肩颈上破皮泛红的轻微擦伤。他神色微愣，明显也是对自己脖颈上的这处伤毫不知情。

江敛眉头轻扬："这是在哪儿弄的？"

"不知道。"林樾盯着镜子里的自己如实回答，"可能是在练习室里不小心蹭到的。"

他眉毛轻轻皱起来，开始认真回想自己在练习室里的所有行为，似乎也是想弄清楚，脖颈后的小片擦伤是怎么来的。

江敛起身的动静让他回神，林樾抬起头来，看对方朝置物柜走去："我记得明让带了创可贴过来。"

林樾在沙发上等他，中途低头扫了一眼江敛仍在发亮的手机屏幕，还是进门时对方在玩的那款游戏。江敛丢下手机后，游戏人物一直停在原地不动，左下角的聊天框里，还有人在骂他挂机。

他拿起江敛的手机操纵人物跑起来，同时头也不抬地道："我帮你打一局。"

江敛低头在柜子里翻创可贴，应得随意："你打吧。"

林樾玩得投入。

中路队友被捉请求救援，他穿过野区径直朝中路而去，奈何野区视野太差，几乎摸黑行走，不但没有及时赶过去支援，反而还撞上在草丛里蹲守的敌对玩家。

对方放技能意图钩他，林樾操纵角色胡乱走位，竟也阴错阳差地躲掉了对方技能。那人见一钩不成，索性直接从正面冲上来捶他。

林樾操纵的角色掉了一点血，也不打算掉头逃跑，准备放技能迎战，技能还没来得及放出去，宿舍门先被人敲响了。

林樾动作微顿，游戏角色就被对方的大招击中，瞬时又掉了半管血。林樾面色不豫地起身，一边操纵角色往前跑，一边心不在焉地过去开门。

左手握上门把手要往下拧时，林樾却听见门外传来说话声，似乎站了不只一人，当中还有他熟悉不已的声音。

"没人来开门，江敛是不是不在？"这是温免的声音。

"灯都亮着，怎么可能不在？可能是没有听到，你再敲敲看。"这是陌生的声音。随着对方话音落下的是再度响起的敲门声。

林椰猛地顿住,继而就像是意识到了什么般,眼皮轻轻跳了起来。他按下手机锁屏,转身放轻脚步朝里走了几步,面色微微绷紧。

　　江敛走过来,看了他一眼:"谁敲门?"

　　林椰轻声道:"应该是摄像老师和其他人。"

　　"创可贴待会儿再找。"江敛在第三次敲门时扬声回应,然后将目光落在林椰脸上,"你是想躲一躲,还是跟我一起露面?"

　　上次与江敛在寝室独处,温免突然带着摄像老师闯入的画面记忆犹新,林椰毫不犹豫地选择前者:"躲哪里?厕所吗?"

　　江敛道:"躲床上去。"

　　林椰下意识地环顾四周:"谁的床?"

　　江敛不甚在意地接话:"谁的床都可以。"

　　时间太过紧急,林椰也没有多想,转身脱掉鞋子,就踩着扶梯往离自己最近的那张床上爬,爬到一半才看见,床边贴的是江敛的名字。

　　到底是对江敛更熟悉,假如误选中别人的床,他大概还会有些不自在,但如果是江敛的床,林椰整个人都放松下来许多。

　　他不客气地将江敛叠整齐的被子凌乱铺开,脱掉身上厚厚的衣服裤子,头朝靠墙的那一侧钻进暖和却不厚重的冬被里。

　　熟悉的沐浴露香味铺天盖地地涌来,林椰将头缩入被窝里,缓缓闭上眼睛,放任自己陷入无穷无尽的黑暗中,声音如溪流汇聚成海那般灌入耳中,门边的说话声、笑声,以及脚步声,各种嘈杂涌动的声音交错重叠,透过头顶的被子清晰地钻入耳内。

　　工作人员和其他学员进来了。

　　林椰捂在被子里百无聊赖,无人注意到寝室中除了江敛还有第二人,起初的紧张情绪也逐渐归于平静。顺手被他带上来的手机不知道密码,他只能悄无声息地捏起被角,听那些人在说什么。

　　摄像老师问江敛,那么久不来开门是在干吗。

　　江敛笑答:"在洗澡。"

　　明让也回来了,在江敛的声音落下之后,做恍然大悟状道:"我说怎么之前敲那么久没人来开门,原来是在洗澡。"

　　闲话调侃过后,就开始进入拍摄工作。

　　"大致就是拍一下你明天出门的背包清单,以及带那些东西的原因。"摄像老师简单解释一遍拍摄主题,"如果准备好了,我们现在就开始吧。"

　　江敛却突然打断调试镜头的摄像老师,说要去一趟卫生间。

对方离开以后，摄像老师调好镜头在原地等他，身旁跟过来围观的学员们七嘴八舌地和摄像老师闲聊起来。

林椰躺在被子下方，漫不经心地听他们的聊天内容，耳侧却"嗡"地炸开一声短促的提示音。

他心脏一跳，继而意识到这是从江敛手机传过来的声音，手机并没有静音。

林椰僵在被子中，满腹心神都集中在听觉上，努力去听床下那些人的动静与反应，说话声始终未停。

大约是手机被捂在被子中，又与那些人隔得比较远，并未有人听见这一声突如其来的响动。

林椰稍稍放松，摸到手机按亮屏幕，目光掠过屏幕上收到新短信的提示，拉下快捷键一栏寻找静音按键。

调好静音模式后，他的视线再次落回江敛的手机屏幕上，并且看清了发信人的名字——明让。

林椰微微一愣。

分明都在寝室里，两人为什么还要用手机私发短信？他心中觉得古怪，瞥见短信提示旁有一个下拉的提示按键。

林椰犹豫片刻，最后仍是伸手点了它，完整的短信内容瞬时映入眼帘——"锁屏密码是我生日"。

林椰呼吸轻屏，认出这是江敛发给自己的，继而也终于记起，这已经不是对方第一次把手机密码这样的隐私信息告诉他了。

TOP 2　　TOP 1　　TOP 3

PART 5

感染力

43

　　许久没有摸到手机,林椰竟然一时想不起来,要用手机做什么才好。

　　原本是想继续帮江敛玩几局游戏,然而考虑到自己技术太差,担心自己让江敛的游戏段位掉了,对方回头就来找他麻烦,这样的想法就此作罢。

　　两分钟以后,他在被子外的拍摄背景音里打开了江敛的微博。他想看看来现场看完表演后,那些现场粉丝对自己的评价。

　　他并不是畏惧去面对外界不好的声音的那类人,相反他从来都是足够自信和坚韧地认为,自己很难被网上那些闲言碎语所中伤。

　　江敛的微博账号是粉丝数百万的认证大号,林椰切回账号选择界面,果不其然找到了对方的小号。

　　他登入江敛干干净净的小号,在搜索框内打入自己的名字。搜索结果跳出来的前一秒,林椰甚至已经在心中做好无人提及自己的准备,毕竟在前两期视频里,他的镜头那么少。

　　却没有想到,竟有十几条关于他的微博,虽然内容褒贬不一。

　　本想多刷一会儿微博,奈何被子下方闷热狭窄,林椰在被子里捂的时间过长,此时已经有轻微的呼吸困难,皮肤表层的体温更是迅速攀升。这让他始终都无法很好地将注意力集中起来。

　　林椰只得放下手机,试图让自己静下心来,氧气稀缺的情况却越发严重,皮肤毛孔里仿佛有热气散出,身下紧贴的柔软床单也开始变得发烫。

　　他热得口舌发干、呼吸急促,甚至想直接掀开头顶的被子坐起来透气。这样的想法才刚刚涌上心头,被子就真的被人从上方掀开了。

　　林椰立即从床上爬起来,目光扫视一圈不知道从什么时候开始已经安静空荡下来的宿舍,还有些发愣:"走了?"

　　"走了。"江敛点点头,视线扫过他在被子里捂得绯红的脸,落向他手中的手机,眼中浮起几分兴味,"躲在被子下看什么东西,脸这么红?"

林椰张口否认:"没看什么,被子里太热了。"

握在手里的手机却先一步被站在床边的江敛拿走,对方点开他退出的微博小图,神色如常地浏览到底部,而后拿开手机,朝床上他躺过的地方看了一眼。

林椰在他的注视下动了动,稍显警觉地眯起眼睛来:"你看什么?"

"看你有没有把我的床单弄脏。"江敛回答,眉尖轻扬,"如果弄脏了,你就得亲手替我洗床单了。"

林椰面露无奈。

他穿好衣服裤子下床,又听江敛道:"你现在回宿舍,应该还赶得上在镜头前露面。"

林椰想也不想地摇头:"我不去了,等他们走了我再回去。"

桌上摆着明让找出来的创可贴盒,林椰走过去拿了一张撕开,对着宿舍里的全身镜给自己贴好,顺口问道:"明让又出去了吗?"

一句话还未完全落音,就听见身后传来关门的声音,明让促狭的声音同时响起:"怎么?想我了啊。"

林椰转头看他,神色复杂:"你买东西真的买了两个多小时?"

明让长叹一口气:"买东西半个小时,在你们寝室做客两个小时。"

林椰笑了笑。

一个多小时以后,林椰回到宿舍,室友们纷纷询问他上哪里去了,还错过了上镜的机会。

有人问他:"你该不会是在别人的浴室里睡着了吧?"

祁缓更是夸张,直接道:"林椰,你是洗澡洗到岛外去了吗?现在才回来。"

林椰一笑,面不改色地解释:"洗完澡之后去了一趟超市,回来后又在别的寝室和他们聊天。"

"谁的寝室?"夏冬蝉懒洋洋地接话,"江敛寝室吗?"

林椰朝他点头。

夏冬蝉在床上翻了个身,趴在床上看他:"我发现江敛和明让好像都很喜欢你。"

"可不是吗?"曾经是队友的祁缓满脸神气,"我们林椰可是江敛公开认证的'最想合作的学员'呢。"

"不过说起来,"他一张脸皱起来,眼露羡慕,"同样都当过江敛队友,怎么我就没这个荣幸呢?我酸了。"

其他人紧跟着道:"我也酸了。"

林椰不怎么在意地扯唇笑起来:"被中心位公开认证又怎样?又不能让我

的排名上升。"

聊到排名这个让人不开心的话题，寝室内排名不怎么高的几个人皆唉声叹气。

林椰去阳台上晒自己的洗澡毛巾，从夏冬蝉身边走过时，对方眼尖地扫见他贴在后脖颈上的创可贴，叫住他问："你脖子上怎么了？"

林椰抬手摸了摸自己的后颈，缓缓开口："你说创可贴吗？好像是在练习室不小心蹭到的。"

夏冬蝉点点头弯唇道："以后练习的时候小心点。"

对面睡下铺的室友立即道："我上次在练习室里也不小心摔青了膝盖，到现在也还没完全恢复过来。"

夏冬蝉和其他人的注意力瞬时被对方吸引过去，林椰受伤的事情就这么翻页了。

第二天早上，全体学员统一穿上赛训组新发的白色卫衣，头戴或黑或白的棒球帽，背上自己从岛外带进来的双肩背包，搭乘大巴车从基地内出发去环山公园。

公园虽是在山上，但前往公园的盘山公路也足够宽阔，学员们不需要自己爬山，就能一直坐到山顶。

出发时大家在车上的座位都是按寝室分开坐的，林椰与夏冬蝉坐一排。也是碰巧天气不错，大巴车开出基地以后，竟然还有金黄色的阳光从窗外透入车内。

坐在里侧的林椰拉上身侧窗帘，靠在椅背上眯了一觉，再睁眼时，大巴车已经上了盘山公路。

考虑到安全问题，司机降了车速。林椰拉开窗帘望向窗外，却见路旁有许多女孩子脖子上挂着相机步行爬山。察觉到车上窗帘被人拉开，女孩儿们纷纷抬头，也不等看清他是谁，就笑容满面地朝他招手。

林椰神色诧异地转头："不是说公园对外闭园一天？"

夏冬蝉闻言坐正，身体越过他朝外扫一眼，一边扬起招牌式的漂亮笑容，隔着车窗回应路边的年轻女孩儿，一边嘴唇微动道："是粉丝，应该是赛训组放她们进来的。"

十五分钟后，赛训组的三辆大巴车停在了公园门口。公园的安保人员率先拉开隔离带，将粉丝隔离出去，司机才开门让学员下车。

从他们下车那一刻起，四周粉丝们高低起伏的呐喊声便不绝于耳。大家围堵在隔离带外，有的举着相机，不放过任何拍照的机会；有的高举手幅努力喊话，迫切地希望学员能够听到自己的支持和心声。

起初学员们还东张西望，好奇地在粉丝群中寻找自己的专属手幅，之后便无心再去关注外围粉丝群的动态，而是忙于在八十几个学员当中找到自己的队友们。

江敛和明让两人不论五官还是气质，放在普通人当中实属鹤立鸡群，放在学员当中也完全称得上出类拔萃。

林椰只一眼，就看到了站在人群之中的那两人。

他穿过人流朝那两人所在位置移动的同时，余光也瞥见从四面八方艰难会聚过来的其他队友。显而易见的是，大家也是一眼就看见了他们两人。

《丛林月光》的八人很快顺利会合，工作人员要求所有人同时过检票口，八人只能站在原地等候其他人。

邱弋的视线在粉丝群中乱撞，而后奇怪地挑眉："怎么有些粉丝手里拿了不止一个学员的手幅？"

林椰问："哪些？"

邱弋抬起下巴，朝那个方向稍作示意。

队友了然道："双人粉吧。"

邱弋疑惑地蹙眉："什么叫双人粉？"

另一队友解释："就是双支持。"

"那我懂了。"邱弋大大咧咧一笑，"谁家双人粉，来了这么多人？"

明让亦略有诧异，轻哂一声自言自语："不应该啊，谁家双人粉比我和江敛的双人粉还多？"

他朝前迈出一步，微眯眼眸，故作漫不经心地朝那片区域扫视而过。片刻后，明让退回几人身边，面上神色更是诧异不已，侧头看向江敛："我寻思着你平日里也没和栗沆有互动啊，怎么突然来了这么多双人粉？"

江敛神色淡淡，似是漠不关心："你问我，我又怎么知道？"

剩下唯一觉得自己算是知情的林椰，沉默不语地站在旁边，佯作也毫不知情。

几分钟后，工作人员组织学员们排队入园。

然而四周过于嘈杂，工作人员极力扯着嗓子喊话，仍是有人听不太清楚，他们不得不让几位人气靠前的学员站出来控场。

粉丝很快在学员示意大家安静的手势里收声，现场恢复安静有序。工作人员登时大松一口气，抬手让几位学员归队。

就在此时，粉丝群中冷不丁地爆发出一声濒临破音的喊叫："林椰宝贝！你头上戴的是江敛的帽子吗？！"

44

林椰愣了愣，没有转头给喊话的粉丝任何回应，反倒是邱弋抬起胳膊搭在他肩上，咂舌感慨："现在的粉丝真是厉害，人人都是显微镜。"

林椰对此一笑置之。

学员们开始排队入场，考虑到安全问题，各路粉丝被拦在公园外，必须延迟十分钟才能入园。

园内的负责人带领大家步行进入公园深处新开的一片种植区域，工作人员已经将树苗运入卸下，挖土的铲子和浇水的提桶也都并排摆放好了。

每个小组需要种下四棵树苗，林椰那组恰好八人，又内部分成了两组，分别负责两棵树苗。

大家脱下自己的背包，一致同意用手心手背的小游戏来决出分组。矮栅栏外粉丝已经陆陆续续地赶到，举着相机和手机将整个种植区域围得水泄不通，好在所有人都自觉遵守秩序，没有粉丝擅自翻越栅栏去接近学员们。

江敛在镜头下靠近林椰耳边提醒他："出手背。"

林椰配合一笑。

最后由游戏分出来两支队伍，林椰、江敛、明让和邱弋一队，其他四个学员一队。

几人拿起铲子分别从四个方向挖坑铲土，林椰和邱弋协力将大约半人高的树苗抬过来插入土中，江敛和明让提着铲子往树苗根部加土。

填完土后到最后的浇水环节，明让转身去拎已经打好水的提桶，剩下三人立在原地等他。

负责旁边树坑的栗沅走过来，叫了一声"江敛"。他虽然同样不明白，为什么自己和江敛的双人粉在近段时间里猛增，但转念一想，此时必定是"涨粉"和"固粉"的大好机会。

江敛闻声侧头，垂眸看他一眼，却没有主动开口。

栗沅稍稍仰起脸来，在阳光下冲对方露出苦恼的神色："我们那组的树苗不知道为什么，总是立不稳，你能去帮我们看看吗？"

江敛点了点头，在栗沅脸上越发灿烂夺目的笑容里，转头拉过身侧的邱弋："我们组主要是他出力，你找他帮你看吧。"

栗沉笑容一僵，随即又不着痕迹地恢复自然，转而走至邱弋跟前，眼中情绪降至波澜不惊："你能帮我看看吗？"

邱弋人虽直，却也不是傻瓜，一眼就知他是故意来找江敛的，佯作谨慎状后退一大步，面不改色地甩锅："这个我也不懂，要不你等明让回来问问他？"

栗沉面上的笑容彻底消失，然而顾及栅栏外拍摄的粉丝，他最后什么也没说，压低帽檐佯装镇定般走了回去。

在场几人皆不知的是，栗沉与邱弋的互动视频很快就被粉丝发布在微博上，转发量上千不说，更有粉丝将视频中邱弋后退的画面制作成动图，底部配上四个大字——"别来沾边"。

林椰他们这组算是任务完成最快的一组，林椰放下铲子，跟在江敛身后去露天洗手池边洗手的时候，他回头遥遥望一眼，还有不少人在弯腰忙碌。

江敛洗完手后，从洗手池边让开，站在一旁等他。跟过来拍江敛的粉丝手中快门按得极快，甚至没有任何间隔和停歇。

林椰在那些不属于自己的快门声中，朝只有半人高的洗手池微微俯身，拧开面前的水龙头，透明的水流从龙头口缓缓流出，带着丝丝早春的寒凉。

他将双手伸入水流之中，洗手的间隙里仰头看了一眼头顶的天空，陡然意识到如今已经是早春三月，过些时候羽绒服也该脱下来了。

冲掉手心手背上的泥土，林椰关上水龙头转身："走吧。"

江敛往前走了两步，余光从身侧林椰脸上轻掠而过，而后猛地止步。

林椰亦停下脚步，看向他不解地扬眉："怎么了？"

江敛目光定定地落在他脸上，缓缓扬起唇角。身后栅栏外骤然传来粉丝的惊叹和尖叫，紧随其后而来的，是此起彼伏、不绝于耳的快门声。

林椰自觉不对，面露迟疑："我脸上有东西？"

江敛道："有。"

林椰伸手往脸上摸了摸，却什么都没有摸到。

他一时也没多想，只语气自然地问江敛："你手机带了吗？"

江敛道："带了。"

林椰点了点头，联想到上次对方让他自己动手拿的话，二话不说就上前一步，将手伸入江敛口袋中去摸手机。

江敛一顿，竟也十分配合地站在原地，任由林椰在自己的羽绒服口袋中搜来搜去。

然而入手却空空如也，林椰收回双手："你手机呢？"

"在包里。"江敛言简意赅，"你下巴上蹭到土了。"

林椰微微蹙眉:"你带纸了吗?"

　　江敛淡笑一声:"你不是已经搜过我的口袋了?"

　　林椰这才反应过来,索性就要抬起手背去擦。

　　江敛的手已经率先抬起来,替他擦掉了不小心蹭到的泥土。

　　林椰始料未及,愣在原地。

　　此情此景看在眼中,饶是江敛的粉丝也险些握不住手中的单反,远处栅栏外的粉丝群中,立即有个圆脸女孩儿倒吸了一口凉气。

　　两个当事人没有听见,站在圆脸女孩儿身旁的粉丝可是听得一清二楚,登时就敏锐扭头,高声质疑:"你不是江敛的粉丝?"

　　对方话语一出,四周原本专注自家偶像的年轻女孩儿们纷纷回头,视线齐齐投在圆脸女孩儿的脸上。

　　圆脸女孩儿神色尴尬,一边亮出自己的超话列表和江敛超话的等级,一边语速极快地解释:"我是哥哥的粉丝,我当然是哥哥的粉丝。"

　　粉丝们神色渐渐缓和,目光又落回自家偶像身上。

　　圆脸女孩儿放松下来,如其他粉丝一般,相机再度朝向了江敛所在的位置。只是这一次,她却悄悄将镜头的中心,从江敛身上挪向了两人之间。

　　替他擦完脸,江敛再次走回洗手池边洗手。林椰在原地呆站半晌,才回神转过身去,本意是不想与身后江敛的粉丝面对面,岂料转过去的一瞬间,视野中陡然闯入一张近在咫尺且熟悉的脸。

　　林椰条件反射般后退一步,认出来这人是温免,一瞬间心脏急速跳动起来,后背已然在短时间内惊出一层冷汗。

　　他没有说话,温免亦沉默地看看他。

　　短暂对视过后,温免终于率先开口,神色复杂,欲言又止:"你和江敛……你们两个……"

　　林椰强作镇定:"我们怎么?"

　　温免目光越过他,看向远处栅栏后的粉丝。许久以后,他沉沉地叹一口气:"我懂的,我都懂的。"

　　"是赛训组强塞给你们的剧本吧?当初颜常非还没走的时候,他们也找过我和颜常非,可我们没答应。不过,"他蓦地一顿,转过话题,"两个人捆绑宣传热度更高些。"

45

中午在公园绿地上野餐，摄像老师给学员们拍了很多照片。有人躺在草坪上晒日光，有人在草地上放声追闹，还有人肩肘相抵靠在一起窃窃私语。

绿草地、蓝天空、阳光、少年、干净眼神、明朗笑容，无一不让人悸动，不让人心驰神往。

邱弋从工作人员那里借来手机，叫《丛林月光》组的成员们过来自拍。学员们紧挨着坐在白色的野餐布上，邱弋一人坐在最前方举着手机。

他将手机转成自拍模式，一张凑近的大脸和身后众人的小脸骤然出现在手机屏幕上。邱弋不满地挑眉："怎么我脸大还要坐最前？换个脸小的过来。"

身后队友吹捧他："脸大也还是帅的啊。"

邱弋不赞同地起身，摊开手掌心，在七个人的脸前挨个比对过，最后把林椰从餐布上拉起来："你们看，我们队里还是有巴掌脸的嘛。"

林椰不以为意地一笑，在邱弋原本的位置上坐下，离他最近的人由明让变成了江敛。

手机屏幕有点小，八人又太多，林椰数次调整镜头方向未果，只能回头对其他人道："你们再靠近一点。"

镜头边缘的队友把下巴搁在前方队友的肩头，邱弋亦抬臂勾住明让的肩膀："现在可以了吗？"

林椰还在摆弄手中的手机，半晌没有说话。

明让道："你再往后坐一点。"

林椰依言往后挪了挪，和江敛一前一后坐在一起，而后微微歪头后仰，与后方江敛的脸错开角度，左手比出"耶"的手势，右手高高举起手中的手机，调整好俯拍的角度："我拍了啊？"

后方几个人也连忙摆好手势，有人把"耶"比在队友头顶，有人抵着自己下巴比一个数字"八"，还有人在眼睛上比"耶"。

林椰开始倒数"三、二、一"，大家纷纷露出自己的招牌笑容：咧嘴露出八颗牙齿的是邱弋，斜斜挑起一边唇角的是明让，眼中笑意淡淡的是江敛，唇边笑容中规中矩的是林椰自己。

数到一的时候，江敛冷不丁地侧过头来，漆黑的眼眸盯着他的侧脸开口："手机不用举那么高。"

他声音不高但也不低，身后队友都听得一清二楚。只是所有人都没来得及反应,林椰已经手快按下了拍摄键。

众人一愣,林椰打开相册低头看去,照片上包括他在内的七人都保持脸上笑容不变,唯独江敛恰好没有在看镜头。

邱弋连忙出声提醒:"赶紧再拍一张。"

林椰点头,没删相册里的照片,直接退回拍摄界面,再度举起手中的手机。这一次,他没有举得太高。

第二张合照却没能拍了。

工作人员过来提醒学员们整理东西,准备乘车返回基地。大家闻言起身,开始忙碌于收拾餐布上的垃圾和没吃完的零食,手机也被工作人员拿去和司机联系。

几人觉得遗憾,扬言等上车以后再补拍,结果上车时才记起队友的座位不在一起,因而很快就将自拍的事忘了个一干二净。

大巴车把所有人带回赛训基地,林椰和室友下车以后,夏冬蝉又提议去食堂的奶茶店喝奶茶。

提议得到一致通过,宿舍六人掉头去食堂,进门以后才发现,好些学员都三三两两结伴,来食堂吃东西。

他们挑了张干净桌子占好座,然后去奶茶甜品窗口点单。恰逢邱弋也与室友站在窗口旁等奶茶,程迟和祁缓拿了奶茶单走到一边看,邱弋给林椰和夏冬蝉让位置。

林椰跳过甜品浏览奶茶单,店员提着打包好的甜品过来问:"谁的姜撞奶?"

邱弋忙答:"我的!我点的姜撞奶!"

林椰瞬间从目录上抬头:"姜撞奶?"

邱弋接过装甜品的袋子,顺口回答他:"很好吃,你要不要试试?"

林椰摇了摇头,神色古怪。

几人点好单后拿号码牌回桌边坐下,等奶茶的间隙里,程迟问起林椰几天前拍广告的事:"你们一共去了几个人?"

林椰想了想:"四个。"

祁缓插话:"只有四个?"

林椰点头说"是"。

祁缓沉着脸望向身边的程迟:"我就说拍广告这种事,前面多的是形象好的学员可挑,怎么还轮得上他赵一声。"

程迟没说话,眼中亦浮起几分冷意。

夏冬蝉问:"他又找你们麻烦?"

祁缓道："前几天不是有老师过来挑人去拍广告吗？赵一声不在，我不知道他身高，把他报矮了，他以为我故意整他。"

夏冬蝉微微一笑，笑意却不到眼底："这下在他看来，你除了抢他中心位，又要加上害他丢掉一个广告机会的私仇了。"

祁缓轻声嘀咕："还好我们没和他分到一个寝室。"

话音未落，他扬起笑脸，冲林椰和夏冬蝉的身后摆手打招呼："你们也来喝奶茶？"

林椰闻声转头望去，恰好看见江敛和明让从自己身后的过道走过。江敛看他一眼，却没有开口与他搭话，和明让走向另一张桌子。

两人坐下来后，就旁若无人地说起话来。本欲张口和江敛说话的林椰又闭上嘴巴，若无其事地把脸转了回去，余光却还是朝江敛坐的方向扫了一眼，没看见江敛，反而看到了过来送奶茶的店员。

对方停在林椰那侧的桌边，递过来六杯奶茶，又在林椰手边放下一份状似双皮奶的甜品。

林椰没伸手去接，对店员道："我只点了一杯奶茶。"

店员答："有个帅哥给你点的。"

林椰面露诧异："这是什么？"

"姜撞奶。"店员微微一笑，"我们店内的招牌甜品。"

林椰稍稍一愣。

店员走后，祁缓出言调侃他："帅哥点的？食堂里坐的都是帅哥，他说的到底是哪个帅哥？"

林椰同样困惑："你问我，我怎么知道？"

祁缓撇撇唇角，低头去摇手边的奶茶。端起杯子时隐约觉得不对劲，他定睛看去，瞬时发现杯子中竟有水果浮浮沉沉。

祁缓茫然抬头："如果没记错的话，我点的应该是奶茶而不是水果茶吧？"

身侧程迟微微一顿："应该是送错了。"

祁缓垮着脸起身往外走："我去找他换。"

程迟亦站起来："我陪你。"

室友立即挤眉弄眼："换个奶茶还要人陪，现在的男人真的好腻歪。"

林椰闻言，笑了笑没接话。

两人离开还不过两分钟，食堂中心就掀起了一阵不小的轰动，似乎是个别学员之间起了不小的摩擦。

林椰几人坐在角落看不清事态，听见东西砸地的清脆声响抬头时，只来得及看见坐在中间桌的学员们猝然起立,迅速朝中心过道围拢过去,下一秒,难听的骂声夹裹着断断续续的劝架声从人群中心飘了出来。

林椰与身旁的夏冬蝉对视一眼,皆在对方眼中看到不算太好的预感。其他两个室友也似联想到什么般,将目光投向旁边空出的两个座位。

四人齐齐站起来,面上已经没了任何先前的笑意,快步朝被学员们层层包围的事故中心走去。

46

劝架的学员到得及时,那一架迅速结束。从头至尾最吃亏的只有赵一声。

祁缓去换奶茶时撞到了别人,水果茶失手砸在地上,溅起的汁水溅了祁缓和那人满身。

他转头想要道歉,却对上了赵一声怒气冲冲的脸庞。大概是新仇加上旧恨,对方怒不可遏,二话不说就抡起拳头要揍他的脸。

祁缓闪避不及,好在跟上来的程迟抬手替他挡了下来。祁缓虽然理亏在先,却也忍不了赵一声直接动手的恶劣行为,又仗着对方才是先动手的那一方,趁着程迟拦住赵一声的间隙,也抡起拳头朝对方的脸回敬了一拳。

所有的事情皆发生在瞬息之间,等到众人反应过来时,就到了林椰几人所看到的劝架场面。

打架事件在其他学员的阻拦下草草收场,赵一声落了个先动手的下场不说,不但没有伤祁缓分毫,反而还被祁缓一拳砸在眼眶周围。

工作人员很快赶到食堂,了解事情的缘由和经过。赵一声捂着逐渐发青的眼眶,意图利用自己被打这件事反咬一口。

祁缓平日里看着脾气温温软软,关键时刻可不是好欺负的性格,只满脸无辜地解释:"我以为自己要挨揍,就下意识地揍了回去。我也没有想到,程迟会突然走过来帮我拦住他。"

考虑到事情并没有造成太大负面影响,负责调解的工作人员最后分别给两人进行了记过处理,并在离开前严肃叮嘱没有下次,如果还有下次,就直接退赛。

祁缓乖巧应下,转头瞥见赵一声神色难看至极,丝毫没有要反省自己行为的意思,反而俨然一副因为讨不到公道而满怀怨恨的受害人模样。

他收回目光,只觉对方可笑至极。

起初宿舍几人还担心,对方会做出什么更加可怕的报复行为来。然而接下来两天的练习时间中都风平浪静,大家也就将那点仅剩不多的忧心渐渐放下了。

到第二次公演前,赛训组不再给学员们安排任何活动或者拍摄,以便大家全身心地投入在公演测评的练习上。

林梛每天都有坚持训练气息,声乐老师再来给他们上课时,已经明显能够听出林梛在唱歌上的进步。

老师甚至直言不讳地夸赞他是个聪明孩子。

林梛弯腰向声乐老师道谢,却在抬头的一瞬间,目光直直看向江敛的方向。他其实算不上很聪明,对方夸他是"聪明孩子",仅仅是因为他接受了来自江敛的帮忙和指导。

轮到舞蹈老师来上课时,他却没能如数天前那样,再次在自己最擅长的舞蹈上得到老师的认可。

舞蹈老师带整组成员细抠了《丛林月光》中几个比较难的齐舞动作。所有人在动作的起伏上都能保持在同一个时间点,但在舞蹈动作的角度和幅度上还是不够整齐。

老师停下来问:"你们有没有认真想过,为什么你们组在卡点上没问题,从其他的角度看过去,却总是跳不齐呢?"

学员们没有说话。

"八个人里有三个A班学员,这在其他组里绝对是看不到的。问题不在你们的实力,你们的平均实力都不差,而是在于你们每个人心中的标准都不同。"舞蹈老师看向他们,"从现在开始,你们八个人都必须以同一个人的动作为自己的练习标准。"

学员们点头应下。

仔细商量过后,大家一致决定以江敛的舞蹈动作为练习标准。定下明确的动作基准后,成员们再来练齐舞动作,明显要顺利许多。

舞蹈老师没有给他们太多练习时间,又将组内每个人单点出来,临场检阅他们的单人舞蹈动作。

队友们皆没有太大问题,轮到林梛跳过以后,舞蹈老师却陷入了久久的沉思。林梛原本较为安定的情绪,也在对方的长时间沉默中渐渐上下浮沉起来。

片刻之后,老师摇着头道:"说实话,第一次公演前来给你们上课时,林梛的表现给我的感觉是有点惊艳,但是这一次来,你的表现却让我有点失望。"

林梛的心彻底沉了下去。

老师继续道:"你的独舞部分并不是仅仅拥有扎实的舞蹈功底就足够了,单是好的舞蹈实力，还不足以撑起这段舞蹈，你还需要能够抓人眼球的表现力。"

林椰问："是面部表情吗？"

老师没有摇头，也没有点头："表现力并不是只依靠面部表情和神态展示，更多的时候，我们还能通过我们的肢体和躯干来进行更好的传达。"

"表现力与我们的舞蹈动作是密不可分的。"舞蹈老师十分直接，"假如你没有足够的表现力，那么我认为这个主舞谁都可以来当，并不是非你不可。论实力和态度，你的队友们都不会比你差。"

导师授课结束以后，林椰有些情绪散漫和消沉。教室中的队友陆陆续续地离开，赶着饭点去食堂吃晚餐。

林椰一个人留在教室里下腰压腿，夏冬蝉结束练习后过来找他去吃饭，林椰懒洋洋地躺倒在地板上，半晌都没开口说话。

夏冬蝉走过去，在他身侧盘腿坐下，一只手托着下巴，笑嘻嘻地问他："被导师骂了？"

林椰转过脸来瞥他一眼，没承认却也没否认，权当默认。

"林椰，你真的变了很多。"夏冬蝉轻眯眼眸，上下审视林椰，"我们刚来的时候，在初评级的舞台上，你甚至对沈PD的点评毫无反应。"

他唇边笑容还在，却带上几分意味深长："可是现在，你竟然会因为导师的几句话，就连晚饭都不想吃了。"

林椰神色愣怔，脑海中浮现出初评级表演那天的场景，只下意识地觉得，时间像是远得遥不可及，又像是近得恍如昨日。

"我可没说不吃晚饭。"许久之后，他笑着站起来拍拍裤子，朝坐在地上没动的夏冬蝉伸出一只手，"走吧，晚饭还是要吃的。"

吃完饭回来，教室中人还没有到齐，两三个队友在落地镜前互相纠正舞蹈动作，音响也安安静静的，没有播放任何伴奏。

林椰坐在教室后方沉默观看，趁他们停下休息时，走过去请教了几人对舞台表现力的看法。

"舞台表现力这种东西，我也不知道该怎么说，挺抽象的。"队友说完，又轻声安慰他，"老师对你有点太严格了，你的表现力并不差，比我的要好太多了。"

林椰闻言笑了笑。

对方又话锋一转："不过，我虽然不知道该怎么说，但是可以给你举个例子。"

他略微想了想："就拿江敛来说吧。"

听到江敛的名字，林椰陡然抬眸。

队友问："每次看江敛跳舞的时候，你都在想什么？"

林椰露出若有所思的神情。

不等他回答，队友有些不好意思地补充："虽然不知道你是不是也有这种感觉，但是我每次看他跳舞的时候，都有种心脏在怦怦跳动的感觉。也不全是因为觉得他跳舞很帅很炸，更多的还是，有想要自己站上舞台尽情流汗的冲动吧。"

林椰说："我可以明白。"

队友神色惊讶："你真的能明白吗？"

林椰点头："我也会有这种感觉。"

队友面露了然，忍不住轻声惊叹："这大概就是江敛独有的舞台表现力吧。"

林椰与队友的对话很快结束，对方再次全神贯注地投入练习当中。他没有再在大教室停留，转身单独去了小教室，推门进入时，才发现江敛也在里面。墙角的摄像头是关闭状态，似乎从他与江敛在小教室里单独加练的那一晚开始，小教室的监控就再也没有打开过了。

江敛一条腿弯曲贴地，另一条腿弯曲立起，坐在窗下玩手机。头顶灯光从他清冷英俊的侧脸上分割而过，勾出他清晰的轮廓，却隐去了他眼中的神色，整个人犹如在时间中静止的画报。

林椰有些出神，站在门边的光影交界处没有动，甚至连江敛走到跟前都没有察觉。

对方毫无预兆地伸手拉他进门，将他拦在门边问："你在发什么呆？"

陡然从半明半暗中跌入明亮的光线内，林椰微微出神，目光滑向江敛英挺的眉骨，以及眉骨下方那双漆黑锐利的眼睛。

"如果你是在想老师说的那些话，"江敛视线缓缓扫向他，嗓音低沉，"他说得没错。对待普通学员和对待主舞的要求是不一样的，你已经达到了他心目中学员的要求，但还没有达到他心目中主舞的要求。"

林椰沉默两秒，低声道："我没有在想老师说的那些话。"

江敛闻言，视线轻飘飘地落回他脸上："那你在想什么？"

林椰一顿，悄无声息地扯开唇角："我在想，今天食堂的晚饭，似乎并不怎么好吃。"

47

全组练习到晚上十点结束，队友们收拾东西回寝室睡觉，林椰站在窗台边拿毛巾擦汗，却没有要离开的意思。

队友们惊讶于他的坚定和毅力，半是夸赞半是调侃地笑称，他现在已经是组内最勤奋和最努力的学员。

林椰始料未及，从未想过有一天，他也会跟"努力""勤奋"这样的字眼沾上边。他不想让别人觉得，自己配不上主舞这个位置。

大家走前叮嘱他，离开前记得关灯关门，林椰应下，丢下手中的毛巾后，余光瞥见江敛还站在门边没有走。

林椰道："你不回去？"

江敛没有回答，反而问他："你准备练到什么时候？"

林椰答得随意："十二点吧。"

江敛淡淡点头，不再多留，也离开了。

教室中只剩下林椰一人，不想被摄像头拍到练习的画面，他转身走进没有监控的小教室。

林椰在小教室里跟着音响里的伴奏，站在落地镜前练习了两遍动作和走位，却依旧无法看出来，自己的问题出在哪里。

他又拿来大教室里的平板电脑，将自己跳舞的完整过程都录制下来，然后趴在地板上反复观看自己录下来的视频。

视频中的他动作流畅且到位，几乎能够完美复刻教学视频中老师的跳舞动作，林椰来来回回地看了好几遍，也不知道该从哪个部分切入。

他毫无头绪，放下手中的平板电脑，翻过身仰面躺在地板上，抬起手臂遮在眼睛上，脑海中一遍又一遍地滚过舞蹈老师说过的那些话。视野陷入黑暗没多久，因为剧烈运动而发烫的脸颊蓦地一凉，有人拿什么冰凉的东西贴在了他的脸上。

思绪骤然被打断，林椰放下手臂睁开眼睛，看见去而复返的江敛屈腿坐在旁边，居高临下地俯视他。

林椰面露愕然，竟然都没有第一时间将自己的脸从江敛手中冰凉的东西上挪开："你有东西忘拿了？"

江敛移开手中的冰可乐，扬起眉尖："你说的练习两个小时，就是在地板上躺两个小时？"

林椰对上他直直望来的视线，缓缓开口解释："我在思考老师说的那些话。"

江敛的目光从他脸上挪开，落向地板上的平板电脑。他拿起平板电脑解锁，将视频走过大半的进度条拉回起始处，指尖轻触点下播放键。

熟悉的音乐从平板电脑中流淌出来，躺在地上的林椰闻声侧过脸来，望向正在垂眸看视频的江敛。

江敛并未看完整个视频,而是在视频过半时直接按下暂停键,对林椰道:"你自己评价一下。"

林椰尚未反应过来:"什么?"

江敛说:"评价一下你这个视频,好的或者坏的,都可以。"

林椰简单说了自己的想法,眼底浮现出淡淡的疑惑:"我自己也不知道,到底是不好在哪里。"

他忍不住皱眉:"明明是看着教学老师的分解动作一点一点抠出来的。"

将林椰蹙眉的模样看在眼里,江敛缓缓挑起唇角,细长好看的手指微微弯起,在地板上轻点了两下:"问题就出在这里。"

他敛回唇边的淡淡笑意,嗓音平直无起伏:"复刻别人舞蹈的人不能被称为跳舞的人,只能叫作跳舞的机器。"

"机器没有感染力,但是你有。"江敛放慢语速,吐字清晰有力,"你可以用你的舞蹈去感染你的粉丝。"

"所以,"他伸直舒展一条腿,抬臂搭在另一条屈膝竖立的腿上,抬眸望向林椰,"从现在开始,你需要想办法用你的舞蹈来感染我。"

他停顿了一秒:"你明白了吗?"

林椰花了两秒钟时间来消化对方的话,两秒之后,从地板上坐起来,神色认真地看向江敛:"谢谢。"

后者笑了笑,倾身开口道:"如果真要道谢,不如下次陪练的时候表现得积极一点。"

林椰身体蓦地顿住。

岛上长达几个月的练习和拍摄繁杂冗长,偶尔的插科打诨也能算作一点有趣的生活调剂,江敛见好就收,慢条斯理地朝后退开。

林椰唇角扬了扬,主动开口道:"不用等下次,现在就可以。"

"是吗?"江敛撑头看他,语气里裹着两分玩笑意味,"可是我现在又想改变主意了。"

林椰神色坦然,回答得很快:"可以。"

"任何要求你都会接受?"江敛眉尖轻挑。

林椰口吻轻松:"只要是我能做到的。"

"算了,不为难你了,不然该说我欺负弟弟了。"江敛神色好笑地轻喷出声,"我也不用你怎么感谢,明天请我喝东西就行。"

"就这样?"林椰有些意外地望向他。

"就这样。"江敛不慌不忙地对上他打探的目光。

思考一秒，林椰起身去摸自己的外套口袋。片刻过后，他转身将摸出来的巧克力隔空抛向江敛。

后者抬手稳稳当当地接住，神色同样意外地冲他扬了扬手里的巧克力。

大概也不知道该说什么，林椰的嘴唇动了动，半晌他才拨了拨额前的碎发，错开视线解释道："吃甜的会心情好。"

江敛轻笑出声。

他撕开包装，张嘴咬一口里面的巧克力。浓郁的甜味迅速从舌尖融化蔓延，他撑着地板站起来，眯着眼睛，语气愉悦地开口："接着练吧。"

林椰对着江敛练了整整一个小时，对方偶有开口指点，林椰都有认真思考决策。他从江敛神情上分辨不出来，自己到底有没有进步，只能根据对方越来越少的开口次数来猜测，大抵还是要比之前好的。

最后一遍时，江敛用手机替他录了完整的视频。林椰在音乐停下后，大口喘着气走到他身边坐下，心中隐有不安地接过对方的手机。

视频上可以清楚地看到，同样的舞蹈动作，同样的场地，他整个人自内而外散发出的气质，已经发生了肉眼可见的变化。

公演还没有来临，他还有时间，他还可以更好，放松下来的时候，林椰想。

江敛将一直摆在旁边的可乐丢入他怀里。

林椰回神，握着那罐可乐侧头问："给我的？"

江敛将另一罐已经打开的"可乐"拿在手中，扬眉淡淡道："这里还有第三个人？"

林椰扬唇道谢，垂眸打开手中的可乐。余光瞥见江敛已经仰头喝下一口，他下意识地转过头去，目光掠过江敛线条深邃的侧脸，不由得感叹江敛的五官的确生得很优越。

林椰漫不经心地想，欲将视线收回，余光扫过江敛手中的"可乐"时，却猛地顿住。

他定睛看过去，冷不丁地开口："你喝的是什么？"

江敛道："啤酒。"

林椰神色复杂："我已经成年了。"

江敛似笑非笑："所以？"

林椰眯起眼眸："你为什么给自己买啤酒，却给我买可乐？"

江敛轻轻晃动手中那罐啤酒，开口问他："你想喝？"

林椰没有说话，径直朝江敛伸出了手。

江敛没有任何动作，面上神色不显，唯有漆黑好看的瞳孔淡淡望向他，像是在审视打量他，又像是在心中考量思忖。

林梛抿抿嘴唇："我想喝一口。"

江敛收回目光，将手中啤酒送至唇边，又仰头喝下一口，才递给他。

林梛伸手接过，察觉到手中易拉罐的重量轻得有些夸张，下意识地轻轻摇了摇，果然没有听见任何液体晃动撞壁的声响。

江敛喝完了最后一口。

他无言以对，将手中的空易拉罐递还回去。江敛伸手来接，瞥见对方指尖触上易拉罐的罐身，林梛松开手。

江敛却也同时放开了手。

空易拉罐直直砸在地板上，发出响亮的坠地声音，而后不受控制地缓缓朝前方滚出去。

林梛惊讶地抬起头来。

江敛没说话，也没有再去管地上的易拉罐，不知道从哪儿摸出耳机来，在嘈杂的滚动噪声中递给他，竖起细长的食指，冲他比了个简单的手势，示意他将耳机戴上。

林梛照做了。

舒缓悠扬的纯音乐如清泉般涌入耳朵，他下意识地扭过头去，看见江敛神色如常地闭上眼眸。

如同受到这份情绪的感染般，林梛撤回自己的视线，也缓缓闭上了眼睛。

48

两人在练习室里待到零点以后，才各自回寝室洗澡睡觉。

隔天早上起床时，林梛只觉得眼皮沉重得如同千斤顶压在上面，双腿更是有如灌了铅般陷在被窝里，半点也动弹不得。

他却不得不爬起来收拾去练习室。眼看着公演时间越来越近，学员们花在练习室里的时间也以肉眼可见的速度猛增。

寝室里已经有室友天没亮就出门，剩下他们这些睡到天亮的人，起床后对着出门室友干净整洁的床铺在心中自我反省——已经成了习以为常的事情。

林梛垂头站在水池旁漱口，夏冬蝉从他身旁经过，忍不住多看了他两眼："你眼睛是不是睡肿了？"

他揉了揉隐隐发胀的眼睛，嘴里含着牙膏沫，模糊地道："大概是睡肿了吧。"

夏冬蝉道："我有眼镜，你要不要？"

林椰说"要"。

对方转身去翻储物柜，从柜子里找出一副平光的黑框眼镜："眼镜我放桌上了。"

林椰吐掉口中的牙膏沫，转头向他道谢。

夏冬蝉已经收拾完自己，没留下等他，和程迟、祁缓两人先走了。林椰最后出门，走前戴上棒球帽和夏冬蝉给他的黑框眼镜，穿着普通的白色卫衣和卫裤，往全身镜跟前一站，镜子里的人平平无奇。

他都有点认不出自己来了。林椰朝镜子里的自己笑了笑，压低头上的帽子，一只手插在卫衣口袋里，另一只手钩起放在桌边的钥匙，也出门去食堂吃早餐，半路上遇见同样去吃早餐的温免，对方差点以为自己认错人，都没好意思伸手去勾林椰肩膀。

直到林椰抬起脸来看他，温免才反应过来，面露促狭："你打扮成这副样子，撕了衣服上的名字贴，再往肩上扛一台摄像机，说是摄影老师也有人信。"

林椰不以为然："今天又没有拍摄安排。"

"怎么没有？"温免挑起眉毛，"练习室的摄像头难道不是？"

林椰道："练习室里的镜头还不知道又要被剪成什么样子。"

温免搭着他的肩膀似真似假地叹气："说得也是，我工作室什么时候也能学学别的工作室，给我买点镜头啊！"

两人一路闲话到食堂，温免赶着去教室，打包了早餐在路上吃，顺道还问林椰："你要不要也跟我一起走？"

林椰回头环视一圈整个食堂，恰好看见邱弋在卡座区域露出的半截背影，他收回视线道："你先走吧，我在这里吃。"

温免点点头，拎着早餐先离开了。林椰端着早餐盘朝卡座区域走，绕到邱弋坐的那张餐桌前时才发现，桌边还坐了江敛和明让两人。

林椰转头问邱弋："你旁边有人吗？"

后者闻声抬头，看见他后热情道："没人，坐吧。"

林椰放下手中的餐盘，在邱弋旁边的空位上坐下。正对面的明让望他一眼，笑容里染上几分玩味："漂亮的小玫瑰今天蔫了啊。"

林椰很快反应过来，明让这是在说他。余光扫一眼身旁不明所以的邱弋，索性装作没有听见，他专注地端起餐盘里的粥来喝。

邱弋果然面露困惑，抬眼："哪儿有玫瑰花？"

明让故意逗他道："不就在这儿吗？"

环顾一圈，邱弋面上困惑更甚，忍不住看向对面的江敛，问："你看见了吗？"

　　江敛顿了顿，继而抬起眼皮来，视线投向坐在斜对面的林椰，低笑道："看见了。"

　　邱弋又将脸转向旁边的林椰："你也看到了？"

　　林椰无言两秒，面色如常地接话："我没看到。"

　　邱弋眨眨眼睛，慢慢回过神来，拍着桌子义愤填膺地控诉："我有充分的理由怀疑，他们两个合起来耍我们。"

　　明让挠着下巴笑而不答。

　　江敛眉尖轻扬，语调散漫地冲邱弋道："不就在你旁边吗？"

　　"什么？"邱弋看着他面露不解。

　　"小玫瑰。"江敛笑起来，声线低沉，吐字清晰，"漂亮的小玫瑰。"

　　邱弋这才有些傻眼地看向坐在自己旁边的林椰。

　　林椰唇角轻抽，对此不予置评。

　　吃完早餐后又是一整天高强度的练习，训练内容主要为舞台走位和齐舞动作，八人皆是至少上过一次舞台的人，脑海中对于舞台走位的构想不再像第一次公演前那样空白。

　　身负队长职责的邱弋从队伍中脱离出来，以旁观者的角度去观看整个队伍的走位情况，替他们纠正队形上容易出现的问题，末了还教几个舞台经验欠缺的队友，如何去抓舞台前的镜头，将自己最完美的角度展现在镜头内。

　　"所以在捕捉镜头前，我们必须对自身外形的优缺点有充分的了解。"邱弋顿了顿，"就我自己来说，我的右脸比左脸好看，所以我会有意识地在镜头前多朝左偏头，把我的右脸露出来。"

　　林椰侧头看了一眼落地镜里的自己，没能在自己脸上看出个所以然来。他其实并不经常照镜子，从小到大所接收到的信息告诉他，男孩子不需要过于在意自己的外形和长相。

　　他的目光从镜子中自己的脸上挪开，转向身后立在窗台边和明让说话的江敛。他与江敛认识这么久，至今还未发现对方外形上的死角，仿佛从任何角度看过去，江敛那张脸都是无可挑剔的。即便是昨晚，当他躺在地板上，由下而上仰视对方时，从下颌到鼻梁，江敛脸上的每一根线条都是完美的。

　　他收回脑海中游走的思绪，抬眸就撞上江敛望向镜子里的漆黑的瞳孔。

　　察觉到他看过来，江敛开口叫他的名字。

　　林椰循声回过头去。

本该在和江敛说话的明让已经不知去向，江敛还是站在窗台边："你过来，我帮你看。"

林椰反应过来，对方是要看自己的脸，抬腿朝江敛走去，停在了他面前。

江敛伸手摘下他脸上的黑框眼镜，示意他将脸抬起来，而后对着他那张脸慢条斯理地审视和打量，最后垂眸望向他的鼻梁："你的鼻尖很漂亮。"

林椰一愣。

江敛目光错开他，瞥向他身后那些互相研究五官的学员："谁有黑笔？给我一支。"

"我找找。"邱弋一边说话一边低头翻找，片刻后从口袋里摸出一支黑色的水性笔，远远地朝他丢了过来。

黑笔掉在江敛脚边，他弯腰捡起来，打开笔帽扣在笔上，一只手固定住林椰的下颌，另一只手握笔朝对方脸上落去。

鼻尖上传来轻微的异样触感，有点凉又有点痒，林椰站在原地没有动，任由江敛在自己鼻子上落笔，一双眼睛微微下垂，漫不经心地扫过对方那张五官深邃而立体的脸。

对方松开手，低眸盖上手中的笔帽。从他身侧走过的那一刻，江敛停步站定，侧过脸在他耳边轻扬唇角："下次公演的时候，记得让造型老师也给你画一个。"

林椰在他的嗓音中抬起头来，看向前方的落地镜，宽大清晰的镜子中，他的鼻子上赫然多出一个圆圆的黑点。

那黑点伏在林椰挺翘的鼻尖上，莫名衬得他整张脸越发白皙，五官更是七分俊秀中透着三分性感，是江敛给他画的鼻尖痣。

林椰没有刻意拿手去擦，只是整天下来练习强度过大，那颗痣也渐渐在他鼻尖的汗水里晕开，最后不复存在。

晚上第三期幕后花絮完成了，学员们纷纷忙里偷闲，跑去放映室观看，怀揣满腔的忐忑与期待，试图从长达两个小时的视频中找到属于自己的那短短几分钟。

林椰也去看了，他是一个人去的，夹在其他组的学员中，单独坐在放映室的后方角落里。

他在第三期比赛视频里的镜头时长猛增，前两期正片中露脸的总时长加起来，甚至也不过是第三期时长的三分之一。

林椰始料未及的同时，却又觉得在意料之中。毕竟第三期中他的每一个镜头，旁边都有江敛的存在。与其说他的镜头中有江敛，不如说是江敛的镜头里多了他的存在。

从首次顺位发布到第二次公演的分组，江敛在顺位发布中救他的环节，寝室布置大赛他和江敛在商场里的互动，以及第二次分组前的最想合作学员和分组选曲的环节，他的镜头都没有删。

显而易见，在为了维持江敛适当的镜头时长的前提下，赛训组不会随意砍掉江敛的镜头。

林椰坐在角落里有些呼吸急促。

他说不上来这是怎样一种感觉，大概是对于自己即将会被更多的人看到，自己的名字即将为更多人所知的一种压抑已久的兴奋感。

而他已经许久都没有感受过这样的兴奋情绪，甚至在这样的情绪渗入他的胸腔内和血液里的那一刻，他竟然会觉得陌生不已。

林椰从角落里站起来，轻轻地吐出一口长气。比起网络上看法褒贬不一、评论五花八门的情况，更能给人沉重一击的是网络上查无此人，没有人讨论你是好是坏，没有人夸赞你或者斥骂你，甚至没有人知道你的名字，搜索引擎中搜出来的相关词条，皆是与你同名同姓的陌生人的信息，和你没有任何关系。

而这样的经历，在今天以前，林椰已经遭遇过一次了。

他回到楼下A班教室，江敛不在。教室中只剩下两个队友还在各自练习，林椰问他们："其他人呢？"

队友闻声转头，神色惊讶："你没有回去吗？他们都已经回去了。"

林椰开口道谢，也收拾东西回了寝室。

去对面寝室敲门的时候，来开门的人是明让。对方口中叼着棒棒糖，见到他的第一句话，就是勾着唇角问他："江敛在洗澡，你要进来吗？"

林椰点了点头，明让扶着门框侧身给他让路。

心知对方在想些什么，林椰从门外进来，就直截了当地开口："我找江敛借一下手机。"

明让弯腰从茶几上捞起江敛的手机丢给他，又递给他一根水果口味的棒棒糖："密码你知道吧？"

林椰道："不需要问他吗？"

"你自己去问。"明让神色敷衍地挑眉，转身朝门边走去，中途又似想起什么一般，回过头来叮嘱他，"我去邱弋寝室玩游戏，你们忙完了过来敲个门，叫一下我。"

林椰欲言又止，转头想解释他和江敛没什么好忙的，却只来得及看到眼前被甩上的那扇门，以及明让消失在门后的洒脱背影。

他没动江敛手机，拆了棒棒糖的糖纸，含着棒棒糖盘腿坐在沙发里等江敛。

江敛洗完澡擦着头发出来，余光瞥见坐在沙发里吃糖的林椰，似是想到什么般，扬眉问："又来借浴室？"

林椰含着棒棒糖，口齿不清地道："来借手机。"

江敛轻抬下巴示意："手机不就在你面前？"

林椰弯腰拿起茶几上的手机，熟练解锁进入桌面："你不问我要拿你手机干吗？"

江敛头也不回地哂道："拿我微博小号关注赛训的八卦账号？"

林椰理亏地揉揉鼻尖，闭上嘴巴不再说话，倒是经由对方提醒，陡然记起上回在微博上关注的那个账号。

没有急着去搜自己名字，他打开江敛小号的关注人列表，名为"瓜花种植基地"的账号仍旧好好地躺在列表中，没有被江敛移除。

林椰点入对方首页，指尖抵在屏幕上尚未有任何动作，入眼就是一条转发和评论过万的原创热门微博。

他愣了一秒，顺手点开那条微博，垂眸飞快扫过上方内容和下方评论。

"@瓜花种植基地：新鲜出炉的'瓜'，岛上有学员通过不正当的交易关系上位。"

"@cnkkgd：我今天就在这片'瓜田'里蹲下了，谁啊？"

"@sbjkff：惊天大'瓜'，有证据吗？"

"@majslg：我来看看这次又是谁家房子塌了，嘻嘻。"

"@mdhxbgue：瑟瑟发抖，千万不要是我家。"

评论很多，看评论的人却再无心思往下翻。

心里咯噔一下，林椰猛地从沙发里坐起来。

49

自己和江敛的事情应该不会暴露，他很快冷静下来，思绪飞快地转动起来。博主虽然说得信誓旦旦，却没有证据，这让他心中稍稍安定，又切回那条微博，仔细看起微博下的评论来。

"@syunem：如果是假'瓜'，我第一个来锤你。"

"@dhdisn：编的什么毒'瓜'？这年头随便什么人都能冒充工作人员放消息了？"

"@bxhsjsk：都散了吧散了吧，毒'瓜'不要吃，吃了小心烂嘴巴。"

评论区渐渐恢复平静，林椰的心情也恢复到波澜不惊。

他退出那个八卦账号的首页，原本是想在微博上搜索自己的名字，顶着自己名字的超话却先一步跃入眼帘。看见超话上以万字为单位的粉丝数量时，他仍有些发愣。

江敛在他身旁坐下，从他手中拿过手机看一眼，二话不说点入超话下滑浏览起来。

首页的帖子大致可以分为两大类。第一类是新粉求互关的帖，那些粉丝当中有人"路转粉"，也有人是双人粉转单人粉。

第二类是刷直拍截图做资源的帖，这样的微博下四处可见"弟弟这个扭腰我可以""弟弟这个高抬腿我爱了""弟弟这个笑容好好看"诸如此类的感慨。

更多的是催分享的帖。

"@dbxjdnk：都给我分享起来啊！你们忍心看这样颜好业务能力也不差的宝藏弟弟被赛训组前两期的恶意剪辑埋没吗？！"

"@fukit：本周的公演舞台我们家有人去看的吗？能去的粉丝都尽量报名去看啊！第一场公演观众席上你弟一个灯牌都没有，你们还想要他继续失望吗？这次公演不是小组对决，是所有学员之间的对决，公演结束后当场公布票数，你们忍心让弟弟一票都拿不到吗？！"

江敛退出他的个人超话，当着他的面在搜索框内输入"姜汁椰奶"四个字，广场上跳出来的第一条热门微博就是来自双人粉。

江敛笑了一声，冷不丁地开口道："上次给你的姜撞奶吃了吗？"

林椰微微一顿："吃了。"

江敛抬眸望向他："好吃吗？"

林椰反问他："好不好吃，你不知道？"

江敛道："你觉得好不好吃？"

林椰想了想，最后略有谨慎地答："还行。"

对方又是一笑，拉出那条微博下的回复框，打上三个字按下发送——"是真的"。

他把手机丢回林椰怀中，起身时毫不意外地撂下话道："姜汁椰奶的热度一直在往上爬。"

林椰坐在沙发上没抬头，但也没有否认江敛的话。

把江敛手机玩到没电关机，林椰才回自己宿舍洗澡，走时想起明让的叮嘱，又跑去邱弋宿舍叫人。

那边宿舍里的游戏正进行得如火如荼，明让桌游水平碾轧全场，忙得没时间转头来和他搭话，甚至还意图拉林椰入局。

林椰不会玩，拒绝几人后返回自己宿舍，心中多少还惦记着一点微博上的假"瓜"，睡觉前还问其他室友："最近有没有听到什么八卦？"

几个室友纷纷摇头，祁缓亦接话道："最近没八卦。"

夏冬蝉趴在床边歪头看他："你怎么知道没有？或许有，只是你不知道而已。"

"这座岛上怎么会有我不知道的八卦？"祁缓信誓旦旦地拍了拍胸膛，"我绝对是活跃在八卦第一线的八卦爱好者。论起八卦精神，我排第二，学员里绝对没人敢排第一。"

其他人都听笑了，纷纷调侃他好大的口气。

祁缓佯作无辜模样蹙眉，先是张嘴朝掌心里哈口气，然后低头在掌心里嗅嗅："瞎说，我根本没口气。"

这一夜宿舍六人也是在欢声笑语里睡过去的。

然而那些欢笑声似乎没能够带入林椰的睡梦里，他做了一个沉重堪比现实的噩梦。梦中他们在早晨主题曲的循环播放中醒来，如以往那般刷牙洗漱，换上熟悉的白色队服结伴去练习室，宿舍楼一层的大门却被人锁上了，面色各异的学员们围簇在门里，用力地拍门敲打，门外无人来开门，头顶的广播却再次响了起来。

赛训组老师在广播中发布紧急集合声明，学员们停留在一楼大厅，面色茫然而不安，角落里悄无声息转动的摄像头记录下他们的一举一动。

发布声明的老师没有现身，他的声音再度从中央广播里传出来，听起来冷漠而不近人情："我们接到网友举报，学员里有人想通过不正当的交易出道。我给你们三分钟时间，如果当事人不主动站出来承认，谁都别想离开。"

人群骚动起来。身侧学员们脸上浮现出来的表情，或幸灾乐祸，或冷眼旁观，或惴惴不安，或眉飞色舞，皆像是电影中的慢镜头般从眼前掠过。

林椰紧张得额头冒汗，双腿沉重得犹如被禁锢在原地，怎么都迈不出去。

三分钟过去后，老师怒不可遏的声音再度响起："还是没有人承认吗？如果没有人承认，我就点名了！"

林椰被众人围挤在中间，张开嘴巴想要说话，却发现自己发不出声来。

老师耐心耗尽，在广播中高声怒喝："林椰！你给我出来！"

对方话一出口，围挤在林椰身旁的学员们好似撞见可怕的传染源般，瞬时以他为中心点远远散开。

林椰在主题曲和夏冬蝉的叫声里醒来，掀开被子坐起来，一边单手捏起睡衣抖了抖，一边低头望向站在床边的夏冬蝉："要集合吗？"

夏冬蝉奇怪地回望他："没说啊。"

林椰这才微微定神，问他："怎么了？"

夏冬蝉视线落回桌上，心不在焉地嘟囔道："你记不记得，我昨天睡觉之前把手表丢哪儿了？"

林椰思索片刻，脑海中也毫无印象，最后摇头答："不知道。"

夏冬蝉心烦蹙眉，又转身去角落里找手表。

整个上午都过得平淡如常，林椰起床换衣服洗漱，然后去食堂吃早餐，最后到教室投入紧张的练习中。

中午吃完饭回练习室时，倒是发生了一点小插曲，工作人员守在训练大楼前赶人，称训练大楼中有些教室要临时进行维修，午休时间不对任何人开放。

林椰只能掉头回宿舍睡午觉。

进门时室友还奇怪地问他："你怎么回来了？不是说中午不睡觉？"

林椰道："练习室要维修，所以中午封楼了。"

几个人皆是一脸莫名其妙，却也没有再多问。林椰爬到自己的上铺，先调好闹钟，然后才脱掉衣服拉开被子躺下。

前后不过片刻，眼睛还未来得及闭上，广播就响了起来，选管在中央广播里发布临时通知，提醒所有人五分钟以后在一楼大厅集合。

林椰在重复宣读的广播中愣愣地坐了起来，这一幕与他梦中的场景完全重叠在了一起。

大家又穿好衣服下床，一边嘴上抱怨，一边对着镜子整理好发型，然后无精打采地开门朝外走。

他们在长长的走廊上撞见其他匆匆出门的学员，要么揉着眼睛踩着拖鞋睡眼惺忪，要么穿戴整齐迈步姿态却懒洋洋的。

唯一相同的是，所有人脸上无一例外露出茫然而困惑的神情。没有人知道，在这个普通至极的中午，选管突然临时召集所有人是为了什么。

林椰心中隐约有所预感，有些不安地回头望去，却并没有在长长流动的人群里看到自己想要找的人。

他失神一瞬，回头沉默地跟上身侧的室友。

已经有人等在大厅里，他们这批人的到来，又将大厅填得更满了。林椰抬眼扫向大厅中心，终于在重重晃动的人影间看到了江敛的背影。

林椰抬脚挤开身侧的人流逆向朝江敛走去，学员中似乎已经有人听到八卦的风声，忙于转头和室友私语讨论，没有人注意到他的举动。

林椰独自在熙攘的人群里分出一条路来，视线中江敛修长挺拔的背影离他越来越近，林椰心中终于也生出一丝急切来，忍不住加快了脚下的步伐。

有人自身后匆匆走过，肩肘重重地撞在他背上，他被撞得朝前踉跄一小步。身体不稳的瞬间，林椰下意识地抬起手，在涌动拥挤的人流中，伸手扶住了江敛的肩头。

江敛缓缓回过头来："怎么了？"

林椰稳住身体挺直背脊，右手仍旧抓在他衣服上没松开，目光紧紧盯在他脸上，张唇吐出一个音节。

那声音短促而轻微，瞬时就被从前方扩音器中传出来的声音冲散得干干净净，他极快地松手抬头，在满场的喧闹嘈杂里沉默下来。

选管和赛训组的导演来了，躁动的人群逐渐安静下来，站在江敛身后的林椰被人挤到了江敛身侧。

短短几分钟时间内，学员之间互相传开的八卦版本已经不下三个，所有人脸上的睡意和懒散早已不复存在，取而代之的是紧张和肃穆。

选管把扩音器递给导演，退到了一边。导演接过扩音器，语气中听不出太大的情绪起伏："贴在每间宿舍墙上的惩罚制度大家都看了吗？"

所有人道："看了。"

导演又问："最后一条内容是什么，还记得吗？"

学员们皆是一愣，前排有人小声复述："学员私下不得和其他学员或是工作人员有任何与出道利益相关的交易。"

导演点点头，声音骤然提高好几个度："那么最后这条，你们有没有牢记在心？"

学员们齐齐垂头噤声。

"今天所有人都在这里，我就把话说开了。"他的目光缓缓扫过所有人，"昨天我接到举报，说你们当中有人，私下拿出道位和别人做交易。"

林椰的心骤然下沉，眼睛却自始至终直视前方，努力克制住转头去看江敛的冲动。

"宿舍墙上白纸黑字写得清清楚楚，你们还要明知故犯！"他神色微愠，语气很冷，"现在我给你们两分钟时间，你们自己站出来承认。如果你们打定主意拒不承认，那么后果就不仅仅是退赛这么简单了。"

导演说给两分钟，就真的给了两分钟。大厅内分明站了近百人，却陷入死一般的寂静无声。明明是暖气充足的地方，林椰背上却几乎要溢出冷汗来。

所有人纷纷垂头不语，就连呼吸声都有意识地放轻了许多。林椰身侧江敛手上腕表秒针走动的声音，如同催命符般清晰地响在耳边。表盘上的秒针每挪动一格，落在他心头的不安更深一分。

每一秒都是无尽的煎熬，像是难以忍耐般，林椰缓缓吐出一口气，垂在身侧僵了许久的左手微微一动。

下一秒，他的余光扫到了江敛的右手。

对方五根手指微屈，却是极为放松自然地放在身侧，丝毫不见任何紧张或是不安的情绪。

盯着他的手背看了片刻，林椰也渐渐放松了下来。

导演口中的人不一定就是他和江敛，学员们离开镜头以后，私下悄悄交流来往的情况并不少见，就像他和江敛也曾经撞见程迟和祁缓在小教室里偷偷谈话。即使他此时此刻并不希望导演说的人是程迟和祁缓。

分针在学员们的沉默中走过一圈半，等不来主动承认的人，导演面上怒意越来越盛。在无声的僵持中，导演抬手摔掉了手上的扩音器。

重物骤然砸地的声响让众人猛然惊醒，导演没了扩音器助力的声音怒气冲冲地响遍整层大厅："还躲着不出来，难道是要我亲自来提醒你们吗？！公演那天晚上，是哪两个人躲在场馆后台没人的洗手间里，你们自己心里清楚！"

林椰眼睛一眨不眨，面色还算平静，却在听清对方话中描述的时间和地点时，指尖微不可察地颤了颤。

时间对得上，地点也对得上，可是那天他进门前，是把灯关了的。林椰疑惑而茫然，耳边是几乎震破耳膜的急促心跳声，手心也渐渐洇出黏黏的汗意。

饶是再怎么强作镇定，他也终于支撑不住，目光缓缓朝左侧江敛站立的位置滑过去。

下一秒，林椰的目光顿在半空中。

江敛偏过头来看他，漆黑的眼眸中满是安定和平和。

林椰抿紧嘴唇，什么都没有说，心跳声却在他的注视里逐渐归于平稳。

50

临近第二次公演时间，程迟、祁缓和赵一声却悄无声息地退赛了。退赛声明由赛训组官方发出，退赛原因却并未在声明中具体阐明，只以一句"严重违反集训的规章制度"为由概括而过。

此事在粉丝之间掀起滔天波浪，关于三人的退赛原因也是众说纷纭。有人说此前那个八卦账号发出来的那条投稿是真的，投稿人为赵一声粉丝的小号。

程迟和祁缓两人为博出道位，私下达成了交易关系，两人在练习室的谈话被赵一声听见，后者在禁用手机的比赛期间私下联系粉丝放消息，蓄意破坏两人名声。

随后又有人出来辟谣，称三人被退赛的原因是植树节那天在食堂打架斗殴，当天还有粉丝无意中拍下了赵一声眼眶青紫的照片，文章的最后，甚至还附上了一张赵一声被打的高清照片。

更有自称是工作人员的账号悄悄放消息，说三人是资本博弈的受害者，三人和其他"岛选之子"撞了"人设"和风格，挡了"岛选之子"的晋级路，背后又没人撑腰，只能忍气吞声地领了退赛剧本走人。

当然，很快这位自称是岛上工作人员的博主就被人扒出来，账号背后的操纵者只是一个在家的无聊失业人员。

粉丝们眼泪哭干，网友们四处找八卦，真真假假亦分不清楚，唯一能够肯定的就是，三人退赛的事已成定局。

时间回到三人退赛的事在网上传开的前一天，祁缓和程迟站了出来。事情得到解决，学员们从宿舍大厅解散，当事人被导演叫走谈话。除两人以外，被叫走的还有赵一声。

半个小时以后，赵一声将两人的视频交给导演。他私下联系粉丝放消息的事在学员之间传得沸沸扬扬。

岛上工作人员又进行了一轮更加严格的搜查行动，果真又搜出一批手机来。林椰虽然是虚惊一场，心里却也不太好受。准确来说，整个宿舍中没有人的心情不低落。

唯独还算情绪平静的反而是两位当事人，赛训组要求三人第二天就离岛，从导演那里回来以后，程迟和祁缓关起门来收拾行李。

寝室中气氛寂静低迷，无人开口说话。祁缓笑着抬头看他们："你们别这样啊，只是一次集训，又不是我所有的人生。"

夏冬蝉主动替他们分析利弊："虽然不是你们全部的人生，但是这样的事情传出去，也会对你们造成不小的影响。现在就算网络上没有曝光，但是也不能保证，那些知情的学员离岛以后不会在网上乱嚼舌根。"

祁缓面上笑容不变："我们可是正正经经本科大学毕业的学生，就算不走明星这条路，未来我们还能走其他的路。有多少人做过明星梦，最后又有多少人真的留在这个圈子里发光发热。我也没有想过自己能在这条路上成功走下去，至少现在已经给过我上舞台的机会，我觉得很好了。"

室友神色略显担忧地问："交易的事是真的吗？ 是不是上次你们打架的事情，让赵一声怀恨在心，所以他故意做假视频陷害你们？我听说现在视频造假的技术高明又逼真，要不你们还是去找导演说清楚——"

祁缓微微一顿，笑着打断他道："如果我说，是真的呢？"

室友露出哑口无言的模样来，许久才放轻声音，喃喃问道："明明可以私下约谈，为什么非要在所有人面前点明？"

"大概是想杀鸡儆猴。"程迟缓缓开口，"这个圈子里这么乱，也许还有其他人也做出像我们这样的事来？赛训组只是想警醒其他人，不要再违背贴在宿舍墙上的那些规章制度。"

林椰猝然抬眸，不着痕迹地看了他一眼。

"其实这个处理结果我还挺满意的，至少我和程迟也没白走，顺带还捎走了一个赵一声，也就免去了以后他再来找你们麻烦的可能。"祁缓想了想，认真开口，"正好出去以后还能找颜常非聚一聚，如果他还愿意跟我们聚的话。"

至此两人不再多说，开始专心收拾起行李来。他们出门去倒垃圾的时候，室友仍是有些神情恍惚地看向林椰和夏冬蝉，语气低落地开口："我还是不相信他们会做出这样的事情来，而且后果真的严重到被赛训组劝退吗？"

林椰没有说话，夏冬蝉神色没有太大起伏，吐出来的话却有些惊人："不会，这里面大概还有什么不方便公布的隐情。"

室友骤然愣住，下意识地张口追问："什么隐情？"

这一次，夏冬蝉却只摇了摇头，冲他做了个安静的手势："我也不知道。"

不想被蹲在侧门外的粉丝们拍到，程迟和祁缓在宿舍待到凌晨天亮前才离开。寝室中的六人一夜未睡，熄了灯围坐在地上彻夜聊天，程迟和祁缓已经拿到手机，上微博看了一眼，此时赛训组声明还未发出，网上仍是一片风平浪静。

林椰第一次觉得，自己熬过整晚不睡觉，时间也会过得这样快。到凌晨四点左右时，寝室剩下的四人也一同悄无声息地出了门，踏着夜色送两人离开。

上次凌晨送别学员的队伍浩浩荡荡，一路走回来也是热热闹闹的，大家虽然分别走向不同的路，却是怀揣满腔斗志与激昂。四人都没有想到，下一次离别到来的时候，会是这样冷清、沉默。

令众人惊讶的是，他们还是在途经侧门的路上，被坐在门外路灯下打游戏的几个粉丝看到了。几个粉丝本是想要蹲守早起去教室的学员，天未亮就过来了。

他们拖着行李箱走近时，粉丝们正埋头忙于打游戏，有人担心错过自家偶像，耳朵里只塞了一只耳机，因而也率先听见夜色中越来越近的行李箱滚轮声。

一个粉丝困惑地抬头，只远远地看见有几道人影拖着行李箱从月光下走来，却看不清晰几人的身材与面部轮廓。身旁有人抬起手肘撞她，口中连声催促："快快快，快来守塔，高地要被对面推平了。"

这个粉丝保持眺望的姿势没动，口中喃喃道："有人从基地宿舍楼的方向过来了。"

同伴一顿，凝神听了片刻，不以为意道："是基地里的工作人员吧。这大晚上的，二次顺位淘汰也还没录，怎么可能会有学员拖箱子出门？"

她心中赞同对方的话，头却仍旧固执地仰起没有低下，仿佛不看清那些人的脸誓不罢休。眼看着自家高地马上要被夷为平地，胜负心强的年轻女孩儿直接上手去拽她的胳膊。

她被同伴拽得身体一歪，目光却猛地停滞在远处那六人的脸上。

同伴急躁开口："俩门牙塔都被推掉一个了，你还挂机——"

她猛然起身，一把抢过同伴手中的手机，以更加急躁的嗓门吼道："你自己看看，都什么时候了你还打游戏？！"

剩下四人齐齐茫然抬头，视线定格在夜色当中。一秒之后，先前还在暴躁喊话不要挂机的粉丝匆匆从地上爬起来，瞬间冲至铁门前，双手紧紧抓住铁门上的镂空栏杆，急得语无伦次："什么情况？我没收到任何消息啊！他们怎么这个时间点拖着行李箱出来了？！"

剩下反应稍慢的四人也冲到门前，努力地睁大眼睛朝门里望过去。最先听到行李箱滚轮摩擦声的粉丝扯开嗓门喊："程迟！祁缓！是你们吗？程迟！祁缓！你们为什么要拖行李箱啊？"

听到夜空里飘过来的喊话声，六人不约而同地放慢脚步，转身朝侧门外看去。看清贴在外面铁门上寥寥几个粉丝面上不安而迫切的神情时，程迟与祁缓对视一眼，久久无话。

旁边的同伴一巴掌拍在喊话的粉丝背上，低声说道："小点声。"

身旁粉丝一声不吭，抓着铁门栏杆缓缓转过头来，黑色的眼线已经洇得乱七八糟，在黑夜中看过去格外可怖。

同伴惊得肩头骤然一缩，反应过来后几乎惊呆了："姐妹，你没事吧？这就哭上了？不就是凌晨拖了个行李箱出来吗？能有多大点事？"

粉丝嗓音哽咽："那你说。"

同伴稍稍定下慌乱的心神，转头看向门内仍旧站在百米开外的两人，清清嗓子喊:"程迟!祁缓!你们是不是临时有什么事要出去一趟啊?什么时候回来啊?你们一定要早点回来啊!我们都会很想你们的!"

程迟和祁缓仍是没有给出任何回应,站在原地没有动。

随着沉默的时间越来越长,寂静无声的夜色里,浓浓的不安情绪蔓延至门外五个粉丝的心房。此前还一口笃定两人家中临时有事要请假离岛的粉丝,此时也焦虑地左右张望起来,试图从身侧两个同伴身上获取她们对自己那番猜测的肯定。

立在原地的祁缓笑着看向程迟:"我们现在再和粉丝互动,已经不算违反赛训组的制度了吧?"

程迟点头道:"不算了。"

祁缓脸上笑容逐渐放大。

数秒以后,他收起笑容,松开行李箱的拉杆,与程迟两人朝前迈出一步,双手轻贴两边裤缝,背脊挺得笔直,神色郑重地弯下腰鞠了一躬。

门外的粉丝们屏住了呼吸。

下一秒,断断续续的幽幽哭声划破黑夜里的沉寂。

两人动作中暗含的深意已经不言而喻,眼妆彻底花掉的粉丝满脸黑色泪痕,一边哭得上气不接下气,一边嗓音哽咽地痛骂赛训组。

门内的学员们觉得又心酸又好笑。

林椰四人只将他们送到基地大门口,原本守在侧门外的粉丝,一路哭一路跑,赶在他们之前到了正门外,陪他们走完从基地门口到岛上码头边的剩下半程。

天亮以后,赛训组内有学员退赛的消息,终于在网络上不胫而走了。

TOP 2　　TOP 1　　TOP 3

PART 6

鼻尖痣

51

学员们的生活很快回归正常秩序。

程迟与祁缓那组陡然空出三名队员的位置,大家只能重新挑选中心位,再来排练队形和每人分到的歌词、舞蹈。

所有人的时间都很紧张,休息的次数也以肉眼可见的速度减少,林椰也没怎么再私下给江敛做陪练。

公演前一晚,八人照旧在教室内熬夜练习。林椰不停地喝水,不停地流汗,到后半夜时才起身去了一趟卫生间。

练习到凌晨回宿舍洗澡睡觉,几个小时后起床排队做妆造。化妆室又到了人满为患的时候,学员们穿梭来往,步伐匆匆,带着对第二次公演的紧张和期待。化妆老师给他上妆的时候,林椰原本是想闭着眼睛休息片刻,谁料最后竟就真的睡了过去,被人推醒时妆已经化好,新发型也已经做好。

为了配合《丛林月光》的歌曲风格,这一次的服装是短款小夹克搭配紧身长裤以及高帮短靴;下耷的碎发刘海儿也都梳了上去,露出完完整整的漂亮额头来。没了额前头发的遮挡,五官上的优越更是体现得淋漓尽致。

林椰对着镜子盯了数秒,比起上次公演的造型,心中倒是对这次造型更加满意,也不是说上次造型不好看,而是这次风格更加偏向于他喜欢的一种干净利落的帅气。

只是左看右看,却总觉得脸上有什么地方不太对劲,林椰起身凑近面前的镜子,目光一寸一寸从自己那张脸上挪过,最终愣愣地定在本该什么都没有的鼻尖上——已经多出了一颗圆圆的、秀气的黑痣,甚至比几天前江敛随手用黑笔在他脸上画下的痣更为逼真和漂亮。他指着鼻尖的痣问身旁低头收拾妆台的助理:"这个是化妆老师给我画的吗?"

助理百忙之中抽空抬头看他一眼,笑眯眯地答:"是啊,挺漂亮的吧。江敛眼光真不错。"

林椰道:"江敛?"

助理点点头:"你睡着了大概不知道,老师给你化妆的时候,江敛从旁边经过,是他给老师提的建议。"

对方想了想,道:"你们是同一组的吧?"

林椰说:"是。"

助理笑了起来:"这届学员的感情真好啊。"

林椰也笑了笑,礼节性地回道:"是啊。"

他转身朝外走,心神已经控制不住地飞往了公演的场馆地点外。这一次再走过那条相同的路时,那些举着手幅呐喊助威的粉丝里,会不会也夹有一两个他的粉丝?答案是是或否林椰不得而知,他心中对于公演舞台的憧憬与渴望,却是又比第一次公演要多出一点。他垂头走入化妆室外的半开放式走廊。

又是一个好天气,明媚的阳光穿透淡薄的白色云层,从走廊外面的晴空里洒落而下,他在跳跃的金色光影间抬起脸来,猝不及防地对上前方江敛看过来的漆黑眼眸。

林椰一顿,站在阳光里朝他挑唇一笑。也不知道是日光过于闪耀的原因还是什么,那笑容竟然带着前所未见的生机和活力,是完完全全属于十九岁少年的笑容。以及,随着笑容渐渐活起来的,还有那颗在光芒下熠熠生辉的鼻尖痣,就仿佛,他天生就该长一颗那样的痣。

江敛心中微动,眼眸不自觉地轻轻眯起来。

52

学员们搭乘大巴去演出场馆进行公演前的彩排。

提前上岛的粉丝还是守在大巴停靠点与通往场馆内部的那条路上。林椰坐的那辆大巴上有好几个高人气A班学员,学员们下车以后,很快就被一拥而上的粉丝群从中截断,分成了两支队伍。

前一支队伍走得极快,几乎没怎么费力,就从两侧粉丝人墙中穿梭而过,成功进入场馆的侧门内。后一支队伍中多为林椰这组的成员,人气前三的学员皆在其中,下车后没走两步,就被粉丝堵在了半路动弹不得。

安保人员连忙挤过来清开道路,中气十足的声音也渐渐淹没在高涨的粉丝热情中。林椰跟在江敛身后,原以为粉丝大概率是冲江敛那几个高人气学员去的,不料耳旁竟也能清楚地听到有人在叫他的名字,还不止一个人。

心中觉得新奇不已,他忍不住转头朝声源处看去,叫他名字的几个年轻女孩儿眉眼间涌现出兴奋不已的情绪,一只手举起手机对着他猛按快门,另一只手还不忘摇动手幅。林椰的目光从那些各式各样的手幅上一扫而过,有他第一次公演的舞台照片,有他在赛训基地被拍到的上班照片,还有他植树节外出参加集体活动的照片。

  前方的道路还是堵塞状态,那几个拍林椰的年轻女孩儿转而又打开视频录制,手机镜头对准他,七嘴八舌地和他说起话来。她们语速很快,一句紧接一句,仿佛并不期待林椰能够有所回应,只需确定他能够听到就好。

  有人说:"宝贝你今天造型很帅,以后要多露额头,多穿夹克,少染头发,对发质会有损害。"

  还有人说:"宝贝你在岛上要好好吃饭,好好睡觉,好好练习。我们也会在外面好好努力,努力成为你的底气。"

  林椰听得有些出神,第一次意识到维系在粉丝与偶像之间的羁绊是这样奇妙,分明是来自天南海北的陌路人,没有任何关系,甚至也没有任何交集,却能够坚定而毫无保留地说出要"成为你的底气"这样的话来。

  他心中动容,忍不住偏过头去朝她们一笑。

  粉丝们猝不及防,齐声尖叫起来,手中还在录制当中的手机也跟着剧烈一抖,引得前方几个始终只能看到江敛背影的粉丝朝后拥来。都是漂亮哥哥与漂亮弟弟,拍不到人气大热的学员,退而求其次拍拍其他弟弟也行。

  林椰始料未及,靠过来的粉丝把他与江敛彻底隔开。此时保安已经推开两侧人群,开出一条路来,学员们的队伍终于再次动了起来,林椰被单独围堵在队伍末尾,只能看着江敛和其他人朝前走去。

  他仰脸望向前方,眉头微微蹙起。

  江敛往前走了几步,冷不丁地停下脚步朝后看了一眼。

  跟在江敛身侧往前走的粉丝们好不意外,也跟着止住步子,争先恐后地问:"哥哥怎么了?怎么不走了?东西落在车上忘拿了吗?"

  江敛抿唇不语,转身迈步朝被围在粉丝堆里的林椰走去。

  眼见江敛又掉头走了回来,跟着林椰的几个粉丝不再看他,二话不说举起相机来拍江敛。

  江敛停在镜头前,淡声开口道:"麻烦让让。"

  粉丝们愣了愣,沉默地举着相机侧身往外走,给江敛让路。

  他穿过人群走入圈内,当着一众粉丝的面,神色自然地转身开路带着人朝前走。林椰也是一愣,心底掠过"营业"二字,随即面色恢复平静,亦步亦趋地跟在江敛身后。

站了长长两列的粉丝陡然安静下来，神色各异地看着两人从自己面前走过。两秒之后，粉丝当中渐渐响起了与众不同的声音。那声音起初只是一道微不可闻的吸气声，发展到最后，竟然成了有些势不可当的群体声音。

"弟弟掉队了，哥哥竟然掉头来找弟弟。我的天，这是什么感天动地的兄弟情？！"

"弟弟跟在哥哥身后走的样子也太乖了吧！这画面真的一绝！"

"他俩有开超话吗？我火速奔过去关注！"

来拍林椰的那几个年轻女孩儿也是林椰和江敛的双人粉，更是不会放过眼前的大好机会，跟过去挤入人群夹缝对准两人一阵猛拍。

待学员们都进入场馆侧门后，几个人这才退到路边大树下的台阶上坐下，凑在一起埋头翻看自己拍的那些照片和视频。

其中有人头也不抬地道："你们难道不觉得，宝贝今天格外好看吗？"

另一个人接过话头："造型的原因吧。上次的造型太花了，我们宝贝长这么高，五官这么立体，今天的造型更适合他一些？"

那人迟疑摇头："好像也不只是造型的原因吧。"

年轻女孩儿手中飞快地翻过数张照片，最后停留在一张距离最近的脸部特写照片上，指尖轻轻点上屏幕里林椰的鼻尖，神色震惊而失落："我竟然一直都不知道，原来我们宝贝的鼻尖上还有一颗痣，我真是一个不称职的粉丝。"

"林椰鼻子上没有痣啊。"说话的人低头靠过来看，看清照片上林椰鼻尖上漂亮的黑痣后，也有些茫然和困惑，"难道是我记错了？"

自我反省那人皱眉思索半晌，目光久久地凝视在那张照片上，许久之后，以一种压抑不住的兴奋和激动的口吻开口："不！你没有记错！我想起来了，林椰宝贝鼻子上确实是没有痣的！这应该是化妆老师给他点的痣！这痣也点得太漂亮了吧，我说他今天怎么特别好看啊！"

两分钟以后，来不了现场的粉丝在林椰超话中刷出一条新微博。

"@hlaneu：我可太爱了！宝贝今天露额头，还穿了短夹克和紧身裤，最吸引我的一点是，化妆老师还给他点了鼻尖痣！鼻尖痣加上队内主舞，我现在真的乐观极了！姐妹们到时候都给我宣传起来啊！"

53

彩排很顺利，直到公演舞台开始之前，林椰还在候场厅内练习自己的歌词和舞蹈动作。邱弋在边上看了半晌，开口问他："你是不是有点紧张？"

林椰深吸一口气，扯唇笑起来："是有点。"

　　他话中尚有保留，不是有点紧张，而是前所未有地紧张。只是第二次上舞台，他跳的就不再是队中的边缘位置，而是轻而易举就能吸人眼球的主舞。这个位置虽然不及中心位那样耀眼和突出，却也是在队伍中仅次于中心位的重要位置。

　　第二次公演带给他的参与感，比上一次还要更强。

　　公演的上台顺序是抽签决定的，林椰他们小组抽中了相对靠后的表演顺序，前期都是坐在候场厅内观看大屏幕里其他组的舞台。大家的舞台都比第一次要更为成熟和完整，许多学员更是在这场表演中大放异彩，也被台下更多的人看到了自己。

　　声乐组的表演中林椰认真看了夏冬蝉和温兔那两组。夏冬蝉拥有与"纯甜"外表毫不相符的声乐实力，粉丝们亲切地称之为"反差萌"。夏冬蝉那组挑的是没有任何舞台走位的情歌演唱。

　　全开麦的情况下，现场能够明显听出，夏冬蝉的唱功甩组内其他人大半条街。他作为组内的中心位，拿下整首歌内情感最为充沛的部分是毋庸置疑的。甚至轮到组内其他实力不够的学员开口时，为了保证整个表演的完整度，夏冬蝉偶尔还需要开口替队友垫音。后台导师评价道："夏冬蝉的综合能力不错，模样也清秀，是个舞台偶像的好苗子。"

　　温兔同样作为声乐组的中心位，却是以自己独有的高音在所有人心中留下深刻的印象。

　　论五官和样貌，温兔更加偏向于温和清俊的类型。然而不同于他外表所展现出的形象，他的音域广阔，音色清醇，发声方法也是相当巧妙和正统的那一套。他唱高音时嗓音平稳而醇厚，听得许多人浑身上下鸡皮疙瘩顿起。就连坐在后台观看现场的声乐导师也说："这就是典型的老天爷赏饭吃的例子。"

　　两组的表演结束以后，现场一千名观众实时投票，最后大屏幕上放出的结果，温兔和夏冬蝉两人皆是组内票数最高的学员，跳出各自的小组比较，温兔拿到的票数比夏冬蝉的还要高，他也是声乐组内目前得票最高的学员。

　　离林椰他们上台还有两组表演时，江敛把他们叫起来做热身准备。林椰一边从座位上站起来活动手脚，一边仔细在心中回顾自己反复练过许多遍的舞蹈动作，面上显露出几分心不在焉来。队友们大多神色放松，面上挂着轻微笑意，有一搭没一搭地相互闲侃。注意到林椰始终垂眸沉默不语，明让笑容满面地伸手拽他一把："弟弟放松一点，别这么紧张。"

　　思绪瞬时被来自外界的干扰打乱，林椰一愣，抬起头来看他。

明让笑眯眯地看他："表情管理也是很重要的，别老绷着张脸，笑一笑啊。"

林椰下意识地扯唇敷衍一笑。

明让仍对他的反应不太满意，状似无奈地勾起唇角，将人拽到江敛面前："看样子我们弟弟有点紧张过头了，你帮他缓缓。"

江敛的目光缓缓落在他脸上："紧张？"

林椰道："有点。"

江敛唇角微扬，转身朝候场厅外走去："你跟我过来。"

他微微一顿，在队友们的注视下，抬脚跟了出去。

将人领到走廊尽头无人的角落里，江敛转身停下，双手抱臂盯着他笑起来。

林椰被他笑得有些不自在，却仍是极力维持面上的镇定，望向江敛的眼中浮现出明晃晃的疑惑来："你笑什么？"

江敛语气里的笑意越发明显："笑你现在很紧张。"

林椰抿唇不语，错开与他对视的视线，心中本就时起时落的紧张情绪非但没有得到任何缓解，反而隐约有了愈演愈烈的趋势。

江敛收起笑容，神色略微认真了几分："如果你觉得紧张，就做一点能够分散自己注意力，让自己不要那么紧张的事。"

林椰问："做什么分散注意力的事？"

江敛的口吻轻描淡写："做什么都是你自己的事。"

林椰没有说话，开始神情专注地调节自己的呼吸，但是他很快就发现，这样做的效果并不大。

靠在墙边的江敛看得唇角微弯，从裤子口袋里摸出耳机隔空抛给他。林椰手忙脚乱地弯腰去接，抬头时就见江敛唇角的弧度变得更大了些。

"把耳机戴上。"对方适时开口提醒。

林椰依言将耳机塞进耳朵里，而后也学着他的模样，后背靠上身后的墙壁，慢慢将眼睛闭上。悠扬舒缓的音乐很快就盖过杂乱无章的急促心跳声，林椰听出来了，还是上次那首熟悉而空灵的纯音乐。

54

几分钟以后，林椰平静地睁开眼睛，将耳机取下来。

两人准备回候场厅，江敛却蓦地开口问他："你看过明让和邱弋的舞台吗？"

林椰稍有出神："看过，实力很强。"

江敛道："即便是在舞台上站镶边陪衬的位置，那两个人也依旧有本事抢走属于其他人的光芒和焦点，他们天生就能在舞台上发光发热。这也是A班学员普遍拥有的实力。"

林椰沉默地看着他。

江敛漫不经心地挑起唇角："我说这话，不是要打击你。"

他敛起笑意，一双深不见底的眼眸望向林椰，嗓音低沉："林椰，当年带你进公司的人眼光不错。我等着看你在舞台上盖过他们的光芒，而不是被他们的光芒掩盖。"

他说："林椰，你做给我看。"

沉默许久，林椰郑重地抬头道："好。"

《丛林月光》的舞台效果很好，即便是在更多竞技舞台表演层出不穷的两年后，只要有人在微博上问起大家心中最爱的舞台是哪些，《丛林月光》虽然远远算不上观众心目中的第一名，却也还能够偶尔被粉丝提名，再度出现在大众视野中。

甚至还有更多曾经真爱那届学员们的粉丝说："老实说当天在现场，一开始看见《丛林月光》的学员上台做自我介绍的时候，姐妹们都是很不满意的。中心位江敛是当之无愧，可是主舞的位置，放着实力和人气都相当高的明让和江敛不选，偏偏要选一个前两期查无此人的林椰，我们真的气得想要破口大骂。"

有人兴致勃勃地评论："那后来呢？表演结束以后呢？"

开麦的账号回复："后来？姐妹，你看我首页超话等级就知道了，后来我们都'真香'了。"

林椰上台前还在工作人员那里补了口红，对方一边低头替他涂口红，一边满脸诧异地问他："你这不是习惯性舔嘴巴上的口红，而是压根就在吃口红吧？"

他故作镇定地笑了笑，没有说话。

登台后沈PD照例给了他们八人每人两分钟的自我介绍时间，林椰依旧话不多，介绍完自己的工作室和名字后，就把话筒递给身侧队友，转而抬眸去台下人海里寻找带有自己名字的灯牌。

虽然不多，但他也真的找到了。

林椰心中逐渐踏实和坚定下来，脑海中再度响起上台前在无人的走廊角落里，江敛对他说的那些话，仿佛只要听着那些话，连胸腔中的心跳都会变得更加强有力起来。

介绍环节结束以后，灯光师关掉舞台灯，沈PD抓着话筒快步退场，八人在黑暗中转过身去站好队形。两秒之后，绚烂夺目的舞台灯光从头顶倾泻而下，熟悉的音乐前奏在耳边响起。

表演开始了。

八人如同误闯夜下丛林的冒险小队，在银色月光下与丛林野兽奋力撕扯争斗。他们以江敛为中心，在这场激烈的生死搏斗中挥洒汗水，随着音乐节奏踩点干净利落，甩出去的手臂和踢出去的长腿整齐有力，面上的眼神更是坚定而锐利，漆黑的瞳孔中如有希冀的光点缓缓燃起。

他们的队形多变却不混乱，仿佛就连互相擦肩而过的走位，他们迈步间几乎都能迸发出肉眼可见的气势和闪耀的火花。音乐在八人一段铿锵激昂的合唱里逐步推向高潮。

中心位江敛领头站在队伍最前方，带领所有人在音乐声中高高跳起，扬臂踢腿，而后弯腰跨腿朝前迈出，侧对舞台下的粉丝，扬起下颌，单臂挥出，最后单手隔空定在胸口前，五根手指用力舒展，而后微微聚拢，肩头由内缩到外扩流畅地耸动，做出一个整齐的胸震动作。

银色的舞台灯光依次从他们线条流畅而紧绷的侧脸上清晰扫过，性感而极具攻击性。

这一段高潮过后，音乐不但没有急转直下过渡到新的一节，反而直冲云霄，无缝衔接上更有排山倒海兼风雨欲来之势的间奏。八人迅速变换成半开放式的队形，或用指尖撑地垂头蹲下，或迈腿倾身单手抵住膝盖，静止在舞台上。

唯有一人笔直而挺立地站在舞台中央，是林椰的独舞环节。

他从队伍中心一跃而出，漆黑发亮的眼眸直勾勾落入舞台下的人海中，脚下步伐踩着节奏交错变换，双臂迅速利落地展开舞动，而后骤然收回。每一个动作之间，皆蕴含回味无穷的爆发力。

黑色的蛇骨项链从他的脖颈上高高抛起，又高高落下，链条砸在他锋锐漂亮的锁骨上，骤然断成两截。夹克外套和贴身的打底衫在风中翻飞而起，露出一截劲瘦白皙的腰身。发梢凝结成珠的汗水被甩至半空中，在耀眼炫目的舞台光下折射出晶莹的细碎光芒。

所有动作结束，林椰抬手插入发中，仰头定格一秒，在间奏结束以前，转身走向斜侧方，融入已经迈步摆臂舞动起来的队友中。

江敛自后方暗光里而来，他由前方明灯中而去，肩肘相抵擦肩而过的瞬间，两人不约而同地侧过脸来，目光极为短暂地相撞。

林椰忍不住笑了起来，笑容中颇有几分酣畅淋漓的意味。

舞台最终在全场粉丝们歇斯底里的尖叫声中结束了。八人在台前站成一排，沈 PD 让他们给自己拉票。八个人都没有为自己拉票，脱口而出的皆是"请给我们投票"。

沈 PD 宽慰一笑："那么，现在请台下所有粉丝拿起你们手中的投票器，选出你心中唯一支持的学员。"

台下人声鼎沸。

两分钟的投票时间在台上众人的等待中一分一秒走过。投票时间截止后，沈 PD 没有立即请老师在大屏幕上放出最终票数，而是意味深长地道："你们这组是这场公演里，拥有最多 A 班学员的一组，看样子现场分票会比较严重啊。"

粉丝们开始卖力地大喊自己支持的学员名字，仿佛只要声音喊得大，最终获得票数最多的人就会是自己选择的人。

台上的学员们只是相视一笑，并没有太在意沈 PD 的话。

沈 PD 便问："你们觉得谁会是组内票数最高的学员？"

学员们脱口而出江敛的名字。

"看样子大家都觉得答案毫无悬念。"沈 PD 微笑，"那么我也不卖关子了，请大家看身后大屏幕吧。"

身后大屏幕从原本的舞台近景画面跳至一片漆黑，沈 PD 转头对粉丝们说："我们一起倒数三二一好不好？"

场馆内响起整齐而响亮的倒数声。

"三——"

"二——"

"一——"

大屏幕骤然亮起来，组内投票结果落入在场所有人视野中，分票情况的确很严重，但无论是对台上的学员来说，还是对台下的粉丝们来说，最终结果也的确毫无悬念。

江敛果然还是第一名。

出人意料的是第二名，不是热门人选明让，也不是热门人选邱弋，排在江敛下方的，是林椰的名字。

沈 PD 夸他的表现很惊艳。

队友转头向他道贺。

台下粉丝的声音带着哭腔穿过整个场馆："林椰宝贝——你要发光啊——要发光啊——"

至于林梢自己——

林梢已经走出队列，径直越过身侧的明让和邱弋，抬手抱住了江敛。

55

拥抱的姿势只短暂维持了一秒，甚至没等江敛抬起手来回抱，他就放开双手，神色镇定地往后退去。

舞台下响起逐渐沸腾的尖叫声，林梢已经摘下耳返，此时隐约能从那些尖叫声中捕捉到或高或低的"哥哥"和"弟弟"。然而他心知肚明，自己在舞台上做出这番举动，并非为了吸引粉丝，抑或是博取镜头和眼球。

在那个瞬间，他最想要感谢的人也只有江敛。

明让和邱弋分别走过来与林梢拥抱，八人有序地排队下场。他们在通往舞台的走廊上与下一组学员擦肩而过，有人模仿他们在舞台上的齐舞动作，语气昂扬道："太酷了吧，你们这组。"

《丛林月光》的学员们笑容满面地道谢，抬手与他们击掌，给他们加油打气。

待回到后台大厅的座位区坐下后，邱弋甚至开口问林梢："江敛教了你什么缓解紧张感的独家方法，效果这么好？也教教我呗。"

林梢回望他："你想知道？"

邱弋抬臂搭上林梢的肩头，挑眉笑问："难道我还不能知道？"

明让闻言，从身后钩过他的衣领，笑容意味深长地瞥向他："我劝你还是不要知道比较好。"

邱弋满脸莫名其妙。

林梢将目光从邱弋和明让两人脸上收回，重新看向挂在厅内正前方的大屏幕。画面中恰好是其他舞蹈组的表演，林梢稍稍坐正身体，认真看起来。

那几组学员的人气高低不一，分票情况皆没有他们这组这样严重。几个队友埋头讨论江敛保住舞蹈组第一的可能性，江敛本人却一副不咸不淡的模样，斜靠在后排座椅上，垂眸叫了一声林梢的名字。

林梢闻声回头，朝他投去疑惑的目光。

江敛伸出手指在身旁空位上轻点两下，对他道："坐这里来。"

林梢下意识地侧头扫了其他人一眼。几个队友仍沉浸在热火朝天的讨论中，并未注意到他和江敛两人的任何互动。他悄无声息地起身，走向身后那排座椅。

坐下来以后，对方一直没有开口说话，反倒是林椰自己率先按捺不住，撑着座椅扶手侧过身去，嘴唇轻轻翕动，吐出几个字来："你觉得怎么样？"

江敛缓缓望向他："什么怎么样？"

林椰道："我的表现。"

江敛微顿，似有若无地扬起唇角："你要听真话，还是听假话？"

林椰稍稍一愣，片刻后答道："两个都想听。"

江敛点点头："你过来。"

林椰依言朝江敛所在的方向偏过去一点。

江敛声音低沉轻缓："假话是，还不错。"

掩下心中淡淡的失望，林椰语气平稳地问："那真话呢？"

"真话吗？"江敛低声笑起来，一字一顿地放慢语速，"真话是，非常棒。"

林椰猝然抬眸，随即真心实意地笑了起来。

这边两人说话间，那边工作人员进入厅内提醒，公演即将结束，所有人都需要到舞台后方随时待命。江敛率先站起来，越过他朝外走去。走出两步后，又似想起来什么般，转身停在他的座位边，弯腰单手抵住他的座椅扶手，张唇吐出一句话："今天有进步。"

林椰坐在椅子上仰头看他："什么进步？"

对方淡淡一哂，意有所指地道："终于知道主动和我互动了。"

林椰面色微怔，又在椅子上静坐了数秒，回过神来的时候，江敛已经迈下台阶，朝门边走去。学员们几乎快要走空，队友站在阶梯下方朝他招手示意。林椰这才站起来，跟了上去。

他忽然在心中十分清楚地意识到，那个拥抱对江敛来说，仅仅是在粉丝面前的互动。对他来说，拥抱的意义却是完全不一样的。

那是他对朋友的感谢，也是他想要和朋友分享自己的快乐与喜悦。

似乎不知道从什么时候开始，他潜意识里已经将江敛摆在了重要朋友的位置上。至于到底是什么时候，追根究底起来，大概就连他自己也不知道。

所有小组的表演结束以后，学员们排好队形在舞台上集合，沈PD公布最终的总名次。总票数出来以后，令队友们松一口气的是，舞蹈组票数最高的学员还是江敛，他拿到了最终的票数奖励。林椰的票数排在舞蹈组的第三名，也算是前所未有的好成绩。

上岛后的第二场公演，就这样在沈PD的总结中，以及学员们为自己花样百出的拉票中，还算圆满成功地结束了。学员们照例获得了一天假期。这个假期短暂而又漫长，说短暂，只因为这个假期只有二十四个小时；说漫长，所有人需要熬过这二十四个小时，才能迎来他们的第二轮淘汰和晋级。

第二次顺位发布还是定在上午九点录制，学员们穿上贴有自己名牌的西装制服，提前半个小时在录制大厅入场完毕。

半个小时以后，大厅内所有摄像机就位，沈 PD 提着长裙的裙摆从后台走出来，在舞台中间站定，开门见山地宣布这次顺位发布的重要信息："到目前为止，这里在座的学员一共是八十三名。而我们这一轮的淘汰规则是八十进六十。也就是说，在今天的录制结束以后，场上将会有二十三名学员必须离开这里。"

虽然心中早已有所预料，但真真切切从沈 PD 口中听到这个消息时，大家不免还是心中一惊，略有忐忑和不安。

"规则很残酷，但是没有办法，大家目前所处的就是优胜劣汰的环境。当然，我今天给大家带来的也不是只有这样的坏消息。"沈 PD 抬眸环视座位上的所有人，"从这一轮开始，在每轮的顺位发布中排名前进跨度最大的学员，赛训组将会给他额外的奖励。"

有人举手提问："什么奖励？"

沈 PD 轻轻一笑："每次的奖励都不一样。后几轮的奖励是什么我也不知道，不过这一轮的奖励我可以先告诉你们。"

她嗓音顿了顿，话锋陡转："*ECHO* 杂志大家都看过吗？"

人群瞬时沸腾热闹起来，"看过"二字此起彼伏地响起。

沈 PD 点了点头："相信大家对这本杂志都不陌生，国内顶尖的时尚杂志之一。就在上周，赛训组已经给大家签下了这本杂志的拍摄项目。"

学员们静了一秒，继而如锅中翻滚的沸水般后知后觉地炸开了，脸上皆是掩藏不住的兴奋和激动。

"先别高兴得太早。"沈 PD 抬手示意众人安静，无奈摇头，"这个拍摄项目虽然是给你们签的，却不是给你们所有人签的。"

她面上神情稍稍严肃："名额只有八个，在座的你们却有八十几个人。所以，只有在本轮顺位发布中进入 A 班的学员，才能拿到这次的杂志拍摄名额。"

众人唉声叹气之余，又有人问："A 班学员不是只有七个人吗？"

沈 PD 面上浮起浅浅的笑意："这第八个名额，就是我说的赛训组送给荣获进步奖的学员的额外奖励了。"

学员们或是唏嘘或是惊叹，带着各色神情正式进入第二次顺位发布的录制。

56

顺位发布从第五十九名开始，第六十名被压在最后宣布。

林椰扪心自问，回顾前些天用江敛的手机在微博上搜到的数据，自己进前六十名应该是没有问题的。可是又能到什么位置呢？

台上沈PD口中已经念到第五十八名学员的名字，被提名的人激动跃起，分别与坐在自己前后左右的同伴拥抱击掌，披着一身祝贺和道喜跑下台阶，朝舞台中央走去。

林椰的目光定定地落在那人身上，随着那人的身影一道延伸至舞台中央，最后穿过那人落在半空中，脑海中缓缓涌现出一个数字范围，他忽然有点小小期待。或许，他也可以期待一下，自己的排名在三十到五十吗？

第五十一名宣布结束以后，明让干坐许久无所事事，越过两人中间的江敛问他："弟弟，你觉得自己能排到多少名？"

林椰张唇吐出一个极为保守的数字范围："四十一到五十吧。"

明让摸摸下巴，若有所思地重复："四十一到五十吗？"

林椰没有再接话，一双眼眸直勾勾地盯向舞台上已经念到第五十名的沈PD。他沉默不语地等待，接下来公布的第四十一名到第五十名，他却没能从沈PD口中等到自己的名字。他缓缓吐出一口气，下意识地挺直贴在椅背上的背脊，仍旧有些乐观地想，或许是在第三十一名到第四十名之间呢？

直到排在第三十名的学员在舞台上发言完毕，转身走向许多人心中向往不已的金字塔时，林椰终于恍然回神，第三十一名到第四十名也没有他的名字。他甚至开始有些怀疑，自己是乐观过头了。

第二次的公演舞台虽然完成得很顺利，自己也在现场拿到了小组第二和大组第三的名次。然而自己没有粉丝基础，来参加投票的观众应该很少有自己的粉丝，他又是哪里来的盲目自信，认为单单凭借上一期那几个多起来的镜头，自己就能稳稳当当地进入前四十名呢？

粉丝们说得没错，江敛能够救他一次，却不能救他第二次。是他没有把握好这个从江敛手中换来的机会吗？林椰心不在焉地抬起头来，有些茫然的目光与身旁江敛的视线骤然相撞。

没有给他回避的机会，江敛看着他开口："你在想什么？"

林椰一愣，没有立即回答对方的问话，那双彻底抬起的眼眸却将他的情绪展现得明明白白。

江敛的目光直直望入他眼底:"担心自己进不了?"

沉默半响,林椰故作轻松地扯开唇角,在耳旁第二十九名学员发表感言的背景音里开口:"本来是不怎么担心,现在开始有点担心了。"

舞台上的学员发言完毕,朝镜头轻鞠一躬,转身走向金字塔上属于自己的位置。沈PD面向金字塔对面的座位区,低头看一眼手中的稿纸:"接下来,我将宣布排在第二十八名的学员。"

右侧耳朵里是江敛的声音:"你觉得自己进不了前三十?"

左边耳朵内是沈PD的声音:"这个学员在第一轮顺位发布中名次非常低。"

林椰诧异而冷静:"我上次的排名连前九十都没有进。"

右耳里江敛道:"那么第六十名呢?"

左耳里沈PD还在继续说:"他擅长跳舞,虽然不怎么擅长唱歌,但是每次都有进步。"

"第六十名?"林椰满腹心事都落在江敛的话里,敷衍一笑,"我从小运气都不太好。"

江敛默默说道:"既然不相信运气能给你带来奇迹,就该相信——"对方冷不丁地顿住,转头瞥向舞台上的沈PD。

对方又报出一个重要信息:"他的名字只有两个字。"

学员们的座位区逐渐变得喧嚣吵闹,大家纷纷左顾右盼,口中不约而同地念念有词,都在猜测这个人会是谁。

林椰在满耳喧哗嘈杂中蹙起眉来,身体朝江敛的位置斜倾过去,只是在意江敛戛然而止的话语。

他垂眸,问得有些漫不经心:"就该相信什么?"

江敛收回视线,扬起唇角,轻描淡写道:"就该相信实力也能给你带来奇迹。"

林椰不明所以地顿在原地。

与此同时,沈PD骤然拔高的声音穿过层层喧嚣的人声,直抵他的耳中:"让我们恭喜林椰学员!"

众人视线连同各机位的摄像机聚焦在林椰周身。

他猝然抬眸,下意识地看向江敛的目光中带有几分不确定。江敛率先站起来,把他从座位上拉起来,象征性地抱了抱,然后松开坐下,露出身后其他队友高兴而喜悦的脸庞。

林椰本能地和那些人拥抱,收下他们祝贺的话语,在所有人的注视中缓缓迈下台阶的那一刻,他忍不住抬眼看向大屏幕上属于自己的新鲜名次——

第二十八名。

从第九十名到第二十八名，林椰觉得像是在做梦。他又控制不住地回头看向身后，江敛还是坐在他旁边的椅子上，双腿交叠，神色淡淡。

对方并没有在看他，林椰忽然就松了口气，不再回头也不再踟蹰，坚定地迈步走向舞台中间沈PD身侧的位置。

杂志拍摄的第八个名额最后毫无疑问地落在了林椰身上。前三名仍雷打不动的是江敛、明让和邱弋三人，温免和夏冬蝉的人气也在稳步上升，两人一前一后排名紧挨。前者堪堪挤入出道圈，排在第七名。后者刚好掉在出道圈以外，排在第八名。

林椰寝室四人顺利晋级，《丛林月光》组的八个成员也都留了下来。

被淘汰的二十三名学员都是傍晚离岛的船票，三个室友下午出门去送离开的队友，林椰一个人留在寝室睡觉。

入睡前没有开闹钟，醒来的时候窗外已经是晚霞似火。三个室友都没有回来，林椰爬下床去阳台上取毛巾洗澡。

脱了上衣要进浴室时，门被人敲响了。以为是室友出门忘带钥匙，林椰又胡乱套回上衣，匆匆拨弄两下乱糟糟的短发，连卷起的衣摆都没顾得上仔细整理，单手拎着摇摇欲坠的裤子，趿拉着拖鞋去开门。

站在门外的人却是江敛。

对方目光扫过他这副匆忙而狼狈的模样，似笑非笑地开口道："造型不错。"

最初的尴尬情绪转瞬即逝，看清面前的人是江敛时，林椰放松下来，就这么维持着提裤子的姿势答道："正准备洗澡。"

江敛道："邱弋叫我们晚上去食堂喝酒庆祝。"

庆祝什么，答案自然不言而喻。公演小组成员全部晋级这种事情，实在是鲜有发生，且下次公演分组时，大家多半就不会再分在同一组，的确也有必要聚一聚。

林椰点头应好，转身朝里走："我先洗个澡。"

江敛并未转身离开，而是跟在他身后关门进入，在沙发上坐下来，言简意赅道："快点。"

林椰悄无声息地看了他一眼，加快走向浴室的脚步。江敛两条长腿随意叠起，靠在沙发里低头玩手机等他。

57

中途夏冬蝉和两个室友回来过，进门后看见江敛坐在沙发上，还有些惊讶。得知林椰还在里面洗澡，三人各自拿好东西，很快又离开了。

两人收拾完到食堂时已经是晚上八点。

其他队友早早等在食堂里，见林椰和江敛姗姗来迟，还罚了两人喝酒。他们过来之前，桌边六人就已经先行吃过一轮晚饭，此时八人到齐，又直接进入第二轮的夜宵环节。

中途温免从旁边经过，也被邱弋叫过来坐下喝酒。桌上A班的学员由三人变成四人，几人说起出岛拍杂志的行程，其他队友听得满脸欣羡，问他们："你们什么时候去？"

温免说："我们还没收到具体的日期通知。"

明让摇了摇杯中的啤酒，懒洋洋插话道："应该是重新分完宿舍以后。"

队友语气中带着几分怅然："这么快又要分宿舍了，也不知道这次是按排名选，还是电脑随机。"

话题当即就被引到了重新分宿舍这件事上。

温免换到林椰身旁的空位坐下，与他碰了碰杯，若有所思地开口："也不知道这次出岛，我们有没有机会和颜常非还有程迟他们一起吃个饭。"

林椰一顿，笑了起来："《台风眼》小组的岛外重聚吗？"

温免也挑眉笑道："是啊，重聚。"

两人这边回忆起数周前的往事，却因手机已经上交，并不知道颜常非、程迟还有祁缓三人当天已经在岛外的火锅店聚过一轮了。

这天其实是再平常不过的一天。

除去粉丝在微博上看到不知真假的被淘汰学员的名单时心情有些大起大落外，其他一切皆是如常。

直至晚上十点左右，颜常非发了一条聚餐吃火锅的微博。微博放出的九宫格照片，犹如投入湖面的一块石头，瞬间激起了千层浪。

虽说是九宫格，但引得粉丝们轰动的只有当中一张照片。

颜常非在微博配文中简单说了聚餐的事，连带回忆起淘汰前在岛上的快乐时光。九宫格中放了他与两人在店内的自拍合照，以及被淘汰前在岛上和其他学员一起拍的合照。

合照中有他和几个室友的同框照，有《台风眼》除颜常非以外所有成员的同框照，也有顺位发布前一百个学员的集体大合照。九张照片中引发轩然大波的却是《台风眼》所有成员公演结束在候场厅拍下的合照。

快门拍下的瞬间颜常非恰好起身，所以照片只拍到了其他五人，以及颜常非在镜头中留下的小片衣角。

照片中可以看到，温兔独自坐在最前方高举手机掌控镜头，程迟勾着祁缓的脖颈笑。唯独坐在江敛身边的林椰，双手规规矩矩地撑在膝上，和江敛之间空出了一点不近不远的距离。

程迟和祁缓的合照姿势，与林椰和江敛的合照姿势形成鲜明对比。

假如说程迟和祁缓是亲密无间的朋友关系，那么林椰和江敛就活脱脱被衬托成了冷淡疏离的同事关系。

于是粉丝们觉得江敛和林椰的关系并不如镜头前表现得那样好，回头去看那些从比赛视频和照片里抠出来的细节，也越发觉得像是刻意在捆绑互动。

TOP 2　　TOP 1　　TOP 3

PART 7

分宿舍

58

  大家都忙着重新分配宿舍。学员人数由最初的一百人减少到六十人，空余的床位变多了，宿舍也从最初的六人间换成了四人间。江敛和明让住的两人间被取消了，两人也只能住四人间。

  这一次，赛训老师既没有采取电脑随机分配的方式，也没有采取按照排名挑宿舍的方式，而是让所有人自由组合，挑选自己想要的三个室友。

  学员们惊喜高呼，迫不及待地转头在人群中寻找关系好的哥们儿、朋友。林椰和原宿舍的三人站在一块儿，有室友提议道："我觉得和你们住挺好的，要不还是我们四个人住一间？"

  另一个人点头附和，夏冬蝉却没有表态，只偏过脸来看林椰："你呢？你还跟我们一起住吗？"

  林椰眼中略有诧异。从进赛训组开始，他就一直与夏冬蝉住一起，此时不和夏冬蝉住，还能和谁一起住？他刚要点头，却冷不丁地想起来，选管似乎才说过，江敛和明让住的两人间已经被撤掉了。

  这也就意味着，江敛也要住进四人间里。对方的室友名单里一定会有明让，除此以外，整间宿舍里还空出两个床位来。

  他莫名有些心动。

  虽说他和江敛两人还算不上真正的朋友，自然也没有必要睡在同一间宿舍里，林椰垂眸思索，还是有点心动。只是江敛并未跟他提起过室友的事，林椰有些摸不准对方的态度，更加不确定此时自己找过去，江敛和明让那边是不是还有多余的空床位。毕竟两人都是热门学员，同宿舍的床位自然也会是热门床位。

  他一时间心中踟蹰不定。

  有室友听了夏冬蝉的话，困惑不解："你想和谁一起住？"

  夏冬蝉想了想，替他答道："他们组的队友吧。"

室友恍然道:"江敛他们吗?说起来你运气还真好,两次公演分组都被分到江敛那组,我还没和中心位同过台呢。"

"我还不想和他们分到同一组呢。"夏冬蝉若有所思地勾唇,"跟高人气的学员分在一组,票都要被他们分走大半。"

室友赞同地点头:"说得也是。"

几人还要再说,夏冬蝉的公演小组成员却找了过来,邀请夏冬蝉过去和他们一起住。夏冬蝉思考两秒,最后看向林椰道:"这样也行,我们就各自和队友一起住好了。"

林椰朝他点头:"你去吧。"

对方很快就跟着队友走了,剩下林椰三人站在原地,两个室友已经在商量,打算再找两个新室友。林椰也不再多留,转身去人群里找江敛。

一圈绕下来,没有看见江敛和明让,却被《丛林月光》的其他三个队友叫住了。三人似是已经打定主意要住一起,只是宿舍还多出一张床位,恰好看见林椰落单,高高兴兴地问:"你一个人?"

林椰说:"我一个人。"

"那正好,"队友笑起来,"我们这里还缺一个室友,你跟我们一起住吧。"

他没来得及答话,感觉到右边肩头微微下沉。

有人在他开口之前,从他身后靠过来,把手搭在了他的肩头。林椰心中微动,转过头去嘴唇微张,一句话已经自然而然滑到嘴边,看清邱弋的脸时又猛地一顿。

他轻抿嘴唇,再抬眸看邱弋时神色已经恢复如常:"你怎么在这里?"

"来找你啊。"邱弋大大咧咧接话,转头看向那三个队友:"不好意思啊兄弟,林椰已经答应和我们一起住了,你们再找别人吧。"

那三人笑道"没关系",转头继续去物色其他落单的学员。

邱弋回头:"你和我们住怎么样?还是说,你要和你的好朋友一起住?"

林椰问:"好朋友?"

邱弋理所当然地道:"夏冬蝉啊,难道他不是你的好朋友?"

林椰没有回答,只道:"他和队友一起住了。"

邱弋领着他往人群外围走:"那不是正好?他和他的队友一起住,你也和你的队友一起住。"

林椰不再推托,应了下来。

从宿舍区的走廊上走过时,左、右两侧宿舍门皆是大大敞开,学员们正对着门口蹲在地上收拾行李,林椰忍不住朝两侧多看了两眼,却都没有在其中找到江敛或明让的身影。

他不知道那两人找谁做了室友，转念又想，既然江敛没有主动来找他，那么大概率是没有要和他一起住的想法，他也没有必要这样惦记。江敛找了谁做室友，又和他有什么关系？

他收回目光，不再左顾右盼，跟着邱弋朝前走去。

迎面走来两个学员，一人林椰不太熟悉，另一个人与他做过室友，和退赛的赵一声是同工作室的学员杨煦。四人擦肩而过时，林椰听见杨煦对同伴道："我问过栗沅了，他没答应和我们一起住。"

同伴问："那他和谁住了？"

杨煦说："不清楚。不过我倒是听说，他去找江敛了。"

听到栗沅的名字，林椰脚步一顿，下意识地回头看去。

杨煦和同伴已经逐渐走远，邱弋走出两步，终于发觉他没有跟上来，神色疑惑地回头："怎么了？"

林椰几乎就要脱口而出一句"栗沅和江敛一起住"来，好在理智及时回笼，他扯唇朝对方一笑："没怎么。"

此时此刻，他脑海中浮现出来的，有关栗沅的画面只有两个：一是初上岛那天对方站在江敛宿舍里的情景；二是那天夜里对方在空中花园向江敛提出交易的片段。

即便从本质上来说，如今他与江敛的交易和栗沅想做却没能做成的事情没有太大区别，他自然也是无法更是没资格去针对栗沅的道德与人品说什么，可仍觉得心中不太舒服。

就如同硌了一块石头，堵在他的胸口令他憋得慌。

两人继续往前走，邱弋冷不丁地停在一间宿舍门外。宿舍门没关，林椰还没出口询问，就听见门里有不高不低的说话声传来。那声音听着谈不上陌生，甚至还有点熟悉。

他在邱弋身旁站定，抬眼望见栗沅站在门里，脸上摆出一副不肯轻易罢休的模样："既然你们宿舍还少一个人，为什么我不能住进来？"

宿舍内一道熟悉冷淡的声音响起："没有为什么。"

栗沅二话不说，抬脚就要往里走。

江敛的声音再度传来，带着几分明晃晃的不耐："选管说的话你难道没听见吗？"

栗沅脚步顿住："那要是其他十四间宿舍都已经住满了人，就只剩下你们这间没满呢？"

"满了。"江敛朝门边走过来，神色漠然，"空出的床位已经预定给别人了。"

似是不相信他的话，栗沉挂上一副可笑的神情："给谁了？"

江敛一顿，没有回答。

栗沉抬眸轻笑："根本就没有其他人。"

"怎么没有？"江敛漫不经心地一笑，抬腿径直越过栗沉，将站在门外看热闹的林椰拽入门内，"给他了。"

林椰面露意外。

栗沉微愠的眸子定定地落在林椰脸上良久，最终错开目光，什么也没说就走了。

目送对方背影走远，林椰侧身望向江敛，以玩笑般的口吻随意道："没经我同意就拿我做挡箭牌，是不是该请我喝奶茶？"

"挡箭牌？"江敛面色淡淡地打量他片刻，从上衣口袋里摸出名字贴塞入他怀中，"本来就是留给你的，自己去挑床。"

林椰捏着自己的名字贴，真真实实愣在原地，忍不住回头望了一眼身后的邱弋。

对方走入门内，朝他露出一口白牙："忘了跟你说，我们就住这间。"

明让也从宿舍里探头看他，脸上满是不走心的遗憾和惋惜："弟弟，你来晚了啊，下铺已经没有了，只能睡上铺了。"

林椰目光灼灼，眉梢眼角有笑意漫开："那刚好，我更喜欢睡上铺。"

59

宿舍还是维持原有的六张上下铺不变，三张下铺已经被占掉，林椰只能从剩下的三张上铺中挑。明让抢在他开口前提醒："我头顶的上铺要用来放行李，弟弟可以不用考虑我这里了。"

邱弋听了，想也不想就道："我上铺是空的，你可以睡我上铺。"

林椰目光分别扫过邱弋和江敛的上铺："我想睡位置靠里的床。"他问江敛："你上铺要放行李吗？"

江敛道："不要，你睡吧。"

林椰出门去原宿舍拿自己的行李。行李箱已经收拾好立在墙边，林椰把自己的床垫带被子卷好抱下来，横架在行李箱的箱顶，推着箱子回新寝室。

明让和邱弋已经整理好床铺，靠躺在床上休息。林椰两手空空爬到上铺，余光恰好瞥见江敛从卫生间里出来，便坐在床上对他道："能不能帮我递一下被子？"

说完，习惯性地趴在栏杆边低头往下看。从前夏冬蝉睡他下铺，对方比上铺的高度要矮上两三厘米，林椰和夏冬蝉说话的时候，也就自然而然地养成了低头俯视的习惯。

然而此时，当江敛俯身抱起行李箱上的整个铺盖，从床边站直身体，人竟然比上铺还要高出一点。靠在床边维持垂头姿势的林椰始料未及，连忙往后仰了仰，这才避免被对方手中的被子临头砸到。

江敛亦有些意外，动作微微一顿，随即反应很快地将被子和床垫推至床边，唇角轻扬道："要是真的压坏你这张脸，你的粉丝就该追着我骂了。"

林椰霎时无奈地说："哪能这么容易就被压坏？"

"也是。"江敛嗓音里的笑意更加明显，"就算是真的压坏了，这里也没有别的目击证人。"

林椰闻言，有些诧异地抬眼望向江敛身后。看清整间宿舍的床铺位置分布后，他恍然地扬了扬眉。

视角最好且能够将他与江敛的动静一览无余的对面下铺，明让正背对着他们在床上玩手机。剩下邱弋此刻正躺在他们旁边的下铺床位上，林椰和江敛的位置完完全全属于对方的视角盲区。

大约是听到他们的说话声，左侧下铺传来一阵轻微的翻动摩擦声，紧接着而来的是穿鞋的动静。躺在他们旁边下铺的邱弋，从床边站起来转身问："目击证人？什么目击证人？"

林椰盘腿坐在床上答："没什么。"

邱弋也并未在意，转而接着问道："已经到吃饭时间了，去不去吃饭？"

江敛抬起眼眸："去。"

邱弋飞快地点点头，想到马上就能去吃饭，当即心情大好地冲他们咧了咧嘴。

分完宿舍接下来的两天都比较轻松。

赛训组通知有杂志拍摄行程的八人下午收拾好出门的行李，傍晚乘船离岛去机场，然后从机场坐晚上的航班飞往杂志拍摄地。至于剩下留守在赛训基地的五十多位学员，赛训组特地给他们安排了一些日常生活的拍摄录制。

托去拍杂志的八个学员的福，赛训组破天荒地给所有人发放了手机，允许他们上网和联络家人朋友，手机使用时间为两天半。

所有人拿到手机后，眼睛几乎就不再从手机屏幕上离开。唯独要出岛的八人，皆忙着收拾出行的行李，还没来得及去看手机上的任何消息动态，因此并不知道,他们的行程已经被发布在网络上。

粉丝们并不是看到行程信息时才知道学员中有八人有出岛的行程,早在前一天顺位发布的录制结束后,许多人就从微博那里看到了相关的消息。只是当时放消息的人并未拿出确切的证据,粉丝都是半信半疑。

如今信息一锤定音后,粉丝们终于坐不住了。短短几个小时内,找同伴去机场接机和送机的帖子满天飞,有的粉丝也热情满满地摩拳擦掌,准备拍摄器材。

还有经验老到的姐妹在超话里问,赛训组允不允许学员们收礼物。

"除了信件以外,粉丝的礼物一概不收。"带队的工作人员叮嘱即将离岛的八人和随队的几位助理。

"手幅也不能收吗?"有人问。

领队老师明确发话:"不能收。"

一行人当即点头应下,末了,还有人调侃说:"还想手幅,大晚上的,机场又离市区很远,说不定去送机的粉丝只有零星几个。"

众人哄然一笑,纷纷附和他道:"说得也是,又不是什么大红大紫的明星。"

然而等八人抵达机场航站楼,从车上看清车外景象时,却忍不住为之震撼了。

航站楼外夜色浓重,楼里灯火通明。粉丝们密密麻麻地站在路边激动地张望,一眼望去只能看到人流如潮,人头攒动。好几个参加集训前是素人的学员忍不住探向窗口,面上难掩新奇之色。

工作人员此时回过头来,微笑着对他们道:"虽说还不是大红大紫的明星,但怎么说也是人气最高的A班学员,怎么会没有粉丝送机。"

助理已经先行替他们去取了机票。搭载学员的双层大巴车在航站楼外缓缓熄火停下,机场保安上前在车门前拦开仅一人可过的通道,工作人员回头拍手提醒:"大家带好自己的随身物品,我们要下车了。"

所有人自觉按顺序在车内排成长队,江敛站第一位,林椰在最后一位。八人中有人戴了帽子,有人戴了口罩,唯独林椰什么都没戴,露出完完整整的一张脸来。

学员们一个接一个,在工作人员和保安的护卫下有序地下车朝机场内走。送机的粉丝虽然来得多,但每个人的粉丝数不一样。走在最前的江敛几人身侧粉丝最多,路也最挤。落在队伍末尾的温免和林椰,反而是走得最轻松的两人。

去排队过安检的途中,视野里数不清的手机与单反镜头穿插而过,越来越多频频回头的路人加入粉丝队伍，一边扭头询问这是哪个男团，一边举着手机疯狂按快门。

　　林椰与温免并排朝前走，为数不多喜欢他们的粉丝紧步跟在他们身侧，有时是在录视频，有时又在抓拍照片，中间还不忘朝两人表白喊话，可谓忙得不亦乐乎。

　　有个戴粉色口罩、学生打扮的年轻女孩儿，悄无声息地挤到林椰身侧轻声问："哥哥可以收信吗？"

　　林椰愣了一秒，垂眸望向对方。

　　戴口罩的女孩儿不好意思地错开目光，低头从手提袋里翻出一封粉红色的信，递至林椰手边，眼巴巴地望向他："哥哥，我真的很喜欢你，这封信你可以收下吗？"

　　林椰还是没说话，也没有伸手去接对方手中的信。

　　似是被他的目光盯得十分局促，女孩紧张地将那封信塞入林椰怀里，匆匆留下一句"哥哥对不起，我是真的喜欢你"，转头就钻出了人群。

　　旁观整个过程的温免挑眉问他："这是你的粉丝？"

　　林椰迟疑一秒，竟然鬼使神差地没有接话。

　　温免又问："老师不是说可以收信吗？人家小姑娘递过来你怎么不接？"

　　林椰想了想，开口道："这还是我第一次被人叫哥哥。"

　　温免有点莫名其妙："粉丝不都管我们叫哥哥吗？那小姑娘看着也确实挺小的，应该刚上大学吧。"

　　林椰没有说话。

　　跟在旁边的粉丝们终于反应过来，立即有人嗓门响亮地喊："宝贝对不起！今天我们知道消息的时候已经有点晚了，所以没来得及给你准备礼物。等你回来的那天，我们一定会准备的！"

　　林椰朝她们笑了笑："老师不让收礼物。"

　　那人满脸失落，片刻后重新振作道："没关系！不能收就不能收！那等你回来的那天，我也给你写信，有好多页厚厚一沓的那种！宝贝你等我！"

　　林椰忍不住又笑了。

　　八人很快过安检进候机室。他们算是踩点赶到机场，没时间在候机室休息，就径直去了登机口。飞机上学员们都是连座，林椰挑了靠窗的座位坐，江敛坐在他旁边。

　　空乘从过道旁走过，提醒所有人系好安全带。林椰随手将信放在腿上，低头在身侧找安全带的两端。江敛垂眸瞥一眼他腿上的粉红色信封："粉丝给你的信？"

林椰平静点头。

江敛又问:"不拆开看？"

"看。"他开始动手拆信。

信上内容应该不多，隔着信封也能明显摸出，里面只有一张薄薄的信纸。信封和信纸都是樱粉色的少女风格，将对半折叠的信纸从信封内抽出时，鼻尖还能嗅到淡淡的干花清香。

林椰放下手中的信封，慢吞吞地展开信纸。

视线落及纸上内容的那一瞬间，他眸光微滞。

林椰神色如常地将信纸折回原样。

江敛诧异地转头，目光从他手中的信上轻掠而过，最后定定看向他的脸，眉头微蹙："你看完了？"

林椰对上他的目光："看完了。"

江敛眉头更紧一分："写的什么内容？"

将信纸收入信封内，林椰扯唇一笑："没什么实质性的内容。"

江敛没有说话，倏然弯腰逼近，敛眉凝眸望向他，嗓音低沉："你脸上长痘了。"

林椰满眼错愕，一时竟分辨不出，对方口中的话是真是假。

待到反应过来的时候，江敛已经从他手中拿走了信封。

他打开那封粉丝给林椰的信。

信上内容很少，只有短短一句话。写信的人字体清秀好看，内容却十分难看——

"别整天故意和江敛互动，离他远点儿，谢谢。"

江敛周边的气温骤然降至冰点，心中没来由地怒意上涌。

60

八人坐的那班航班凌晨在拍摄城市降落，接机口人潮涌动，热闹如白昼，微博上蹲守机场图和视频的粉丝也一直维持着情绪高涨的状态，没有下线睡觉。

本以为这些前线粉丝发来的照片和视频已经称得上晚睡福利，却没想到真正的晚睡福利还在后头等着。那晚过后，每当有人提及当晚的事情时，面上皆是一副"熬夜党的胜利"的骄傲模样。

源头大概还要追溯到粉丝发布在微博上的那些精修美图。照片中能够很明显地看出，学员们已经暂时拿回了自己的手机。粉丝们纷纷打开实时提醒微博账号上下线的软件，并且满心期待今晚可以等到一个发新微博的哥哥。

皇天不负有心人，凌晨过后终于有人等到了。大家眼睁睁地看着明让的微博账号突然上线，无声无息地维持了长达整整五分钟的在线状态。五分钟以后，粉丝们在明让的微博首页刷到一张新鲜出炉的学员合照。

配文是"丛林月光全家福"。

四十分钟以后，八人抵达入住的酒店大堂。领队老师去前台领了四张双人间的房卡，邱弋顺手拿走了两张。林椰他们四人在岛上本就是一间宿舍的室友，出来以后自然而然也就默认为两两睡一间房。

理所当然地认为江敛会和明让住，邱弋递给明让一张房卡，转头叫上林椰："我们一间。"

江敛却从明让手中拿过那张房卡，对邱弋道："你和明让一间，我们一间。"

邱弋神色困惑地目送江敛和林椰离开。

明让搂住他的肩膀，口吻十分随意地解释："我睡觉打呼，江敛不愿意和我睡。"

邱弋脱口而出："那也可以跟我睡，我不打。"

明让叹气："他这不是还没和你睡过，所以不清楚你到底打不打呼啊。"

深觉对方的话十分有道理，邱弋若有所思地点点头，也转身带上自己的行李，并肩与明让朝电梯的方向走去。

两人进入房间，各自占床放下行李，林椰先去洗澡，然后是江敛。

洗完澡出来的时候，林椰正横趴在床边看手机。江敛拿起矮柜上的吹风机插好，一边吹头发，一边低头回复微信消息。消息回完之后，江敛放下手机，余光瞥见林椰还在滴水的发梢，以及他手边床单上朝外晕染的深色水渍，关上吹风机朝林椰招手示意："过来。"

林椰握着手机从床上爬起来，趿拉着拖鞋走过来低头问："叫我干吗？"

江敛抬起脚尖钩过身侧的藤椅，示意他坐下来。

林椰在椅子上坐下来，脊背以十分放松的姿态靠在藤椅上，抬眸就见对方将吹风机递了过来，开口叮嘱道："把头发吹干再玩。"

他道了声谢，伸手接过吹风机，垂眸在把柄上找开关。

刚洗完不久的短发还是湿漉漉的，额前的碎发湿润而自然地搭落在眉眼边，衬得林椰的脸部轮廓在暖黄色的灯光下更显几分柔软。

有晶莹剔透的水珠沿着他的额发朝下滚落，挂在他的发梢轻轻晃动。大约是有所察觉，林椰抬起眼皮来。本是微垂的黑色睫毛倏然朝上翘起，发梢上圆滚滚的水珠终于挂不住般坠下，悄然砸在他的睫毛上，绽成透明微小的水花，从他的睫毛缝隙间漏下。

林椰伸手揉了一下眼睛，本该是再平常不过的动作，再抬眼时，瞳孔里却像是盈满一湾被微风吹皱的湖水，湖面波光潋滟。

下次公演可以做湿发造型，江敛单手撑在脸侧，若有所思地点了点头。

林椰推开把柄上的开关，头顶骤然有隆隆风声响起，暖风温柔地从他稍长的额发上拂过。感知到额头上传来的干燥暖意，他不自觉地闭上了眼眸。

此前刻意压制住的睡意渐渐漫过大脑，林椰听着耳边的风声，在沉浮的睡意里放空大脑，直到自己那仅剩无几的意识彻底被黑暗吞噬。

握住吹风机的手腕微微一松，他的脑袋不由自主地垂落下来。

坐在床边的江敛伸手扶住吹风机，指腹从把柄上的开关处轻轻推过。热风戛然而止，犹如在浅浅睡梦中感知到什么般，林椰猛然惊醒过来，睁着一双睡意蒙眬的眼睛看向他。

江敛将吹风机放上床头柜，淡淡解释道："你睡着了。"

林椰这才反应过来，揉着眼睛从椅子上站起来说："谢谢。"

"你去睡觉吧。"江敛起身往浴室里走。

他没说什么，转身脱鞋爬上自己的床躺好，很快就再次陷入了睡梦中，就连江敛是什么时候回来，又是什么时候熄的灯，都不知道。

61

第二天早晨，林椰是听到浴室里的水声醒过来的。

双臂探出被子外伸了一个懒腰，他抱着被子从床上坐起来，目光瞥见对面那张空荡荡的床，然后才意识到，江敛此时大概是在浴室里。

他伸长手臂在床头捞自己的手机，低着头坐在床上翻看每日推送的时事新闻。

骤然响起的敲门声将他残留睡意的混沌思绪彻底唤醒。

林椰穿鞋下床去开门，面前那扇门还未完全推开，邱弋熟悉的声音就先从门缝间挤了进来。

对方过来叫他们起床，见他和江敛都已经起来，也不再多作停留，留下一句"楼下餐厅见"，很快就离开了。

江敛洗完澡出来，林椰也进浴室里冲了个澡。

两人动作利落地换好衣服带上手机，出门去楼下餐厅吃早餐。城市里春天的气息越发浓厚，学员们出岛前也已经脱下厚重的羽绒服，换上了自己带过来的轻便私服。

　　大家在餐厅集合吃完早餐，大巴司机开车接八人去杂志社总部。

　　总部大楼内搭有摄影棚，摄影师和造型师已经等在公司内，工作人员先领学员们去化妆间做新造型。本次拍摄有视频也有平面照片，甚至还有给八人准备的微采访。整个拍摄以"发光的少年"为主题，造型上着重突出几人的少年感，并与主题曲《予你的光芒》紧密贴合。

　　林梛已经染回一头黑发，又做回刘海儿中分的发型。上身是印有白色字母的明黄色连帽卫衣，下身配直筒的浅蓝色牛仔裤，裤脚卷至七八分裤的高度，脚踩白色厚底运动鞋，露出一截白皙劲瘦的脚踝。耳朵上戴一枚荆棘玫瑰样式的白钻耳钉，浑身上下散发出干净而年轻的气息。

　　学员们都是卫衣配长裤的少年造型，四人是无帽圆领卫衣，四人是连帽卫衣。江敛穿的是带有彩色印花的白色连帽卫衣，额前碎发稍稍烫卷随意搭落在眉间。他全身色调意外地与林梛一身十分搭。

　　八人站在背景布前方拍封面合照，其中江敛作为中心位坐在众人中间，排名第二和第三的明让和邱弋分别围坐于他两侧，剩下五人插空站在三人身后，站在两侧的四人各自抬起一条手臂搭在前方坐着的人身上，另一只手勾住身旁的人的肩膀。中间那人弯腰俯身，伸长双臂从身后勾住中心位的脖颈，笑容灿烂地抬起脸来。

　　拍了几张都不满意，站在江敛身后的那人衣服颜色与江敛的有些不搭，拍出来的照片从视觉上来看效果有些欠佳。摄影师的目光缓缓扫过后排几人，最后在林梛身上落定。

　　他点着林梛和江敛身后的人道："你们两个换一下位置。"

　　林梛从后排边上换到了江敛身后。

　　摄影师又道："换位置的照刚才我说的姿势摆好。"

　　林梛俯身伸手从后方勾住江敛脖颈，仰起脸面朝前方镜头露出笑容。

　　"可以，不要动。所有人都看镜头，笑起来，把你们的牙齿都露出来。"摄影师重新调整镜头和焦距，一边按下快门，一边口吻满意地补充，"我看你们拍两三人的组合照也不错，拍完合照我们再加拍一点组合照。"

　　拍完封面合照，又拍了用于杂志内页的其他合照。轮到拍组合照的时候，摄影师首先就点了林梛和江敛两人留下，其余六人下场休息或是补妆。

　　和江敛的组合照中，林梛有两张照片最喜欢。

一张是两人并肩靠立在背景墙边，嘴边叼着长长的巧克力棒，单手插裤子口袋，下颌微扬看向镜头，眼中隐有几分桀骜和散漫。

　　另一张是两人背靠背单腿屈起坐在最高一层台阶上，一只手松松搭在弯曲的膝盖上，头上罩着卫衣兜帽，眼眸斜向侧前方，只在镜头里留下轮廓分明的侧脸。

　　事后工作人员叫两人过去在电脑上挑照片，称是杂志排版时会增加一张组合照。江敛只稍稍看了两眼，就开口叫林椰来选。林椰在两张照片中难以抉择，直至工作人员笑道会将不用的照片都打包发给他们，他才选了自己和江敛咬巧克力棒的那张正面照。

　　中午工作人员送盒饭过来，拍摄工作暂停，助理领学员们去吃午饭。用餐的休息室里空无一人，桌上已经摆好了八份盒饭。学员们领了盒饭回头找空沙发坐下，助理又给他们送了水过来。

　　休息室大而宽敞，室内还连着一扇轻掩的小门。明让随口问了一句："那扇门里也是休息室吗？"

　　"是的，里面是一个比较小的单间休息室。"助理朝那边望一眼，转而似想起什么般补充道，"今天除了你们，也有其他圈里的老师在我们这里有拍摄行程。"

　　助理稍稍一顿："你们有谁是BLSS的学员，可以去跟公司的前辈打个招呼。"

　　有人问："是哪个前辈？"

　　助理说："是沈远间老师。"

　　问话的那人转而看向正在掀盒饭盖的林椰："我记得你和夏冬蝉都是BLSS的吧？"

　　林椰停下动作，神色如常地点头道："我们工作室学员的宿舍和公司出道艺人的宿舍隔得远，我和沈老师也不怎么熟，他应该不认识我。"

　　众人面露了然，不再提及这件事，各自埋头专心致志地吃午饭。助理手头还有其他工作，又叮嘱他们几句后，就推门离开了。

　　午餐虽然是盒饭，但几道配菜也并不比赛训基地的食堂饭菜差多少。有三种不同的盒饭套餐，大家纷纷捧着饭盒与关系好的学员凑在一起，你来我往互相夹菜尝鲜。

　　米饭吃过一半，林椰饭盒里的红烧排骨还有大半没动，他倒是数次抬眸瞥向江敛饭盒里的青椒牛肉。仿佛有所察觉，江敛抬起眼皮来问："想吃？"

　　林椰说："想吃。"

　　江敛将手中饭盒朝他的方向递过去。

　　林椰伸长筷子过来夹。

江敛却抬起筷尖敲在他的筷子上："筷子拿开。"

林椰不明所以地将筷子挪开，却见对方抬高手中的饭盒，将饭盒里的牛肉尽数拨进了自己捧的饭盒里。他眼露诧异："你的菜还够吗？"

江敛扬眉，手中的筷子在他饭盒里的红烧排骨上轻轻一点："你把这个给我。"

林椰明显一愣："这个菜我已经动过了。"

江敛言简意赅："快点。"

他沉默下来，将红烧排骨拨入对方的饭盒中，缓缓眯起眼眸，显然是记忆十分深刻，道："你不是说，你没有喜欢用别人用过的东西的特殊嗜好吗？"

"说你是记仇鬼，你还不愿意承认。"江敛手中动作顿住，望向他扬唇哂笑，"只记得我说过这句话，却不记得那天早上是谁给你带的早餐。"

没有中他故意下的套，林椰思绪清晰地反驳："你难道不是给明让带的早餐，只是他早上没起床，你不想浪费，才给我吃的。"

敏锐听到自己名字的明让二话不说介入两人中间，懒洋洋地拖着尾调开口，嘴上虽说着撇清自己的话，面上却明晃晃一副饶有兴致的看热闹神色："你们两个吵你们的，可不要带上无辜的我。"

江敛瞥他一眼。

明让面色愉悦，还欲张口说话，却听见身后那扇门里传来一阵动静。断断续续的动静过后，就是逐渐清晰起来的人声和脚步声。

学员们不约而同地闻声抬头。

两个年轻的男人一前一后开门走出来。

走在前面的男人面容普通，穿着也没有任何吸睛之处，手中还提着空掉的饭盒，看上去像是助理。走在后面的男人年龄在八个学员之上，却也不超过三十岁。他身穿西装，脸上带妆，面部轮廓和五官虽不如几个学员那样精致帅气，但放在普通人群中也算是鹤立鸡群。

两拨人目光相对，皆是一顿。

学员们率先回神，朝后面那人打招呼："沈老师好。"

沈远间点头以作回应，迈步走向八人，朗声道："林椰。"

林椰捧着盒饭站起来："沈老师。"

沈远间问："你也来拍杂志？"

林椰点头。

不再说什么，沈远间带着助理走向休息室门边。然而开门的那一刻，对方又毫无预兆地回过头来，看着他道："林椰，下周见。"

62

　　下午先做单人采访,再拍单人照和集体视频。采访中包含各式各样的问题,每人被问到的问题或多或少都会有些出入。

　　针对林椰的采访是从"最近一次哭是什么时候"开始的。

　　林椰略微回忆了一下:"奶奶去世的时候。"

　　负责做采访的老师以"去世的奶奶"为话题切入点,引出林椰与其他学员完全不同的家世背景:"我记得有一期视频里,赛训组有一个和家人朋友连线通话的环节,那个环节里没有你的镜头。是剪掉了,还是你当时没有打?"

　　林椰说:"我没有打。"

　　无意去揭他内心深处的伤疤,采访老师点到为止,转而换成轻松的话题:"喜欢什么口味的食物?"

　　林椰答:"甜的和辣的都吃。"

　　采访老师问:"众所周知,甜食热量非常高。你们平常在岛上,会因为特别注意自己的身材管理,而抑制自己想要吃甜食的冲动吗?"

　　"不会。"林椰摇头,"我们每天练习都要消耗大量体力。"

　　似是还担心他的情绪陷在之前的问题里,采访老师语气随和轻缓:"最近一次吃的甜食是什么?"

　　林椰情绪早已恢复平静,神色一怔,吐出三个字来:"姜撞奶。"

　　采访老师注意到他面上的情绪转变,稍显疑惑地点点头,随手记录下来后,切换到下一个问题:"学员当中最想感谢的人是谁?"

　　林椰说:"江敛。"

　　采访老师问:"为什么?"

　　林椰道:"第一轮的顺位发布中我被淘汰了,不管是出于什么原因,我都很感谢他最后选择我,给了我一个留下的机会。"

　　采访老师又问:"最近一次去串门的寝室是谁住的寝室?"

　　林椰道:"江敛寝室。"

　　"这样看来,你和江敛的关系应该很好。"采访老师笑了起来,"如果我没有记错,你今年过完生日才二十岁,江敛比你大好几岁。对你来说,江敛是什么样的存在?"

　　林椰愣了一秒。

　　"是难答,还是不好意思答?"采访老师有些意外林椰的反应,主动给出他三个选择，"哥哥、朋友，还是比较好的同事关系？"

林椰迅速回神，做出思考的模样："对我来说，既是哥哥，又是朋友。"

"亦兄亦友。"采访老师露出了然的神色，"最后一个问题，你现阶段给自己定下的目标是什么？"

林椰沉默片刻，脑海中有想法渐渐成形："现阶段的目标是出道。"

采访老师若有所思地点头，在笔记本上敲下几笔，最后道："我的采访结束了，谢谢你。"

林椰闻言起身，朝对方鞠躬道谢，转身退出采访的小单间。

心中始终有一道声音回荡不停。

对他来说，江敛到底是怎样的存在？林椰会答不上来，原因无他，只因他自己都没有仔细想过这道问题的答案。是哥哥，还是朋友，又或者是自己亲口定论的既是哥哥，又是朋友。

采访的最后，老师问起他现阶段的目标时，林椰说"出道"。但是他当时下意识想到的，并不仅仅是"出道"两个字。脑海中瞬时涌现而出的，遣词造句上也更为完整的应该是——

和江敛一起出道。

他想走江敛将要走的那条路，也想与江敛站在同一座金字塔上。

从最初的淘汰就回家，到不想淘汰想出道，再到想和江敛一起出道。这个以舞台为中心画出的未来，在他心中所占比重日渐增加的同时，江敛在他生活中所占比重，甚至在他心底所占比重，亦不容小觑。

然而即便是这样，还是不足以让他想明白，他心中真正想要的那个问题的答案是什么。

到今天为止，林椰甚至都还不到二十岁，他连自己漫长生命的三分之一都没有走完。他想不明白的事情太多了，多一件少一件，对于他来说实属无所谓。而他始终相信，那些问题的答案，也终会在时间里渐渐显露出它们的全貌。

学员们在杂志社留到晚上八点回酒店。

离开时仍能看到楼外有粉丝在等他们下班，直到在大巴内坐下，他们还在笑容满面地朝粉丝们挥手告别。工作人员清点人数确认到齐后，大巴司机发车缓缓离开。

领队老师在车上告知众人明天的返程时间。航班在下午一点，飞机落地后，他们刚好还能在日落前赶上前往小岛的最后一艘船。

上午没有任何安排，学员们可以选择在酒店睡觉，也可以出门逛一逛。

要出门的人必须提前向工作人员打报告，并确定手机电量足够，出门后和工作人员随时保持联系。

有精力充沛的学员早已迫不及待，前后左右开始约人，然而大多数人已经精疲力竭，没有人响应他的号召。

林梛和江敛回到酒店房间洗完澡，明让左手握着两盒扑克牌，右手拽着邱弋胳膊，百无聊赖地过来敲门，找他们两人打牌。

待那两人进门以后，林梛垂眼看见邱弋提在手中沉甸甸的零食和罐装啤酒，才发现他们是有备而来的。酒店房间内铺着厚厚的毛毯，四人面对面盘腿坐在地上打了几局牌。

明让甚至还带了夹子过来充当惩罚道具。两人来之前在楼下超市闲逛，明让说要买晾衣服的夹子，邱弋还兴致勃勃地点头附和，恰巧手机又在手里可以拍照留念，就等着看向来处变不惊的中心位输了牌脸上被夹满夹子是副什么滑稽模样。

然而两轮玩下来，输的人都是他自己。脸上接连被夹过两轮夹子以后，邱弋余光再扫见那些夹子，都下意识地觉得脸上隐隐作痛。他心中默念数遍逆风翻盘，结果第三轮下来，输的又只有他一人。

心说偶像好歹也要靠脸吃饭，邱弋提议用贴纸条来替换夹夹子。此提议由三人投票，最终以二比一的票数比例被否决。邱弋看向唯一投下赞成票的林梛，挑眉笑道："谢了哥们儿，有你一票我也就心满意足了。"

"不谢，"林梛扬起唇角，"我只是担心我自己会输。"

邱弋面上笑容一滞。

结果说什么来什么。第四轮邱弋终于不再垫底，轮到林梛受惩罚了。

"我替你挑几个好看的。"邱弋埋头在身侧翻出几个五颜六色的夹子，抬手就要往林梛脸上夹。

江敛拿过他手里的夹子，言简意赅："换惩罚。"

邱弋眼露诧异："换什么？"

明让举起手中的纸张和胶水，屈起指尖在垂立的纸上轻轻一弹，口吻戏谑："换成贴纸条了。跟人家那脸比起来，你这张脸简直就是皮糙肉厚。你还好意思拿那么多夹子往林梛脸上夹？"

邱弋伸手往自己脸上摸一把，又近距离看了看林梛的脸，想想还真是这么回事，他悻悻闭嘴不再说话。

整整十局下来，邱弋脸上已经贴满了长纸条，林梛脸上也有两三张，唯独江敛和明让两人脸上空空如也。明让喝了一罐啤酒，起身去卫生间，回来后不记得自己把手机丢在了哪里。

他从邱弋那里拿了房卡回去找手机，剩下几人三缺一，中场休息等他回来。邱弋抬手抛了抛手中的纸牌，冷不丁地开口道："我会用扑克牌玩一点魔术，你们想不想看？"

江敛神色淡淡："你说的魔术我也看过教程，不怎么难。"

兴致被对方一句话冲淡，邱弋不再提魔术的事，低下头开始摆弄自己的手机。

没有加入两人的对话，林椰放下手机，回头拿起一袋薯片拆开要吃，却后知后觉，贴在鼻尖上的长纸条垂到了上嘴唇边缘。

事先早已说好纸条不能撕，他只能先将薯片袋歪歪斜斜地放在腿间，伸手去掀碍事的纸条，然后再有几分艰难地捏起薯片，从掀高的纸条下喂进自己嘴巴里。

前方冷不丁地传来拍照时才会有的快门轻响，林椰叼着薯片微微愣住，顺着那道声音飞快抬头，视线绕过贴在脸前的纸条，落在了江敛举起的手机上。

迅速将叼在嘴边的薯片吃进去，他鼓着腮帮子语气纳闷而含糊地问："你在拍什么？"

江敛勾着唇角不答话，饶有兴致地看了眼自己抓拍到的照片，随即才冲他扬了扬自己的手机："你的把柄。"

林椰闻言，面露错愕："什么？"

"你不是问我在拍什么？"江敛露出似笑非笑的神情来，"我在拍你的把柄。"

林椰抿抿嘴唇，原本是想对此置之不理，心中却始终有些在意，最后还是朝他摊开手掌，闷声要求道："给我看看。"

江敛哼笑一声："你用什么来换？"

林椰二话不说就将怀里的那袋薯片塞给了他。

江敛面上笑意更深："这可是不能流出去的照片，你就用一袋薯片来打发我？"

林椰眉头轻轻拧起，欲言又止地看向他，问："很丑？"

江敛笑而不答。

林椰露出一脸难以置信的神情，伸手作势要去抢。不料江敛并未做出任何防备姿态来，轻轻松松就让他拿走了手机。

他低头往亮起的屏幕上看，发觉照片中只有自己的下巴和手，整张脸并未入镜后，才反应过来是被江敛骗了。

全程将他面上的神情变化收入眼底，此时江敛手撑着头，直接心情不错地笑出声来。

听到他们这边的动静,邱弋眼神茫然地抬起头来:"怎么了?"

"没什么。"江敛收起唇边的笑回答。

邱弋略有狐疑地扫了眼没吭声的林椰:"真的?"

"真的。魔术教程我看过一遍,虽然简单,但是我不怎么会。"江敛嗓音平淡如常地岔开话题,"你表演给我们看看。"

通知栏里骤然弹出新消息的提醒,邱弋动作一顿,重新进入微信界面,头也不抬地接话:"行啊,先等我回完消息。"

他全身心地投入到回复消息的举动中去,很快就将刚才的小插曲抛到脑后。

63

牌打到深夜才散,早餐时间林椰是直接睡过去的。一觉睡醒整理完行李,下楼去餐厅吃午饭的时候,发现学员们都挤在餐厅的放映大屏前看电视。林椰随意夹了几样吃的,端着餐盘走过去,站在后方看了两眼,才恍惚记起来,第四期昨天晚上就制作完成了。

大屏幕上的进度条已经快要走完,林椰转身找了张空桌子坐下,拿出手机打开视频软件,一边吃饭,一边拖着进度条粗略看了看。

视频内容是第二次公演前的练习室日常和公演舞台。林椰想知道自己的舞台镜头有没有被剪,直接跳过了前半部分的练习室日常。只是还没快进到公演舞台的部分,工作人员就来餐厅提醒众人,大巴车已经等在酒店门前,还在吃饭的人赶紧加快动作。

林椰匆忙退出视频收起手机,将餐盘里剩下的意面吃光,起身回楼上房间拿行李。江敛几人已经在房间里等他,四人带着行李乘电梯下楼。

仿佛四人都已经默认,林椰和江敛坐同一排,邱弋和明让坐同一排。上车时邱弋自然而然地填补上明让身旁的空位。

大巴车缓缓发动,明让的声音从前排传过来,并未指名道姓:"你上热搜了。"

"江敛的吗?"林椰头也不抬地接话,"我也看见了。"

明让笑了起来:"我不是在说江敛,我是在说你。"

林椰惊讶地抬眸,想也不想就问道:"好的还是不好的?"

邱弋插话道:"你还没出道,能有什么可以上热搜的黑历史?"

"有啊。"林椰思考两秒,"比如我这次排名前进六十位,说不定就是'岛选之子'。"

明让从前排递出手机，示意他伸手来接："等那些人看了这个视频，就不会那样想了。"

对方口中指的视频是林椰在第二次公演中的官方直拍视频，也是将林椰送上热搜的那个视频。视频不再像第一次公演的直拍视频那样，整场舞台几乎没有能看清脸的近镜头，反而清楚到甚至能够看见那根在他的独舞舞蹈中断裂成两截的蛇骨项链。

如明让所言，顺位发布录制结束的那天，不少人都从有关排名的小道消息中发现，此前全靠江敛才逐渐出现在众人视野内的林椰，第二次顺位发布中名次竟然犹如坐火箭般直升。

凭什么呢？就凭第二次的公演舞台。

网友们不以为然。

粉丝极力辩解，没有人看到他的实力，也是因为赛训组在前两期视频中给他的镜头太少。

网友更是嗤之以鼻，说镜头永远是为那些有准备的人而安排的。

而到眼下第二次公演舞台被观众悄悄拍摄后上传到网络上，直拍视频意外出圈，甚至挤入热搜排行榜，那些人纷纷闭嘴沉默起来。从这一刻开始，他的名字已经彻底和《丛林月光》绑在了一起。大家会在提到《丛林月光》的时候，自然而然地想起他。也会在说到他的时候，脱口而出《丛林月光》这首歌名。

九十名的他连晋级留下都不敢想，二十八名的他已经开始向往和憧憬着出道。

这种感觉复杂而又奇妙，林椰想。

几个小时以后，学员们在机场落地。

回程的机场里同样也有许多粉丝来接机，当中甚至还能看到出发那天晚上来送机的熟悉面孔。没有走VIP通道，八人从接机口出来时，又一次引发了轰动。

林椰和江敛走在一起，比起出发那晚走机场的轻松舒适，此时的他堪称寸步难行。围观的人群里三层外三层，将他和江敛从里到外层层围住，来给林椰接机的粉丝也倍感吃力和艰辛，仿佛下一秒就会被挤出人群。

八人被人群冲散，江敛和林椰落后于其他六人。先到航站楼外的六人上车以后，大巴的自动车门却出了点问题。司机临时关门调试，也就导致其他人都已经上车，唯独剩下江敛和林椰还站在车外。

围在车旁的其他几家粉丝陆陆续续散开，林椰的粉丝找准机会从缝隙中插空挤到保安身后。

　　为首的高马尾女孩儿在保安身后踮起脚尖，朝林椰小声喊："林椰宝贝，看看我们吧！我们给你写了好多信！"

　　林椰闻声侧头去看，认出说话的人是送机那天扬言回家就给他写长信的粉丝，朝她们扬唇一笑。

　　猝不及防被他的笑容击中的粉丝们低声惊呼。"高马尾"神情肃穆地转头，提醒她们小声一点，不要引来注意，而后接过同伴手中递来的礼品袋，朝林椰所站的方向递出去。

　　那礼品袋虽然不大却也不小，提在粉丝手中，丝毫不像是几封信该有的重量。林椰迟疑片刻，记起领队老师说过的话，站在原地没有任何动作。

　　"高马尾"急得连连跺脚，弯腰站在保安身后解释："里面都是信，没有其他东西。"

　　林椰便伸手去接。

　　余光间横插进一只骨节分明的手，先他一步替他接过粉丝手中的礼品袋。

　　包括江敛粉丝在内的众人皆是愣住，而后视线齐刷刷地投向江敛。

　　袋内装的的确都是信件，一眼望去信的数量不少于十封。江敛不咸不淡地抬眸："粉丝给的信也要检查。"

　　"什么意思？""高马尾"有些茫然无措，"信封那么小，怎么可能塞得下其他礼物？"

　　"不是检查礼物。"江敛面容淡漠，"是检查信的内容。"

　　在场的一众粉丝神色微变。

　　"我们从机场出发那天晚上，有人以林椰粉丝的名义给他送了一封内容不好的信。从信上的内容来看，应该是我的粉丝。我不管对方是出于什么原因，才做出这样的事情。但是，"江敛拧眉扫过人群中自己的粉丝，眼眸漆黑冷肃，"我可以很明确地告诉你们，我没有这样的粉丝。"

　　一时间全场粉丝竟噤若寒蝉。

64

　　对于江敛在粉丝面前说的那些话，林椰有些始料未及。直到上车以后，他仍久久没有回神。对方甚至如话中所言那般，要替他检查信上的内容。也是林椰笃定送信的人都是熟悉面孔，的确是他的粉丝无疑，检查信的事情才就此作罢。

林椰数着袋中的信，冷不丁地开口问他："你说那些话，就不怕'掉粉'？"

江敛："我说的话有哪里不对？"

"没有哪里不对。"林椰摇了摇头，"谢谢你。"

确实没有不对的地方，只是江敛原本可以不管。这件事本就与对方无关，也没有对江敛造成任何不良影响。粉丝的失德行为更是无法代表江敛本人的意志。

林椰转头看向坐在身侧的江敛。对方耳中塞着两只耳机，靠在座位椅背上闭眸休息。

学员们回到基地休息一晚，恋恋不舍地上交手机，又马不停蹄地进入第三次公演任务发布的录制。此次公演任务除去原有的六十个学员以外，还有八位神秘的助演嘉宾会加入。

经由赛训组讨论过后，挑出的公演歌曲共八首，其中六首歌的小组成员为八人，剩下两首歌的小组成员为六人。

每个神秘嘉宾将会带着一首歌在视频中与所有人见面，他们将分别戴上不同样式的面具，学员们无法看到八位嘉宾的真实面貌，只能听到嘉宾开口说话的声音。

嘉宾和学员是双向选择的。嘉宾会提前浏览赛训组发过去的所有学员的个人简历表，假如有感兴趣或是想要合作的学员人选，他们将在视频里对自己选中的学员发出组队邀请。

当然，被邀请的学员也有拒绝对方的权利。而所有学员对合作嘉宾的选择，将在大家观看完所有视频以后进行。这也就意味着，在完成和助演嘉宾的组队之前，除了声音和面具，学员们对自己选择的嘉宾一无所知。

沈PD以最简洁清晰的语言介绍完本次和助演嘉宾组队的完整流程，学员中立即就有人道："这个有点刺激，我喜欢。"

也有人问："助演嘉宾是男生还是女生？"

"都有。"沈PD转身退回大屏幕旁，放出公演任务中可供选择的八首歌，每首歌都可欣赏三十秒的高潮部分。沈PD看向座位区的学员："如果你们无法从助演嘉宾中做出抉择，也能挑一挑自己比较喜欢的歌。"

座位区逐渐安静下来，众人凝神倾听。

曲目切换到第五首时，林椰意外地听到了一首很喜欢的歌。最夸张的时候，他曾经耳机里每天都在单曲循环，也曾试着去学歌曲MV中的舞蹈。

之前玩得挺好的朋友无法理解他的所作所为，未经他同意擅自分走他的一只耳机，听完以后还表示很费解，将那首歌贬得一无是处。

同样十分费解的人还有林椰，他仍清晰记得自己当时说出的话——"既然不喜欢不理解，为什么还要听？"以及没有说出口的后半句话——不喜欢也并不等于就能看轻和贬低。

八首曲目的高潮听完，前方大屏幕上开始播放八位神秘嘉宾提前录制的视频。

视频内容非常短，每位嘉宾只有几句话的时间。

第一位嘉宾是戴小丑面具的年轻男人，对方在视频中道："各位学员大家好，我带来的公演曲目是《藏风》，我邀请江敛学员加入我的公演小组。"

学员们连连感叹："不愧是中心位。"

《藏风》这首歌的高潮部分相当洗脑，大家几乎是过耳不忘。学员们纷纷猜测打赌，江敛多半是会选择这首歌。

然而待第二和第三个视频放出来，画面中接连两位年轻女嘉宾也不约而同点名要江敛加入时，学员们就有些后悔前一刻妄下断言了，似乎第二组和第三组的曲目和助演嘉宾也不错。他们猜测江敛大概已经陷入艰难的选择和摇摆之中。

已经成为学员们讨论焦点的当事人好整以暇地坐在座位上，单手抵着下颌，黑眸直视前方大屏幕，面上任何情绪都不显。

林椰转头问他："你去第几组？"

江敛视线仍旧停留在屏幕上："我们去第一组。"

林椰面色轻顿："我们？"

听见他的话，江敛斜过眼眸扫向他："我们。"

视频已经从第四位嘉宾跳到第五位嘉宾。这两位神秘男嘉宾皆是一出口，就被全场学员听出是集训的导师。那两人却还要戴着面具，在画面中一本正经地装出"我们只是助演嘉宾"的模样。

座位区的学员们笑倒一片。

在成片的开怀笑声里，林椰没有任何迟疑地道："我想选 Time's Up。"

江敛闻言，眉尖轻扬："你想和我分开？"

仿佛从未想过这样的问题，林椰愣住，也就自然而然地错过了第六位嘉宾前半部分的视频内容。直到听见大屏幕内飘出来自己的名字时，他才下意识地抬头，却也只来得及看见画面中戴狐狸面具的嘉宾身影一掠而过。

第七位戴兔子面具的女嘉宾出现在视线内。

林椰只听见第六位嘉宾点名邀请自己，却没有听见对方所在那组的公演曲目。他转头望向江敛，欲开口询问。

仿佛已经知道他要问什么，江敛出言打断他，神色似有不快："你要选的 Time's Up。"

林椰的情绪还沉浸在前一刻江敛的问题里，此时才渐渐回过神来。

如同经过深思熟虑般，他答道："前两次公演都在同一组，第三次我想要去体验一些新的东西。"

江敛没有说话，只神色越发冷淡地望着他，眼中情绪沉重而浓郁，却叫人难以分辨。

半晌过后，他轻描淡写地扬唇，半是玩笑半是随意般开口，眼底却没有丝毫笑意："你这是打算用完我就丢？"

林椰也是诧异不解，即使不在同一组，到比赛结束之前，两人还是可以一起训练，提高个人实力的。然而他没有说出口，而是在短暂的气氛凝滞间想了许多。

前两次公演成为江敛的队友，自己收获了很多粉丝。这一层关系中江敛是被迫方，他是受益方。而当他提出要分开，不再同队时，江敛的反应却有些出乎他意料。

抛开捆绑取利的关系，假如江敛还愿意和他在同一组，那么自己也不是不可以为了江敛放弃选择最心仪的公演曲目。

林椰看着他脱口而出："你想和我一组吗？"

江敛面露怔色，心中少有地出现了微妙的动摇情绪。

下一秒，江敛在沈PD的结束语里站起身来："既然你想选第六组，那么我们就分开。"

在他的尾音里，林椰垂下眼眸，悄无声息地掩去了满眼失望。

学员的自主选择开始了。

教室里多出八块小黑板，分别对应八首公演曲目。选好歌的学员，只需要用马克笔将自己的名字留在相对应的小黑板上。

林椰和江敛走出座位区，一人朝左，一人朝右，穿过流动的人群，迈步走向自己选择的公演小组。

片刻以后，江敛停在《藏风》的黑板前，接过旁人递来的马克笔，俯身在黑板上落下一笔。与此同时，身后排队的两人低声说话的声音清晰落入耳里。

戴眼镜的学员对室友道："刚才那八个视频里，我只猜出了四个男嘉宾的声音，女嘉宾的声音一个都没听出来。"

室友咂舌惊叹："你还猜出了四个，我只猜出两个，我们的舞蹈导师和声乐导师。"

学员语气诧异:"第一个和第六个你听不出来吗?"

室友仔细想了想:"第一个我觉得有点像李青呈,第六个我是真没听出来。"

学员自得一笑:"第六个是沈远间。"

江敛猝然握着笔直起背来。

沈远间。

杂志图拍摄那天,林椰口口声声说不熟悉,却在见面时对林椰说下周见的沈远间。只是前辈,选择的公演曲目却恰好是林椰喜欢的歌,甚至在录制的视频中点名希望林椰加入自己那一组。

没有任何由来的,江敛心情变得不太好,甚至称得上有点糟糕。

下一秒,他抬起指腹擦掉黑板上的那一笔,转身递出手中的马克笔,在身后学员们诧异的目光中,抬腿朝教室的最左边走去。

65

林椰是第一个在黑板上留下名字的学员。

身旁围满了尚在观望的其他人。有人在好几首曲目之间踟蹰不定,有人虽然喜欢这首歌,却有其他喜欢的助演嘉宾。林椰写完以后,回头见其他人皆没有要上前接替自己的意思,就将马克笔放在了桌边。

笔落于桌面的那一瞬间,就被人从斜后方拿起了。林椰低头退到旁边,给拿笔的那人让路。视线从那人熟悉的鞋面上扫过时,他满眼惊讶地抬起脸来,看见江敛站在黑板前,弯腰在他的名字下方,龙飞凤舞地写下自己的名字。

林椰望着他脱口而出:"你不是要去《藏风》那组?"

对方放下手里的笔,朝向他站的位置,轻描淡写地道:"我改变主意了。"

半个小时以后,学员们的最终选歌和分组情况出来,林椰和江敛分在 Time's Up 这组,明让和邱弋分在《藏风》那组。

公布完选歌和分组结果,沈 PD 告诉所有人:"八位嘉宾都将会在今天之内和大家见面。至于是以什么样的形式和大家见面,我就不方便在这里跟你们提前透露了。"

结束以后,林椰四人先回了宿舍一趟,然后才去食堂吃饭。邱弋和林椰都有私人物品落在练习室里,今天才拿回来。两人进寝室放东西,江敛和明让站在门边等他们。

明让靠在门前朝江敛扬下巴:"不是说好都选第一组,你们怎么去了第六组？"

江敛道："林椰要选第六组。"

像是听到什么好笑的事情，明让看他一眼："你什么时候也成了被别人的想法左右的人了？"

江敛移开目光，不再接话。

虽然没能从江敛口中问到答案，但是很快，明让就隐约能够猜测出，江敛临时改变主意的原因了。

四人去食堂吃饭，已经陆陆续续有学员吃完离开。他们恰好错开用餐高峰期，打菜窗口前不用排队，甚至连窗口内的工作人员，也只剩下一人。

那人穿着食堂内统一的工作服，背对他们坐在椅子上休息，邱弋端着餐盘抬手敲窗口，流畅利落地喊："叔叔，麻烦帮我们打个菜。"

待那人闻言起身转过来，邱弋才发现对方戴着黑框眼镜和白色口罩，不像是叔叔辈的人，倒像是哥哥辈年龄的人。他神情自然地改口："不好意思啊大哥，刚刚你背对着我，我有点没看清。"

大哥朝他点点头，接过他递来的餐盘问："要什么？"

邱弋点了几个菜名，看大哥动作似是不太熟练地替自己打完菜，端着餐盘给排在身后的林椰让路，毫无所觉地问："大哥，你是不是替你家里人来代班啊？"

大哥没回答他，目光直直望向站在窗口外的林椰："吃什么？"

林椰垂眸轻扫一眼，报了和邱弋同样的菜名。

打进他餐盘里的菜却比邱弋要多出一倍。

邱弋满脸诧异和纳闷："大哥，你该不会因为我刚才口误管你叫叔叔，就只给我打这么一点菜吧？"

林椰转头看他："要不要我跟你换？"

原本也只是开玩笑，邱弋想要说不用，余光陡然扫见身后凭空多出的拍摄镜头，霎时挑高眉头问："怎么会有摄像老师？"

在场学员不约而同地回过头去。

明让散漫慵懒的嗓音响起："沈老师，第一次做食堂打菜的工作不太熟练吧？"

后来的学员神色惊异地看向站在窗口内的人："沈老师？哪个沈老师？"

沈远间取下戴在脸上的口罩，面上浮现出恰到好处的笑："你怎么认出我来的？"

明让道："如果不是几天前才见过面，我还真的认不出来。"

邱弋后知后觉，问林椰道："你也早就认出来了？"

林椰摇了摇头。

邱弋这才稍稍释然。

先前问哪个沈老师的学员认出沈远间，瞬时了然道："林椰也是BLSS的，这么说来，沈老师就是林椰同工作室的前辈了？难怪就连打菜也要给同工作室的师弟多打一点。"

沈远间大大方方地接受了这个"优待同工作室师弟"的理由。

数天前在杂志社亲口听林椰说两人不认识的邱弋和明让，此时却是面色有异，甚至不由得多看了沈远间两眼。

仿佛对旁人的打量无知无觉，沈远间看着林椰："我说过的吧，师弟，我们又见面了。"

林椰没有答话。准确来说，是他还没有想好要怎么答，也是没来得及答。江敛从他身后走了上来，神色如常地将手中餐盘递向沈远间，嗓音淡淡地打断他们的叙旧："沈老师，麻烦帮我打个菜。"

身份已经曝光，工作人员哪里还敢再让沈远间给学员打菜，接二连三从后厨走出来，将对方请到一边，娴熟做回自己打菜的工作。

四人端着餐盘在桌边坐下。

邱弋还沉浸在刚才的插曲中："怎么同样都是上周见过面，明让能认出来，我就认不出来？"末了，又似想起来什么般问林椰："你知道沈远间是哪个组的助演嘉宾吗？"

林椰说："我不知道。"

"你真不知道？"邱弋眼神古怪地望向他。

林椰同样回以奇怪的神情："我真的不知道。"

他下意识地看向坐在对面的江敛和明让两人。前者面上看不出太多情绪来，后者看林椰的眼神更加奇怪，明让竟然也如邱弋一般，不怎么相信他说的话。

林椰无言以对。

他说自己没认出沈远间，没有人相信。他说不清楚沈远间在哪组，也没有人相信。

可他说的都是真的。

那天在杂志社里遇见，他都差点没能认出沈远间来。今天在食堂里，对方戴着眼镜和口罩，将那张脸遮得严严实实，林椰更是认不出来。

沈远间的变化太大了。

热播剧中人气角色累积的热度，公司团队量身打造的"人设"、定位，更加精致的外貌和气质包装，让他现在看到的这个沈远间，与他从前认识的那个沈远间相差甚远。

这样大的变化，即便是他认不出来，也不足为奇。

在这件事上，林椰甚至不觉得自己有任何问题。

唯一让他意外的是，他以为沈远间会装作不认识他，所以他才会在那些人面前说出沈远间不认识他的谎话来，可是沈远间并没有。

然而即便沈远间的行为拆穿了他的谎言，他也不觉得是什么影响重大的事情，甚至都没有太放在心上。

四人吃完饭回寝室睡午觉。

明让和邱弋两人很快上床躺好，林椰从卫生间里出来，江敛拎起垃圾桶里的垃圾递给他："你把垃圾倒了。"

林椰拎着垃圾开门出去。垃圾箱设在走廊的尽头，林椰丢完垃圾往回走，路过左侧的楼梯口时，却看见本该在寝室睡觉的江敛，双手抱臂靠在墙边侧头等他。

他脚下步子一转，朝对方走过去："你不午休吗？"

江敛没有说话，转身推开安全通道的大门，往门后没有摄像头的楼梯口走去。林椰抬脚跟上了他。

漆成红色的大门在两人通过后反弹回关闭状态，江敛在楼梯的最低一级台阶上坐下，对他道："过来。"

林椰走过去，在他旁边坐下道："这里说话会被人听到。"

江敛面不改色："楼上楼下开门声和脚步声都能听见。"

林椰闻言，这才侧过脸去看他："你有话对我说？"

没有肯定，也没有否定。江敛并未直接切入主题，反问他道："我就不能找你做点其他的事？"

"做什么？"林椰问。

江敛轻笑一声，不再说什么，直接将话题转到正事上："你在公司和沈远间走得很近？"

他不答反问："你问这个干吗？"

江敛不但没有将这个问题就此揭过，反而将目光紧紧锁在他脸上："刚刚在食堂里，你真的没有认出来吗？"

林椰有点跟不上节奏："什么？"

"沈远间。"江敛轻眯眼眸，"你和沈远间，是什么关系？"

林椰陷入短暂的沉默。

他不知道该不该告诉江敛，他刚进公司的时候，的确和沈远间走得很近，也的确毫无保留地信任过沈远间，只是对方却那样漠然地将他的满腔信任与依赖踩在脚下，甚至还当着他的面来回碾轧。

如今再见到沈远间，他心中已经再也掀不起任何波澜来。他不在意这个人的消失与出现，不想也不愿意再回忆过去那些与对方有关的事。

可是现在江敛却直截了当地问他了。

林椰并不想再向对方撒谎，至少在当下，他希望自己在面对江敛时是毫无保留的。

察觉到这个念头，林椰有一瞬间的轻微出神。

下方突如其来的开门声和脚步声将他拉回现实，有人上来了。听那脚步声，应该是只有一人。

林椰迅速整理好脸上的表情，目光下意识地扫向身后楼梯下方。

来人不是基地的任何学员，也不是基地的任何工作人员，而是一张既陌生又熟悉的面孔。说是陌生，是因为林椰从未见过真人；说是熟悉，是因为林椰曾经数次在电视新闻和采访中见过对方。

还不到三十岁，却已经是国内人气极高的著名音乐人，李青呈。

他瞬间反应过来，原来李青呈也是这次公演舞台的助演嘉宾。虽然不知道对方为什么会出现在学员的宿舍楼里，但既然沈远间能够出现在食堂窗口，李青呈此时站在这里也就不足为奇。

以学员的身份，林椰自然是不能就这么干坐着不动。他从台阶边站起来，欲向对方问好。

李青呈却先对着他们开口了。

对方一共就说了两句话，话中还带着明晃晃的戏谑和嘲笑。

第一句话是："江敛，你不是来之前还跟我说，没兴趣和这些弟弟交朋友，现在这又是在干吗？"

第二句话是："这就是明让说的那个，最近差点让他发小地位不保的小朋友？"

TOP 2　　TOP 1　　TOP 3

PART 8

修罗场

66

李青呈是一个人来的，身后没有跟任何摄影老师。

站在楼梯通道里说话难免不合适，几人不再多说，很快就回了寝室。李青呈进门就在明让床边坐下，二话不说将对方从被窝里拉起来。

明让睁开眼睛看清面前的人，还有些惊讶，继而掀开被子坐起来，毫不客气地一脚踹在他腰上："你怎么在这里，不是说下午才来？"

"下午那是正式和你们见面，我现在是避开工作人员悄悄溜过来的。"李青呈朝床头懒懒一靠，"我中午特地过来，你们两个倒好。一个躲在楼梯间偷懒，一个躺在被窝里睡得舒舒服服。"

明让顿了顿，只抬高下巴朝斜对面的下铺扬了扬："你一个嘉宾级别的人，就不能注意点影响？宿舍里还有别的学员在。"

李青呈顺着他的动作扫一眼对面床上熟睡的邱弋，道："行，反正之后还有大把时间说。"

明让却没出声附和他，只意味不明地笑一声道："有人可是没有按照我们事先说好的那样进你那组。"

李青呈反应过来，朝坐在正对面下铺的江敛看去。"你没进我那组？你不会是连我的声音都听不出来吧？"他轻哂一声，"就算是听不出声音，我也提前把歌名都告诉你们了啊。"

明让插话道："他跟林椰去同一组了。"

已经摸清宿舍其他两人名字的李青呈露出了然模样。"原来是急着找小朋友玩去了，小朋友的面子我还是要给的。"他回头抬手搂住明让脖子，"谁让他是差点让我们明让发小地位不保的存在呢。"

林椰趴在上铺装睡，把下方几人的对话听了个清清楚楚。这种事上他向来都是有一说一，有二说二。数次听见李青呈话里话外称他为江敛朋友，他都有些不自在，甚至想要爬起来反驳。

倒也不是说被强加江敛朋友的身份会给他带来负面影响，只是他原本就不是江敛朋友，也就没有任何隐瞒或是含糊的必要。

然而转念想到，江敛又不是没有长嘴巴。李青呈是江敛朋友，却不是他朋友。既然江敛都觉得没有解释的必要，也就不需要他再去多嘴说一句不是。

李青呈只是过来和学员们合作，等到公演结束以后，对方就会离开。而他也不会进入江敛的生活交际圈，甚至有可能不会再与李青呈见面。此时煞有介事般郑重解释一句，的确是没有太大必要。

午休时间结束以后，学员们赶往各自所在小组的练习室，和组内的神秘嘉宾正式见面。起床时看见李青呈坐在寝室沙发上，邱弋甚至还觉得有点不真实，第一反应就是整理好发型四处找摄影老师。

待知道李青呈是江敛和明让两人认识多年的朋友以后，邱弋也就渐渐放松下来，甚至很快就在面对李青呈时变得熟稔和随意起来。

宿舍四人虽然分在不同的两组，但两组的教室也隔得非常近。林椰和江敛进入第六组的教室，等在里面的其他六人都是前两次公演中没有合作过的学员。

互相做过简短的介绍活跃氛围后，学员们开始等待组内的神秘嘉宾到场。

工作人员蹲在镜头外的墙边与他们互动："你们有谁猜出来你们这组的神秘嘉宾是谁了吗？"

有人问："是不是沈远间老师？我中午在食堂好像看见他了？"

另有人道："沈老师不是拍戏的吗？他会唱歌跳舞吗？"

江敛瞥一眼林椰："你觉得会是谁？"

林椰略微想了想，开口道："应该不会是沈远间。"

江敛目光里浮现出几分审视，嗓音还是一如既往地清淡："为什么不会是他？"

林椰一句"他应该不会喜欢这首歌"还未出口，就听见门口骤然响起有点熟悉的声音，仿佛是在回答前一刻其他人发出的疑问："唱歌应该不会拖后腿，就是跳舞的部分，还要麻烦你们多教一教我了。"

林椰神色诧异地回头，看见沈远间笑声朗朗地从门边走进来。

沈远间确定为第六组的助演嘉宾。

所有人到齐以后，大家先看了一遍 *Time's Up* 整首歌的编舞视频。由于有助演嘉宾的加入，编舞老师已经在这首歌的原编舞的基础上对舞蹈动作进行了重新编创。整个舞蹈中最亮眼的部分，还是嘉宾和中心位的一段双人舞。

比起有女嘉宾加入的那些编舞视频，双方男性魅力爆发时在视觉上带给观众的冲击，这一段双人舞表现出来的，更多的是力量美感上的张力与魅力火花的碰撞。

也因为如此，整首歌对助演嘉宾的能力要求也比较高。

拿到给这首歌进行重新编舞的任务时，编舞老师并不知道选歌的人本职是演员，等知道的时候，舞蹈动作的编创也已经全部完成了。

同样到场的编舞老师看向沈远间："沈老师，你先看看，这个难度的舞蹈可以吗？如果不可以，我会再对这段进行修改。"

沈远间神色不变："可以。"

接下来提及中心位的人选时，编舞老师道："如果沈老师有喜欢的学员，也可以说出来。毕竟这个双人舞还是需要两个人同时做到高度契合。"

沈远间闻言，目光依次端详过在座的所有学员，最后落在林椰脸上："那我就选同工作室的师弟吧，其他人都是初次合作，也就对林椰师弟比较熟悉。"

对林椰《丛林月光》中的舞台表现印象深刻，编舞老师点点头："林椰舞蹈实力不错。"他看向其他学员："如果你们有谁不服的，可以和林椰现场进行比拼。"

出乎意料的是，仿佛自动默认沈远间的选择一般，现场竟然无人提出异议。

倒也不是其他人不想竞争中心位，视频中的双人舞动作虽然不是男女双人舞中的走位，然而只要想到自己一个男人，还要和另一个男人近身跳双人舞，在场的一众学员就忍不住起一身鸡皮疙瘩。

早知道会是这样，还不如去有女嘉宾的那四组。学员们心中暗叹可惜和失策，甚至在林椰的名字从沈远间口中说出时，心底涌现出淡淡的窃喜以及对林椰的歉意。

前两期都是跳中心位的江敛也没有出言反对，却也对林椰成为中心位的这个决定不是很满意。他无意与沈远间在舞台上跳双人舞，也不愿意让林椰去和沈远间跳双人舞。

江敛在这场中心位的竞争中选择置身事外，其他学员中也无人站起来与林椰比拼，编舞老师最后一锤定音，将象征中心位的徽章交给了林椰。

林椰没觉得和沈远间跳双人舞有什么大问题，他只担心沈远间不会跳舞也跳不好，会给他们小组的整体舞台带来不好的视觉效果。

舞台站位和歌词分配都决定好以后，学员们先学舞蹈。

编舞老师担任沈远间的临时教学老师，剩下其他人自行对着视频学习。大家集中站在落地镜前，由实力最强的江敛带着先从队员齐舞的动作开练。偶尔有队友分解动作做得不标准，江敛还要走入队伍中去纠正。错的人太多纠正不过来，江敛直接叫林椰去给他们做正确示范。

直到大家体力消耗都过大半时，江敛才叫停让其他人去喝水擦汗。

江敛拿了毛巾去卫生间洗脸，走出教室之前，回过头去隔着大半间教室的距离，遥遥看了坐在窗台上的林椰一眼。接收到对方视线的林椰愣住，待江敛前脚离开没多久，也抓起自己的毛巾从窗台上跳下，后脚跟着江敛离开了教室。

踏入卫生间的时候，江敛正站在水池旁的烘干机前吹手。毛巾被对方随意搭在脖颈上，洗过脸的额前碎发微湿。林椰越过江敛走向洗手池，拧开水龙头，掌心并拢接起一捧水，俯身朝脸上泼去。

定时运作的烘干机很快停下，江敛转身走到林椰身旁。见他闭着眼睛满脸水珠地仰起头，右手摸索着去抓肩头的干毛巾，江敛替他拿过那条毛巾，将毛巾覆上他的脸，替他擦干脸上肆意乱流的水。

擦完以后，江敛抬眸瞥一眼面前眼眸紧闭的人："你是不是不想和沈远间跳双人部分？"

林椰睁开眼睛，语气理所当然地回："你都不来争中心位，不就只能是我去跳了？"

江敛闻言，视线缓缓落在他脸上，漆黑的眼眸中深不见底："那你告诉我，你自己想跳吗？"

林椰默不作声地打量江敛面上的神色，随即微微一愣，也不知道是自己的问题还是什么，他竟然从江敛脸上看到了明显外露的情绪。仿佛只要林椰说出一个"想"字，对方就会拧眉不快。

林椰突然有些想笑，也就顺其自然地扬起唇角来，脱口而出"不想"二字。

江敛面色稍缓，将中午没有得到答案的问题又问一遍："你和沈远间是什么关系？"

再无几个小时前的犹豫，林椰答得随意："你应该已经猜到了吧。"

江敛神色渐渐淡下来："以前关系亲近的前辈？"

林椰点头。

猜测是一码事，从他口中得到证实又是一码事。不从林椰那里问到答案，江敛总觉得像是有硬石块硌在胸膛间，心中有些不太舒坦。然而问到答案以后，那块硬石头非但没有就此消失，反而存在感越发强烈，让他心中变得更加不舒坦起来。

心里越是在意和耿耿于怀，面上神色越是淡然。

他对林椰道："你先回去。"

林梛没说什么，先离开了。

江敛转身打开出水口，又慢条斯理地洗了一次手。

卫生间外的走廊上骤然响起对话声。

一道声音来自林梛，还有一道来自沈远间。

江敛微不可察地沉眸，关上出水口抬腿朝外走去。迈出门外的那一刻，恰好听见沈远间道："林梛，你知道我不会跳舞，你教教我怎么样？"

"我教你怎么样？"脖颈上还挂着毛巾，江敛大步越过林梛走上前去，波澜不惊的眸色中泛起点点冷意，"沈老师，论跳舞实力林梛还不如我。你既然要学舞，为什么要找林梛，不找我？"

67

编舞老师不只负责他们这一组，自然也不会一直留在教室里给他们做教学指导。沈远间是开场过半后才上台，除了和林梛的双人舞互动，也需要学一点齐舞动作。

成员们带着他把齐舞动作都抠完，林梛和沈远间需要单独去练双人舞。两人一前一后进了小教室内，沈远间以大教室里的音乐声太吵为由，放下小教室的窗帘，又关上小教室的门。

江敛推开门走入，直直对上沈远间的目光："沈老师，学舞关门做什么？"

沈远间道："外面音乐声太大，容易分神。"

江敛朝林梛站的方向走："沈老师跟着我，就不容易分神了。"

沈远间语气中染上几分歉意："怎么好意思麻烦你，这些动作你应该是不需要学的吧，为了教我还要再学一遍新动作。"

"不麻烦，"江敛神色冷淡地回过头来，"舞台是大家的，如果有人跳不好，受到投票结果影响的不只是那一人，是大家。"

他不以为意地挑唇："更何况，视频看了这么多遍，就算是不刻意学，也差不多快要会了。"

江敛要带沈远间练舞，林梛是没有任何异议的。相反，他整个人还能放松不少。他的动作与沈远间的动作基本重合，他也就不再需要对着视频反复研究，只要集中心神跟着江敛走就行。

首次在公演舞台上跳中心位，同台合作的人还不怎么会跳舞，林梛心中也颇有压力。现在有江敛带他们练习，林梛反而安心不少。前两次公演和江敛分在同一组，带给他的不仅仅是和对方同台的热烈和喜悦，还有他对江敛生出的毫无保留的信任和依靠。

林椰几乎是处于放养状态，江敛主要指导和纠正沈远间的动作和节拍。沈远间动作跳得不对，江敛就站在他身侧给他做示范，直到他的动作正确为止。

偶尔瞥见林椰动作做得过大或是过小，江敛会直接走上前去，从林椰身后靠过去，握住他的手肘与手臂，替他做出细微的调整。林椰也神色自若地任由他抓着自己的双臂摆弄，眼眸直直盯向落地镜中自己的姿势，脑中记下跳出这步动作时身体所带来的微妙感觉。

仿佛早已习惯江敛对他的指导方法。

将两人靠近的姿势收入眼底，沈远间不着痕迹地皱起眉来。

中途停下来休息和恢复体力，江敛离开了小教室一趟。林椰靠坐在窗台下的墙边擦汗，沈远间走过来在他身旁撑手坐下："你和江敛什么关系？"

林椰想了想，答得漫不经心："室友关系。"

沈远间侧过头来，目光紧紧盯着他："你跟他关系很好？"

没有纠正对方话里的误会，林椰甚至不想再开口接话。

沈远间道："如果你想靠他在演艺圈发展，他不是一个好的选择。"

江敛是不是好选择，自己要比沈远间清楚百倍。他和江敛本就不是什么交心朋友的关系，假如江敛真是什么正经心善的人，自然也就不会在那时候直接找上他，提出交易来换自己留下的机会。

"他不是好选择，那么谁才是好选择？"林椰从地板上站起来，垂眸扫向沈远间，"不管他是不是，都跟你没多大关系。"

他说完，指尖钩着毛巾朝外走去。

留下沈远间坐在原地，目光沉沉地望向他的背影。

在岛上的练习时间单调而乏味，赛训组计划在学员组和嘉宾导师组之间组织一场篮球赛。嘉宾队由四位男嘉宾和一位男导师组成，学员队将在全体学员中选拔而出。

赛训组号召学员们自行组成五人队踊跃报名，报名成功的队伍再进行内部选拔赛，由最终胜出的那支队伍去挑战嘉宾队。林椰宿舍四人都会打篮球，且都打得不错，他们拉上温免组成一队去报了名。

最终的选拔赛参赛名单有四支队伍，学员们白天努力练舞，晚上在基地的小型室内篮球场里打篮球。第一天晚上是小组赛，第二天晚上是决赛，第三天晚上是和嘉宾队的友谊赛。

林椰他们那队成功从小组赛入围决赛，最后又在决赛中获胜，拿到了和嘉宾队打比赛的名额。他回忆起数周前去拍饮料广告时，江敛约他打篮球的那些话，倒是没有想到这么快就兑现了。

和嘉宾队打比赛的当天晚上，篮球场内坐满了学员和基地的工作人员，甚至还有守在基地外的粉丝们，她们是被邀请进来观看比赛。

比赛开始之前，五人坐在场内长凳上做最后的战术决策。

嘉宾队中有一位导师曾经参加过篮球类的综艺节目，甚至在节目中与国家队的球员打过比赛，温免神情逐渐肃穆："我们要重点防守。"

"我们打的是团体赛，不是个人对抗赛。"明让托着下巴笑，"他们那队是临时组的，我们至少还打了两天比赛，从默契程度上来说，我们还是占不小优势的。"

众人脸上皆挂着轻松神色，互相叮嘱完该说的话，从凳子上站起来原地跳跃跑动，做赛前的热身活动。林椰已经脱下平日里穿的练习服，换上姜黄色的球服和运动鞋，额头上甚至还戴了条姜黄色的发带。

温免夸他造型不错，搂着他的肩膀悔不当初地道："球服配发带多帅啊，早知道今天还有粉丝来看，我也戴一条发带。"

明让插话道："你问问邱弋有没有发带，你让他借你戴一戴。"

邱弋闻声转头："为什么要问我？"

明让反问一句："你在队内不都是说唱'担当'吗？"

邱弋点头："我是啊。"

明让口吻促狭："说唱歌手不都是要戴发带？"

众人顿悟，笑作一团。甚至还有坐在前排的学员听见，当即解下自己额头上的发带丢到场内，叫邱弋捡起来戴上，不要给观众席上其他说唱歌手丢脸。

邱弋没来得及过去捡，裁判吹哨叫双方队伍上场了。

比赛由江敛和李青呈两人争球拉开序幕，前者抢先一步从空中拿到球，落地后带球跑向对方篮筐下，对面来了两人阻拦他，林椰立于后侧方叫江敛的名字。

江敛没有回头，双手猛地朝后一掷，将手中的球抛往林椰声音传来的位置。林椰双臂抬高接到传球，晃过看守自己的人朝篮筐下跑去。

身后人立即追上来防守，林椰做出要横向传球的假动作，那人被假动作骗过去，当即就要伸手去截球，却不料林椰拿球的那只手猛然直坠收回，朝上空一顶，高举手中球对准篮筐的位置投了出去。

篮球被笔直抛入空中，而后从篮筐中穿落。林椰笑意飞扬地转身，抬手与迎面走来的江敛击掌。

裁判的吹哨声响起，看台上观众呼声骤然拔高。

粉丝们纷纷震惊到说不出话来。半响过后，才有人语无伦次地开口："我们林椰也太帅了吧！"

学员队有了振奋人心的开场，队友们更是心潮澎湃，就连奔跑在场上的身影都变得更加热烈和投入起来。双方队伍皆是你来我往毫不退让，有得分也有失球，有高兴也有失意，上半场裁判吹哨结束时，学员队暂时领先。

五人满脸汗水地走向休息区，邱弋从墙边拿出未开瓶的矿泉水，依次丢给其他四人。林椰夹着水坐下，先翻出自己的毛巾盖在头顶，然后才拧开瓶盖仰头大口喝水。

江敛在他身旁坐下，将毛巾搭在脖颈上，手中的矿泉水瓶抛高又落下。林椰弯腰放下自己那瓶水，汗珠还在顺着下巴往下滴落。他连脸上的汗都顾不上去擦，双手抵在膝盖前，喘得又急又厉害。

闻声侧过脸，江敛伸手挑起他脖颈后的毛巾，直接盖在他的头顶。江敛盖得略显随意，毛巾从林椰头顶展开落下，瞬间就遮掉了林椰的视线和脸。

江敛轻笑一声："喘这么厉害，你体能还是不行啊。"

林椰没有说话，拨开盖在脸前的毛巾，不怎么服气地看向江敛。待到发现对方呼吸平稳、脸色如常时，才不乐意地抿抿嘴唇，开始调整自己呼吸的频率。

很快，即便胸口仍在剧烈起伏，他的唇边也不再有任何呼吸声溢出。

68

下半场由嘉宾队带球进攻开始，学员队改为紧密防守。嘉宾队气势如虹，进攻猛烈，一连投进了好几个球，上半场拉开的比分差距不但被迅速追上，比赛的主导权也顺势落到了对方手中。

林椰和江敛被分开看守，几乎寸步难行。明让拿到手中的球也数次被嘉宾队截下，学员队陷入了被动局势。转机是从邱弋的行动开始的，他从沈远间手中拦下一个球，在自己即将被包围时，手疾眼快地将球传给了明让。

明让拿到球朝篮下跑，围困邱弋的几人反应过来，从他身后紧追而上。明让在心中预估自己此时投球的胜算，毫不犹豫地从篮下将球回传给了温免。林椰靠近江敛的位置，借由江敛突破看守自己的人，迅速朝温免跑过去，从温免手中接过球。

然而篮筐下防守的人太多，林椰也找不到投篮的机会。球拿在手中时间过长，也容易被对手方截走。林椰环顾全场，却找不到可以传球的对象。

温免和明让离得太远，江敛和邱弋被对手防得很紧，自己又站在篮下无法进球。林椰开始考虑冒险进球的可行性，却见江敛往后退了一大步，温免不知何时已经跑到了他与江敛的直线距离上的中心点。

　　林椰举球朝温免扔过去，对手方有人从温免身侧靠过来，与温免同时伸长手臂去空中捞球，幸而温免抢先一步拿到了球，对方又一鼓作气，对准温免怀中的球一掌拍下。温免反应极快地矮身躲过，原地跳起将球传给江敛。

　　防守江敛的人当即做好他带球突破的准备，却不想江敛直接与他拉开距离，屈膝弯腰瞄准远处的篮筐，投出了一个三分球。

　　篮球从众人头顶的上空飞过，所有人不约而同地屏息抬头，顺着篮球飞过的轨迹看过去。球落在篮筐边缘，沿着篮筐转了两圈，稳稳当当地落入篮筐内。

　　学员队挥臂欢呼，回防时奔跑的背影都越发变得信心十足。

　　比赛最终在学员队分数领先的局势下结束。

　　裁判吹哨前最后一个球是江敛投进的。

　　篮球经由层层传递，最后从林椰手中落到站在篮下的江敛手中。江敛托球从篮筐下高高跃起，对手方其他人来不及赶到，唯有同在篮筐下的李青呈还有一争之力。李青呈几乎是与江敛同时跳起，伸出手掌去挡江敛欲往篮筐里盖的球。

　　李青呈余力不足，先一步落地。失去外力的阻拦，江敛顺势弯下手腕，将球砸入篮筐内。江敛落地时没有站稳摔坐在地上，离得最近的李青呈本欲伸手去拉他，余光扫见快步走来的林椰，又临时打消了念头，唇角挂着笑意慢悠悠地走开了。

　　林椰停在江敛面前，弯腰撑着膝盖，整个人仍是气喘吁吁，却朝江敛伸出一只手来。

　　后者抬眸，伸长手臂握住了林椰伸过来的那只手。

　　林椰撑着膝盖发力，将江敛从地板上拉了起来。

　　后者张开双臂，语调理所当然地开口："赢了比赛，也该拥抱庆祝一下，否则粉丝又要说，我们虚假营业私下不熟了。"

　　林椰顶着场上众人投来的目光伸手向前。

　　瞥见拥抱庆祝的两人，邱弋立刻拽着想要往回走的明让掉头，兴冲冲地对着江敛和林椰抱了上来。两人拥抱转眼就成了五人大环抱。

　　看台上粉丝手中相机的快门声一刻未停过。

　　此时拥抱完的五人纷纷返回休息区去喝水擦汗，顺道商量先回去冲个澡，然后去食堂吃夜宵庆祝。李青呈走过来道:"也算我一个。"

五人行成了六人行。

明让瞥他一眼,嘲笑道:"你们队输了球赛,你还好意思跑到我们队来蹭吃蹭喝?"

李青呈大言不惭:"嘉宾是前辈,学员是后辈,前辈让后辈请个夜宵怎么了?"

温免大笑,故意道:"哪组的嘉宾,你们自己领回去。我们只请我们组的嘉宾吃夜宵,不请别组嘉宾。"

明让和邱弋立即撇清关系:"我们不认识他。"

李青呈斜看他们一眼,对江敛道:"他们不请,你是一定要请的。"

江敛:"我怎么就一定要请?"

李青呈抬手攀过林椰肩头:"怎么说也是第一次带人来见哥哥,不请哥哥吃夜宵也说不过去啊。"

江敛抬起眼皮来:"哥哥?"

李青呈道:"按年龄来算,我难道不是你和明让的哥哥?"

江敛点点头,好整以暇地道:"你还知道你是哥哥,弟弟带人来见哥哥,难道不该是哥哥请客买单?"

李青呈登时语塞。

邱弋和温免压根就不知道两人在说什么,听了老半天也没听出什么东西来,只知道江敛与李青呈说到最后,本该是他们自己平摊的那顿夜宵,还真就成李青呈自掏腰包买单了。

几人就李青呈请客这件事达成共识后,明让甚至还拉来林椰,半是玩笑半是调侃地道谢。

唯独剩下邱弋和温免茫然而不解。

众人回到宿舍洗完澡,然后去食堂吃夜宵。温免甚至还拖家带口,叫上了宿舍其他三个室友。六人行又变成了九人行。温免有些不好意思,私下找李青呈道:"我这边多了三个人,要不我们两个人平摊?"

李青呈拍拍他脑袋:"没事,你还真当我想让你们请客呢。"

温免也不是优柔寡断的人,当即就道了声谢,去告诉室友有人请客的好消息。

到了食堂坐下,都是已经成年的男人,自然是要喝酒的。难得不是公演结束后,不需要为即将到来的顺位发布提心吊胆,众人也就放宽了心来吃与喝。

邱弋二话不说拉李青呈和温免拼酒。

温免酒量不行,很快就喝趴下了。李青呈年龄比他们大,阅历比他们多,酒量也比他们好。被邱弋劝着灌下很多酒，仍是神色如常、思绪清晰。邱弋转而去物色其他目标，很快就瞄准撑着头在吃东西的林椰。

他拎了几瓶酒在林椰身旁坐下，替林椰在空酒杯里倒满酒，要与对方玩划拳游戏。恰好这时候李青呈接到助理电话，要先行离开。

助演嘉宾不住在赛训基地，而是住在基地外的星级酒店中。江敛和明让从桌边站起来，打算送他到基地门口。见邱弋过来拉林椰玩划拳，江敛看了林椰一眼："酒量不好就不要和他玩。"

想到上回无人淘汰时，学员们半夜聚在食堂喝酒，林椰喝了几杯，却也没醉。他对江敛道："大概一般，不好也不差。"

江敛不再说什么，叫上明让送李青呈离开了。

岂料邱弋那个酒鬼来找他划拳喝酒，压根不是几杯就足够。起初还意识清晰，后来也渐渐变得脑子模糊发沉，只下意识地在出拳，下意识地在邱弋指挥的声音里端起酒杯，仰头喝进肚子里。

江敛和明让返回食堂时，就看见林椰悄无声息地趴在桌边，已经被邱弋灌醉了。那边邱弋虽然没醉，却喝得有点上头，又去找温免带来的三个室友喝。

三个室友连声拒绝，纷纷称自己酒量十分差。江敛手机上有电话进来，走到旁边去接电话。明让走过去勾着邱弋衣领，将人从凳子上提起来，把他从那三人面前拖走。三人下意识地松了口气，看向身侧已经喝趴下的温免，对明让道："温免喝醉了，我们先带他回宿舍了。"

明让点头道："行，你们先走吧。"

室友们就架着不省人事的温免先走了。

明让转头去看抱着酒瓶坐在凳子上的邱弋："还清醒吗？"

邱弋晃了晃脑袋，放下手里的酒瓶道："清醒。"

明让指着林椰问："你把人家灌醉了，现在要怎么把他带回去？"

邱弋确实还很清醒，看见闭眼趴在桌边的林椰，立即心生愧疚，走过去将林椰从桌边扶起来，带着满腔责任感，信誓旦旦地向明让担保："我背他回去。"

明让这才发现邱弋是当真了，心说这里又不是没有其他人，哪里还用得着你来操心。他拽着邱弋胳膊，无可奈何道："你起来吧，不用你背。"

邱弋坚持要背。

明让道："你喝醉了，不能背。"

邱弋目光清明地看他："我没醉。"

明让唇角轻抽，二话不说将他从林椰身边拖开，重复一遍："你醉了。"

邱弋清明的瞳孔中染上困惑:"我真的醉了?"

明让道:"你真的醉了。"

邱弋点点头,主动从凳子上站了起来。

江敛还在打电话,转头见邱弋和明让两人站着,林椰趴着,捂住手机对两人道:"你们先回去。"

明让问:"你带林椰回宿舍?"

江敛道:"我带他回去。"

明让也领着似醉非醉的邱弋先离开了。

江敛握着手机在林椰身边坐下,一边伸手去拍林椰的脸,试图将人叫醒,一边分出心神来和手机那头的人通电话。

电话打完以后,林椰还没有在他的动作下睁眼醒来。甚至无意识地将自己的掌心垫在了脸颊下方,大半张脸枕在手掌内睡得很沉。

他看着林椰没有动,脑海中浮现出毛茸茸的兔子卷成一团趴在手掌上熟睡的景象。

他将林椰的头从桌边扶起来。

本是没打算要背他,江敛扣着林椰手腕把人拉起来,想要架着他离开,握住他的那只手松开以后,林椰却像是失去了所有支撑,直直朝前倒过来。

江敛索性转过身去,将人背了起来。

69

江敛带他回寝室的时候,明让已经躺在床上看手机,邱弋还趴在洗脸池边洗脸。他本来也没怎么醉,这会儿更是彻底清醒,听见动静后从卫生间内出来,还忍不住咂舌道:"这还怎么爬上去睡觉?"

想说不如睡他床上,话还没来得及出口,就看见江敛把人放在了自己睡的那张下铺。他拎着擦脸毛巾点点头:"睡你床上也行,刚好你就睡他床上吧。"

江敛没同意也没拒绝,弯腰脱掉林椰的鞋子,将人推进床的最里侧,转过来问他:"卫生间用完了吗?"

邱弋忙说用完了,进去挂好自己的擦脸毛巾,也脱鞋上床躺下了。

江敛洗完脸,还要帮林椰擦脸。架子上挂了四条洗脸毛巾,江敛一眼扫过去,就打消了从中找出林椰那条毛巾的念头,取下自己的毛巾过水拧干,从卫生间走出去。

林椰侧身躺在床上,没有盖被子,半边脸陷在他的枕头里,呼吸轻缓而绵长。江敛将他仰面翻过来，手中毛巾对半叠起，盖在他的脸上。

大约是在睡梦中察觉到脸上有什么阻碍呼吸，林椰不自觉地皱起眉来，又要由仰面平躺的姿势转为侧身躺的姿势。江敛伸手按住他，把毛巾从他鼻尖挪开，替他擦干净脸和脖子。

做完这些，他把毛巾挂回卫生间，又到门口墙边关掉顶灯，然后转身去睡林椰的上铺。

林椰睁开眼睛的时候，已经是第二天。

他身下的床还是宿舍里的硬木板床，头下枕的也是赛训组发的软枕头，头顶却不是熟悉的白色天花板。林椰很快就反应过来，此时此刻他大概是睡在宿舍里，却不是睡在自己那张床上。

隐约记得昨晚喝醉酒以后，是江敛背自己回来的，再多细节就回忆不起来了，林椰掀开被子坐起来。

穿好鞋下床以后，林椰才发现自己上身穿的是江敛的背心，下身却只穿了一条短裤。没多想衣服的事，他爬到上铺翻出睡裤穿上，然后下床去刷牙洗脸。

他和江敛的上下铺与邱弋的上下铺并列相靠。林椰从楼梯上爬下来，回头就扫见邱弋已经睡醒，正抱着被子坐在床上睁眼望他。

林椰吓一跳，面上仍是镇定不显："怎么了？"

邱弋张口打完哈欠，冲他摆手摇头："没什么，我看你穿江敛的衣服，还以为是江敛下来了。"

林椰一边低头穿鞋，一边解释："昨晚他应该是没有找到我衣服，才拿了自己的衣服给我穿。"

邱弋掀开被子下床，随口道："早说嘛，我带了好几套睡衣来，也能借给你穿。"

林椰适时抬头一笑："穿谁衣服都一样。"

很快就将这个话题揭了过去。

结果等到明让起床，对方也要问一句："你这是穿错江敛衣服了？"

林椰又将原话对明让解释一遍："不是穿错衣服，只是借了他衣服穿。"

明让闻言，笑着点了点头，没有再说什么。

林椰有些无可奈何，却也不再多说。

然而没过几天，林椰还真就穿错了江敛的衣服。

那晚明让和邱弋都没有回来睡觉，李青呈行程排得密集，在岛上和学员排练期间，还需要空出两天出国看秀。离开的时间恰好就在公演倒计时前五天，等到李青呈看秀回来，离第三次公演就只剩一天。

第一组的学员们担心两天时间不够，决定在李青呈走前熬夜通宵练习走位和齐舞。因为是临时做的决定，晚上结束练习，林椰和江敛去第一组教室，才得知他们当晚不会回宿舍的消息。

林椰和江敛便先走了。两人从训练大楼里出来，中途改道去了一趟超市，从超市里出来以后，才拎着零食回寝室。路过基地的侧门时，还有粉丝在门外叫他们的名字，问他们买了什么东西，怎么只有他们两个人，明让和邱弋怎么没来。

两人没有和粉丝搭话，直到走远了，林椰才回过头去，远远地朝粉丝们挥手再见。

70

回寝室洗完澡，林椰借了江敛的手机，趴在沙发里上网。江敛拆开他放在桌上的虾条尝了尝，又放回去："只有小孩子才爱吃这些。"

林椰并不反驳，伸手将那袋零食抱在怀里，退出微博界面，把手机递还给他。

没有伸手去接，江敛问他："不看了？"

嚼碎口中的虾条，林椰道："不看了。"

江敛点头："那就找部电影看吧。"

林椰打开手机上的影视软件，咬着虾条抬头望他，声音含糊地问："你想看什么电影？"

目光扫向他唇边的那根虾条，江敛答得随意："都可以。"

林椰打开软件里的影库，垂头翻找最近的新电影，说话时虾条也随着他的嘴唇上下晃动："你有会员账号吗？"

江敛道："有。"

林椰问："你喜欢什么题材？悬疑？热血？还是说爱情片也——"

江敛突然打断他："虾条好吃吗？"

林椰诧异地抬眸："你不是吃过了吗？"

江敛单手撑头望向他，懒洋洋地解释："所以我才问你好不好吃。"

"好吃。"林椰慢吞吞地咀嚼，腮帮子也跟着微动起来，"电影还看吗？"

江敛指尖滑过屏幕，随手挑出近期才上的末世题材影片打开："当然要看，你跟我一起看。"

林椰咬着虾条，口齿不清地接话道："好。"

电影开场就是神秘病毒在医院蔓延，医生和病人纷纷感染病毒，变成了无自主意识却能行走吃人的丧尸，去医院探病的主人公逃过一劫，开车在整座城市里寻找能够存活和躲藏的安全区域。

似乎不常看这类影片，林椰微不可察地偏了偏脸，任由自己的余光落在电影画面上，眼底隐约透出两分紧张的情绪来。

江敛伸手扳正他的头："认真看，看完以后要写观后感。"

林椰没吭声，眉头却不由自主地皱起，神情肃穆地将视线投向手机上的电影。

主人公在路边救下了未来并肩作战的重要同伴，开车与同伴闯入早已空无一人的警局，从丧尸堆里抢下不少能够保命的武器。

背着武器出来的时候，两人开来的车已经被穿警服的丧尸团团围住。镜头陡然拉近，那些趴在车窗上拍打吼叫的丧尸闻声回头，对主人公露出狰狞而可怕的脸。

林椰身体下意识地朝后仰了仰，眸光闪烁着舔了舔自己干燥的嘴唇。

主人公转身朝路边跑，引开围堵他们的丧尸群，同伴开车冲出警局，在半路上接走被丧尸围攻的主人公。

林椰伸手去拿摆在桌边的水杯。

电影里主人公和同伴惊魂不定地坐在车内，前有丧尸前赴后继地拦车，后有丧尸穷追不舍，所有退路都被堵死了。

林椰抱着水杯飞快地坐回沙发里，仿佛被电影中的惊险剧情吸引，目不转睛地盯着手机里不停转场的画面。

丧尸已经围到车窗外，脸贴在车窗玻璃上嘶吼。驾驶位的同伴面庞紧绷，低声吼道："坐稳了，我要加速了！"

越野车突破层层重围，横冲直撞开往大街上，一路上从无数丧尸身体上碾过。尚未来得及系安全带的主人公坐在车内，身体随着颠簸的车身剧烈颤动。

林椰定定地看着电影画面，短短数十秒内犹如身临其境般，心也跟着颠簸的越野车剧烈颤动起来，仿佛自己就是副驾驶座上的主人公本人。

短暂地脱离危险后，越野车停在极为隐秘的巷子里，主人公和同伴放松全身神经，卸下力气靠在椅背上闭眼休息。

主人公说："我们需要去找点吃的。"

同伴点了点头，回忆道："我记得附近有家连锁超市。"

熄火不久的车再度被发动，两人开车去找附近那家超市。

很快,他们就找到了那家连锁超市。两人带好手枪和警棍下车,从超市侧面的员工通道悄悄进入。

超市内的食品货架上摆满了东西,通往货架的路上却横躺着被丧尸咬死的陌生人。两人神情微凝,脚步放得更轻了。

穿过日用品的货架,看见几只丧尸在泡面货架前来回徘徊。两人原地蹲下,趁丧尸背过身时猫腰绕过泡面货架,躲在罐头货架后。

同伴一时不察,鞋尖踢在地面滚落的罐头上,清脆的响声瞬时回荡在超市里。丧尸敏锐回头,朝两人躲的地方看了一眼,没有走过来。

他们松了一口气,想要起身往后走。同伴却看向主人公,双眼骤然惊恐睁大。

主人公呼吸一滞,猛然回过头去,恰好与贴在他身后的丧尸迎面撞上。

同样猝不及防的人还有林椰,他直接跟着电影里的人低低叫出了声。

主人公抬脚踹开那只丧尸,身后又有其他丧尸扑过来。主人公连砸带踹,躲过几只丧尸的围攻,整个长镜头拍出来称得上惊心动魄。

坐在沙发里的林椰也全神贯注地投入了电影中,跟随主人公数次与丧尸的尖齿擦肩而过的画面,心连连不受控制地高高提了起来。

也不知道是因为电影氛围过于恐怖,还是他看得过于认真和紧张,林椰的额头竟闷出了密密麻麻的汗水,背后亦汗湿一大片。

此后电影高能不断,林椰的情绪也犹如坐过山车那般大起大落。

他看着主人公和同伴一路披荆斩棘,从丧尸口中解救不少被困的幸存者,最后在这座城市的另一端成功建立安全区,人们得以在丧尸遍布的城市中继续生存下来。

电影进度条走到末端,片尾曲渐渐响起来。

林椰也终于长松一口气,靠在沙发里平缓自己的呼吸。

看完电影后没多久,他就洗澡上床睡觉了。

明明只是看了场电影,林椰却像是亲身经历过一遭,入睡前几乎是精疲力竭,闭上眼睛的下一秒,就已经迫不及待地堕往沉沉黑暗中。

以至于隔天早晨醒来的时候,眼皮酸软到差点撑不开,脑袋亦昏昏沉沉,只剩下浓稠的睡意。

江敛立在床边叫他:"你先去教室,我十分钟后过去。"

林椰从被子里爬起来,光脚下床四处找衣服。最后在沙发上找到了他和江敛昨晚随手放的衣裤。

上衣和裤子都是赛训组统一发放的白色套装,捡起衣服和裤子穿上,穿好以后除去衣服袖子有点过长以外，裤子并无异常。林椰并未多想，去卫生间刷牙洗脸。

洗脸池前的镜子只能照到胸膛以上，林椰弯腰捧起凉水拍在脸上，待头脑逐渐清醒以后，才沾了点水稍稍抓了抓头发。

出门时发觉时间不早了，往常这个点他已经在教室内开始练习，便打消去食堂吃早餐的念头，走小路绕到超市买了面包和果汁。

付钱的时候衣袖过长不方便活动，林椰直接把两边袖子卷了起来。他从超市出来直接走大路去训练大楼，途中路过左侧基地侧门时，几个粉丝从门外热情满满地跟他打招呼。

林椰抬手朝她们在的位置挥了挥以示回应。

粉丝举起相机拍他，拍完后看看照片里他高高扬起的手臂，放下相机将脸凑到门前大声喊："林椰，把你的袖子放下来！你这样会感冒的！不要让我们担心！春捂秋冻啊宝贝！"

林椰愣了愣，真的放下了一边衣袖。

粉丝神情动容，扭头对身侧姐妹道："我家宝贝也太乖了，太听话了吧，都快要感动哭了！"

她继而又转回去对林椰吼道："另一边呢！另一边放下来没有啊！"

林椰转过来面向粉丝，抬手给她看另一边的衣袖。

粉丝连拍了他好几张正脸照片，高高兴兴地朝林椰挥手告别："宝贝再见，好好练习，爱你！"

喊话间目光从林椰腰间的名字贴上掠过，粉丝面露疑惑。

虽然隔得有些远，并不能十分清楚地看见对方腰间名字贴上那两个黑色大字，却也能明显辨认出来，那两个字并不是"林椰"。

粉丝面上困惑更甚，伸长脖颈，双眼轻眯，一张脸几乎要挤进大门缝隙间，努力地去看林椰腰间那张名字贴。

她越看越觉得不可思议，甚至忍不住拽过身边姐妹的手臂道："你帮我看看，我怎么觉得林椰的名字贴上写的是江敛的名字？"

然而林椰已经背对着她们走远了。

林椰到教室的时候，队友们也是目光惊奇地看他。向来不会太在意旁人对自己的看法，他没有多想，决定在江敛过来之前，先把早餐吃掉。

然而队友并没有因为他面上那几分不以为意，从而收回自己的目光，更有人直接走向他，满脸欲言又止地问："你的衣服是昨天洗了还没干吗？"

林椰回以莫名其妙的神色："干了。"

队友道："那你是贴错名字了？"

林椰一愣，反应过来后吞下口中面包，低头朝自己衣服上看去。本该写着自己名字的地方，白底黑字印着江敛的名字。

由上往下看的角度，名字贴上的汉字是倒过来的。怀疑自己眼花，他不信邪般从窗台边跳下来，握着面包走到落地镜前。

腰上贴的果然是"江敛"两个字没有错。

他抬起自己的两只手，骤然回忆起今早穿衣服，有出现衣袖过长的情况，而后面色尴尬地转过身来，语气还算冷静地解释："早上起床没睡醒，穿错衣服了。"

队友们闻言，纷纷露出善意的笑容来，还有人安慰他道："我以前住公司宿舍，公司也给我们统一发练习服，我们在宿舍里也经常穿错。"

更有人撑着额头，露出一副往事不堪回首的模样："别说这种外穿的衣服，以前上大学住多人宿舍，大家内裤都是黑色的，甚至还有室友收错内裤呢。"

大家纷纷打开自己的记忆匣子，开始回忆发生在自己身上的那些令人啼笑皆非的往事。

唯独嘉宾身份的沈远间没有加入他们，反而视线沉沉地盯着林椰腰间的名字贴。

注意到他的视线，林椰更是觉得莫名其妙。转念想起那天在小教室内对方脱口而出的几句话，索性直接背过身去，将自己的后背留给了对方。

学员们正说到兴头上，有面孔陌生的工作人员，挂着牌子走进教室来找人。

学员们停下说话声，齐齐朝那位老师看过去。

对方进来以后，也没直接说明要找谁，目光绕着所有人腰间扫视一圈，最后指着林椰道："你过来。"

林椰依言走过去："老师找我吗？"

工作人员点点头，似是认不出他的脸，又确认一遍他腰间的名字贴："你跟我来，今天有个广告拍摄的安排。"

林椰下意识地跟他往前走出两步，而后回神停下来："老师，你是要找我，还是要找江敛？"

工作人员闻言回头，神色诧异："你不是江敛吗？"

旁观的学员们捧腹大笑，工作人员这才意识到是闹了个乌龙。

江敛就是在这样的笑声中走了进来。

他没有穿林椰留在沙发上的衣服，而是穿了A班的粉色班服，衣服上还是贴着他自己的名字，看清林椰腰上自己的名字贴时，眼中也浮现出几分好笑来。

两人并没有找到单独相处或是交流的机会，江敛很快又跟着工作人员离开了教室。林椰也快速吃完早餐，加入队友的练习中去。

江敛人不在，指导沈远间的任务就完全落在了林椰头上。他们先与其他队友一同练习了两个小时，然后才单独去了小教室里。

这一次沈远间没有刻意关门，甚至堪称态度认真专注地和林椰讨论起舞步动作来。林椰也是全身心投入两人的合作中。

虽然对方没有什么舞蹈功底，但至少他和沈远间必须把双人舞跳齐。公演小组中将近十人都能把舞练齐，他和沈远间两人如果还跳不齐，就会毁掉整个公演舞台。

他在心中有些烦恼地想，为什么沈远间明知自己不会跳舞，不去选那些适合唱歌的曲目，偏偏要挑一首舞曲。

沈远间停下动作，目光深不见底地望向他："你不知道为什么？"

林椰闻声侧目，才意识到自己已经将心中所想问了出来。

离大教室中其他队友离开吃饭已经过去半个小时，沈远间拉上窗帘，整个人背对他，双手撑在窗台边，低着头喘气道："休息一下。"

林椰说："那我先去食堂吃饭，我们午休结束后再继续。"

沈远间却从窗台边直起腰来，抬头叫住他："等等，我有话跟你说。"

林椰停下脚步，毫不掩饰地皱起眉来："什么话？"

沈远间不答，沉默地抬脚绕过他，锁上小教室通往大教室的那扇门，关掉了教室里的灯。

林椰原地盘腿坐下，面上挂起几分漫不经心："如果你是想跟我说江敛，我们没什么好说的。"

沈远间走回他身边，视线投向他身上穿的衣服，不赞同地皱起眉来："你和江敛现在关系很好？"

"我们住一间宿舍。"林椰语气平常地反驳，"关系好不是很正常的事情吗？"

沈远间不依不饶："关系好到甚至会穿他的衣服？"

林椰有些奇怪地扫他一眼："你没听他们说吗？都是住同一间宿舍，拿错内裤都是常事。"

沈远间沉默片刻，又绕回最初的话题，半是探究半是笃定地问："你真的不知道我为什么要选这首歌吗?"

林椰反问回去:"我为什么要知道?"

沈远间被他问得怒火急蹿,目光死死地盯着他道:"我的工作邮箱里每天都能收到无数通告合作,就连我来这里做嘉宾的期间,也有高端品牌活动要出席。你不知道我为什么要来这里?要选这首歌?"

林椰与他对视,眼中波澜不惊。

沈远间撑在身侧的手不自觉地紧握成拳,语气冰凉而讽刺,仿佛全然不信他的坦坦荡荡:"你既然不知道,又为什么要选我这一组?"

林椰答得没有任何迟疑:"我不知道是你。"

沈远间面上的讽意逐渐扩大:"你会听不出我的声音?"

林椰道:"当时恰好错过了你的视频。"

沈远间越发不信他的话,只当他是满口的拙劣谎言,眸色微沉地盯着他道:"你不知道,那我现在就能告诉你。我承认自己以前伤害过你,但我也曾真心把你当作我最好的朋友。所以我来这里是为了你,我选那首歌也是为了你。"

"虽然不知道你为什么会这么说,但是,"林椰不躲不避,正面迎上他的目光,甚至满脸诧异和莫名,"我早就已经不是你的朋友了。"

像是有些情绪失控,又像是被林椰的话刺激到,沈远间情不自禁地朝前迈出一步:"可是我现在有点后悔了,我不想失去你这个朋友。林椰,你原谅我好不好?"

沈远间不依不饶地望着他,语气执拗地强调:"我后悔了,林椰。"

林椰毫不动容地起身,甚至还有点厌烦他挡了自己离开的路。

正要出声提醒时,身后却毫无预兆地响起了推门声,一丝光线从门缝里泄入,静静落在他的脚边。

教室门分明是自己亲自反锁的,沈远间心中一惊,朝后望去。

通往大教室的那扇门还是紧闭模样,对面连接走廊的那扇门却被人推开了。江敛背光站在门边,指尖钩着钥匙圈,在地板上投下长长的影子。

他垂着眼眸,神色隐没在阴影中辨认不清,却仿佛连呼吸都裹带着愠意:"沈老师,躲在练习室里私联学员这种事情说出去,可不是一两句就能解释清楚的。"

沈远间从大教室里离开了,背影看上去有点狼狈,狼狈中又带着隐忍不发的恼怒。

江敛打开所有灯,教室内瞬间明亮开阔起来。他朝林椰走过去:"你和沈远间到底是怎么一回事?"他顿了顿,漆黑的眼眸越发锐利发冷,当中还翻涌着难以辨认的复杂情绪。

这是林椰第二次看到他这样情绪外露，第一次是在这栋楼里卫生间外的走廊上，当时沈远间也在。

无声地望了江敛片刻，林椰回头拍掉裤子后面的灰，语气冷静地反问："是有过节还是有旧情，你为什么这么想知道？"

江敛问："我难道不该知道？"

林椰神色微动，随即神情放松地笑了起来："旧情有，过节也有。原本是朋友，只是后来工作室内部竞争严重的时候，他踩着我往上爬，所以就决裂了。"

"他找你干吗？"江敛轻嗤。

"大概是——"林椰眼中出现了些许的茫然，同时还抱有对沈远间那些话的半信半疑，"时间过去这么久，所以希望我能原谅他？"

对方抬眸，明显不悦地拧起眉来："这样的人，你最好别再和他牵扯不清。"

没有反驳他的话，林椰从善如流地点点头，很快就将沈远间的存在抛到了脑后。

就连林椰自己都没有料到，这会是他最后一次在岛上看见沈远间。

当天午休结束后，沈远间始终没有在教室出现。学员们找不到人，只能通过赛训组去试图联系对方。

直到晚上十点，大家才从工作人员口中得知，沈远间已经出岛飞往别的城市去出席重要的品牌活动。沈远间在录制期间需要兼顾行程这件事，赛训组是知道的。

然而第六组的学员们却无人提前知晓，甚至对他们来说，沈远间完全是不负责任地不辞而别。

学员们无可奈何，只能先在走位和整个舞台流程中空出沈远间的位置，等对方回来后再尽可能地挤出更多排练时间。

林椰隐约能够猜测出，沈远间要离开却故意不通知他们，多半是因为被江敛的那些话刺激得恼羞成怒，从而公报私仇。

他们等了两天，没等来结束通告回岛的沈远间，却等来了赛训组的消息——沈远间在活动现场出意外了，从舞台上摔了下来，当场被抬入救护车，送进了医院。

离正式公演还有两天的时候，第六组空出了一个助演嘉宾的位置。

72

沈远间的粉丝不少，赛训组邀请他过来，也是想要拿演员沈远间的第一次唱跳舞台做噱头，扩大这次集训的受众面。

他的缺席直接导致第六组的舞台少了爆点，赛训组焦头烂额，紧急开会商讨过后，否决了再请一位临时嘉宾过来填补空缺的提议，最后决定从小组内部找学员去补上沈远间的位置。

至于那名学员的选择，赛训组不约而同地将目光放在了江敛身上。学员中的人气第一和排名第一，再加上近来网络上林椰和江敛又是大势，江敛因此成了当之无愧的首要人选。

赛训组主动联系粉丝，把这件事告诉粉丝，想要提前看看粉丝的反应。结果比他们预想中还要好上太多，非但没人骂他们破坏原有的公演规则，反而对他们赞不绝口。

甚至还有人说："本来岛这边第三次公演正好是隔壁节目的决赛夜，我是打算看隔壁直播。现在知道江敛和林椰有双人舞台，我好恨当初为什么没有买现场门票。当事人现在就是后悔，非常后悔。"

赛训组甚至开始觉得，或许让林椰和江敛合作双人舞反而能让舞台水准更高。

商讨结果定下后，又有人担心只有两天时间，江敛能否完成任务。为此导演特地把江敛叫去私谈，得知对方为了教沈远间，已经学过双人舞的动作时，露出了欣慰的笑容。

导演甚至在那一瞬间，脑海中浮现出了"天意如此"四个大字。

对赛训组做出的决策，林椰也是支持的，比起和不会跳舞的沈远间同台合作，他当然是更加愿意选择舞台上与他契合度更高的江敛。

江敛虽然临时要改一部分走位和动作，两人在教室内练习时，进度却丝毫不落林椰下风。

有时候跳到大汗淋漓，停下来休息时，林椰也会看着江敛想，假如他与江敛身份互换，需要做出改变的人不是江敛而是他，那么只有两天时间，他可以做好吗？

算上不眠不休整整四十八个小时，林椰扪心自问，最后得出的答案是不能做到。他前所未有地清晰看到了自己与江敛之间的差距。

两天时间在他们的紧密练习中一晃而过。

第三次小组公演终于来临了。

林椰在的那组被分到了熟悉的造型师那里，第一次公演前对方帮他们染过头发，且还和江敛认识。

江敛的造型最先做完，林椰换上服装过来，江敛恰好从转椅上起身，造型老师朝他招手，他接替江敛在转椅里坐下，身体放松地靠在椅背上。

造型老师抬手摆正他的脸，望向镜子里，思考片刻后道："你想要有刘海儿还是没刘海儿？"

林椰回忆了自己前两次公演中的造型，不假思索地道："没刘海儿。"

与他的声音一道响起的，还有江敛的声音："有刘海儿。"

林椰诧异地从镜子里望向站在原地没走的江敛。

江敛没有看他，直接对造型老师说："刘海儿留着，你给他做个湿发造型。"

造型老师闻言笑道："我怎么觉得，你比林椰本人还要了解他？"

江敛轻描淡写地挑唇："有什么问题？"

"没有问题，你的提议不错。"造型老师摇了摇头，"我只是觉得，不如我现在就把造型师的工作让给你得了。"

江敛笑了一声，不置可否。

造型老师最终给林椰的刘海儿做成了视觉效果上的湿发感，在原有的少年气息里又添上几分性感。两种完全不同的风格交织融合在一起，没有丝毫违和。

第六组全体成员共同乘车前往熟悉的场馆，下车后果不其然又遇到了熟悉的粉丝夹道喊话支持。

江敛的粉丝声势浩大，支持声音最整齐也最响亮。其他学员的粉丝也奋力追赶，在江敛粉丝的支持声里夹缝生存，努力地想要为自家偶像加油打气。

恰逢林椰坐的这辆车上，除去江敛以外竟然再无其他高人气的A班学员。林椰粉丝的喊声挤在人群里，竟然很快就甩下其他学员的粉丝脱颖而出，朝着耳边最大的那道声音追赶而去。

为保护学员和维持现场秩序，安保人员拉人墙让学员们过。

TOP 2　　TOP 1　　TOP 3

PART 9

双人舞

73

最后一次彩排结束以后，所有学员前往候场厅等待。已经是第三次来到这里，和第一次来时相比，学员们却已经有了翻天覆地的变化。

他们开始学习着，从如何才能更加完美地完成舞台任务，到放开身心享受整个舞台。

众人从工作人员口中得知，本次公演也会有一些淘汰的学员来到现场观看，至于是哪些学员，工作人员说保密，表演结束后再给大家惊喜。

八组成员排队去佩戴舞台所需设备，工作人员动作熟练地替林椰戴上耳返，立即转向下一个学员。

林椰站在原地没离开，抬手摸了摸那个耳返。

余光瞥见他的动作，工作人员转过脸来问他："怎么了？是太松了吗？"

林椰没说话，大幅地晃了晃头，见耳返没有从耳朵上掉落，摇头道："没事，应该挂得住。"

这一次的公演顺序是由嘉宾来抽，第六组没有嘉宾，队员们举手投票表决，最后决定由江敛去抽。

江敛抽到了第四组，也就是说，他们只能坐在厅内看完前两组学员的表演，就需要起身去舞台后方准备候场。

前两组都比较有看点，第一组是明让和邱弋所在的《藏风》组，李青呈是助演嘉宾，明让是队中中心位。

李青呈是歌手出身，自然不会选择舞蹈难度过大的歌曲，所以这是一首以唱歌为主的曲目。

这首歌是李青呈今年新专辑中的主打歌，他在原歌的基础上改编加入了贴合而惊艳的说唱部分，由邱弋来唱。

明让和邱弋也是再度合作，两人在舞台上的默契度更不用说，作为公演第一组，十分顺利地"燃"翻了全场。

李青呈中途搭乘升降台出现在舞台上，台下粉丝尖叫声、欢呼声一片。在明让与他的对唱部分，两人声线完美契合，衔接流畅，气息稳定，听得众人头皮微微酥麻。

第二组是与女嘉宾合作的舞台，中心位是栗沉。向来走甜美可爱的弟弟风格，且在队内定位是声乐"担当"的栗沉此次大概是抱着不破不立的想法，选择了主舞蹈的《暗火》。

早在公演之前，偶尔有学员四处串门去打探其他小组的练习情况，就听说《暗火》组内中心位与助演嘉宾的双人舞十分火辣劲爆。

而那位女嘉宾是女团出身，曾经在团内是舞蹈"担当"，跳起舞来也十分有味道。因而到最后，《暗火》反而成了学员们最为期待的舞台。

事实证明，两人的双人舞台果然足够热辣和劲爆。女嘉宾身穿黑色性感皮衣，脚踩一双高筒长皮靴，如同高高在上的女王。

栗沉一改以往刘海儿覆额头的发型，梳成了更英气的背头，脸上妆容也化得比前两次公演更为硬朗，身穿束腰骑士服与女王并肩而立。

两人在升降台上贴身热舞，有来有往，互动极其抓人眼球。女嘉宾单手环在栗沉脖子上，气势十足地挑起栗沉的下巴。整个舞蹈最后以其他队友将两人围在中心，栗沉单膝下跪，女嘉宾轻扬下巴，指尖搭在他肩头结束。

异性魅力的爆发与碰撞弥漫整个会场，观众们高声呐喊尖叫，脸上满是激动的神色。

候场厅里的学员们亦满脸震撼，纷纷从座位上站起来，目光惊艳地盯在大屏幕上。甚至有人说："这组已经能预定今日最佳舞台了。"

林椰没有太多时间来感慨，他们要去舞台后方候场了。队友们心中不免忐忑和紧张，有《暗火》的舞台在前，更觉心中压力大。

江敛目光从众人脸上扫过，嗓音淡淡地开口："从来都没有预定这种说法，任何变数都有可能发生，不要提前给自己唱衰。"

队友们闻言，心中这才稍稍踏实几分，很快就冷静下来。

江敛视线转向林椰，扬起眉尖来问他："你还紧张吗？"

林椰一愣，很快也回忆起上次公演前自己溢于言表的紧张情绪，以及江敛替他化解紧张情绪的方法，他亦扬唇笑起来，语气平静地道："我不紧张。"

第三组的舞台在他们的等候中结束，学员们在门后站成一排，伸手抚平自己的衣服，等待眼前那扇门打开。

沈PD的声音从那扇门后清晰地传来，话音落地的那一刻，通往舞台中央的门在众人眼前缓缓升了上去。

江敛稍稍侧脸，在他耳边道："我们来做那个变数。"

在前方一千个粉丝的呼喊声中，林椰目光定定地望向他。

江敛问："你可以吗？"

林椰收回目光，唇角轻轻弯起，像是在说给对方听，也像是在说给自己听："我可以。"

整场舞台下来，不仅是林椰说"我可以"，粉丝们也在台下歇斯底里地吼"我们可以"。

Time's Up 的前半段分工明确，队友们游刃有余地走位，稳定发挥属于自己那一部分的唱跳，齐舞动作也是肉眼可见的整齐。

到走向高潮的过渡间奏时，林椰脚下的升降台缓缓升起，队友们都留在升降台下方，唯独江敛在转瞬之间，跨步跃上升降台。

他的动作将场中粉丝情绪骤然带向了高潮，早在公演前就收到消息的粉丝迅速反应过来，这是要到双人舞部分了。

还是拥有升降台的双人舞。

升降台将两人带往更为瞩目的高处，此时没有任何歌词，林椰和江敛精确踩点，如同被拧上发条的跳舞机器般，发动全身上下的关节，爆发身体内储藏已久的力量，带着满身犹如浑然天成的气势，行云流水地舞动起来。

两人既没有胸膛相贴，也没有后背轻擦，甚至都找不出任何肢体相触的画面，却仍能感觉两人周身由动作中溢散而出的高度契合的气质，以及未有眼神交流，却莫名呈现在众人眼前的你来我往的张力，抬腿摆臂间甚至有肉眼可见的激烈火花迸发而出。

两人的舞蹈带来的感觉与《暗火》那组是完全不同的。

《暗火》里的双人舞，女王属于至高无上的存在，忠心耿耿的骑士需要臣服于女王脚下。在那段舞蹈中，女王是手握一切权力的主动方，而骑士是配合讨好女王的被动方。

林椰和江敛不一样，他们是完全平等的，像是多年的对手，又像是惺惺相惜般的存在，你守我攻，抑或是我守你攻，皆在一念之间转换。你来势凶猛，我亦不遑多让，针锋相对的较量中又有男性魅力的暗涌流动。

在粉丝即将掀顶的呐喊声中，他们迎来了间奏过后的第一段歌词。

升降台上却出了点意外。

林椰数次摆头力度和幅度过大，贴在耳朵上的耳返竟然顺着他身体的力道飞了出去，在半空中荡起高高的弧度。

林椰抿紧嘴唇，下意识地伸手去抓，动作仍慢了半拍，没来得及抓住，只能眼睁睁地看着耳返线穿过身旁江敛肩头的耳返线，缠在了对方的线上。

两人不着痕迹地一顿。

他因为和江敛有一个两人共同完成的舞蹈动作，所以离对方很近。按照公演前的练习和彩排，双人舞后的第一小节歌词属于江敛，第二小节属于他。

此时两人应该快速分开，给江敛留出主场，镜头也会直接给到江敛身上，而他只需要站在边上随音乐舞动，为自己的第二小节单人唱跳做好准备。

而现在只要他往旁边后退，就有可能也将江敛的耳返一并扯下来。如果不后退，那么两人的舞蹈动作都会变得束手束脚，伸展不开。

林椰陷入了两难境地，大颗大颗的汗珠顺着他的额角朝下滚，不知道是因为舞台上太热，还是因为情绪过于紧绷。

在这极为短暂的凝滞间，江敛速度极快地伸手攥住他的衣领，将他带向自己面前，目光直直地落在他脸上，以居高临下的气势，咬字清晰而有力地唱出第一句歌词。

林椰抬起眼眸，直直对上他的视线。两人目光相撞的那一刻，林椰黝黑的瞳孔中如有火苗蹿起，摇曳而明亮。

仿佛无声隔开全世界，眼中只剩下你和我。

热烈的音乐浪潮在空气中起起伏伏地涌动，全场氛围被推向前所未有的顶点。

没有了耳返隔绝外界声音，林椰瞬间置身于沸反盈天的声海中。

那声音随时都会淹没他头顶，令他沉溺至海底。

林椰很快反应过来，在观众席看不到的另一侧，他伸手去解自己被缠上的耳返线。

两句歌词以后，他解开了松松缠绕的线。江敛将他从自己身前推开，林椰顺势走到旁边，接上计划中自己本该跳的舞蹈动作，耳返却已经来不及戴了。

江敛已经唱完四句歌词，林椰将耳返塞入身后裤子里，在全场粉丝沸腾的尖叫声里，集中精力捕捉到准确的音乐节奏，完成了自己同样是四句歌词的单人唱跳。

升降台缓缓下降，林椰和江敛分别从两侧跃下升降台，掐着时间点完美融入队友们的队形之中。

他们唱着最后一句歌词，相互靠拢定格在舞台中央，在逐渐减轻消失的伴奏声里，有惊无险地完成了他们的第三次公演。

学员们踏着粉丝们意犹未尽的欢呼与喝彩离场，迈入候场厅里的那一刻，有人冲上来激动地问："你耳返掉了之后，你和江敛的那段眼神互动是临时加的吧。你的眼神真的太棒了，你是怎么在那么短的时间内反应过来的？"

林椰怔了怔，开口道："我猜没有舞蹈动作的时候，机位会直接切近脸镜头，这时候面部表情的表现力就变得很重要了。"

他说完，抬起眼睛来，冲问话的人笑了笑。

74

公演结束以后，林椰才知道程迟和祁缓来了。

虽然退赛的事已经过去很久，但当两人出现在候场厅时，还是无法避免地会引来一些视线与私语。

好在他们并不怎么在意旁人的议论和眼光。

两人约宿舍里的四个室友聚餐，恰好撞上嘉宾们明早离开，赛训组也为七组学员和嘉宾在食堂内组织了小型送别会。

夏冬蝉和其他两个室友都去了嘉宾的送别会，唯有林椰这组没有嘉宾，而江敛也去了李青呈那组的送别会，他的时间便空余了下来。

三人又在食堂里碰见了温兔，对方看见程迟和祁缓很是高兴，留在组内向嘉宾老师敬过酒以后，就迫不及待地找借口起身，来他们这边坐下。

说是要聚餐，其实大多数时候都在说话。虽然说的都是各自分开以后的琐碎日常，几人却还是听得投入和兴致高昂。

祁缓和程迟不能在基地内留宿，零点前就从基地离开了。走前还从包里拿了林椰和温兔的单人手幅给他们："林椰这个是粉丝给的，温兔这个是颜常非给的。他本来是要过来的，临时又有事来不了，所以让我们把手幅带给你。"

温兔道了声谢，拍着祁缓肩膀说："等我们出岛以后，大家一起吃饭啊。"

祁缓笑着应下来。

林椰和温兔在大门边目送他们离开，那两人虽然戴着口罩和帽子走在黑夜里，却还是被门外眼尖的粉丝认了出来。

他们与粉丝的说话声混在夜风里飘进来，林椰和温兔踏着这声音往回走。

走出小段路以后，温兔冷不丁地开口："他们两个人的关系真的很好。"

显然是赞同他的话，林椰不由自主地点了点头。

"你有没有关注过往届的学员？"温兔眼中浮现出两分感慨来，"其实和往届学员闹出的事故比，他们打架的事还真算不上什么大事。"

林椰幅度轻微地摇了摇头，回答他道："我没有关注过。"

左右张望过后，确定两人四周再无其他人，温兔抬手搭住他的肩膀，低下头来小声道："以前还有学员因为和选管谈恋爱被赛训组退赛的。"

林椰蹙起眉来，重复一遍他的话："和选管谈恋爱？"

"对。"温免口吻笃定，转念想到林椰也才二十岁不到，随即露出促狭的笑容来，"你还没谈过恋爱吧？"

林椰说："没有。"

温免闻言，哥俩好地朝他挤了挤眼睛："我也没有。我长这么大，都不知道接吻是什么感觉。不过现在玩弄感情的人太多，你以后如果想谈恋爱，眼睛可得睁大点，别被那些心思不纯的人给骗了。"

林椰轻轻扬眉："你很懂？"

"虽然我没有谈过，但怎么说我的年龄比你大。"温免语重心长地拍拍他的肩，"听我的绝对不会错。"

他漫不经心地点点头，随即追问道："那个和选管谈恋爱的学员，后来怎么样了？"

"后来吗？"温免略微思索和回忆，语气中染上几分不确定，"后来好像是人气掉得太厉害，出国读书去了。脱粉回踩的人实在太多，他和那个选管都被骂得很惨。"

林椰皱了皱眉，虽然没有再说什么，但也下意识地将这件事记在了心底。

来岛上以后，他虽然上网的次数不多，但也知道因为和江敛走得太近，很多人都在骂自己。他现在很想知道，江敛会不会也因为这件事，被一些不理智的网友骂。

更重要的是，林椰忽然发现，自己已经不想再和他维持这样的交易关系了。

按照前些日子的想法，他和江敛只是普通的交易关系，交易是江敛主动提出来的，那么对方会不会在网上被人骂，和他又有什么关系呢。

可是此时林椰却不想看到，江敛因为自己被骂，而自己却装作视而不见或是无动于衷。他的内心不允许自己这样做。如果对方因为帮他这件事被骂，那么他宁愿不要那些从江敛手中分来的人气和镜头。

无法否认的是，他们最初说好只有交易关系，江敛却给了他远比交易还要多的东西，他也有普通人都会有的贪心秉性。

他现在很想和江敛做朋友，不掺杂任何交易的，真诚而又坦率的朋友关系。

在接下来为数不多的时间里，他不想错过江敛这个朋友。

想要成为亲近而纯粹的朋友，首先就要结束这段无人知晓的交易关系。

温免并不知道林椰因为他的一席话，已经彻底陷入自己的思绪中，仍在滔滔不绝地向林椰灌输正确的观念。

林椰满脸心不在焉。

误以为是自己言辞过于现实和消极，严重打击了他对恋爱这件事的积极性，温免抬起手肘撞了撞他："你现在还小，不用急着找。等到年龄再大点，恋爱都会有的，女朋友也都会有的。"

从自己的思绪中抽离出来，林椰胡乱点头应道："借你吉言。"

他们回去的时候，食堂里还剩下两组人没走，当中就有温免在的那组。《藏风》那组的人已经离开了，江敛和宿舍另两个人都不在。

温免留下来继续在自己组内聚会，林椰独自先回了宿舍。

宿舍楼内灯火通明，学员们大都已经回到宿舍里。楼梯间空荡而寂静，唯有声控灯在林椰上楼的脚步声里持续发亮。

他推开楼梯间的门进入走廊，两侧宿舍门都是闭合状态，门内没有任何声音传出，只能凭借从门下透出的柔和灯光来判断，那几间宿舍里已经有人回来。

他继续朝走廊深处走，看见前方有间宿舍的门没有关紧，宿舍里的灯光从门里打落下来，在走廊中间的地砖上折射出长长的光影。

林椰停在那道光前，抬头时发现是他们的宿舍。

门虽没有关紧，但也没有大大咧咧敞开，从门外无法看见门里情景。林椰走过去伸手要推门，指尖尚未触及门板，先听见李青呈的声音从门里传出来。

对方道："你和你那小朋友的舞台氛围挺不错，我看到时候视频出来，人气应该能压过《暗火》那组。"

林椰动作一顿，放下手来，鬼使神差地站在门外阴影里没有动。

江敛"嗯"了声，没说什么。

倒是听见明让插嘴问："你老叫人家小朋友干吗？把自己叫得像个老叔叔。"

"难得看见江敛身边出现新面孔，他和小朋友关系那么好，我这么叫不过分吧。"李青呈慢悠悠地解释。

"关系很好吗？"江敛慢条斯理地出声反问。

李青呈闻言，面露几分诧异，随即转为挤对和调侃："既然不是朋友关系，你还临时反悔不进我那组，一声招呼都不打就跟人家跑了？"

江敛依旧没说话，面上神色淡淡，看不出心中在想什么。

明让接话道："我也很意外。"

"不过想想也是。"李青呈半是感叹半是玩笑般补充，"江敛向来都是有自己想法的人，旁人也左右不了。假如能让他做出改变，也只会有两种可能。"

明让兴致勃勃地问："哪两种？"

李青呈道："一是那人对他来说很重要，二是对方对他来说只是无关紧要的人，即便是为他做出改变，也不会对自己的生活造成任何影响。"

"既然不是很重要的朋友，那么就只剩下第二种可能。"李青呈大约是叫了一声江敛，"我说得对吗？"

短暂的沉默过后，江敛语气略带敷衍地"嗯"了一声。

李青呈年长他和明让几岁，又是从小与他们一起长大的多年朋友。从某种程度上来说，对方的确十分了解他。

然而李青呈的话问出口后，江敛脑海中始终盘旋不下的，不是对方口中那句"无关紧要的人"，反而是"很重要的人"。

连同这几个字一起出现在眼前的是林梛的脸。

很重要吗？江敛第一次觉得自己遇到了答案无解的棘手问题，并且潜意识认为，假如在这个问题上没有做出任何慎重思考，他大概在之后会生出浓浓的悔意来。

很多人都问过他这个问题，或是在生活中，或是在采访里："你有后悔的时候吗？"

江敛皆是答得淡然："没有。"

提出问题的人往往面露震惊："怎样才能让自己做到不后悔？"

江敛的答案始终如一："不要给自己任何后悔的机会。"

他心绪微微躁乱地撑开两条长腿，双手抵住后脑勺靠上床头，垂眸陷入思索。

大约是看出他不想参与接下来的对话，李青呈转而与江敛聊起了其他的生活琐事。

两分钟以后，林梛神色如常地推门走进来，若无其事般转头问他们："你们怎么不关门？"

"没关门吗？"明让抬腿踹向床边的李青呈，"你又不关门。"

李青呈略为心虚地摸摸下巴："我关了，大概是没关紧吧。"

林梛不再说什么，穿过整间寝室去阳台上取洗澡用的毛巾。路过江敛床边时，对方猝然抬起眼皮来看他。

对上江敛漆黑深邃的目光，林梛微微一顿，想要如往常那般对他扬起笑意。然而很快，林梛就发现自己无法对着他笑出来。

他稍稍偏头，神色平静地错开对方视线，抬脚径直朝阳台上走去。

林梛去洗澡以后，眼看着时间不早，李青呈也先离开了。对方走后没多久，去隔壁寝室串门的邱弋就回来了。

林椰洗完澡出来，上床盖被子躺下。最后忙完的邱弋负责锁门熄灯。一切正常到仿佛李青呈与江敛的对话，只是林椰站在门外时生出的错觉。

　　当天夜里，林椰和江敛都没有睡着。

　　始终拿不定接下来的打算，林椰睁着眼睛躺在上铺，翻来覆去地想。他在凌晨黑夜中一遍又一遍地回放自己脑海中近两个月以来有江敛参与的记忆。

　　然后在那些反复滚动重播的画面中，他逐渐冷静和理智下来。

　　他对江敛生出了朋友之间的信任和依赖，他想和江敛成为很好的朋友。

　　可是江敛已经很清楚明白地对他说过了。

　　以前是说，他们只是交易双方而不是朋友。

　　现在是说，他只是无关紧要的人。

　　他不想做不识趣的那类人，也不想做死缠烂打令人心生厌恶的那类人。

　　对方已经说得太明白，如今对他来说，最好的办法就是，在那些依赖和信任没有积得更多以前，抽身而退，及时止损。

　　而且抛开这点不说，无论是从网上可能会有的舆论来看，还是从他和江敛的关系未来的可能性来看，这段交易都应该尽快终止才行。

　　凌晨两点的宿舍里又黑又静，林椰却有着前所未有的清醒。他从床上爬了起来，胸腔中有着前所未有的失落和空旷。

　　仿佛台风从深夜的平原上呼啸卷过，只余下满地沉寂和荒芜。

　　他从楼梯上爬下来喝水，猝不及防地在黑暗里撞上江敛的目光。

　　江敛在下铺合眼躺到两点，脑海中思绪抽丝剥茧般连接成线，再睁开眼睛时，已经明明白白有了问题的答案。

　　他从床上坐起来，看向下床的林椰，嗓音又低又缓："你没有睡？"

　　林椰沉默良久，在黑暗中轻声开口："我们断了吧。"

　　江敛神色微滞，漆黑的瞳孔骤沉："你什么意思？"

　　意识到自己可能语带歧义，林椰又解释了一句："我的意思是，我们的交易到此为止吧。"

　　他从未像现在这样庆幸，能将自己的脸彻底地隐没在黑夜里："如果你觉得我还欠你，我还可以再补偿你。但是这种关系，我已经不想要再继续下去了。"

　　江敛没有要求他补偿。

　　虽然林椰的话抛得这样突然，甚至让他的思绪出现了短暂的空白，但是江敛什么都没问，只在黑暗中压下心中反复上涌的怒意，闭上眼眸冷冰冰地道："既然你想，如你所愿。"

75

熟悉林椰和江敛的学员都知道两人闹崩了。

众人纷纷在私下感叹,果然这种来得快而如镜花水月般的友情不能维持长久,还是明让与江敛那类细水长流的多年发小情谊才更靠得住。

明让起初以为两人只是吵架冷战,没有将这事过于放在心上,直到顺位发布录制那天,他才后知后觉般意识到了事情的严重性。

还是上午九点在录制大厅内集合,大概是忘记设闹钟,宿舍其他三人已经收拾好要出门,林椰还闭着眼睛趴在被子里没醒。

明让忙于整理头发,中间转头提醒江敛去叫人起床,然而江敛只是坐在沙发里玩手机,对他的话置若罔闻。

还是离得近的邱弋主动过去叫醒了林椰。

林椰下床去卫生间里刷牙,明让在卫生间外喊:"我们先走了,你也快点,别迟到了。"

他应了声"好",听见他们的脚步声越来越小,接着便有关门声落入耳中。林椰抬起头来,发觉镜子中自己的眼皮睡得又红又肿。

他并未太在意,只含着满是牙膏沫的牙刷,对着镜子心不在焉地想,自从那天夜里他提出结束交易以后,江敛就不再和他说话了。

夜夜隔着薄薄的床板睡在江敛上方,林椰只觉得越来越难熬。倒不是觉得结束关系后还要睡得这样近,容易心生尴尬,反而是因为他有点忍不了江敛如今这副拿他当陌生人对待的冷漠模样。前后落差太大,从前有多么亲近,现在就有多么疏离。

他知道江敛对待无关紧要的人,必定是不会放在心上的,却不知道江敛可以轻易做到和他断得这样彻底,这样干净,甚至连当普通朋友的机会都不给他留。

他也知道结束的话一旦说出口,他会得到什么,又会失去什么。他以为自己能够接受,也理所当然地认为,自己应该接受,却只是理智上的接受,感情上仍旧做不到全盘接受。

林椰弯腰吐掉口中的牙膏沫,在镜子里那张控制不住的脸要露出难受的表情以前,逃避般垂下头来,盯着洗脸池出神地想,陌生人其实也不错,总要好过他在与江敛不近不远的交易关系中百般煎熬。

明让三人先去食堂吃早餐,站在食堂窗口前时,眼看着江敛只点了一人份的早餐，明让还试探般问他："你不给林椰带早餐？"

江敛连眉头都未动分毫："为什么要给他带？"

同住这么多天，明让多多少少也有些了解："他不是早上容易低血糖吗？以他收拾自己的速度，出门后肯定已经赶不及来食堂吃早餐了。"

江敛端着餐盘转身朝用餐区走。

明让跟在他身后："你还真别说，低血糖听着不严重，发作起来搞不好还要晕倒。"

江敛停下步子，拧眉回头，淡淡打断他："你话太多了。"

明让顿了顿，看着江敛的背影轻叹一口气，也就不再多说什么了。

结果早餐吃到中途的时候，江敛还是神色冷淡地从桌前起身，去了一趟点餐窗口。

邱弋坐在明让旁边问："他这是还没吃饱？"

明让眯着眼睛遥遥望过去，没有说话。

片刻之后，江敛再返回桌边时，手中赫然多了一份打包的早餐。他将早餐丢到明让手边，神色不快地开口："你带给他。"

明让挑挑眉尖，转而将早餐推到邱弋手边："你帮我带给林椰，可别说是江敛买的。"

邱弋欲言又止，半晌后轻喷一声，还是什么都没说，点头应了下来，转而腹诽：都是个高腿长的男人，闹不愉快了，打一架消消气不就得了，回头还是同进同出的好哥们儿，有必要弄成现在这样吗？

二十分钟以后，林椰在录制大厅外收到了邱弋送过来的早餐。他因为眼皮红肿看上去精神状态并不好，脸上戴着平平无奇的黑框眼镜，连带着整个人也多出几分平平无奇的味道来。

他朝邱弋道了声谢，站在厅外吃完早餐后才进去。江敛、明让和邱弋坐在前排，他抬脚走上座位区的过道时，明让招手示意他过来一起坐。

林椰停在过道外，余光从未给他半分眼神的江敛面上轻轻扫过，许久没有动。

他想要和第六组的其他队友坐一起，抬眸望过去，却发现队友们都零零散散地分布在各个区域，和各自的室友坐在一起。

林椰神色不变，抬头开始寻找整个座位区域里的空座位，最后看见了与江敛同在一排却相隔甚远的温免身旁的空位。

他抬脚朝江敛那排走去，靠近过道位置的明让和邱弋屈起双腿给他让路，林椰一路走过明让和邱弋，停在江敛面前，垂眸望向对方抵在前排座椅后的两条腿。

对方似是对他的目光毫无所觉,仍是维持双腿舒展的姿势没有动。

沉默半晌,林椰嘴唇微动,轻声道:"麻烦让一让,谢谢。"

江敛这才抬了抬眼皮,屈起双腿给他让路,自始至终都没有抬眼看过他。

林椰心情已经跌至谷底,面上却丝毫不显,神色平静地从他身前绕过,又从他身旁明让刻意留出的空位前走过,最后停在温免面前,语气如常地问:"这里有人吗?"

还震惊于江敛态度的温免匆忙整理表情,朝他露出笑容来:"没人,坐吧。"

林椰转身坐了下来。

在他身侧隔出好几个空位距离的座位上,江敛眼中情绪翻涌波动,握在座椅边的手不自觉地收紧,面色又沉又冷。

两人的互动落在旁人眼中,再结合往日里的画面来看,前后关系变化令众人纷纷暗叹咂舌,只是他们也无暇再去顾及和探究当中缘由,因为第三次淘汰已经来临了。

在这场六十进四十的无声厮杀中,学员中又离开了二十人。出道名额太少,竞争太大,成团的机会太渺茫,留下来的学员大多是抱着多留一天是一天的想法,珍惜接下来的每一天和每一个镜头。

唯有少数学员还能野心勃勃地将目标瞄准金字塔顶端的那七个位置,为几周后的出道成团奋力一搏。

林椰的排名随着时间稳步上升,由上次的第二十八名前进到这次的第十五名。A班学员的排名变化不大,包揽前三的永远都是那三人,温免也在A班中站稳了脚跟,而夏冬蝉也成功挤入了出道圈。

当然,排名有人上升,自然就有人下降。最初在等级评定和排名皆很靠前的栗沅,却在这一次顺位发布里掉到了第十六名,甚至还排在了林椰后一位。

跟在林椰身后走上金字塔时,他气到两腮发僵、牙根紧咬,像是丝毫没有料到,自己有一天也会排在当初在顺位发布中差点被淘汰的林椰后面。

学员人数由原本的六十人减少到四十人,宿舍分布还是四人间,开放入住的宿舍数量降到了十间。

温免宿舍里走了一个室友,知道林椰与江敛已经闹僵,必定在那间寝室里住不下去,便主动开口邀请林椰搬进他们宿舍来。

林椰没有任何迟疑地答应了。

他在温免寝室待到晚饭前,才去自己寝室里整理行李。另外三个人都在宿舍,没有任何人有要搬离这间寝室的意思。毕竟如今只有他和江敛关系不和，其他三人没什么不和。

大概是下午晒了被子和床垫，江敛弯腰站在床边铺床垫，被子则被随手搭在身侧椅背上。

林椰脱掉鞋子爬到上铺，将整个铺盖卷起来。

明让听见动静，抬起头来问："你要搬出去？"

林椰点头说："是。"

明让在沙发里伸一个懒腰，语气不经意地道："下午栗沉还过来看过，我把他打发走了。现在你要走，岂不是正好给了他搬进来的理由？还是睡江敛上铺的理由。"

林椰手上动作一顿，垂眸掩下眼底情绪，扯开唇角故作玩笑模样道："我走了，你们还能找其他人搬进来，3A宿舍谁不想住？没准在这里住过以后，也能进A班出道了。"

见他已经下定决心要搬，明让也不再变相开口挽留。

林椰把铺盖移到床边方便挪动的位置，自己先踩梯子从床上爬下来。

他双手抓紧梯子两侧，左脚踩在第一根横杆上，借助左腿的着力点，将右脚落在第二根横杆上。

然而穿着袜子的脚底似乎格外不防滑，林椰的右脚还没来得及在横杆上踩稳，就朝梯子外滑了出去。

他一只脚落空，身体不由自主地后仰往下掉。

同一时刻，有人从后方伸过手来，扶稳了他的身体。

林椰神色微怔，借腰后的外力在梯子上站稳后，几乎是迫不及待地转头朝后望去，果然看见了站在自己身后的江敛。

他的目光顺着对方的脸下移，发现撑住自己的是江敛抱在臂弯里的被子。

林椰很快回过神来，从梯子上爬下来，对他道："谢谢。"

江敛从他身后退开，语气公事公办地道："如果摔下来伤了腿，你就等着退赛回家吧。"

林椰看着他的侧脸有片刻出神。

脑海中霎时回想起初评级后的那个下午，那时候他与江敛一点都不熟悉，江敛带着人来他们宿舍没收手机，在门外听见他说想回家，推门而入冷淡地对他道："想早点回家不一定要等淘汰，你可以直接选择退赛。"

如今江敛看他的神情就与那时如出一辙。

兜兜转转近两个月来，他和江敛的关系又打回了原点，仿佛中间那两个月只存在于他的臆想之中。

林椰心中微微发苦。

江敛铺完被子去阳台上拿东西,明让从沙发边站起来跟过去,关上阳台门问他道:"你们真的决裂了?"

江敛扫他一眼,没有说话。

明让挑起唇角:"你知不知道其他人都是怎么说的?他们说林椰得罪了你,你才这样对他。"

他凑到江敛跟前,面上浮起几分兴致勃勃:"所以真的是他惹你不高兴了?"

江敛拧眉望向他:"你是这样认为的?"

明让登时愣住,口吻微妙:"难道不是?"

"不是。"江敛面色有些难看,"他没有得罪我,我这么做,只是如他所愿罢了。"

76

早在第三次公演结束后,赛训组就发布了第四次公演的规则。这一次,公演曲目的选择权不在学员自己手中,而在现场观众手中。

赛训组现场放出六首歌的小样片段,六首歌都是唱跳型歌曲,其中两首歌为八人小组,剩下四首歌为六人小组。观众需要为自己支持的学员挑选出一首歌,然后通过替该学员投票,来为学员赢取该首歌公演舞台的机会。

投票结果看出,粉丝们对六首歌的喜好程度已经明显见分晓,最热门的歌曲为《狼人杀》和《悬月》,最冷门的歌曲为《预言家》。

江敛粉丝毫不犹豫地瞄准《狼人杀》这首歌,有几家粉丝抉择不定,索性就挑选最热门的歌曲。还有许多家排名比较靠后的粉丝,担心自家去抢热门名额,即便是投过了门槛线,到时候哥哥或是弟弟能留下来的概率仍是渺茫,转而避开那些热门歌曲,投了最稳妥的歌曲。

林椰粉丝本不欲在那些热门歌曲中挤破头,打算折中挑热度中等的歌曲,说不好没了那些高人气学员,林椰还能再拿一次中心位。毕竟中心位在舞台上的"吸粉"能力所有人有目共睹。

然而粉丝内部讨论时,冷不丁有人跳出来道:"先不说《狼人杀》这首歌的舞台会比其他曲目的舞台'炸',现在江敛也在《狼人杀》那组,我们跟着榜首投这首歌,正好还能遂了双人粉丝的愿,双人粉丝想看他们在一组,就必定会帮我们投票。这样一来我们就不是孤军奋战了。至于投进去以后,弟弟能不能留下来,我相信以江敛和我们弟弟的关系绝对不会把我们弟弟从组内'票'出来。"

粉丝们听着觉得有戏，又中途改变了投其他歌曲的主意，当即号召大家投《狼人杀》。

粉丝们果然高兴坏了，一边高声喊着"哥哥弟弟必须在一组"和"弟弟紧跟哥哥的脚步走"，一边努力投票。待到投票结算时，果然稳稳当当地将林椰投进了《狼人杀》。

同样被投进这组的还有栗沅，虽然他在最新的顺位发布中排名下降，但粉丝们始终坚信，待到第三次公演的视频放出来以后，栗沅和女嘉宾的合作舞台一定会大爆出圈，而此时他们应该做的，就是让栗沅维持第三次公演的舞台风格不变。

第二天，沈PD对四十位学员宣布了投票结果。被投入《狼人杀》和《悬月》两组的学员果然人数满溢，需要组内再进行一次投票，将多余的学员淘汰出去，换到别组去弥补空缺。

暂时待在这两组内的学员心中惴惴不安，唯恐被换到风格小众的《预言家》那组。唯有每组票数最高的学员可以安下心来，因为他们不仅已经获得了组内无权被人淘汰的唯一名额，还自动拿到了那首歌的中心位。

《狼人杀》是八人组，组内暂有学员十一人，还需要"票"走三人。

导演将组内十三个学员集中在教室内，然后依次叫人去隔壁教室里投票。每个学员到隔壁教室投下心中人选前，还需要举着纸张在镜头前停顿几秒，展示出自己写下的学员名字。

林椰被叫到名字出门投票时，在走廊上迎面撞上了已经投完回来的江敛。

起初他没有发现来人是江敛，大家穿着颜色和款式相同的练习服，林椰也没有特意朝对方脸上看，只打算径直绕过人往前走。不料面前那人却不知是有意还是无意，拦住了他的去路。

林椰脚步微顿，连眼皮都未抬，迈步朝左边走去，却见面前那两条腿，也跟着他往左边迈出一步。林椰轻轻皱眉，一句话也没说，又走向右边，那两条腿也跟着他走到了右边。林椰皱起的眉头更深一分，压下心中浮起的躁意抬头，看见了江敛那张没有太多表情的脸。

心中泛起的情绪骤然烟消云散，他喉结轻轻一滚，沉默地望着江敛没有说话。

江敛率先开口："既然我们的交易已经结束，那么我认为，我们也就没有必要再待在同一组了。"

林椰面上微怔，像是没能反应过来，只下意识地轻声问："你投了我？"

江敛:"我不认为我还有保你的理由。"

林椰面上没有太大情绪波动,胸腔中的心却犹如被人紧紧攥住,让他难受得有些喘不过气来。

许久之后,林椰才语气平稳地开口:"你投我是你的事,但是这首歌是粉丝给我投的,所以我不会投给自己淘汰票。"

江敛目光淡漠地审视他,离开前丢下一句话:"你想留是你自己的事,只要你有本事留下来。"

投票结果在半个小时后公布。

工作人员拿着计票结束后的结果回到学员们待的那间教室,站在镜头外开门见山地宣布:"虽然很遗憾,但还是要告诉大家,前两位被淘汰的学员分别获得了四票。"

坐在地板上的学员们不约而同露出紧张的神情,林椰的心也被高高吊起。

组内他比较熟悉的人只有江敛、栗沉和杨煦三人。其他七人他都是鲜少有来往,甚至从未在公演中同过台。他自问与他们无过节,但那几个人会不会投他,林椰却不知道。

他只清楚地知道,江敛先前在走廊上对他说的话,话里话外都在明确告诉他,对方已经投了他。

而栗沉向来不喜欢他,甚至可以说对他有敌意,也一定会投他。

剩下杨煦与他做过室友,却和已经被淘汰的赵一声关系亲近,同时在第二次分宿舍前与他和夏冬蝉闹过不和。

虽然赵一声离开以后,林椰不再和杨煦有过任何或大或小的冲突,但是对方多半也会投他。

这样思考,四票竟然来得十分轻而易举。

林椰已经做好了自己被淘汰,然后起身开门离开的准备,甚至在听见工作人员脱口而出"林"字姓氏时,双手撑地,身体几乎要从地板上离开。

然而工作人员报出的两个名字中没有他,只是前两名被淘汰的学员中恰好也有人姓林。

林椰不动声色地松了一口气,垂在身侧紧握的双手微微放松。

工作人员继续道:"最后一名被淘汰的学员,票数为两票。"

林椰微微愣神。

这与他算好的三票对不上号,林椰微微屏住呼吸,仰头看向对方手中写有淘汰学员名字的纸张,心中不由自主地生出少许期待来。

工作人员却从手中的纸张上抬起头来,目光直直地望向了他。

林椰缓缓吐出一口气来，心知自己已经无法留下，主动在工作人员的说话声里站了起来。

起身的那一刻，他果不其然从对方口中听到了自己的名字。

他头也不回地开门走了出去，从江敛身侧经过时，余光几度控制不住般朝对方所在的位置扫去，最后仍是强迫自己将眼神定在虚空中，堪堪忍住了。

原因无他，他怕会从对方脸上看见那副无动于衷与置身事外的冷漠神情。

林椰出来后没多久，栗沉后脚也跟着他从教室里出来了。被淘汰的学员需要去另一间教室集合，林椰无意与他说话，头也不回地朝走廊深处走去。

栗沉却偏偏从身后叫住了他。

林椰停下脚步，礼节性转身问他："有事？"

对方双手抱胸靠在墙边，全然不顾走廊不是谈论私事的好地方，得意扬扬地笑起来："你不想知道那两票是谁投给你的？"

林椰不想与他周旋，垂下眼皮淡然道："我不想知道。"

栗沉却不放过林椰，唇角含着恶意的笑容逐渐扩大。"我看你不是不想知道，而是已经猜到了吧。有一票是我投的，至于剩下那一票，"他顿了顿，满脸看笑话般的讥讽神情，"江敛刚刚在教室里说过了，那一票是他投的。"

与此同时，隔着紧闭的教室门，江敛面含愠色地从地板上站起来，如同没有看到身后的摄像机般，转过身来语气冰冷地问："除了栗沉，你们还有谁投的他？"

77

林椰最后去了《预言家》那组，组内中心位已经在观众投票中确定为佟星洲。这首歌太过冷门，佟星洲的粉丝甚至不需要花太多力气与别家粉丝互争，就轻松让他拿下了《预言家》的中心位。

恰好佟星洲本人也比较喜欢这首歌，因为他在参加集训之前，写过一首风格类似的原创作品，因而最后的投票结果皆大欢喜。

这首歌对唱功要求比较高，林椰权衡再三后，没有去主动竞争主舞的位置。

佟星洲却对他说："我看过你上场公演的舞台，中间有几秒你的耳返掉了，但是歌词唱出来的时候音调还是卡得很准的。可能你没有太多唱歌技巧，但是发挥稳定还是很容易能够做到的。"

"而且嘛，"对方眯眼一笑，"我想跟你有合作舞台想很久了。"

林椰终于抬眼正视起面前这个和他年纪相仿的高人气学员来。

学员们开始着手学歌学舞的同时，微博上也无比热闹。

有博主在微博上放出第四次公演的分组情况，众人八卦之余，纷纷震惊江敛和林椰不在同一组。博主又在评论中放出一条匿名投稿，称林椰不在江敛那组，是被江敛亲手投出去的。

这条投稿在粉丝海里掀起惊天巨浪。

双人粉粉丝坚定不移地发言："别听这些假消息！哥哥弟弟关系好着呢！"

一时间人心惶惶，粉丝在信与不信的边缘反复挣扎，头顶犹如悬着达摩克利斯之剑，就等着视频出来探个究竟。

岛上的学员们在日常练习之余，又从赛训组那里接到了新的岛外行程任务。严格来说，是只有排名前十五位的学员有了新行程。

赛训组与公益方合作，定下了前十五位学员出岛参加下乡关爱留守儿童的公益活动。

虽然去大山乡村送温暖并不是什么轻松的过程，但在通过镜头曝光自己的同时，也能够给留守儿童带来更多社会关注，所以排在前十五的学员们并无任何不情不愿，排在十五名以后的学员还心生羡意。

恰好卡在第十六名的栗沅满腔怒意无从发泄。林椰如今排名压他一头，还要抢掉本该属于他的那个公益名额。

而林椰现在拥有的排名和人气，不过都是从江敛那里分过来的。假如没有江敛的帮忙，他大概早就两轮游灰头土脸地回家了。

甚至就连和江敛合作的那个机会，本来也该是他的才对。假如没有林椰的出现，那么现在和江敛捆绑的人就会是他，从江敛手里分到人气的人也会是他。

林椰现在拥有的一切东西，都该是他的才对。

夜里气得无法入睡，栗沅睁着眼睛在床上翻来覆去，脑海中最后浮现出的是程迟与祁缓退赛前，导演怒容满面地集合众人的画面。

两天后的深夜，其他队友都早早结束练习，按正常作息时间回寝室休息，剩下林椰和佟星洲还在教室里熬夜。教室里蹲守的摄像老师也已经下班，唯有墙角里的摄像头还在兢兢业业地工作。

佟星洲拎着水壶去走廊上打水喝，回来时看见教室门外站着本该已经下班的基地工作人员。

认出是上次公演前在后台替他们戴耳麦的年轻女孩儿，他朝对方笑了笑。

女孩儿也回以微笑，然后问他："林椰是不是在教室里？你能不能帮我把他叫出来？"

佟星洲有些意外她来找林椰，意外之余又不动声色地皱起眉来，脑海中掠过离开教室前特意看过的墙上挂钟。

年轻的异性工作人员下班以后，趁着夜里人少单独来练习室找林椰，怎么想都觉得像是有古怪。然而他心知肚明这属于别人的私事，无论身处什么地方，闲事还是少管为妙。

佟星洲朝对方点头道："可以。"

他推门进去，用不大不小的声音清晰地对林椰道："有人来找你。"

学员熬夜练习是常有的事，误以为是宿舍中哪个室友有事找过来，林椰神色如常地从窗台边走过来，绕过佟星洲往门外走去。

佟星洲听着他离开的脚步声，又下意识地朝墙上看了一眼。当看清挂钟上的时针和分针已经同时指向数字"12"时，他面上的神色越发奇怪。

开门出去后，林椰才发现找他的人不是任何室友，而是基地里和他几乎毫无交集的工作人员。他略微奇怪地停在几步外，没有开口说话。

挂着工作牌的年轻女孩儿朝前迈出一步，主动靠近他："林椰，我有话想跟你说，你能过来一下吗？"

像是没有认出对方来，林椰站在原地问："有什么事不能在这里说？"

女孩声音骤然低下来，几不可闻："是上次公演耳麦的事情。"

林椰终于回忆起来，对方是上次公演前负责他们耳麦的工作人员。他没有多想，猜测她是想要道歉或者解释，转身跟着她离开走廊上的监控范围，去了无人的楼梯通道中。

对方果然是想要道歉，将他带到角落里，全程垂着眼满脸沮丧，双手紧紧交握放在背后，与他站得很近。两人谈话不超过五分钟，对方就离开了。

林椰心中更是觉得古怪，却也说不出个所以然来，很快也从楼梯通道中离开，并没有将这样的插曲放在心上。

因而也并没有发现，在他离开以后，年轻女孩儿又原路返回到他们待过的位置，手里抓着袖珍的蓝牙遥控器，从林椰当时所站位置的视角盲区内翻出一个手机来。

结果到离岛下乡的前一天，林椰就毫无预兆地被赛训组的工作人员私下约谈了。

工作人员找来的时候，林椰正和明让在教室外的走廊上说话。

明让的教室在他们教室的斜对面，两人在走廊上迎面撞见，明让还是如往常那般，斜挑着唇角喊一声"弟弟"，仿佛当他与江敛闹僵这件事压根不存在。

林椰也朝他扬起笑脸。

明让收起唇角的笑意，朝他走过来："你在哪个组？"

林椰道："《预言家》。"

明让佯作恍然："你是被他们从《狼人杀》那组投出来的吧？"

也不拆穿对方略显浮夸的表演，林椰平静地点点头。

明让又问他："你知道是谁投的你吗？"

林椰道："我知道。"

明让没有说话，眯起眼眸，不动声色地观察他片刻。"一票是栗沉投的，还有一票，"他微不可察地皱眉，"你该不会以为是江敛投的吧？"

林椰沉默地望向他，没有说话。

明让轻嗤一声，心说这误会可闹得有点大，却也没有明说，只道："我听说杨煦也在那组？"

林椰道："他在。"

明让轻描淡写地提一句："杨煦现在和栗沉住一间宿舍，他跟栗沉走得很近。"

言下之意就是，剩下那一票不是江敛投的。

林椰显然没有意料到，面上神色微微愕然。

原本只是想点到为止，却又怕他听不明白，明让犹豫一秒，最后还是把话摊开，补充道："江敛没有投你，他的那一票投给了栗沉。"

林椰果然越发错愕与惊异，他想不到江敛这样做的理由。正如江敛那天在走廊上所说，已经没有任何再帮他的必要了。

他也没来得及思考江敛这样做的理由，平日里跟在导演身边的助理陡然出现在视野尽头，朝他和明让站的位置走过来。

两人同助理打招呼，助理脸上却毫无笑意，只绷着脸对林椰道："导演找你，你跟我过去一趟。"

林椰语气诧异："找我什么事？"

助理本不欲透露，瞥见明让还站在旁边没动，显然也是想要听原因，才简单道："有人给赛训组投了匿名信，举报你违反赛训守则。"

旁边沉默不语的明让微微蹙眉。

林椰心中一跳，脑海中首先浮现出来的猜测，就是他与江敛的交易被人发现并举报了。他有些心慌意乱，面上仍强作镇定，在助理的催促声里朝前方走，就连道别都忘了和明让说。

助理还留在原地，脸上表情瞬息万变，看向明让时脸上已经露出笑脸："没什么事我就先走了。"

明让也担心江敛与林椰的事被人匿名举报，程迟和祁缓退赛的先例还历历在目，他伸长手臂勾住助理肩膀，笑容温和亲切道："先别走啊，我还想听听具体是怎么回事呢。"

"也不是什么大事。"助理面露不快，"就是有人举报他和基地里的工作人员谈恋爱。"

他皱起眉来，大有一副不吐不快的架势："你说这些人怎么就这么想不通呢？之前那两个因为违规被退赛，导演那么生气，还当众揭发作为警示，摆明是为了杀鸡儆猴，怎么还是有人不能引以为戒？"

林椰有没有和工作人员谈恋爱，作为前室友的明让心中再清楚不过。这件事听起来严重，实则却相当荒谬。他只需稍稍一想，就知道是有人故意要整林椰。

林椰挡了别人的路，有人因妒生恨了。

就是不知道对方使用了什么方法买通了基地内的工作人员，多半不难就是了。

不过想着既然与江敛无关，的确也不是什么大事。明让没耐心再与他啰唆，听他抱怨这些琐碎，就以忙着练舞为由，口吻略显敷衍地将人打发走，慢悠悠地转身朝教室里走去。

推门的那一刻，他又临时改变了主意。稍微掂量过林椰在江敛心中的分量，他潜意识里觉得，或许江敛会对这件事有兴趣。

明让脚下步子一转，转而朝 A 班教室的方向走了过去。

78

明让进 A 班教室的时候，遇上邱弋从隔壁教室过来玩。恰好江敛坐在墙边休息，他拉上对方在江敛身旁坐下，没有直接对江敛说林椰被约谈的事，而是用看热闹般的口吻对邱弋道："我刚刚过来的时候，在走廊里看见林椰了。"

邱弋露出一副恍然模样："听你这么说，我也想起来有好几天没看见他了。"他无知无觉地抬起手肘去撞江敛，意图得到对方的认同："是吧？"

江敛半垂着眼皮没搭理他。

邱弋自讨没趣，后知后觉地想起他和林椰已经闹崩，眼中掠过淡淡的尴尬，随即将脸转向明让："你继续说。"

"好像是有人投了匿名信举报他，"明让斜斜地扯起唇角，"他被导演单独叫过去谈话了。"

邱弋面露疑惑："举报？举报他什么？"

明让随口道："说是他私下和基地里的工作人员谈恋爱吧。"

邱弋闻言，满脸可笑地扬眉。"这摆明了是有人要给他使绊子吧？林椰有没有谈恋爱，和他做过同组队友兼室友的我们最清楚了。"他说完，又下意识地想要扭头去问江敛，话到唇边时却想起来，江敛多半不仅毫无反应，而且不会搭腔，又硬生生将那句话咽回肚子里，退而求其次般望向明让，"是吧？"

明让也没有给他任何回应，而是将目光直直投向江敛坐的位置。

邱弋不明所以，也顺着对方的目光朝江敛看过去。地板上已经空下来，视野内掠过一片黑影。当光线回来，再抬起眼睛时，他看见江敛已经站了起来，拧眉沉眸朝教室外走去。

邱弋愣了半晌，才回神惊愕道："他和林椰的关系已经差到连听见与林椰有关的话题，都要深恶痛绝地起身离开，耳不听为净了吗？"

回答他的是明让拍在他后脑勺的巴掌以及一句"傻瓜"。

去办公楼的路上林椰想了很多。譬如举报的人是手里真的有证据，还是只是捕风捉影故意诈他。又譬如赛训组的人现在已经知道了多少，他有没有可能把江敛从这件事里摘出来，只让赛训组处理他一个人。

踏入办公楼内的那一刻，他甚至已经做好了独自退赛的心理准备。

然而赛训组的人自始至终都没有提及江敛的名字，举报人在电子信件中写的并不是他和江敛私下的交易，而是一段无中生有且令人啼笑皆非的恋爱关系。林椰顶着工作人员的锐利目光站在会议室内，待到背上惊起的薄薄冷汗又在衣服下渐渐风干，才拿起桌面上打印出来的照片看了两眼。

照片上的人是他与那晚过来找他道歉的年轻女孩儿，能够轻而易举地辨认出，照片的拍摄地点为那晚他们说话的楼梯间，那里没有任何人，也没有任何摄像头。照片皆为错位拍摄，从那些角度看过去，就像他在和对方接吻，或是与对方亲近私语。

导演靠在椅背上审视他，语气冰冷："照片都在这里，教室外走廊上的摄像头也拍到了你在深夜里单独被她叫走，那晚同样在教室没走的佟星洲也承认，的确有人来找过你。你要怎么解释？"

林椰蹙起眉来："照片只是错位，你们可以从监控视频的声音里听到，她来找我是想说上次公演耳麦的事情。"

导演眼中涌起些微怒火，只当他是不愿承认的最后挣扎，叫其他人播放从监控室里拷出来的视频，画面中对方说前两句话皆是音量正常，林椰听得很清楚，到提及公演耳麦时，声音却骤然降到微不可闻的地步，吐字已经全然听不出来。

林椰又问:"那前两句要怎么解释?"

导演语气很差:"她说你单方面要跟她分手,所以她才来找你。"

林椰终于意识到,这虽然是一场来得莫名且毫无根据的陷害,但策划这件事的人也足以让他解释不清楚。他已经不太确定,这件子虚乌有的事还能不能得到澄清和解决,抑或是他只能忍气吞声、无从辩解地被迫接下这口黑锅。

他的确已经不知道该怎样解释,只轻扯唇角、不容撼动地道:"我没有。"

导演不耐地抬眼:"证据都摆在这里,你觉得我是会相信照片还是会相信你?"

每问一句,他的声音就严厉一分,当中还裹着不小的怒火:"你说你没有,你也只是口说无凭,谁来担保你不是为了拒不承认而撒谎?"

下一秒,低沉的嗓音从门外传来:"我担保。"

话音落下,江敛已经跨门而入,停在众人面前,神色淡淡地道:"我替他担保。"

假如换作其他人,想自告奋勇来替林椰做担保,也没有太大的用处。只是江敛不一样,他想从导演这里保下任何人都是再简单不过的事情。更何况,林椰这件事也的确存有疑点,甚至可以说是没有确凿的证据。

导演不再为难林椰,他们找来在基地中工作的那个女孩儿,稍稍威胁两句,二十岁出头的小姑娘就已经招架不住,坦白了整件事的真相,也丝毫不敢隐瞒地将栗沉出卖了。

赛训组对她做了辞退处理,提及栗沉的处置方式时,导演绷着脸吐出两个字:"退赛。"

副导演却没有点头,迟疑了数秒。"两个月以来就退了四个,会不会对整个集训造成不太好的社会影响?而且,"对方话里话外进行暗示,"就这么把人给劝退,对他的工作室也不好交代。"

导演沉思半晌,最后一锤定音道:"那就让他留到下次顺位发布。"

林椰跟在江敛身后走出大楼,江敛看上去不太想和他说话,径直抬腿朝训练大楼的方向走去。林椰也没有主动上前去搭腔,只沉默无言地走在对方身后不近不远的位置。

江敛没有走大路,而是抄近路走了连接训练大楼与办公楼的那片树林。基地内绿化做得相当好,到处都是成片的绿树林。林椰刚进来的时候还是冬天,树林里不见开花也不见长花苞,起初他还以为林子里种的都是四季常青的树木,后来才发现原来当中有些是花树。

通往基地大门的树林里种满了桃树，春天来临以后，枝头上都开满了浅粉色的桃花。此时他们穿过的这片树林，树枝上也有大片浅粉色的模样似桃花的花朵盛开。

微风从林间吹过时，已经开到最盛花期，即将衰败凋谢的粉色花瓣从空中打着旋下坠，落在了江敛脑后的黑发里。林椰看在眼里，快走一步跟上对方，想要悄无声息地抬手把那片花瓣捏下来。

大约是听见身后逼近的脚步声，江敛骤然停下脚步转身。

林椰刹车不及撞在他身上，也将那片掉在江敛发间的花瓣从对方的后脑勺上撞落了下来。林椰下意识地并拢掌心去捧，沉默地望着那片颜色清丽的花瓣坠入他手心内。江敛似是有些神色不耐，终于朝他开口，简短吐出两个字来："有事？"

林椰给他看手心内的花瓣："有片桃花掉在你头发里了。"

江敛垂眸轻扫一眼，口吻冷淡："这不是桃花。"

林椰诧异抬眼，像是没有听明白他的话："什么？"

江敛皱起眉来，神色不快地重复："这不是桃花，这是樱花。"

林椰缓缓握起接花瓣的那只手，心不在焉地点头道："是吗？"

江敛不再答话，欲转身继续朝前走。

一只手伸过来抓住他的手臂，林椰平复心绪望向他："今天的事，谢谢你。"

"不用谢。"江敛扬唇一哂，"我帮的不是人，而是理。"

林椰闻言，果然不再多说，而是将话题转向几天前的投票："你为什么没有投我？你说你会投我，我也以为你会投。"

江敛神色微冷："明让告诉你的？"

林椰没有说话。

江敛心中已经有答案，也并非要从他口中等到回答："你和栗沉比起来，我更加不想看到他。"

"仅此而已。"他说。

听到对方的话，林椰竟然觉得略有宽慰。至少在江敛心中，他比栗沉要好，也比栗沉不那么令人讨厌。他自娱自乐般在心中想，抬眸对上江敛的目光，还要说什么，却听见林子边缘响起了几重此起彼伏的脚步声。

有人踩着松软的泥土和凋落的花叶，朝树林中走过来了。

江敛拨开他抓在自己手臂上的那只手，动作极快地拽着他躲入身侧粗壮的树干后。

那树是由两棵大树合抱而成，能够完全遮挡下两个成年人。两人沉默地躲在树后，不约而同地放轻呼吸声，拧眉望向树林中声音传来的方向。

两三人口中断断续续地交谈对答，脚步错落地从他们躲的树干前走过，很快消失在树林前方的尽头。听他们的谈话内容和语气，大概是基地里的工作人员。

林椰不动声色地松口气，这才想起来，他和江敛只是站在林子里说话，没有做出任何出格越界的事，大可不必特意躲起来。

触及他目光的那一刻，像是已经知道他要说什么，江敛低低出声堵了回去："难道栗沉这件事还不够你吸取教训自我反省吗？谨慎一点总是没有错的。"

林椰自知理亏，下意识地点了点头。

江敛目光微垂，将他点头的模样尽数收入眼底，心中莫名觉得有些好笑。这样的念头堪堪浮起，他抿紧的唇角也跟着不由自主地挑了起来。

笑声即将从唇角发出的那一刻，他的脑海中又不受控制地跳出那晚林椰提出要和他结束交易的话来。

江敛承认自己耿耿于怀。

他动作骤停，硬生生压下想要扬唇轻笑的冲动，从林椰身前缓缓退开。

79

林椰也很快清醒过来。

他们从树干后绕出来，一路无话地走回训练大楼，最后在走廊上分道扬镳，各自回到小组教室里。

生活再度恢复到风平浪静，林椰被举报的事情悄无声息地开始，最后又悄无声息地结束。许多学员自始至终都毫不知情。

这一天很快就结束，下乡做公益的安排终于被提上日程，岛上排名在前十五位的学员纷纷整理好行李，跟着基地内的工作人员乘船离岛。再由赛训组安排大巴车，送往偏远山区。

也不知道从哪里得来的行程消息，粉丝们一大早就守在了码头。学员们下船以后，很快就引来码头上的人潮骚动。粉丝们如同潮水般大肆涌来，将他们围得密不透风。

随着赛训的口碑越来越好，学员们的人气自然更不用说。林椰粗略抬眼望去，赶来送他们的粉丝数量比上次在机场还要庞大。

不过这大概也和学员的出行数量有直接联系。上次去拍杂志的学员只有八人，眼下却是直接翻倍，成了十五人。

码头派出的安保人员走在两侧，护着学员们朝前走的同时，替学员阻隔开不断涌过来的粉丝群。

但还是效果甚微，粉丝人数太多，安保人员夹在中间满心无可奈何，处在包围圈的学员们几乎寸步难行。

耳中只能听到各家粉丝们一声高过一声的呐喊，扯着喉咙亮开嗓子，只为了表达对自家偶像的喜爱。而在这些声音里，还夹杂着安保人员含混不清的喊声："别挤！别挤！"

已经接近包围圈的粉丝没有再往前挤，而是努力地举高手里的相机或手机，去拍人群中慢吞吞朝前挪动的学员们。

来晚一步的粉丝只能在外围踮着脚尖看圈内人头攒动和学员们的后脑勺，始终觉得心中不满足，便下意识地推着身前其他人朝里走，只为了能够将学员们的脸看得更清楚。

走在里侧的人猝不及防，来不及站稳脚跟把身后挤过来的人抵开，就在背后力道的冲击下不受控制地朝中间挤了过去。

即便是安保人员也扛不住这样的外力挤压，走在最中间的学员们很快就被挤得肩头微斜，无处落脚。

场面一度陷入混乱，程度堪比春运时期的码头。

走在队伍后方的林椰差点被挤到掉队，还是前面的佟星洲适时伸手拽了他一把，才将他拉回学员的队伍里。

随行的工作人员扫见佟星洲拉林椰的那只手，连忙对着其他学员喊："大家相互拉一拉，不要掉队了。"

江敛下意识地回头找林椰，看见佟星洲艰难地拽着林椰往前走，又欲将脸转回正前方。

只是他这一回头，又造成了后方粉丝群不小的骚动。那些人脸上不受控制地露出几分狂热来，举着相机和手机蜂拥而上，意图拍到他清晰的正脸。

这可害惨了跟在他身后的佟星洲和林椰。

别说是还有余力去拉林椰，佟星洲自己都被挤得踉跄起来。两人被夹在粉丝的浪潮中间，两侧的安保人员更是活动不开手脚，满脸的束手无策，只能拼命地拔高嗓门，示意大家别再往中间挤。

江敛眉头已经拧了起来，抬手按住林椰肩头将人扶稳，幸而此时有其他安保人员过来帮忙，才避免了现场人群失控的糟糕后果。

身侧空间终于松动起来，江敛领着林椰往前走，林椰跟在他身后，余光扫见有粉丝举着单反在拍自己，相当配合地转过脸去，看着镜头勾起恰到好处的笑容。

粉丝被他突如其来的笑容惊喜到，抵在快门按键上的手指动作飞快地下按保存，似有打算连拍的趋势。

林椰的笑容没有保持太久，很快将脸转了回去，专心看向前方的路。

粉丝尝到了甜头，已经不再满足于拍他的侧脸，举着单反朝他身边挤：“漂亮弟弟看看我，再看一下好不好？就一下。”

林椰被对方挤得无路可走，侧身往旁边退了退，却没有再看她。

粉丝心中的不满更甚，二话不说就绕到他前方，直接拦下他的去路，手中的镜头直直朝他的脸撑了过去。

此时身后又有人过来，手肘重重撞在那名粉丝的背上，将她推得朝前一个趔趄，手里的单反跟随惯性朝着林椰的鼻梁砸了过去。

一只手从侧面伸入，替他挡下了砸过来的相机。

后方挪动的人流以林椰和江敛为中心，骤然陷入了停滞状态。粉丝们都愣愣地望着这突如其来的意外状况，江敛沉着面色将相机从林椰脸前推开。

那名粉丝抱着差点被推掉地的单反，已经是怒容满面，口不择言地尖声道：“你知道这相机多少钱吗？”

江敛漫不经心地扬唇，笑意却淡而浅。"摔坏了我赔。不过，"细长的指尖堪堪停在林椰英挺的鼻梁边，他漆黑的瞳孔里浮上几分冷意，"你知道他的鼻子多少钱吗？"

那人被问得哑口无言，眼看着身旁其他人目光逐渐变得不再友善，心虚与后悔的情绪愈演愈烈，本着息事宁人的想法，她抱着单反挤出包围圈跑了。

剩下其他粉丝目光各异地偷偷打量江敛和林椰两人，最后又不约而同地将视线投向江敛那张面色微沉的脸。

不顾身旁还有许多粉丝在场，林椰也忍不住扭头看向江敛。

他的鼻子值多少钱他再清楚不过，他不是什么高身价的人气明星，只是还没出道的学员。他更没有闲钱来给自己的鼻子上保险。

所以他的鼻子压根就不值钱。

他知道对方那么说只是为了维护他，可是，林椰平静的面容下已然卷起滔天巨浪，江敛为什么要这么维护他？

即便江敛那只手没能及时出现，他自己也能完好无损地躲开砸来的相机。

可这是为什么？

明明他们已经没有了交易关系，明明他们已经不需要再在粉丝面前惺惺作态地捆绑互动，明明江敛已经与他形同陌路。

林椰无声地望向江敛，心中思绪翻涌。

同一时刻，现场手机拍下的两人的无修生图已经迅速被粉丝公开发在了网上。

双人粉丝激动高呼："谁说哥哥和弟弟决裂了？哥哥真的好护着弟弟，我直接哭到楼下邻居敲门提醒我修水管。"

林椰粉丝闭眼就夸："我们弟弟的生图也太好看了吧！我怎么觉得比修过的还好看！"

80

从码头走到停车场足足花了二十分钟，学员们才集体坐上大巴车。

粉丝们追到大巴车下与他们告别，举着手幅叫他们的名字说再见，学员们也回以微笑和挥手。

大巴车穿过整座城市开往大山里，下午两点才到山中的小村落里。学员中有人从小在城市里长大，神情惊讶地趴在车窗前看公路外的悬崖与高山："这种地方也会有人住吗？"

"当然有人住。"带队老师回答他，"你们现在坐车经过的公路也是前两年才修好的，如果没有这条路，你们就只能徒步翻过两座山头进村了。"

那人露出略微复杂的神情，不再开口说话。

村落就建在山脚，村主任提前接到消息，带着村干部过来迎接众人。还有一些刚从溪水、泥地里滚过的孩子，从大人口中听到只言片语，顶着脏兮兮的脸跟过来，躲在村口石碑后偷偷探头看。

学员们没有化妆，穿一身干净整齐的白色练习服从车里下来，个子挺拔，五官帅气，与村里的人甚至是整座村落格格不入。

满脸泥痕、衣服又旧又黄的孩子们躲在石碑后睁大眼睛，黝黑的瞳孔里满是好奇与向往。

村主任接到了人，先领他们去吃饭。村民为他们准备的是露天大锅饭，炒菜的大黑锅就架在空旷的院子里，不远处是由几张桌子临时拼凑而成的大长桌，桌上摆好了碗筷。

大家坐下来吃午饭，饭菜不比岛上食堂，十五人里难免会有人吃不习惯，却都老老实实地吃掉了一碗饭，并未有人表露出任何挑三拣四的神情来。

吃饭时林椰就坐在江敛旁边，两人几乎仍是零交流。偶尔他伸出筷子去夹菜，与江敛同时伸出的筷子撞在一起，对方也并未开口，而是直接移开了手中的筷子。

林椰筷子停在半空中没动，抬起眼睛去看江敛，对方却并不看他。林椰心中情绪复杂，假如不是上午江敛替他挡相机的事还历历在目，他几乎都要以为那并不是真实存在与发生的事。

吃完饭以后时间还早，带队老师让学员们去村子里走走，摄像老师会全程跟随，村主任便提出让校长带众人去看看村里的学校，大家都同意了。

虽说是学校，也只有一座矮楼和楼前坑坑洼洼的小操场。矮楼里就是教室，教室门年代过久，已经有些摇摇欲坠，门边发黑发光的墙皮已经脱落大半，墙角堆着掉落下来的墙粉。

教室里的课桌椅已经破旧不堪，却摆得十分整齐。简单搭建的讲台前挂着小黑板，被人擦得很干净，粉笔盒里的粉笔已经短得指尖快要拿不住，仍没有被丢弃。

有人面露不忍，与身侧其他人小声说话："我才知道原来这个城市还有这么穷的地方。"

同伴笑他不知人间疾苦："怎么没有？"

他们从低矮逼仄的教室里走出来，路过一扇上锁的门，校长从口袋里摸出钥匙来开门："里面是学校的图书室，书架是村里人自己动手做的，架子上的书都是别人捐过来的。"

他打开门让大家进去看。图书室与教室差不多大，却因为书架占地面积大，所以看上去比教室还要更加狭小。学员们分批进去，每拨七八人，林椰在第二拨人当中。

待前一批学员出来，林椰才跟在其他人身后进入这间图书室。江敛和明让在前方低声说话，林椰缓缓走在他们身后，虽然听不太清楚对话内容，但也能凭借飘入耳中的细碎字眼判断出，那两人是在说这个简陋的学校。

书架并排摆放了好几排，是由许多窄架子拼接而成的长书架。图书室里没有开灯，日光照进来还是有些昏暗，众人背光穿行在书架间。

有名学员顾着和同伴讲话，一时脚下不察，鞋尖踢在书架边不知何时掉出来的厚字典上，身体失去平衡骤然前倾，眼看着就要被绊倒在地上，忙不迭地伸手去扶面前的书架。

却不想那书架没有被固定在地面，竟然也似承受不住他的重量般，在他的推动下朝外倒去。慌乱之间身后其他人只来得及拽稳那名要摔倒的学员，来不及去扶斜斜倒下的书架。书架倒下的过程中，他们才发现对面还有人。

林椰的视线始终落在江敛身上，也第一时间看见对方身侧毫无预兆地倒下来的书架。江敛和明让虽然是并排往前走，明让站的是外侧，江敛走的却是靠近书架的那一侧。书架倒下来，首先就会砸在江敛背上。

那一瞬间，他脑中只余空白，什么也没有想，手脚却仿佛瞬间脱离大脑支配，不再受任何东西控制，而是有了独立的思维，朝江敛身后跑过去。

书架背后传来其他人的急促提醒："小心！"

林椰在那道声音中将江敛往前推一把，挡在了对方身后。

江敛错愕回头，只来得及看见倒下的书架砸在身后人的背上，那些书悉数从架子上掉出来，重重砸落在地上。

林椰背脊骤弯，发出一声闷哼。

他的脸色瞬时难看起来。

幸而书架没有碰到头，没了书籍的书架也变得不再那么重，最初砸下来感受到的疼痛，林椰也已经渐渐缓过来。江敛将空书架从他背上扶开立好，闯祸的人慌忙从后方绕过来收拾掉落的书籍。江敛力道极大地扯过林椰的手腕，漆黑的眼眸中有怒意升腾，语气少见地有些严厉："你过来挡什么？你不帮我挡，我也能躲开。"

因为已经擅作主张把你当朋友？还是单纯出于朋友的关心则乱？林椰在昏暗的光线里动了动嘴唇，最终也没能说出什么话来。

半响，他轻扯唇角，面上神情重新恢复到风平浪静，脑中思绪前所未有地清晰顺畅。"你上午帮我挡一次，现在我帮你挡一次，"像是没有将这场意外放在心上，他朝江敛一笑，"现在我们扯平了。"

江敛目光紧紧地盯着他，眉头轻拧，眼角微垂，嘴唇抿成一条直线。不知道在想什么事情，但显然并不是什么好的事情。许久之后，他终于松缓神色，从林椰脸上移开了目光，眸中掠过浅淡的退让与妥协。

校长在门外听见动静，急匆匆进来询问情况。

背上的痛感已经减轻，林椰从地上站了起来，身体没有太大的问题。

校长松一口气，与其他人整理好书架，就带着学员锁门离开了。

他们从学校回到吃饭的院子里，赛训组老师已经与村民们沟通好，让学员去村民家里留宿。

村子里大多是老人带着孙子或孙女，儿子和女儿常年在外打工，家中自然就有床铺空了出来。

有的家中只有一张床，有的家中有两张床，所有人自行分配耗时又有难度，带队老师统一采取抽签形式决定大家的去处。

林椰和明让抽中同一户村民，工作人员叫抽签完毕的学员上前登记，明让要过去时，被江敛叫住，从他手中抽走那张号码纸，转而将自己的号码纸递给了他："我们换一下。"

明让诧异数秒，很快反应过来，挑眉笑问："气消了？"

江敛闻言，沉默片刻，抬眸瞥向他："消了。"

林椰和江敛入住的老人家有两张床，分别摆在相邻的两个小房间里。两个儿子和儿媳都在外地打工，老人独自带着小孙子生活在山里。

房子里虽然房间多，布置却十分简陋。墙上发黄的墙皮大面积脱落，凹凸不平的地上颜色漆黑，厕所设在后院的鸡圈旁边，洗澡在前院的露天木板棚，热水需要自己动手提。

林椰家里虽说不是特别富裕，后几年还因为家中变故，生活环境也大不如前，却也从未在山村里生活过，多多少少都有些无所适从。

江敛与他完全相反。

有关江敛家庭背景的话题，他没少在基地内听旁人说过，无非家中有钱也有权，在演艺圈也攥着许多一线艺人的资源。

江敛却对这样的生活环境毫无半点不适应，仿佛无论在哪里，他都可以做到滴水不漏和面不改色。

撇开其他不说，林椰就这么看江敛背对着他在房间内游刃有余地铺床，然后卷高袖子到厨房的柴火灶前添柴加火，接一桶烧开的热水，将热水桶提入洗澡的木板棚内。

此时已经是暮色四合，他们吃过了晚饭，江敛已经准备洗澡。

江敛没有在棚内洗澡，而是穿戴整齐地走了出来。

猜对方是有什么东西忘了拿，林椰余光扫到对方径直朝他所在的方向走来，林椰缓缓侧过脸来，从竹椅里仰起头来无声地望他。

江敛停在他面前，对他道："去洗澡。"

林椰愣住："你不洗吗？"

"你洗了我再洗。"江敛把他从椅子里拉起来，嗓音低沉好听，"洗澡水都不会烧，怎么就这么娇生惯养？"

林椰张口就要反驳。

自打他退学那年起，就再也没人说过他娇气，不过很快，他又抓到了这段对话中的重点，神色意外道："热水是给我烧的？"

江敛道："已经兑了冷水，你再不去洗，水就要冷了。"

林椰胡乱点了点头，道过谢以后，转身思绪略有恍惚地朝房间里走。江敛似乎不再冷言冷语地对待他，他们又回到了从前那样的相处模式。

准确来说，是他和江敛在达成交易关系以前的相处模式。

但其实还是有不太一样的地方——

那时候林椰还没有对他滋生任何朋友间的信任和依赖。

TOP 2 TOP 1 TOP 3

PART 10

防火墙

81

　　林椰在木板棚里洗澡的时候,江敛坐在院子里吹夜风。

　　林椰握着毛巾仰起头来,山里的夜空黑如浓墨,干净到毫无瑕疵。他看了半晌,冷不丁地出声问:"山里星星多吗?"

　　"很多,晚点就能看到。"江敛的声音听上去有几分漫不经心,"你想去看?"

　　林椰道:"有点想。"

　　"那就去。"江敛说。

　　两人都洗完澡以后,把家中小孩儿喊过来问:"你们平常都去什么地方看星星?"

　　"看星星吗?"叫小九的男孩儿陷入思索,"附近有个很矮的山头,很近也很容易爬。"

　　他拍着手掌自告奋勇:"哥哥,你们要去看星星吗?我可以给你们带路。"

　　江敛抬手摸他的头,扬唇笑道:"谢谢小九。"

　　两人去找明让和邱弋,那两人又叫上同住的温免和佟星洲,六人加上小九,八点左右朝附近的矮山出发。

　　爬上山头只需要二十分钟,七人在山顶高处找到空旷的平地坐下,明让打开背包给众人分发罐装啤酒:"来山顶看星星这么浪漫,怎么能不喝酒?"

　　佟星洲稀奇地看他:"你哪儿来的酒?"

　　明让道:"塞行李箱里带过来的。"

　　两人说话间,小九凑到他身侧,眼巴巴地看着他没说话。

　　明让勾唇一笑,从包里掏出AD钙奶和吸管给他:"小朋友不能喝酒,还是乖乖喝奶吧。"

　　佟星洲瞪大眼睛:"你还带了奶?"

　　明让口吻戏谑,三言两语就将邱弋卖了:"我都断奶二十几年了,还带什么奶。这是从邱弋箱子里摸出来的。"

温兔闻言，转头眉飞色舞地嘲笑道："邱弋，你今年多大了？还没断奶。"

成年后还在喝 AD 钙奶的邱弋被问得无话可说。

天空里的星星很快就由零落散布变为漫天闪耀，银白色的微小光点缀在漆黑天幕里，犹如潺潺流动、波光粼粼的璀璨星河。

六人盘腿围坐成圈，让小九拍下他们在夜空下碰杯的照片。脚下是灯火通明的村落，头顶是广阔恢宏的漫漫星空。

城市喧嚣一瞬间离他们远去，比赛和出道不再是心头重负，就连心绪也变得越发宁静与平和。

鼻尖酒气微醺，林椰下意识地转头去看江敛，却与江敛看过来的目光不期而遇。

两人眼眸平和而又沉静，谁都没有说话。夜风从脸庞柔软地轻擦而过，风中的酒味渐渐变得浓稠。其他仰头看星星的人也不自觉地投来目光，大家你看看我，我看看你，最后在温柔的夜色里相视而笑。

接近深夜的时候，眼见山脚村中灯火渐渐熄灭，众人才起身下山，然后在村中分开告别，各自回自己住的地方。林椰先带小九回去，江敛去了一趟明让住的地方。房子里没有点灯，老人已经睡着，两人摸黑进门，小九进了老人的房间，林椰进了自己房间。

关门按亮房间内昏暗的灯，林椰在床板上坐下来。说是床板实在不为过，他的身下是老旧的硬木板，上方没有柔软的床垫，只铺着两层薄薄的毯子，比宿舍里的上下铺还要硬。整个房间内只有一张床和一张矮桌。

林椰推门去后院上厕所，再回来时发现江敛已经坐在他的房间里。

他顺手关门，走过去坐下问："有什么事？"

江敛道："你转过去。"

林椰看他一眼，顺从地背过身去。

江敛握住他的衣摆往上掀，不咸不淡地开口："我看看你白天背上被撞到的地方。"

林椰任由他动作，趴在床边安静等了片刻，然后才出声问："看好了吗？"

江敛道："青了，有点发紫。"

林椰轻轻活动肩胛骨和背脊："不怎么痛。"

江敛示意他停下，抬起指腹直直按上去，就见他的肩胛骨骤然内收，整个人朝外弹了弹。

他问道："现在痛不痛？"

林椰沉默地点头。

"自己上床趴好。"江敛起身去桌边拿东西,"我从明让那里拿了外涂的药。"

林椰抓着衣摆,脱鞋到床上趴好。床板太硬,他把双手垫在脸下。江敛扫他一眼,脱下身上的外套丢给他:"垫在手臂下面。"

他也依言照做。

床板发出陈旧年迈的咯吱声响,江敛在他身边坐下来,把他的衣服从腰部推了上去。

江敛拿药的细碎声响落入耳中,林椰背对他趴在床上,听着那窸窣声音,无所事事地将头枕在手臂上,偏过去看床头那昏黄的灯光,视线在光圈里逐渐拉长放空。

后背陡然而起的刺痛感将他拽回现实里,刺痛过后,就是清爽微凉的感觉。蘸了药油的棉签落在受伤的皮肤上,江敛捏着棉签,将药油在他背上均匀抹开。

"痛吗?"对方一边抹药一边问。

从最初的轻微刺痛里缓过来,林椰声音平稳地答:"不痛。"

江敛没有再说什么。片刻之后,他从床边站起来,转身将手中的棉签丢入旁边的垃圾桶内:"好了。"

林椰闻声从床边爬起来坐好,将衣服放下来。抬眼瞥见江敛背对自己,站在灯光里收拾带过来的东西,他面上掠过轻微的怔色。

不是已经解除交易关系了吗?不是已经形同陌路了吗?不是默认他只是生活中无关紧要的人了吗?为什么还要过来帮他擦药?

意识到和江敛成为朋友只是自己的奢望后,明明已经下定决心要和江敛保持距离,将自己从那份不可能的友情中剥离出来,江敛却一反前几天冷漠疏离的态度,又以亲密朋友的姿态靠近他,以亲密朋友的姿态来关心他,对他好——

轻而易举就用一把火击溃他心中高高立起的防火墙。

此刻望向江敛高大英挺的背影,林椰竟觉得有些进退两难。

寂静深夜中的敲门声陡然唤回他的神思,林椰从床边走下来去开门。

身高不到自己腰间的男孩儿抱着快要没过头顶的被子站在门外,仰起头来冲他露出有点不好意思的纯朴笑容。

林椰满脸意外:"你还没有去睡吗?"

小九把被子递给他:"爷爷让我再给你们拿两床被子,江敛哥哥人不在房间里,被子我放在他的床上了。"

林椰接过被子向他道谢,目送他离开以后,疑惑转头:"还没有冷到要盖两床被子的程度吧。"

江敛拿起桌边的药走到门边，扬起唇角道："那是拿来给你垫在身下睡的。大概是这里的床板太硬，担心我们从城里来，睡不习惯。"

林椰抱着被子，脸上有轻微的动容。不知道怎么，忽然就想起了自己已经过世的奶奶。

替他擦完药，没有再过多停留，江敛就从他的房间里离开了。

对方人是走了，留下的暖意却一路烧进他心底。

今天之前还坚不可摧的防火墙此时已是摇摇欲坠、破烂不堪。

实在是摸不准对方今晚的举动，到底是想缓和与他的关系，抑或是故意给出他可以成为朋友的信号，他在门边站了许久，最终还是决定放弃思考。

82

第二天早上，学员们在村里的路边集合。昨天穿来的白色练习服不耐脏，所有人已经换上品牌赞助商提供的黑色外套。

赛训组策划晚上邀请所有孩子在学校内举行晚会，学员们被分成两组各自行动。第一组负责前往学校给孩子们上课，第二组负责去县城采购晚会的所需物资。

授课组又分为两个小组，一组是文化课老师，另一组是艺术课老师。林椰没有上过大学，所以主动去了艺术课那组。他在报名登记的间隙里回头，看见江敛和明让去了文化课那组。

校长领着给孩子们上课的学员步行前往学校，剩下的学员们则跟随村主任坐露天载货车离村去县里。赛训组的工作人员和摄像老师也兵分两路，分别跟拍两组任务不同的学员。

村中到法定学龄的孩子有两百名，校长将孩子们临时分成两个大班。上午一班在教室内上文化课，二班在操场上艺术课，下午两个班相互调换。

林椰在操场上接手了二十个孩子，教他们唱歌和跳舞，给他们排晚会节目。那些孩子虽然基础不好，热情却极高。

到了午饭时间，孩子们仍拽着林椰的手不让他走。最后还是从教学楼内上完课出来的温免，将他从孩子堆里解救了出来。

下午又忙着带新一批孩子排节目，直到西边山头太阳即将落下时，林椰才结束白天的工作与任务。

大家匆匆返回村内吃完晚饭，离晚会开始还有一个小时，孩子们悄悄在村前空地上排练晚会节目，学员们提着采购组带回来的东西去学校布置晚会场地。

晚会地点设在学校最大的一间教室里。学员们把课桌椅搬开，动手准备装饰教室。

林椰坐在课桌上吹气球，吸气间胸腔轻轻起伏，一根手指杵在他微鼓的脸颊上，林椰陡然气泄，手里即将成形的气球就扁了回去。

他捏着扁扁的气球转过头去，顺着那根收回的手指看见了江敛单手撑头和扬唇的脸。

林椰低头摸出一袋还未拆包装的气球丢给他。

江敛没有动，反倒伸手拿过他腿上那半包已经拆开的气球，抬眸扫向他："我吹这个。"

林椰好说话地点点头，从江敛怀里拿回自己丢过去的那包气球，将手里还没吹好的气球再次递到嘴边，张唇含住往里吹气。

气球还没吹完，两人就因为身高被叫去挂彩带和彩灯。林椰踩着椅子站上课桌，弯腰接过旁人手中的彩带，用胶带贴在墙上。江敛则站在他旁边的课桌上，往绳子上缠挂彩灯。

两只手要兼顾固定彩带和粘胶带有点困难，林椰转头朝身后道："你们谁有空？来帮帮忙。"

其他人忙得脚不沾地，背对他整理彩带的邱弋抽空抬头应道："那你等我一下。"

江敛出声截断他的话："不用了。"

话音落地间，说话的人就直接迈开腿，从旁边这张桌上跨到林椰站的那张课桌上。课桌都是实心木头做的，承载两个成年男人的体重没有任何问题。

只是单人课桌的桌面十分窄小，林椰不确定对方是否有地方落脚，下意识地往前挪了挪，想给身后的江敛腾出空间来。

然而脚尖前方的空间也所剩不多，他踩在课桌边缘，三分之二的鞋底悬空在课桌外，上半身受惯性驱使无法保持平衡，陡然歪向课桌外。

千钧一发之际，江敛及时伸手，将他带了回来。

江敛手臂从他胳膊上收回，继而抬手越过他的肩头，替他按住墙上的彩带："你来撕胶带。"

被对方声音拽回现实，林椰回过神来，垂头去外套口袋里摸胶带和剪刀。

胶带和剪刀被他的手拽出口袋时，还有什么东西夹在两者之间，也一同被拖带了出来。眼看着那东西就要坠落，江敛顺手替他扶了一把。林椰将胶带和剪刀换到左手，右手捂住掉出来的东西送回口袋里。

江敛没有看清楚那样东西的模样，只能凭借指尖触感判断出，是一个小小的透明塑料封存袋。

他没有太在意，很快就收回自己的目光。

一个小时以后，晚会教室终于布置完毕。

墙边挂满绚丽梦幻的彩带和彩灯，五颜六色的气球被绑在教室各个角落里。课桌椅已经被推到两侧，桌上摆满了漂亮而精致的小蛋糕和零食。讲台上的音箱里流淌出轻松欢快的音乐。

从未参加过如此大型而热闹的晚会的孩子们，也握着手工制作的可爱邀请函紧张兮兮地入场。

温免和明让是晚会的主持人。两人一唱一和，默契十足，谈吐更是风趣幽默，三言两语就逗得在场所有人忍俊不禁。

孩子们在晚会上表演白天排练好的唱跳节目，两个主持人偶尔也会毫无预兆地点名学员上来表演才艺。

节目表演的过渡间隙里，还穿插有孩子和学员互动的各式各样的游戏环节，学员这边人数少，每人都有参加游戏的机会。

林椰在抢凳子的游戏里被明让和温免点了名。

江敛刚刚结束上一轮游戏回来，双手抱臂站在狭窄过道的入口处给他让路。

林椰放下手中零食站起来，外套口袋里的透明封存袋随着他起身的动作，从口袋边缘歪出了大半。

他无知无觉，垂眼看见江敛的凳子横在过道里挡路，又弯腰把那张凳子搬入课桌下方。

等到再次直起腰时，轻薄的封存袋已经从他的口袋中彻底掉出，无声无息地飘落在了地上。

没有发现自己掉了东西，林椰径直从地面的透明封存袋上方抬腿迈过，绕出座位区走向教室中心的游戏场地。

游戏开始以后，江敛靠在墙边阴影里看了半晌，才走回自己的座位旁。他弯腰将被林椰收进去的凳子拿出来，坐下时却瞥见地上躺着一样东西，嵌在漆黑的地板中显得格外突兀。

江敛神色微顿，随即认出来，掉落的东西是林椰傍晚揣在口袋里的透明收纳袋。

他俯身将小小的封存袋捡起来，平摊放在掌心，借着身后墙边微弱的彩色灯光垂眸打量，发现里面压着一片已经风干的花瓣。

花瓣的形状很完整，能够看出来是粉色系的花，不像是这边农村里的花，倒像是岛上基地内种植的樱花。

江敛将那片花瓣倒入手心，又细看了两眼，想起来几天前他去办公楼那边找林梛，曾经和对方从樱花林里穿过，而林梛也曾捧住一片从他的头发里掉落下来的樱花花瓣。

指尖捏着那片干花瓣，江敛若有所思地眯眸。

片刻之后，他挑着眉尖淡淡笑起来。

原来像林梛这个年纪的男孩子，竟然也会喜欢花。不过，为什么不是别的花瓣，偏偏就是那片花瓣？是不是林梛当时说的话，其实也包含违心的成分？

若说江敛本人，旁人无论何时提起他来，都不会将他和"愚蠢"二字相联系，非但不会说他愚蠢，反而夸赞或叹服他聪明，是有脑子且很会用脑子的人。就连江敛自己一直以来也是这样认为的。

然而如今在林梛这件事上，江敛却不得不捏着花瓣低声自骂一句愚蠢。明明是再简单不过的事情，他却因为身处山中而一叶障目，没能看到整座山的全貌。

或许林梛说和他结束交易关系，并不是想要和他断绝所有的关系，而是想要以朋友的身份和他重新开始。

如果能早点察觉到林梛藏在心底的想法和情绪，那么他也就不必走这些天以来走过的弯路，也不必因为多方顾虑而停留在原地浪费掉这些天的时间。而当"顾虑"这个词从脑海中浮现时，江敛自己也是微微一怔。

他不知道有多少年没有在自己身上看到过这个词，在林梛闯入他的生活以前，他甚至不知道"顾虑"到底是什么。他做事从来都是没有任何顾虑，也不需要任何顾虑。

可如今他却会去顾虑林梛不愿意和自己做朋友这件事。

江敛终于意识到，他或许要比自己想象中更加害怕失去林梛这个朋友。

林梛做完游戏回来，看见本该好好待在自己口袋里的花瓣，却被江敛摆在了桌面最显眼的位置。脚下步子不着痕迹地一滞，两秒后他还是面不改色地走过去坐下，伸手拿过桌边的封存袋收入口袋里。

江敛目光转向他，不咸不淡地开口："我在地上捡的。"

没有刻意转头去看江敛，林梛向他道了声谢。

对方却并不打算结束对话，直截了当地问："花瓣是几天前掉在我头发上的那一片吗？"

林梛没有打算承认。

天下樱花千千万万，它们的花瓣都是大同小异的。即便他睁眼说瞎话，江敛也无法从他说过的话里找出任何错处或异样来。

林椰抬起头来，坦坦荡荡地直视江敛，没有任何迟疑地否认道："不是。"

江敛神色淡然地点头，没有再细致追问，话锋陡然一转："公演结束后那天晚上，你在食堂被邱弋灌醉的事情还记得吗？"

"我不记得了。"对他的提问始料未及，愣过片刻后，林椰面上露出些微谨慎的神情，"发生什么事了吗？"

对方手指屈起，在桌边轻敲两下，望向他的眼眸漆黑而深邃："那晚你已经醉得走不动路，是我一路把你背回去的。"

"是吗？"林椰脸上的谨小慎微转为愕然，"谢谢。"

江敛一条手臂搭在桌边，另一条手臂自然而然地伸过来，勾住林椰的脖颈，停在他身侧，沉声开口："我有问题要问你。"

此时场上的游戏环节已经结束，温免独自站在教室中间跟着音乐伴奏唱情歌，众人皆沉浸在他情绪饱满的嗓音和歌声里，无人注意到林椰与江敛这边。

林椰让自己放松下来，对他道："你问。"

江敛问："你为什么要那样说？"

饶是已经在心中做好万全准备和铺垫，林椰还是猝不及防地睁大了眼睛。他张了张嘴唇，想要问对方是什么意思，却发现自己的舌尖僵硬而微微发麻，已经无法发出任何字词的音节。

"你喝醉的那天晚上，我背你回去的那天晚上，"江敛目光紧锁在他的脸上，唇角弯出似笑非笑的弧度，面不改色地睁眼说瞎话，"为什么要对我说，你想和我做朋友？"

这声问话犹如春夜里的一声惊雷，在他的耳朵里轰然炸开。

林椰神色黯淡地看着江敛，却犹如失语般，许久都答不上话。

他对江敛的话深信不疑。

人在醉酒以后所展现出来的那个自己，往往都是最真实的自己。醉酒以后吐露自己的心声，并非他干不出来的事情。可是江敛又为什么不能当作视而不见，非要从他这里讨一个解释和说法？

他下意识地以为，江敛发现了他的秘密，所以要彻底和他划清界限。

在乡下和江敛共处的这两天就如同海市蜃楼和镜花水月，即将在他的眼前化为泡影。

林椰陷入长久的沉默。

江敛却连逃避的机会都不给他，压在他脖颈上的力道骤然加重。江敛低沉而有力的嗓音清晰地落入他耳中："看着我，告诉我，为什么？"

还能是为什么？答案已经昭然若揭，江敛却非要听他亲口承认。林椰压下眼底的难堪情绪，在对方的话音中猛然抬起头来，视线与江敛落在他脸上的目光相撞的那一刻，林椰已经滑到唇边的那些话骤然止住。

江敛的瞳孔很黑，像是探不到底的墨色深海，随时都能将他人吞噬得彻底而干净。然而对方此刻的眼眸却有点不太一样，依旧是那片深海，只是海面不再如往日那般深沉而平静。

他能清楚地看到海面上起伏涌动的海浪，如大提琴上缓缓拉动的琴弓，又如北欧童话中人鱼的喃喃低诉，明明听不到任何浪声，却轻而易举地拨动他的心弦。

林椰骤然回神，恍然意识到那不是什么虚幻的海浪，而是江敛眼眸中的情绪波动。

他下意识地看向对方。

江敛已经放开他站起来，离开之前对他道："我给你时间，你好好想，想好了，再告诉我。"

林椰有好好地想，他想的只有一件事。

就在前一天，江敛还为他挡过迎面砸来的相机，而他也为江敛拦下了突然倒下的书架。

他做的事情与江敛做的事情并无太大区别。

而他会这样做，是因为他已经自作主张将江敛当作朋友。

那么，江敛这样做，又是出于什么样的原因？

公式代入没有人不会做。

林椰很快就想明白了，甚至前所未有地明白。

他猛地从座位上站起来，伴着平稳而有力的心跳声，抬头环顾整间教室，飞快搜寻江敛的身影。

江敛站在对面的课桌旁低头和邱弋说话。

林椰从课桌后的狭窄过道里绕出去，穿过教室中心的游戏场地去找江敛，停在他面前，眼眸黝黑而又明亮地抬起头来："我们现在是朋友了，对吗？"

江敛挑起唇角，无声地一笑，什么都没有说，而是端起桌边无人喝过的可乐塞进他手中，继而微微倾斜自己手中的杯子，在他的杯口边碰了碰。

林椰先是愣住，随即也笑了起来。

唯有邱弋在旁边看得满头雾水。朋友？什么朋友？不是早就已经是朋友了吗？

83

晚会举办得很顺利圆满，大家又在村子里住了一晚。隔天早晨起床以后，学员们启程回岛上。为期两天的下乡行程就此结束，学员中甚至还有人恋恋不舍。孩子们也齐齐到村口来送他们，有年纪不大的孩子问他们："哥哥，你们还会再来吗？"

学员们应道："会来的，以后有机会我们一定会再来。"

十五个人在工作人员的反复催促中坐上大巴，离开了这座大山里的村落。

他们在傍晚抵达岛上，大半天的舟车劳顿后，学员们却没有多余的时间回宿舍洗个热水澡然后躺下来休息。他们已经缺席了整整三天的练习时间，必须昼夜不停地赶上队友的进度才行。

回到岛上以后，林椰和同组的佟星洲几乎是不分昼夜地泡在教室里，除去每日三餐的时间，剩余时候都是埋头在教室里练舞，就连晚上睡觉，也只是躺在教室地板上休息三四个小时。

偶尔回寝室洗澡，也是脚步匆匆，半点时间都不敢耽搁，甚至到后来，就连一日三餐都是组内其他队友轮流替他和佟星洲送。

佟星洲满脸丧气地放下手里盒饭，沉沉叹气道："这几天熬夜，把我的黑眼圈和眼袋都熬出来了。之前参加下乡活动，没有在山里吃好喝好睡好，回来还要饱受不能睡觉的折磨。等到公演结束以后，我一定要好好睡一觉，谁拦我都不行。"

林椰睡眠不足，精神也不如往常那般好。目光虚虚地落在半空里，走神儿片刻后，才下意识地答道："公演结束以后，等着我们的就是成团夜了。只怕成团夜前也不能好好睡觉。"

"说的也是。"佟星洲缓缓点头，视线从他脸上晃过，继而猛地顿住，"你怎么没有熬出黑眼圈来？"

林椰反问道："没有吗？"

"好像是真的没有。"佟星洲口中轻声嘟囔，单手撑在地板上，缓缓朝林椰的脸凑近。

林椰还捧着饭盒在垂眸挑菜，佟星洲顺手把他手里的饭盒拨开："你把头抬起来一点，我仔细看看。"

他没抬脸，只抬了眼皮。

佟星洲看不太清楚，索性伸手替他把脸抬了起来。近距离看林椰的脸，他的眼底果然没有黑眼圈，又发现对方皮肤不错，恰巧两人才回宿舍洗过澡，想知道林椰是化了裸妆，还是全素颜，又往林椰脸前凑近几分，眼睛直勾勾地盯着他脸上细小的茸毛看。

低沉的嗓音骤然从两人头顶落下，叫的是佟星洲的名字："佟星洲。"

佟星洲闻声抬头，看清来人以后，松开林椰从地上站起来，高兴的神色中隐含几分尊重："敛哥，你找我？"

"我不找你。"江敛这才挪开目光，朝林椰抬了抬下巴，"我找他。"

佟星洲毫不掩饰面上的失望。

林椰放下手里的盒饭，转身去擦了嘴巴喝了水，才跟在江敛身后离开教室。对方带他到无人也无摄像头的楼梯间，林椰只需看一眼，就记起来数天前的深夜里，那个年轻女孩儿过来找他，也是把他叫到了同样的楼梯过道里。

江敛关上安全通道的大门，靠在门后墙边，扬起眉尖看向他道："练得怎么样了？"

林椰眼皮半垂，慢吞吞地答："还行。"

江敛问："这几天没睡觉？"

林椰道："睡了。"

江敛又问："睡了几个小时？"

林椰想了想，最后还是如实坦白："每天三四个小时吧。"

江敛皱起眉来："你不要天天熬夜，反倒把自己熬进医院里去，最后上不了公演舞台。"

"我熬得起。"林椰面不改色地接话，又忍不住蹙眉，"大家都在熬夜，甚至有人只睡一两个小时，所以我不能不熬。我没拥有能够不熬夜的资本。"

他没有，可是江敛有，林椰在心中补充。

他不希望江敛站在原地回头来等他，他希望自己有朝一日能够追上对方。

两人没有在楼道里停留太久，江敛不想耽误他练舞的时间，只在走前对他道："有问题可以来找我。"

"你不应该这么说，"林椰定定地望着他，换上玩笑般的口吻，"你次次帮我，你知道网友都怎么说吗？"

江敛问："她们怎么说？"

林椰道："她们说你扶贫。"

"你不需要搭理她们。"江敛扬唇看向他，眼底流露出几分不易察觉的纵容，"你说我不该这么说，那么我应该怎么说？"

林椰愣了一秒，似是想起过往记忆中与江敛有关的那些画面，笑了起来。

"你应该说，你需要独立完成这次的公演舞台，遇到任何问题都不要来找我。"他以江敛的口吻叫自己的名字，"林椰，你可以吗？"

江敛相当配合，学着他的模样，甚至更为逼真地收起笑意淡下神情，眼眸锐利地审视他，一如从前许多次那样，嗓音低沉而平稳地开口："你需要独立完成这次的公演舞台，遇到任何问题都不要来找我。林椰，你可以吗？"

林椰胸腔中微震，已经被江敛带入大半情绪。眼下这一刻，江敛对他来说，已经不再是他的朋友。他又成了那个在舞台上跳舞时，令自己热血翻涌和心跳加速的中心位江敛，那个坐在金字塔的顶端让自己觉得遥不可及的中心位江敛。

他轻声开口："我可以。"

84

公演彩排之前，第三次公演的视频也被人偷偷传到了网络上，栗沅和女嘉宾的贴身热舞果然上了热搜，并且稳居热搜榜的榜二，标题后还跟着一个红艳艳的"沸"字。

然而更为夸张的是，林椰和江敛的双人舞热搜的热度甚至超过了栗沅的热搜，爬到了榜一，标题后红到灼目的字体，既不是"热"，也不是"沸"，而是一个明晃晃的"爆"字。

栗沅和女嘉宾的公演舞台在微博上沸腾了，林椰和江敛的公演舞台直接在微博上"爆"了。

榜一和榜二的话题顺利让林椰等人关注度上涨，女嘉宾的男粉丝羡慕和眼红栗沅和自家"女神"的亲密接触。广大年龄不等的女网友们，打开年轻帅气的男孩子跳双人舞的直拍视频，两眼发光。

网友们纷纷在直拍视频下问两人的名字和个人信息。

粉丝们忙得晕头转向，一边向网友们介绍哥哥和弟弟，一边在评论区留下那些发自内心的真情实感的发言。靠前的评论中粉丝和普通网友参半，评论内容还算正常。翻过几页后，评论就越跑越偏了。

"@shduen：曾经发誓再也不真情实感地追星，现在哥哥和弟弟又让我'真香'了。"

"@tycer：这个舞台我愿意称为'封神之作'！哥哥和弟弟太棒了！"

"@dyhena：谁再说我们弟弟零实力，今晚就被我'暗杀'。现在我就要吹一波我们弟弟的实力！弟弟舞台业务能力真的很强，跟哥哥站在一起也毫不逊色。中间耳返掉下来，也没有惊慌失措。甚至还在没有耳返的情况下，很稳地唱完了自己的部分。如果不是知道弟弟的声乐没有舞蹈好，我都要以为摘耳返是提前设计好的舞台环节了。"

"@movyn：我是普通网友，江敛的中心位实至名归，我看了也确实觉得，他的实力是有目共睹的，甚至还有点想要成为他的粉丝。但是林椰长得好看，实力也不差，为什么会在第一期排到第九十名，还差点被淘汰？"

"@thyds：同是普通网友，我看了林椰这三次的公演视频，他的舞蹈能力确实很强。声乐能力也确实比较薄弱，暂时还无法和舞蹈实力比肩。但是我看得出来，这位弟弟的声乐能力确实一直在进步，第三次公演已经比第一次公演好太多了。如果只是自己在集训的时候摸索发声技巧和练气息的方法，他不会在这么短的时间内进步这么大。我猜应该是有人在集训时教过他。"

很快学员们也迎来了他们的第四次公演。

赛训组与负责服化的工作室沟通似乎出了问题，学员的舞台服装并未在公演这天按时送到。

赛训组已经叫人去催，并且将大家的化妆室和更衣间改在了公演场馆后台。而学员这边，也只能早起先去馆内进行不带妆的彩排。

林椰那组彩排时，江敛就站在舞台下方看。表演结束以后，导师对全组成员进行点评。

声乐导师首先道："保持彩排这个发挥水平，公演舞台上是没问题的。"

舞蹈导师也接话："说不好最后还会爆冷门。毕竟这首歌的人气不高，所以观众对这首歌本身的期待值也并不高，只要你们这组很好地把控住这首歌，应该也会远远超出粉丝的预期。"

声乐导师附和道："我虽然不太懂跳舞，但这里我还是想夸一下佟星洲和林椰，你们两个已经完全能够做到全程都吸引住我的目光。所以我还是很期待你们做好妆发、换好衣服后的舞台效果。"

被点名的两个人握着话筒朝导师鞠躬道谢，佟星洲兴致勃勃地开口问："我们的票数有机会赶超敛哥那组吗？"

导师笑了起来，语气里带有几分无奈："我不是现场那些粉丝，也不是会算卦的大师，你这个问题我还真有点答不上来。更何况，江敛那组的舞台和你们这组风格不一样。"

佟星洲略有失望地点点头："谢谢老师。"

几人又朝导师们鞠了一躬，才排队走下舞台。候场的下一组准备完毕后上台，林椰摘了耳麦以后，没有站在台下看，而是径直走向江敛。

江敛那组的彩排比他们组结束得更早，江敛已经没什么事，只等着赛训组送衣服过来。

林椰停在他身旁，带着几分期待开口问："你觉得怎么样？"

江敛把目光从舞台上收回，转过脸来看他，不答反问："现在还会紧张吗？"

林椰摇头："不会了。"

江敛道："你自己应该有答案了吧。"

林椰说："我在第一次公演的舞台上也不会紧张。"

从前他不紧张，是因为他并不在意那场公演舞台的过程和结果。现在他不紧张，是因为他对公演舞台有了更大的把握和自信。

林椰又问他："你觉得我和佟星洲谁的舞蹈实力更好？"

江敛扬了扬眉，做出沉思的模样。

林椰心中陡添几分失落："我明白了。"

江敛闻言，眼中有零碎笑意浮现："你明白了什么？"

林椰道："我明白——"

"我想你还不够明白。"江敛在震耳欲聋的舞台音乐中打断他，神色淡淡地拧起眉来，"我现在已经无法再对你做出客观的评价了。"

"准确来说，应该是——"他微微一顿，骤然压低嗓音，"从你成为我朋友的那天起，我就再也无法对你做出客观的评价了。"

"林椰，你要知道。无论你做得是好是坏，我都会更加偏向你。"他用如同提及天气好坏般不咸不淡的语气解释，"四次公演下来，今天还是我第一次站在台下看你的舞台。你让我评价和比较你和佟星洲，我比较不出来。"

"林椰，你的舞台很吸睛。"江敛看着他，换上半是玩笑半是认真的语调，"我只有一双眼睛，光是为了看你，就已经无暇再去顾及其他人了。相信台下的观众也是。"

林椰偏头对上他的目光，眼眸坦荡而真诚："江敛，谢谢你。"

片刻过后，林椰冷不丁地开口："那么你觉得，我和温免谁的舞跳得更好？"

接收到来自他话里的提醒和暗示，仿佛又回到第一次公演前练习室里的那个午后。江敛抬手搂在他肩头，垂下眼眸，意味不明地低声问："你这是打算跟我算旧账？"

虽然不想承认，但林椰仍是不得不承认，即便时间已经过去这么久，他还是会对江敛那句轻描淡写的"温免吧"十分在意，也对当时他再次去问江敛，对方却故意岔开话题的情景耿耿于怀。

江敛轻哂道："你想要从我口中撬出真实答案，自己却不愿意说真话。"

林椰微微一愣，倒也很快想起来，江敛的确有问过他："对你来说，我的看法很重要？"

　　那时他的回答是什么？他似乎只是不以为意地一笑，违心地答道："其实也没那么重要。"

　　继而也就直接导致这个问题的答案不了了之。

　　林椰脱口而出："我骗你的。"

　　江敛神色有些意外，倒是没有想到他如今会大大方方地承认："你骗我什么了？"

　　林椰皱起眉来："我骗你说，你的看法对我来说不那么重要。"

　　他说完，下意识地伸手揉揉鼻尖："可其实当时的我心里很在意。"

　　江敛笑了起来。

　　他对林椰道："我也是骗你的。"

　　林椰没能反应过来："什么？"

　　"我说温免的舞跳得比你好，也是骗你的。"江敛漆黑深邃的瞳孔中倒映出他的模样来，"你如果当时没有矢口否认，我就把答案告诉你了。"

85

　　服装还没有送过来，走完彩排流程的学员暂时就没什么事了，只是工作人员也特地交代过，所有人都不能擅自离开，以免出现找不到人的意外状况。

　　林椰和江敛到侧面的观众席里坐下。随意扫过两眼台上还在彩排的小组，江敛从光线昏暗的座位上偏过头来问他："早上睡了几个小时？"

　　料定林椰在公演前夜不会好好睡觉，江敛才这么问他。

　　舞台上的灯光骤然晃过来，有些刺眼睛。林椰下意识地眯了眯发酸的眼睛，避开前方刺目的光线，才摇了摇头道："没睡。"

　　"没睡？"江敛闻言，皱起眉来，"你现在闭上眼睛睡一觉，衣服送过来了我叫你。"

　　林椰抬起眼皮来："在这里睡吗？"

　　江敛问："你嫌吵？"

　　林椰道："我觉得自己现在不管在哪里，都能立马睡着。"

　　他屈起两条腿，将身体往座位里缩了缩，垂下头闭上眼睛，很快就将舞台上的音乐和歌声从耳中剥离出去，继而陷入沉睡之中。

　　观众席的座位椅背很低，林椰以微微蜷缩的姿势靠在椅子里，肩膀和脑袋还是没有能够依靠和支撑的地方。

他睡着以后，脑袋也跟着渐渐低垂下来。头垂得越来越低，脖子上的不适感也越来越浓烈。即便是陷在睡梦里面，他也能够隐隐察觉到脖子后方传来的酸软感。

林椰无意识地将头往上抬了抬，脑袋却又很快垂落。他再度抬起来，维持时间不过数秒，脑袋又低了下去。

他在椅子里睡得头一点一点的，看在江敛眼里，就像闭着眼睛立在枝上，一下一下啄树干的啄木鸟。

待林椰不知道已经是第几次抬起头时，他的脑袋抵在了江敛的手臂上，没有再沉沉下坠。

江敛在暗淡的光线中抬起手掌，把林椰的脑袋拨好，任由他的脑袋靠着自己的手臂睡觉。

身侧陡然响起一声轻笑，明让不知道什么时候也进了观众席，正好整以暇地站在过道里看江敛和林椰："你们这是在干吗呢？"

江敛瞥他一眼："你太吵了。"

"我看他也不像是能被我吵醒的样子。"嘴上虽是那么说，明让还是压低了声音，弯腰坐在座椅的扶手上，"江敛，你们这是又和好了？"

江敛眼皮都没抬："你不是都已经看出来了？"

明让轻咂嘴巴："我这不是觉得有点吃惊，所以来找你确认了吗？其实那天晚上李青呈问你，你没正面回答他的时候，我就琢磨出有些不对劲了。"

"你不回答他，是因为你自己都没想明白答案。"明让垂头看他，唇角斜勾，"我认识你这么久，才知道原来还有你江敛想不明白的答案，我都觉得有点不可思议。"

强烈的舞台远灯光再度朝观众席上扫来，灯光晃过明让那张脸时，清晰地照出了他脸上饶有兴致的神情。

明让道："李青呈那个家伙，从小就仗着年龄比我们大几岁以大哥哥自称，平常说话做事又哪里有半点哥哥的样子？"

他等了很久，一直没等来江敛的接话。明让忍不住朝江敛的方向看去，发现江敛像是没有在听他说话。

明让耸了耸肩头，心中并不怎么在意，从扶手边站起来，转身往外走。

江敛的声音却忽然落入他耳中："他虽然平常没个正形，说话也口无遮拦，但如果没有他的那些话，我也不会这么快就直面自己的内心。你知道的，我对交朋友这种事没兴趣。从小到大，以交朋友的名义接近我，最后却被我拆穿别有用心的人，实在是太多了。"

"这么说来，"明让回过头来，脸上笑意满满，"你还要感谢他？"

江敛面不改色："我可没这么说。"

两人面对面地在观众席上说话，皆没有发现身后席位区域外，有个脖子上挂着通行证、陌生却激动的年轻男孩儿偷偷地拿手机在拍他们。

他动作很快地按了连拍，拍完后返回相册里，还没来得及看那些照片拍得怎么样，就被服装老师叫了过去："怎么站在那里玩手机，你到底是来干活的助理还是来看演唱会的粉丝？赶紧过来帮忙！"

年轻的助理颇为心虚地笑一声，连忙收起手机朝老师快步走过去。

工作人员握着话筒提醒学员们去换衣服做造型，林椰被江敛叫醒，也跟着江敛离开观众席，各自回到自己的小组做公演前的准备。

助理忙着给学员们分发服装，也因此近距离地接触到了江敛和明让两人。

一百名学员里最喜欢明让，同时也对明让的发小江敛有好感。

明让从他手里接衣服的时候，助理抱着尝试的心态问对方，等明让换完衣服，能不能和他一起拍张合照。

出乎意料的是明让本人随和又亲切，先是神色意外地挑眉问一句："男粉丝？"

而后口吻放松地应下来："没问题啊。"

助理忍不住面露喜色。

明让换完衣服出来以后，果然和他拍了合照。助理忙里偷闲，躲在角落里爱不释手地看那张合照。心中忍不住感慨，只怪自己长得不好看，拉低整张照片赏心悦目的程度。

没有料到明让会这样好说话，助理为自己刚刚的偷拍行为感到不齿。而当时明让和江敛两人待在光线昏暗的地方，又和他站的地方隔得有些远。他虽然没有仔细看照片，却也知道那几张照片拍得不怎么清楚，也不怎么好看。

助理再次进入相册，想要把连拍的照片删掉。只是指尖落在屏幕上长按的那一刻，他又有些犹豫。

助理最后还是把照片放大看了两眼。屏幕上果然又黑又暗，只能看见两张距离稍远的人脸，然后根据那两人不太清晰的五官轮廓判断出，脸的主人是江敛和明让。

助理略有些失望，想要把照片删除，指腹从屏幕上滑过时误点了区域放大。

照片边缘靠近江敛的地方陡然被放大在眼底，助理定定看过去，注意到江敛的边上多出一个毛茸茸的后脑勺。

然而再多的也就没有了。他拍照时镜头恰好落在江敛和明让之间,江敛身旁的座椅并未入镜。

助理退出那张照片,又去翻其他的照片,终于找到一张由于手抖,只拍到明让的脸和半边身体,江敛身旁却完全入镜的照片。

画面放大后他也终于能够看清楚,照片内除了江敛和明让以外,还有第三个人,背对着镜头,脑袋靠在江敛的手臂上睡觉。

助理愣住了。

公演上台的顺序里,《狼人杀》排在第一组,《预言家》排在最后一组。

《狼人杀》的小组成员们上台以后,台下有些粉丝努力抬头张望,意图从所有人中找到林椰的身影。

她们虽然早已经知道公演分组的消息,却还是抱着说不定是假消息的心态,报名来当第四次公演的现场观众。

令众人大失所望的是,当初放出来的消息的确是真的,林椰也真的没有和江敛在同一组。

林椰那组的《预言家》最后果然爆了冷门。歌曲是偏向于黑暗冷沉的风格,整个小组内除了佟星洲,其他人都是第一次尝试这类风格。

大家统一穿黑色的衬衫打领带,戴琥珀色的美瞳。老师替他们在这首歌里编入了木偶舞的肢体动作,配上学员们优雅而柔中带刚的慢舞动作,在整个舞台的视觉效果上,让这首歌变成了冰冷与炙热交织冲撞的奇妙存在。

当音乐声响起的那一刻,聚光灯照出坐在舞台上的学员们,他们高高吊起两条手臂,如同被推动开关的木偶娃娃般,猝然抬起头来。

他们的瞳孔如琥珀色的透明珍珠,在舞台灯光下泛出幽深而有吸引力的光芒,让台下的粉丝和后台的学员再也移不开眼睛。

这不是一首节奏感很强的歌曲,而是一场由歌声和舞蹈诠释出来的慢节奏舞台剧。观众不需要眼花缭乱地去辨认每个人的走位,也不会在震耳欲聋的音乐声里心怦怦跳。

这个舞台表演却莫名对所有人的情绪极具冲击力。

六组的舞台表演结束以后,最终票数结果显示,江敛那组稳坐第一名,第二名是明让和邱弋所在小组,林椰这组排在了第三名。

前三组票数咬得很紧,第三组和第四组之间的票数出现了明显的断层。林椰他们那组的票数要远远高于第四组。

前三组按照排名,从第一名到第三名依次得到了逐层递减的票数奖励。

那天夜里,学员们搭乘大巴车返回赛训基地时,等在大巴车旁送他们的粉丝们喊的纷纷是:"下次再见就是出道夜了——哥哥一定要出道啊——"

学员坐在大巴车里,隔着车窗玻璃听见他们的喊话,神色微微恍惚,似是没有料到,成团出道的这一天终于即将来到。

而它的到来,也比所有人想象中还要更快一点。就仿佛,昨天才提着行李箱踏上这座他们即将在这里封闭生活几个月的陌生海岛,今天就感觉到空气中已经渗入淡淡的离别气息。

当然他们也没有太多时间来感慨,前十五名的学员们这几天大多没有好好睡过觉,结束表演走下舞台以后,更是精疲力竭。

这是他们经历过的最累的一次公演。

连去食堂吃夜宵的心情都没有,此时大家都只想回到宿舍洗个热水澡,然后缩进被子里舒舒服服睡一觉。

大巴车把他们送到宿舍大楼前,学员们打着哈欠下车,带着满脸浓浓睡意快步朝宿舍楼里走。

林椰和室友迈进宿舍楼的大门,瞥见江敛还坐在大厅内没走,像是在等他。

他撇下室友朝江敛走过去:"你在等我?"

江敛点点头,从椅子里站起来。

以为对方有重要的话要说,林椰看向他:"怎么了?"

江敛闻言,也只是漫不经心地摆了摆手,扬起唇角道:"也没什么事。"

"就是想跟你说,"他的嗓音又低又沉,"后天换宿舍记得搬回来。"

86

顺位发布前一天,岛上的学员们从连轴转的练习日里缓过来,还有身体素质差的学员,发高烧躺在宿舍里没下床。

林椰来食堂吃晚饭的时候,遇到了明让。

对方端着餐盘在他的桌对面坐下,压低声音,口吻促狭地问他:"你和江敛已经和好了?"

林椰坦然点头道:"是。"

明让又问:"什么时候的事?"

林椰说:"就是最近。"

明让闻言一笑:"那让我来猜猜,是不是在乡下的第二晚?"

林椰有些意外地扬眉:"是。"

与此同时,编导组的人过来向负责后台的工作人员传导演的话,栗沉违反了赛训组定下的学员守则，不能继续留到下一轮，导演让工作人员看一下他现在的票数，再决定下一步动作。

收到指令的工作人员打开后台程序："他上一次排多少名？"

编导组的人说："在前二十里。"

工作人员进入前二十的数据界面找人却没找到。

短暂的休息日过后，第四次顺位发布的录制终于开始了。

留下来的学员仅剩二十人，而这二十人的名次变动也极大。有上一轮稳坐二十名内的学员，在这一轮中掉出了前二十，也有上一轮不在前二十的学员，在这一轮中出乎意料地挤入了前二十。

林椰的名次又晋升了六位，他从金字塔上第十五名的座位换到了第九名的座位。金字塔上的座位越来越少，而他也离坐在顶端座位的江敛越来越近。

但还是不够。

他仍旧没有进入出道圈，他并不知道自己能不能出道，最后一夜的七个成团名额中是否会有他，答案对他来说还是一个未知数。

而他在接下来的数天内所要做的，就是将那个未知数变成确切的答案。

一个"他能出道"的答案。

越是靠近出道圈的排名票数，相互越是咬得紧。徘徊在出道圈边缘的学员们，谁都有可能在最后一夜出道，竞争前所未有地激烈。

令众人吃惊的是，原本排在第十六名的栗沅，竟然在此次顺位发布中远远掉出了前二十名，最终以第二十六位的名次被淘汰规则拒绝在了晋级圈外。

当报到栗沅的名字和排名时，镜头倏然对准栗沅，将他的脸投映在大屏幕上。所有学员都清楚地看见，栗沅脸上浮现出了不可思议和震惊至极的神色。

而早在栗沅之前就已经失去晋级机会的那些学员，撇开自身与栗沅的关系好坏不说，原先自己还沉浸在被淘汰的失落情绪中，当下也下意识地抬起头来，惊讶而沉默地张开嘴巴。

场上所有目光齐刷刷地集中在栗沅身上。当事人似乎已经气昏了头，就连镜头下的表情管理都忘得一干二净，在众人的视线中面色阴沉地站起来，怒气冲冲地质疑赛训组的公正性。

他最后被工作人员从录制大厅内请了出去。

栗沅离开以后，淘汰离别的浓厚悲伤氛围再度笼罩整个录制大厅。录制结束前，留下的学员们从金字塔上奔跑下来，和即将分开的室友或是朋友流泪拥抱，互相留下以后舞台上顶峰相见的约定。

被淘汰的二十名学员下午坐船离岛，中午赛训组在食堂为大家准备了离别宴。除了栗沉以外，剩下三十九人无一缺席。

这是所有人离岛前的最后一次聚餐，虽然知道食堂里有摄像老师和镜头，学员们仍是敞开心扉，在餐桌上畅所欲言。

有人说："其实最初进岛的时候，我真的没有想过我能留到今天，我已经很高兴了。虽然不知道我的镜头还会不会播出去，我还是想在这里对我的粉丝们说一声谢谢，没有她们也就没有进入前四十的我。"

那人说完，面朝摄像机的方向弯腰鞠了一躬。

也有人说："上岛的时候我们一共有五个人，当初大家说好要一起出道，没想到走到今天，我的四个队友都提前离开了，只有我还留在这里。每次我觉得很累的时候，就会特别想念从前在公司里和其他队友一起泡在练习室里的日子。"

仿佛被他勾起从前充实而简单快乐的时光的回忆，其他人也忍不住出声响应他。

"我也是，我们是三个人一起来的。"

"我们是四个人。"

"我们两个人。"

还有学员往杯中倒满可乐，起身去隔壁桌找同工作室晋级的队友，以可乐代酒朝对方敬酒。"虽然我走了，但是能够看见同工作室的队友出道，也是很开心的事情。"他与对方碰杯，真诚地开口祝福，"希望你可以顺利冲入出道圈。"

队友目光坚定而明亮："谢谢你，我会带着你们的那份努力继续走下去的。"

他们放下杯子，互相张臂给对方一个告别的拥抱。再放下手的时候，队友伸手摸上他腰间的名字贴："这个可以留给我做纪念吗？"

那名学员很爽快地撕下自己的名字贴，要递入队友手中。

队友没有去接，而是捏起自己胸前的练习服，指着自己名字贴上方的位置说："你帮我贴这里。"

学员弯腰把自己的名字贴在了队友名字上方。

其他人纷纷效仿，把自己的名字贴撕下来，贴在了室友或是同工作室队友的衣服上。有人胸膛前已经贴不下，又空出后背来给其他人贴。

也不知道是谁出声说："我上高中的时候，高三临毕业那天，我们班上的同学也是像今天这样，拿着笔在每个人的校服上签名，那天我还没忍住哭了。"

立即有人接话道："打住打住，你再说下去，我也有点想哭了。"

"是男人就不要哭！"邱弋直接拍桌而起，"离开并不代表结束，而是新的开始。"

他举起手里的可乐,带着满腔豪情壮志:"祝我们大家以后顶峰相见!"

学员们满腔热血,齐齐举杯站起来:"顶峰相见!"

吃完饭以后,学员们陆陆续续返回宿舍中。林椰跟着江敛回了他们寝室,坐在他们寝室的沙发里玩魔方。

上次换宿舍搬过来填补空床位的室友即将离开,埋头蹲在宿舍里收拾行李。邱弋挤在明让的床铺里,投入而专注地看明让玩手机游戏。

江敛拿盆子要洗衣服,离开之前从口袋里摸出手机,丢给林椰让他玩。

林椰毫不客气地接过来,拉出锁屏界面,熟练地输入对方手机的锁屏密码。

输到一半时,右手食指指尖不小心从手机背面的指纹槽上蹭过,却听见手机发出短促而清脆的解锁声,熟悉的桌面瞬时跃入眼帘。

林椰神色错愕,全然不知道江敛什么时候录入了他的指纹。他抬起头来,发现江敛也在看自己,眼里有淡淡的笑意。

还有更加令他意外的事。他打开微博,发现距离上午录制不过才几个小时,栗沅的名字竟然又上了热搜。

第一反应是赛训组有内部人员爆料,然而点进热搜看过后,才知道话题中心不仅有栗沅,还有栗沅所属的工作室。

栗沅的工作室给栗沅采取不正当方式投票,即想要通过编导组给数据组施压做假票晋级。不过中午有靠谱的博主放出排名消息,栗沅没有进前二十,已经被淘汰。

PART 11

成团夜

87

宿舍楼里有人住的宿舍只剩下五间，整座大楼也由最开始的热闹喧嚣变成如今的寂寂无声。

二十个学员按照个人意愿分宿舍，江敛宿舍里的三人没有动，被淘汰的室友昨天就已经离开，林椰带着行李和床铺搬回江敛宿舍里。

搬过来的时候是阳光和煦的晴天，林椰把被子和床垫搬到楼下去晒。中午吃完饭回来睡午觉，才想起来被子还在楼下没有收。

他转身要下楼去收被子，明让把他叫住："别去了，江敛中午不回来睡觉，你就睡他床上吧。"

邱弋也附和道："反正你又不是没睡过。"

林椰点了点头，开口应道："行。"

他脱下外套盖在被子上，拉开被子枕着江敛的枕头，在江敛床上躺下来。

他闭上眼睛还没有睡着，江敛就回来了。

明让站在床边整理要洗的衣服和裤子，听见开门的声音转头问他："你不是说中午不回来？怎么又回来了？"

同样听见门边动静的还有林椰，临时起了逗弄江敛的心思，他从枕头上滑下去，整个人钻进被子下躺平，然后拽着被子盖过头顶。

"打了个电话。"江敛停在桌边喝水，"时间还早就回来了。"

明让忙完，转身也去接了杯水喝。

江敛放下手里的水杯，握着手机朝床边走。看见床上的被子被人乱糟糟铺开，被子上胡乱堆着衣服，他脚步一顿，拧起眉来："谁动了我的床？"

"除了林椰还有谁敢动你床？"明让似笑非笑，头也不回地补充，"他被子还挂在楼下没收上来，在你床上睡午觉。"

并未注意到衣服裤子恰好遮住的被子下微微拱起的弧度，江敛眉头松开，面上神色稍缓："他人呢？"

"不是在你床上躺着吗？"明让奇怪地回头，朝江敛床边轻扫一眼，也被床上的伪装给骗了过去，随口回答，"上厕所去了吧。"

江敛走到卫生间外看一眼，门是敞开的，里面没有人。他心中有了数，又回到自己的床边，弯腰伸手掀开床上铺得严严实实的被子。

林椰那张脸立刻从被子底下露了出来。

江敛居高临下地站在床边看他，半晌微微扬眉："还想偷偷吓我？"

林椰连忙坐起来，低头在床边找鞋，脸上还挂着笑容："你不是没被我吓到？"

江敛闻言，哼笑着后退让开，对他的话不置可否。

午睡起床以后，学员们赶去参加决赛夜舞台分组的录制。

决赛夜的舞台一共有两组，每组十个人。两首歌的中心位分别为名次排在前二的江敛和明让。赛训组给大家听两首歌的节选片段，选歌的决定权在学员自己的手中。

首先是两个中心位按排名来选歌。江敛没有思考太久，走向了《天光》那首歌，明让则是选择了旁边的《白夜》。

剩余其他十八名学员，如果心中已经有选择，可以自行排到江敛或是明让的身后，九个名额自然是早到先得。

撇开中心位是谁不说，林椰自身也是更加喜欢《天光》这首歌。江敛身后已经站了五六人，他排进江敛的队伍里。

进来后没多久，《天光》这边的人数就满了。剩下的人被自动划分到《白夜》那组。林椰转头朝后望了一眼，意外地看见夏冬蝉就排在自己身后。

感受到他投过来的目光，夏冬蝉抬起头来，弯起嘴唇朝他笑了笑。

林椰微微一顿，才慢慢想起来，他已经有很多天没怎么和夏冬蝉说过话，也没有再和对方结伴去食堂吃饭了。

第四次顺位发布结束后，夏冬蝉的名次还是稳稳地排在前七名里。虽然不在高位圈，却也没有掉到出道圈外。

他沉默两秒，最后还是如同好久不见的普通朋友那般，客气寒暄道："我以为你会去对面。"

夏冬蝉语气轻快："人总是要对自己的风格有所突破，不是吗？"

林椰扯唇一笑，没有再接话。

分组结束以后，林椰跟着组内队友前往他们的练习室。短短数天的离开以后，林椰又回到了熟悉的A班教室里。

大家的任务比较紧，除了要练习《天光》的舞台，还要准备一个串烧舞台以及主题曲的表演。

决赛夜开场要跳主题曲的舞蹈，两大组的决赛舞台之后，紧跟其后而来的就是学员们的串烧舞台。

串烧舞台按照专业方向分成三个小组，分别为声乐、舞蹈和说唱。组内每个人都将得到一分钟的单人表演舞台。

林椰自然是报了舞蹈组。

学员们只有一周的时间，所有人都感到了前所未有的紧迫感。而这些任务给他们带来的紧迫感，也不全是坏处。

至少大家也就不再有任何多余的时间去想决赛夜自己能不能出道，如果不能出道又该怎么办，回公司后是不是要继续过上一眼望不到头的训练生活。

公司高层随口开出的无法兑现的空头支票，永远都在被推迟和延后的出道日期，没有任何行程，没有任何工作，有的只是狭窄逼仄的上下铺宿舍和封闭练习室内照出自己狼狈模样的落地镜。

他们通通没有时间再去想这些，他们眼下唯一所想的，就只有决赛夜的那三个最重要的舞台。

不单单是为了成团出道，为了粉丝，也是为了给他们在岛上最后的舞台画上一个圆满的句号。

进入新一轮的练习周以后，大多数学员每天都不再回宿舍午休。如果吃完饭回来犯困，也就坐在墙边闭着眼睛打个盹。

林椰午休时间也没有再回过宿舍，甚至连在教室里打盹的时间都直接省掉了。

队友们在教室里睡得东倒西歪，担心会吵到他们，林椰转身去小教室里，想要关起门来自己练习。

却没想到小教室已经先被人霸占了。江敛独占小教室，没有在抠舞也没有在看歌词，而是坐在教室里玩手机。

林椰转身顺手把门锁上，走近后才发现对方戴着耳机，手机横拿在掌心内，像是在看什么视频。

没有过去打扰他，林椰捏着歌词纸走到窗台边，拉开窗帘坐上窗台，后背靠在墙边，低头翻开手里的歌词纸背歌词。

江敛暂停手机上的视频画面，起身走到窗台边。林椰从歌词纸里抬起头来，给他腾出一半位置。

江敛弯腰在窗台边坐下，指尖夹住那张薄薄的歌词纸，从他的手中抽走："休息十分钟。"

林椰放下手，垂眸扫向他的手机，从屏幕中的画面里看到了自己的脸："你在看比赛视频？"

　　"不是比赛视频。"江敛摘下左耳的耳机，塞入他的右耳里，长长的白色耳机线悬空在两人中间，荡起轻微的弧度，"是粉丝的剪辑。"

　　耳朵被轻轻堵住的那一刻，深情而触动人心的歌声从耳机里传出来。

　　有个女声在唱："没繁花红毯的少年时代里／若不是他我怎么走过／籍籍无名／我真的陪他淋过大雨／真陪他冬季夏季／真的与他拥抱黑暗里。"

　　画面中还在滚动他和江敛的双人画面，那些画面被人从每期比赛视频里剪出来，拼凑成了一首歌的MV。

　　江敛在公演分组时亲口点他的名字，他应声而起，走过去与江敛拥抱的场景。

　　江敛在顺位发布上与颜常非拥抱，对颜常非说"很抱歉，我选林椰"，林椰愣愣地与他遥遥对视的场景。

　　江敛在调查表写下的最想同台合作的队友，最后被沈PD当众公开的场景。

　　江敛拉开《丛林月光》小组的那扇门，站在门后的林椰猝不及防，一头撞上他的场景。

　　江敛在教室，替他在他的歌词纸上更正笔记的场景。

　　江敛借着无人察觉的时机，在教室里抢他巧克力的场景。

　　江敛和他穿同队球衣在篮球场上并肩奔跑，默契传球以及赢下比赛后的拥抱场景。

　　江敛和他站在高高的升降台上，在闪耀夺目的舞台灯光里，配合完成双人舞，以及他们因为耳麦线相缠而不得不靠近，目光短暂相撞的场景。

　　这样的镜头还有很多。

　　当初打的不过是捆绑互动的主意，如今这些却阴错阳差成了他们成为朋友以来美好的回忆和过往。

　　这样的感觉并不赖，林椰垂眼看向地面，无声地笑了起来。

88

　　决赛夜到来之前，学员们迎来了他们最后一次的广告拍摄。

　　二十名学员都参与到拍摄中，拍摄地点定在岛上的海滩边。

　　许多人上岛几个月，却一直没有机会去海边看看。所有人把自己从紧张而密集的练习中抽离出来，不约而同地将这项行程看作决赛前的放松日。

此时四月已经过半,整座海岛也在不知不觉中入春近两个月。

赞助商是服装行业的知名品牌,拍摄当天给所有人准备了即将上市推出的夏装。春季中旬穿夏装在沙滩边吹海风还有点冷,好在大家都是活力十足的年轻男孩儿,也就直接将气温这件事忽略不计了。

广告策划中有日出的设计,学员们天还未亮就从基地内出发,大巴车把他们带到岛上的私人海滩区域。工作人员下车准备以及检查拍摄器材和道具,车内灯光亮如白昼,造型老师在车上给他们化妆和做造型。

学员们的镜头被分为四组,林椰排在第四组,不需要参与日出场景的拍摄。

半个小时以后,天边渐渐泛起鱼肚白,日出终于要来了。第一组的学员排队下车,走入拍摄区域内。道具组推来五辆自行车,导演被他们围在中间,给他们讲解拍摄的走位和重点,让他们提前排练熟悉。

当太阳从远处的海平面下缓缓爬起时,金黄色的耀眼光芒洒满已经退潮的海滩,学员们身穿短袖和长裤,踩着自行车迎着海边的日出骑行,微凉的晨风从他们发间和衣摆里穿过,年轻帅气的男孩儿在风里闭眼仰头,衣摆被风灌得轻鼓。

其他组的人都趴在车窗边探头看。

第二组的学员领到的拍摄任务是玩沙滩排球。第三组的学员在沙滩上玩沙子堆人的游戏,还要光脚下水嬉笑打闹。林椰在的第四组是乐器组,他们穿着清爽的短袖和短裤,抱着吉他坐在沙滩上低头拨弦,清亮悦耳的吉他声从他们指尖缓缓淌入空气中,最终汇聚成主题曲的旋律。

镜头由他们身上转到第一组,江敛和其他四个人将单车停在海边,以江敛为中心站出三角队形,踩着音乐节点跳出主题曲的舞步。

镜头又从五人脸前拉远,第二组的学员也丢下手中的排球,从球网下跑过来加入他们的队伍,紧接着是从浅水区里上岸的第三组,还有放下吉他起身的第四组。

学员们背对大海和日出,朝气蓬勃地完成主题曲舞蹈。

第一组和第四组的镜头两遍就过,第二组和第三组的镜头还需要再拍。完成任务的两组学员原地解散,除拍摄区域以外,可以自由活动。江敛走回自行车旁,翻身跨上车前座,单腿踩在脚蹬上,朝林椰轻扬唇角:"要不要骑单车绕一圈?"

林椰有点想去,却摇了摇头:"我不会骑单车。"

江敛唇边笑意蔓延:"你坐后面,我载你。"

林椰走过去,面露狐疑:"你载得动我吗?我可不是体重只有八九十斤的女孩子——"

江敛打断他的话:"你觉得我载不动?"

江敛垂眸靠近林椰,压低声音叫他的名字:"林椰,你这是在质疑我的能力。"

林椰笑了起来,转身爽快地坐上单车后座,双手扶住身后的细杆。

邱弋从远处跑过来,满脸兴奋神色:"你们这是要去骑单车?"

江敛瞥他一眼:"你想去?"

邱弋点头:"我想去。"

江敛道:"后面还有单车,你去骑。"

邱弋神色迟疑:"可我也不会骑。"

江敛言简意赅:"你找明让带你,他会骑。"

邱弋又高兴起来:"那你先等等,我过去叫他。"

江敛道:"行。"

邱弋回去找明让去骑单车,明让在心中暗骂一声傻瓜,弯腰捡起恰好滚到脚边的排球,随手抛入他怀里:"骑什么单车,不如来打排球。"

想想也行,邱弋抱着球抬脚要跟他走,继而又想起来,江敛和林椰还在那边等他们,又对明让解释一遍:"我回去跟他们说。"

他才走出两步,就被明让钩着衣领拽回来,攀住肩膀懒洋洋道:"不用了,他们已经走了。"

邱弋狐疑挑眉,显然是不信。

明让轻喷一声:"是你了解江敛,还是我了解江敛?"

邱弋这才作罢,打消了回头去找江敛和林椰的念头。

如明让所说的那样,江敛确实带着林椰先骑单车走了。裹着水汽的咸味海风从脸颊边擦过,林椰望向视野尽头的大海:"我们不等他们了?"

江敛嗓音淡淡:"他们要是想来,会自己跟上来的。"

林椰无声地扯唇一笑:"如果邱弋回来,发现我们没等他怎么办?"

"他不会回来的。"江敛的语气随意,"明让会解决的。"

他们沿着海边一路骑行,很快就远远离开拍摄区域。

林椰回头看他们来时的路,单车承载着两个成年人的重量,在沙滩上轧出两道长长的深痕。

身下的车陡然从凹凸不平的石块上骑过,林椰坐在后座一阵颠簸,身体顺着惯性前倾,脸差点撞在江敛的后背上。

很快稳住自己的平衡,视线触及对方后背,他陡然记起江敛说过的话,自己在食堂喝醉那晚，是对方把他从食堂背回宿舍里的。

他开始尝试着去回忆那晚。模糊的画面从眼前一掠而过，反复在脑海中冲刷过数遍后，那些模糊的画面逐渐变得清晰起来。

半响，林椰若有所思地眯起眼眸来："你那天说我喝醉后对你吐露心声？"

江敛大概是短促地笑了一声："怎么？"

林椰轻飘飘地开口："我怎么记得，我那天喝醉后就睡着了？"

江敛的声音从风中传来，话里笑意越来越浓："你想起来了？"

林椰不满："我不想起来，你还要骗我到什么时候？"

江敛刹车停下，双脚踩在地面，转过头来，扬眉看向他："我不骗你，又怎么能确定你是真的想跟我做朋友？"

他将单车停在沙滩边，迈开长腿从车上走下来，抬眼扫向湛蓝澄澈的天空："天气不错。"

林椰见状，也坐在后座上仰头朝天空望了一眼，随即开口附和道："是不错。"

话音未落，后背就冷不丁地传来一股推力。单车承受不住外力往旁边倒去，他坐在车上来不及调整姿势，也跟着歪倒下去，仰面摔进干燥柔软的沙子里。

头顶的阳光落下来有些晃眼，没等林椰抬手遮住阳光思考刚刚是怎么回事，身侧空荡荡的位置陡然一沉，江敛也仰面倒下来，姿势放松地躺进他旁边的沙子里。

耳畔是远处悠缓的海浪声，湿润的海风从日光下滚过，风里隐约夹杂着学员们的嬉笑打闹声。

两个人谁都没有说话，各自眼眸轻合，安静地在沙滩上躺了很久。

最后还是明让的电话打过来，把他们叫了回去。

时间将近中午，导演组已经结束拍摄，工作人员正在收拾东西。日头逐渐晒起来，学员们也回到大巴车里。

林椰从单车后座上跳下来，立在原地等江敛时，察觉到身后有人在看自己。他下意识地回头，对上几步外夏冬蝉那双幽深而漂亮的瞳孔。

林椰不着痕迹地蹙眉。

也不知道为什么，那一瞬间，直觉告诉他，夏冬蝉已经知道了他和江敛之间曾经有过的交易。

只是他还不确定，夏冬蝉是什么时候知道的，又会不会将这件事说出去，他心中没有底。

89

回到基地以后，直觉夏冬蝉私下里会来找自己，林椰一直在等他，但是对方始终没有任何动静，两人在教室里迎面对上时，对方的神色看上去也没有任何异常。

夏冬蝉后来有一天突然约他到楼上的空中花园里见面。

对方从教室离开十分钟以后，林椰才不慌不忙地从教室里离开。

夏冬蝉就坐在花园里江敛和栗沉曾经坐过的藤椅里等着他。

有了自己无意闯入偷听到江敛和栗沉对话的例子在先，林椰从花园外进来时，特地转身从里面锁上了那扇小门。

夏冬蝉既没有摊开说他们日渐疏远的关系，也没有问起他和江敛的关系，而是冷不丁地提起一桩事来："我们还住在一起的时候，有一次你在别人寝室里洗澡，用了那人的沐浴露，我觉得味道很香很好闻，还问你哪里可以买到，你还记得吗？"

林椰点头："我记得。"

夏冬蝉道："我还让你去帮我问，你还记得吗？"

林椰说："我记得。"

夏冬蝉倏地粲然一笑，语出惊人："你当时用的，是江敛的沐浴露吧。"

林椰看着他沉默不答。

"是我自己闻到的。江敛用的应该是哪款香水品牌旗下的沐浴露，味道真的很好闻。"夏冬蝉眯眼陷入回忆，"那天你把吹风机借给明让，后来我去他们宿舍拿，当时你和温免也在。我从江敛身上闻到了同样的味道。"

林椰露出了然的神情，同时压下心中淡淡的惊异，夏冬蝉比他想象中还要更加敏锐。

"从那个时候开始，你和他的关系就变得很好了。你和江敛是不是私下有过什么约定？又或者说是什么交易？"夏冬蝉撑头望他，笑容灿烂，"我说得对吗，林椰？"

林椰面不改色："你发现了？"

"不，我没有发现。"夏冬蝉摇头，"我猜的。怎么说我都是和你共同生活过的人。"

他语气轻松，尾音上扬："这难道很难猜吗？"

"不过你放心，我不会向赛训组举报你们。我没有确凿的证据，也没有做这件事的必要。"夏冬蝉说话流畅，眼眸流转，"你没有任何背景，但江敛不是，我还不想因为得罪他，白白丢掉自己本该得到的出道位。"

他从椅子里站起来，垂头看坐在藤椅里的人："我没有想到，你能爬这么高。我知道我们当初走得很近，同进同出，同吃同睡，却没有做到像朋友那样互相交心。"

"林椰，"夏冬蝉叫他的名字，语气直接，"你很幸运，能够遇到江敛，可你又很不幸。出道位早在几个月前就尘埃落定，你当初没和公司签加密合同，现在又对别人的出道位有了威胁，如果有人要抹黑你，公司也不会帮你的。"

林椰目送夏冬蝉离开。

他知道，夏冬蝉说的话其实很对。

90

网上谣言无人制止。林椰工作室的官方微博也一反常态，连发好几条林椰在公司练习室录下的视频，却自始至终都没有提及夏冬蝉。

夏冬蝉粉丝和林椰粉丝都对公司的宣传安排十分不满意。

林椰握着手机愣愣出神，直到江敛第二遍叫他的名字时，才条件反射般迅速退出微博，抬起脸来问："怎么了？"

江敛没有回答，而是朝他走近一步，垂眸往手机上扫去："你在看什么？"

林椰朝他笑了笑，把手机递还给他："随便看看。"

江敛没有再问，捏着手机放回口袋里，朝坐在地上的人伸出一只手："明让那边也结束了，我们去吃饭。"

林椰伸手拽住他，被他从小教室的地板上拉起来："吃完饭是回这里，还是去那边教室？"

江敛带着人朝门外走："去那边教室。Time's Up 有些人没学过，你过去带他们把舞蹈动作抠一抠。"

林椰应了下来。

赛训组在前一天通知所有人，决赛前会举办千人见面会。

见面会上需要表演他们从前跳过或是唱过的公演曲目，节目单和分组由学员内部自行投票决出，最终定下除主题曲以外的四首歌。

为了减少大家的负担，林椰分到的两首歌，《丛林月光》和 Time's Up 都是已经学过的。但仍是不能避免，有些人并未参与过这四首歌中的任何一场公演舞台，只能从头开始学起。

两人从教室里出来时，明让和邱弋已经站在走廊里等他们，身旁还跟着一个长相俊秀而乖巧的学员，名字叫季稻宣，是决赛舞台上明让那组的组员。

林椰入岛这么久，从未和他分到过同一间寝室或是同一组，所以与他交集并不多。

明让勾住对方的肩头："这弟弟也跟我们一块儿去吃饭。"

江敛点头："走吧。"

他们从训练大楼出来，穿过林荫大道走向食堂。明让三人走在前面，林椰和江敛单独走在后面。季稻宣夹在明让和邱弋两人中间，一口一个"让哥"和"弋哥"，人乖嘴甜，叫得邱弋心花怒放，手搭在他肩头就没落下来过。

明让见状，也只斜睇扫向他，微微一笑，并不说话。

几人到食堂里，打完菜面对面坐下来吃饭，明让问季稻宣："你前几天在食堂里说，你们工作室来了五个人，现在就只剩你一个了？"

季稻宣点头："其他四个队友都淘汰离开了。"

林椰埋头夹菜的动作微顿，也抬头看了他一眼。

明让又问："你是哪个工作室的？"

季稻宣脱口而出一个耳熟能详的名字。

明让若有所思地点了点头，也不知道是有心还是无心，他斜起唇角笑道："那你还挺走运的啊。"

季稻宣笑得谦逊，半晌后露出略显苦恼的神情："其实我晚上睡不着的时候，也会在想，为什么被淘汰的人不是我，而是我的队友。我们五个人来到这座岛上，每天都是同吃同住，突然有一天，他们都走了，就只剩下我一个人。这种感觉真的让我有点不适应。"

明让面上浮现几分漫不经心，大概是不怎么想听他的内心剖白，很快转开话题道："这次顺位淘汰你排多少名？"

季稻宣停顿一秒，冷不丁地提及林椰的名字："我排在林椰后面。"

林椰闻声望向他，礼节性地朝他笑了笑："是吗？"

"是啊。"季稻宣也露出笑容，"我是第十名。"

林椰神色平静地收回目光，没有再搭话。

季稻宣转头又和邱弋聊上了，明让坐在他们身侧，偶尔会口吻散漫地接上一两句。

江敛已经吃完，率先放下筷子，坐在沙发里等他们。林椰则是垂眸专注，正在把餐盘里的青椒挑出来。

也就两分钟工夫，季稻宣已经从笑话讲到队友幼年在乡下摸鱼的糗事，时不时地转过脸来和江敛说话："我长这么大还没去乡下爬过树摸过鱼，江哥，你摸过鱼吗？"

江敛思考两秒，简洁地道："摸过。"

对面的明让闻言，狐疑地眯起眼睛来，却也没有直接揭穿他。

季稻宣果然露出兴致勃勃的神情："江哥，摸鱼是一种什么样的体验？"

江敛面露思忖的神情："鱼不太听话，它不会轻易让你抓到。"

季稻宣看着他的眼神专注而认真。

"但是也很好抓。"江敛指尖微动，语气中染上淡淡的笑意，"只要给它一点甜头，吸走它的注意力，它就会放松警惕。"

林椰眉头一动，越听心中越觉得怪异。

季稻宣眼巴巴地问："然后呢？"

"然后你就抓住了它。"江敛恢复到风轻云淡的模样，手指在桌边漫不经心地敲了敲，"鱼鳞很光滑，鱼肉很细嫩，但是鱼也很敏感。"

"当你的手从鱼的肚皮下滑过时，鱼会控制不住地拍打尾巴。"江敛咬字清晰地补充。

林椰听得有些迷惑，不自觉地从沙发上坐直了背脊。

邱弋也听得似懂非懂："原来捉鱼还有这么多学问。"

江敛抬手抵住自己的下巴。"这个时候，你就应该适可而止了。毕竟，"他哂笑着抬起眼皮来，"鱼也是有脾气的。"

桌边众人纷纷不明所以地看向他。

江敛却没有再接着往下说，而是掩下眼底淡淡的笑意，目光扫向林椰问："还吃吗？"

林椰微微一愣，随即摇头答道："不吃了。"

江敛微不可察地扬了扬唇角，对桌对面那三人道："你们吃完了吗？吃完就走吧。"

邱弋和季稻宣不约而同地点了点头。

江敛和林椰先后端着餐盘起身，朝餐具回收窗口走去。

目光从两人背影上收回，明让唇角轻抽。他和江敛从小就认识，怎么不知道，对方什么时候还下乡摸过鱼。

他忍不住看向身旁那两个人。

季稻宣仍是笑容浅浅、意犹未尽的模样，倒不知道是真的听故事听得津津有味，还是只是故意要摆出一副讨好江敛的乖巧模样。

至于邱弋——

季稻宣已经去追江敛和林梛，明让转头瞥向邱弋："故事好听吗？"

"好听是好听，只是听着听着，"邱弋单手托腮，若有所思地补充，"不知道怎么，我脑子里就下意识地回想起了——"

话没说完，邱弋忽然有点心虚地闭紧了嘴巴。

"回想起了什么？"明让饶有兴致地追问。

"没什么。"邱弋连连摆手否认，半个字都没再透露过。

91

回教室的路上，季稻宣没有再跟着他们。

邱弋问明让："你不喜欢他？"

明让闻言瞥向他："你指谁？"

"还能是谁。"邱弋朝季稻宣离开的方向抬了抬下巴。

明让唇角轻挑，面上神色漫不经心："也谈不上喜欢不喜欢。只是我听说，他和同公司的四个队友关系并不好，他说过的话里也多半没几句真话。"

"更何况，"明让话里有几分意味深长，"学员之间私下早有传言，其他几个人上岛时都是拿的'陪跑'剧本，他们公司真正想捧的只有他一个。"

邱弋想了想道："这一次的顺位发布，出道圈里没有他。"

明让点头，并未露出过多的意外情绪："这也就意味着，成团夜那天一定会有人掉出前七，来给预定好成团位置的人让座。"

邱弋诧异挑眉："先不说掉到出道圈外的人是不是人气不行，除了季稻宣，在出道圈外虎视眈眈的学员那么多，又怎么能保证季稻宣能够稳稳坐上那个空位？"

明让用看傻瓜的目光看他："赛训组能用的手段难道还少吗？"

邱弋叹了口气，没有再说话。

林梛走在前面，将两人的对话一字不漏地听了下来，倒也有点明白那些别有用心的人，在微博里放他和别人不堪往事的真实意图了。

网络上的舆论风向能使他们人气骤减更好，假如前招没有起到任何用处，赛训组还有后招。

毕竟成团夜"爆冷"这种事情丝毫不算是这个公司开先河。早在其他公司集训时，就爆出过此类恶劣传闻。

四人进入训练大楼，然后在走廊入口分开。林梛和江敛去别的教室，给见面会上分到同组的临时队友抠舞。

他们在那间教室里花了整整一个下午的时间，用来做舞蹈教学和默契磨合。

好在组内没学过动作的学员并不多，但即便如此，林椰也没有多余的时间休息。甚至就连去上厕所，他和江敛也是错开的。

江敛去卫生间的时间比林椰长。

林椰并不知道，对方从卫生间里出来，又在没有监控的楼道里坐了片刻，拿出手机来看。

林椰中午吃饭前拿他的手机翻微博，没来得及清除搜索记录。而他们回来时的路上，明让和邱弋的对话江敛也听在耳里。

他打开微博的搜索界面，没有搜索任何与自己有关的东西，而是顺着林椰几个小时前的搜索记录，进入关键词的广场看了两眼。

再从微博退出来的时候，江敛拧着眉头锁了手机，对着漆黑屏幕中的自己沉思片刻，然后解锁手机，打开联系人目录，拨通了一个号码。

进岛的几个月以来，由于导演的授意，季稻宣的镜头时长虽然稳定在前几，但他一直都是不温不火的。人气排名虽然算不上靠前，却也不会很落后，始终都在前十五以内。

而在最近的两次顺位淘汰中，更是隐隐冒出名次和人气后退下降的趋势。这在所有的学员中，明显是属于前劲有余，而后劲不足的典型例子。

后方无人拔足追赶时，他就能安然无恙地停在原地，守住属于自己的位置。而当后方那些人开始蓄力追赶甚至是弯道超车时，他立马就会被远远抛开。

赛训组并非从一开始就看好季稻宣的商业价值，从而决定送季稻宣出道。归根结底就在于，当初私下商谈时，季稻宣背后的工作室承诺给他们的，不只有金钱，还有他们男团出道后的资源。

然而临近决赛的时候，又有更大的团队找上了他们，话里话外愿意用更好的资源来换季稻宣的那个出道位。

赛训组心动之余又觉得奇怪，与这个团队有关的人已经稳坐中心位，他们并不需要再如此兴师动众地来谈判。

赛训组左思右想仍觉得有猫腻，抱着不愿毁约的心态委婉拒绝。对方并未强求他们答应，甚至明确地开口说，他们买下季稻宣那个位置，不是想要塞其他任何人进去，而是要买个公平。

这甚至对整个赛训组没有任何负面影响，人气排在季稻宣前面、商业价值远远高于季稻宣的学员大有人在，赛训组没有必要为了一株韭菜，而放弃未来有无限潜能的大片韭菜地。

毕竟公司集训的初衷，除让更多有才能的孩子能够实现自己的梦想以外，更想要那些孩子未来能够带给他们的巨大商业价值。

赛训组最终还是被说动了，一只手拿着对方的承诺和合同，另一只手送去季稻宣背后团队的解约合同以及违约金。

至于空出来的出道位最终落于谁手，就全凭学员的本事。

决赛前两天，二十名学员出席了赛训组举办的千人粉丝见面会。所有人穿上顺位淘汰那天才会穿的绀色西装制服和黑色制服皮鞋，出现在他们曾经因为公演而数次登过的舞台上。

当早已耳熟能详的主题曲在场内响起时，台下的粉丝们纷纷扬起手中的灯牌和荧光棒，高声喊出自己爱的学员的名字。

学员们在震耳欲聋的呐喊声里唱出已经倒背如流的歌词，跳出熟悉到深刻入骨的舞蹈动作。

主题曲的高潮部分到来时，台下的粉丝们甚至会停下对学员们的呐喊支持。歌声不再只是从舞台上传来，它也在舞台下的零散角落里响起。

粉丝的声音如从四面八方而来的涓涓细流般，最终与学员们的声音共同汇聚成大合唱。

在那一刻，她们不再是二十个学员中某一个的粉丝，不再只会为二十个学员中某一个呐喊。

在那一刻，她们都只是整个大合唱中微不足道却必不可少的组成部分。

主题曲表演结束以后，就是各小组的唱跳表演。赛训组安排了四首过往公演曲目的舞台，中间还穿插有游戏互动环节。

游戏环节是学员分为两组进行限时比赛，游戏内容丰富多样，有派人参战的游戏，也有集体参战的游戏。

输掉比赛的小组不仅要接受惩罚，还将现场抽点粉丝上台由学员来满足粉丝的一个愿望。

主持人话音才落，座位靠近舞台的邱弋粉丝就卖力大吼："邱弋——听话——你必须给我输掉比赛知道吗——不许你赢——"

观众座席上笑声一片，私下议论不愧是"粉随正主"。台上学员也是忍俊不禁，邱弋本人更是直接用手挡住脸，无颜再面对场上其他人。

分组以学员最新的顺位排名为基准，排名在单数的学员自动归为同一组，排名双数的学员归为同一组。

单数组的队长是江敛，双数组的队长是明让。

游戏还没开始，分组情况就让各家粉丝兴奋不已，纷纷在自家超话内直播哥哥弟弟的分组情况。

林梛又和江敛分在了同一组，只是两人中间还隔着好几人，没有站在一起，也始终没有任何交谈或是对视。

首先是买菜算账的游戏，二十名学员需集体参加本轮游戏。主持人给十七名学员标上五毛钱的价格，剩下江敛、温免和夏冬蝉分别是一块钱。

"假如我今天早上去买菜，买了四块五毛钱的菜。那么你们就要在短时间内和其他人抱在一起，无论抱团人数是多少，最终总价格为四块五毛钱的小团体，就能顺利晋级。落单或是组成的团体的价格不是四块五毛钱的学员会被淘汰。明白了吗？"主持人问。

学员们笑答："明白了。"

主持人点点头，要求学员们四下散开活动。与此同时，欢快的音乐声也骤然响起，学员们便缓缓活动四肢，神情轻松地随音乐舞动身体。

主持人冷不丁地开口："今天早上，江敛挎着菜篮子去菜市场买菜。"

实在是江敛提着菜篮去买菜的画面过于惊悚，菜钱还没说出口，台下的粉丝们就先哄堂大笑。

主持人走到舞台边缘："那么我们的中心位到底买了几块钱的菜呢？"

粉丝给出的答案层出不穷。

主持人从舞台边走回来。"听好了——"他清清嗓子，"我们的中心位，一共买了五块钱的菜！"

舞台上登时陷入一片兵荒马乱。四个五毛的学员和三个一块的学员抱在一起，林梛和另外九个五毛的学员抱在一起，剩下三个五毛的学员十分遗憾地被淘汰。

粉丝们在台下大笑，道三个被淘汰的学员毫无游戏体验感。

大家笑过以后，游戏继续。

"第二天，江敛把买菜的艰巨任务交给了明让。"这一次，主持人没有再卖关子，"明让买了三块钱的菜。"

学员们迅速拽过自己身边的人抱团。

两组六个五毛的学员抱成一团，三个一块钱的学员站在一起，剩下两个五毛的学员孤零零地站在舞台中央。

落单的学员朝六人团中自己的室友喊："兄弟们！说好的有福同享，有难同当呢！你们不过来，我今晚就不让你们进门睡觉！"

台下粉丝又是一阵笑，甚至帮着喊话的学员大声"谴责"他的室友们。

舞台上的情势瞬间反转，林梛所在的六人团被对方的三言两语轻松拆散，本该落单的两个人轻而易举地得到了其他四个队友，林梛和另一人反倒成了即将被淘汰的人。

现场的林椰粉丝满脸震惊，当即急得扯开嗓子大喊："宝贝，你快叫你室友帮忙！"

林椰在主持人的倒数声中，视线飞快地朝人群中扫去，也不知道是在找谁。

江敛率先从三人团里走出来，又叫上另一个六人团里的明让和邱弋，临阵倒戈向林椰这边，五人组成了三块钱的团。

江敛脱离三人团的那一刻，舞台下方骤然响起粉丝们抑制不住的尖叫声。

而与粉丝们莫名兴奋激动的尖叫声形成鲜明对比的，是那两个被江敛拆得七零八落，而变得不再完整的小团体。

两个一块的学员火速拉了两个五毛的学员过来。最终被淘汰的是另两个五毛的学员。

主持人公布第三次的菜钱："第三天，买菜的人又换成了邱弋。他在菜市场买了两个土豆、三根黄瓜，一共是四块五毛钱。但是——"

在学员慌乱急促的脚步声里，主持人的声音急转直下："这位人气第三的学员可能是毕业太久，数学变得不太好。所以他把菜钱算错了。"

粉丝们笑得面部肌肉酸痛。

再次被提到的邱弋本人在台上眼角微微抽搐。

主持人问台下的一千个人："你们觉得真正的菜钱应该是多少？"

粉丝们前所未有过地统一口径："两块五毛钱——"

主持人话语流畅而果断，语气里还带着掩饰不住的笑意："好的，那么就应我们广大粉丝的要求，邱弋在菜市场买了两块五毛钱的菜。"

邱弋甚至都来不及说什么，就被人拽过去组队抱团了。

一块的江敛和五毛的明让，加上一块的夏冬蝉组成两块五的团。

剩下的十二个人中，一块的温免和五毛的林椰，以及另两个五毛的学员成团，五个五毛的学员成团。还有三个五毛的学员无处可去。

他们当中恰巧有人是温免的室友，对方也学着上轮当众策反室友的学员道："温免，你现在过来。从今天到成团夜那天，你的袜子我全都包了。"

台下粉丝纷纷震惊不已，她们大多是年轻女孩子，深知男生对洗袜子这件事有多么深恶痛绝，也深知说话的学员为了不被淘汰，付出了多大的代价。

温免立即心动不已，放开拉住林椰的那只手道："对不住了各位，诱惑太大我无法抗拒。"

室友策反成功，露出得意扬扬的笑容来。

林椰和另外两个五毛的学员，又一次成了淘汰的预备人选。他已经做好被淘汰的准备，转身在主持人的倒数声中朝舞台一侧走去。

江敛却叫住他："你过来。"

林椰走了过去。

联想至上一轮江敛临时拆队重组的画面，另两个学员也满心期待，后脚就迈腿跟了过去。

站在江敛身旁的明让也在问："我们和林椰再拉一个重组？"

江敛扫他一眼，没有说话。

明让心中陡然升起不好的预感。

事实证明，有时候男人的直觉也并不比女人的第六感差。下一秒，江敛意味深长地勾唇，将他推出圈外，反手拉林椰入圈，握住了对方。

留明让站在圈外，从最初的满脸震撼和不敢置信，演变成最后似笑非笑的挑眉。

他转身不慌不忙地道："邱弋。"

邱弋二话不说，撇开身旁其他的人走向明让。两人加上另外三人顺利成团，又有三名学员被淘汰。

92

游戏玩到最后，舞台上没有淘汰的仅剩三人。单数组以存活下来的人头数占据领先优势。学员们回后台准备，表演剩下两首歌的舞台，紧接着又是几轮活跃气氛的游戏。

主持人最后统计分数，双数组在中途赶超单数组，分数远远高于单数组，成为最后的赢家。单数组的十人接受惩罚，必须吃掉涂有芥末的奥利奥。

学员们纷纷被奥利奥中的芥末辣得面部微扭，甚至在短时间内丧失了表情管理。

惩罚结束以后，单数组需要抽点三位粉丝上台，来满足她们的三个愿望。

第一位上台的粉丝表白了江敛，提出和江敛合照的要求。

第二位上台的粉丝表白了邱弋，要求他念一段粉丝自己编写的赞美词。

第三位上台的粉丝直接点名林椰。"我记得之前有一次公演，温免好像说过，他和林椰曾经在练习室里跳过女团舞，只是那一段后来被剪掉了，没有放出来。"年轻的女孩儿看向温免，"是这样吗？"

温免神色复杂，立即就反应过来，自己大概是在数周之前，不小心给林椰挖下了一个大坑，却还是不得不点头承认："是这样没错。"

粉丝面上的笑容逐渐扩大："我想看林椰跳一小段女团舞。"

　　台下粉丝十分配合地开始尖叫和起哄。就连台上的学员们，也看热闹不嫌事大地开始出言怂恿。

　　林椰面露迟疑，没有说话。

　　主持人出来打圆场："突然提到林椰跳女团舞，当事人好像也觉得有点猝不及防啊。"

　　粉丝想了想道："那就在女团舞和兔子舞里二选一好了。"

　　"你这是不给活路啊。"主持人语气夸张地"哇"了一声，然后看向林椰，"那么当事人会做出怎样的选择呢？"

　　林椰笑了起来，从队伍中迈步出列，目光扫向台下，给出一个出乎意料的答案："那我还是选第一个吧。"

　　粉丝们兴奋的尖叫起哄声几乎要掀翻馆顶。

　　主持人问："是对着台下粉丝跳还是——"

　　粉丝们连忙迭声喊道："对我们！对我们！"

　　台上的幸运粉丝满脸期待地问："能不能对着我？"

　　主持人笑着道："当然可以，毕竟你才是幸运粉丝。"

　　林椰朝那名粉丝转过去："还是跳一小段上次的女团综艺节目主题曲吧。"

　　主持人对她比出一个"OK"的手势，回头去舞台边和工作人员沟通伴奏。

　　台下粉丝失望无比地大叹可惜，台上的学员们悄无声息地朝那名粉丝身后聚拢。

　　林椰跳的动作还是当初在教室中跳的那一段。

　　腰部柔软弯下的同时，以恰到好处的倾斜角度扬起脸庞，他的指尖穿过发尾，又抚过后颈，轻轻捏住另一侧的耳根而后松开。微缩的肩头极有爆发力地伸展打开，软下的腰线骤然绷直，最后行云流水地完成一个波浪动作。

　　原本动作到这里就该结束，伴奏音乐却还在继续。林椰目光在前方空中落定，在心中告诉自己，是时候停止动作，再以弯腰鞠躬的动作来结束这场表演。

　　然而念头成形后的下一秒，林椰就倏地撞上粉丝身后江敛投过来的目光。对方是什么时候走到那里的，林椰对此完全不知情。

　　不过这并不重要，在思绪厘清之前，他的身体已经再次不受控制地动了起来。林椰在尚未停止的音乐声中，踩着音乐节点舞动四肢，轻轻扬起唇角，朝粉丝们做了一个漂亮到无可挑剔的单眨眼。

　　幸运粉丝和后方的学员们倒吸一口气。

台下别家粉丝瞪大眼睛，手捂胸口心脏所在的位置，话里话外早已酸成柠檬："我的天呀，这也太宠粉了吧？！什么时候我家那不省心的弟弟也能跟他好好学学。"

　　见面会最终在一千名粉丝的意犹未尽中圆满结束了。

　　决赛前一天，网友们讨论热搜预定，盲狙七个出道人选，准备成团夜的抽奖。

　　决赛前一夜，林椰凌晨四点从床上睁眼醒来。

　　他推开阳台门，外面还放着明让和邱弋坐过的两把椅子。林椰脱鞋坐进椅子里，在黑暗中抱着双腿仰头看窗外的夜空。

　　有人走过来，停在他身后，嗓音低沉好听："睡不着？"

　　林椰转过身去看他。

　　江敛神色自然地在旁边的空椅子里坐下来。

　　林椰说自己幼年时候的生活，说自己在公司训练的那两年。江敛说自己的家庭，说自己的朋友。

　　他们一起看过凌晨的夜空，也一起看过天亮后的晨曦。最后在太阳闪耀而又灿烂地升起时，起身去迎接决赛和成团。

　　决赛的地点换到了岛上的另一处基地，那里有比公演场馆更加宽阔闪耀的舞台，也有比顺位淘汰的大厅更加耀眼华美的金字塔座位。

　　二十名学员前往新的舞台进行带妆彩排。

　　粉丝们守在基地的大门外，目送他们下车进入门内，卖力地将手幅和灯牌举过头顶，口中高喊着"一定要出道"的祝福语。

　　港口亦充斥着喧嚣与热闹，在过往几个月内被淘汰的那些学员，终于也在这一天回岛，来与粉丝们共同见证最终的成团。

　　下午五点左右，手中握有决赛门票的粉丝们陆续检票入场。半个小时以后，以嘉宾身份到场的近八十名学员和学员家人，以及集训导师们也都入座。后台所有工作已经完成，特邀主持人和二十名学员也准备就绪。

　　万众瞩目的决赛夜在六点整准时开始。

　　开场节目是全体学员的主题曲表演。以江敛为首的二十名学员身穿绀色西装从舞台中间高高升起，在熟悉的音乐声中抬臂收臂，踢腿转身，然后在间奏部分蹲下起身。所有人的舞蹈动作整齐划一，精准卡点。

　　台下的一千名粉丝全场跟唱，整个场面令人动容不已。

　　主题曲结束以后，学员们回后台换新的演出服。主持人回到舞台上与粉丝们互动热场，偶尔也会提到坐在台下的其他学员或是导师嘉宾。

接下来分别是《白夜》和《天光》的舞台首秀。学员们脱下西装制服，换上风格偏酷的演出服装在舞台上唱跳，璀璨夺目的舞台灯光扫落在他们身上，照出他们帅气英挺的五官轮廓，以及充满爆发力和美感的肢体动作。

台下粉丝情难自抑地高呼："好齐！好稳！"

两组崭新的舞台之后，是三个专业小组的串烧舞台。所有人又换回绀色制服，声乐组率先开场，说唱组紧随其后，舞蹈组则最后上。

事实上，通过层层筛选和淘汰，能够走到今天的学员实力绝不会太差，何况还在此前的几场公演中有不小的进步。因而这三场学员的串烧舞台，完全称得上三场完美的听觉和视觉盛宴。

声乐组的歌声让所有人头皮轻微发麻，鸡皮疙瘩顿起。说唱组的原创歌词带着满满的力度，直抵所有人的内心深处，引起全场浓烈的共鸣。舞蹈组的舞蹈充满爆发力，仿佛每一步都踏在所有人的心上，令人热血沸腾和胸腔震动。

当音乐伴奏停止的那一刻，流光溢彩的舞台灯渐渐隐去，头顶白色的灯光齐齐打开，瞬时照亮了整个舞台。定在长长道路两侧的学员转身往回走，已经退场的声乐组和说唱组学员也从舞台两侧靠拥过来。

舞台左侧已经搭好三层台阶，学员们按照排名在台阶上站好。前三名站在第一排，第四名到第十名站在第二排，第十一名到第二十名站在第三排。

主持人出现在舞台对面的金字塔下，他抬起手腕看手表上的时间："此时此刻，离八点整还有一分钟，也就是说，离我们的投票通道关闭，还有最后一分钟。"

台下粉丝们纷纷喊出自己支持的学员名字。

手表上的秒针已经走过一半，仅剩最后十秒时，舞台大屏幕上出现红色的秒表倒计时。

主持人道："现在，让我们一起来倒数。"

粉丝们紧张而激动地开口倒数。

倒计时的提示音在全场倒数的尾音中戛然而止，屏幕上的秒表计数归零，出道的七个名额尘埃落定。

两分钟以后，主持人从工作人员手中接过信封，语调骤然抬高："现在，我手里已经拿到了最重要的七个信封，也就是最后能够出道的七个人的名单。"

出道名额按照排名倒序来公布。

"排名第七的学员，他的总票数是——"主持人吐出一串惊人的数字，"截止到投票通道关闭前半个小时，第七名的候选学员有四位。"

他侧身指向舞台："请看大屏幕。"

镜头从所有学员的脸上晃过,最后定格在四个人的脸上。

大屏幕上弹出四张放大的脸来,有夏冬蝉,有季稻宣,还有此前顺位发布中的第八名和第十一名。

四个候选人中没有他。

林椰神色愣怔,心中骤然一沉。

本以为自己完全是有能力去竞争第七个出道位的,可此时看来,他却连候选名单都没有进。垂落在身侧的手握紧又很快松开,最后还是没能忍住,侧眸看向了右前方江敛的后脑勺。

江敛并没有回头看他,他却长长吐出一口气来,心中渐渐安定平稳下来。

第七已经没有了,或许他还能期待一下第六。

人人都以为第七个座位会是季稻宣的,主持人却打开信封,念出了夏冬蝉的名字。

夏冬蝉转身和其他人拥抱,朝台下粉丝鞠躬,穿过长长的红毯走向主持人,拿起对方递过来的话筒发表出道感言,然后稳稳坐上金字塔的最后一个座位。

主持人打开第二个信封,念出排名第六的学员的票数。台下粉丝拼命地喊出自己心中的那个名字,仿佛只要哪方粉丝的声音大,谁的呼声最高,信上写的就会是谁的名字。

林椰甚至能够很清晰地听见,有很多人在叫他的名字。他忍不住朝声音的源头望过去,虽然无法看清那些人的五官轮廓,却能够看到汇聚成小片河湖般的灯牌。

那些灯牌颜色五彩缤纷,花样也五花八门。有些灯牌上写着他的名字,有些灯牌上画了大大的椰子。

林椰从未像此刻这样觉得,在舞台上静候结果的他并不是一个人。

只是信封里的答案注定要让他的粉丝失望,甚至主持人开口的第一句话,就断绝了他心中所有的期待。

对方卖关子道:"排在第六的学员,他是一个声乐歌手。"

举着林椰灯牌的座位区域陡然安静下来,身旁温免的粉丝瞬间情绪高涨,呼声一度成为全场最高。

主持人不负众望,从信上抬起头来道:"让我们恭喜温免学员!"

温免仰起脸,伸手在眼角按了按,神情郑重地走向舞台对面,再开口时,透过话筒传出来的声音几乎哽咽。

林椰的心已经沉沉跌入谷底。

他理智而平静地想,自己也不得不面对现实了。没有出道就意味着他要离开，甚至意味着他将会和江敛分开。

他从未想过，这一天会来得这样快。他也从未考虑过，又或者是不愿考虑，假如他没能出道，那么他和江敛他们未来会变成怎样的光景。

是出道即分离，从冬季到春季，如昙花一现般短暂的限定友情，还是在日复一日的分隔两地和无话可说中磨平之前的友情。

他再次望向背对他笔挺站立的江敛。

下一秒，对方毫无预兆地回过头来了。

此时现场有上千人在看他们，还有多方机位对准他们。

江敛却回过头来，无声地看了他一眼。

短短的对视中蕴含太多情绪，一切尽在不言中。

耳中听着主持人报出第五名的总票数，林椰却不自觉地放松下来，甚至朝对方笑了笑。

那边主持人已经在描述特征："排名第五的学员，他很会跳舞，公司给他的定位也是舞蹈'担当'。"

林椰敏感地抬起头来。

主持人道："他在第一次顺位发布中险些被淘汰，却在第二次顺位发布中排名上升了六十多名。"

林椰陡然愣住，像是有些不敢置信，又像是有些不太确定般，神情茫然地看向江敛的方向。

前排三人都转过身来看他，林椰又扭头看向两旁，身侧其他人也都不约而同地将视线投向他。

原本寂静无声的粉丝区域骤然爆发出狂喜的高喊与尖叫，当中还带着情绪濒临崩溃的兴奋和激动。

视野中所有的画面宛如一部慢速播放的彩色电影，林椰就是在这样戏剧性的情形中听到了自己的名字。

他听见主持人掷地有声地宣布："让我们恭喜总票数排名第五的学员，林椰！"

耳旁是沸反盈天的人声，眼前是唇角微挑、眼眸深深望向他的江敛。

他与江敛之间只有一步台阶的距离。

江敛身旁的邱弋满脸喜色，率先想要冲上来抱他。

只是林椰比他速度更快，径直从台阶上冲下来，双臂紧紧搂住江敛，抱住了他。

江敛被他撞得后退两步，也伸手回抱住他。

两秒之后，明让和邱弋才从林椰身后围拢过来，抱了抱他与江敛两人，而后双双退回原来的位置上。

　　邱弋压低声音，用怜悯同情的目光看明让："你难过吗？"

　　明让莫名反问："什么？"

　　邱弋道："明明你和江敛认识更久，江敛现在却和认识几个月的林椰关系更好。你不会难过吗？"

　　明让回他一个看傻瓜的眼神。

　　很快意识到还在决赛现场，林椰也从江敛身前松手退开，与旁边其他祝贺的学员礼节性拥抱过后，独自踏上了通往对面金字塔的长长红毯。

　　过道两侧的座位席上，粉丝们哭着朝他喊："宝贝，恭喜出道！"

　　林椰在红毯上停下来，朝那些叫他名字的粉丝弯腰鞠躬。

　　主持人拿着话筒站在红毯尽头等他，林椰接过话筒后又顿了片刻，才组织好语言，咬字清晰地开口。

　　夏冬蝉和温免都感谢家人，他不想太过煽情和利用家世博取同情，自始至终都没有提及自己的家庭情况。

　　他感谢了所有粉丝，感谢了公司，感谢了赛训组老师和工作人员，最后遥遥望向对面舞台。"我还要感谢我的室友，以及，"他停顿一秒，"感谢江敛。"

　　对面舞台上的江敛勾唇一笑。

　　他结束发言放下话筒，转身走向金字塔的第一层，分别与夏冬蝉和温免拥抱，最后坐上右边第三个空位。

　　出道位排名公布还在继续。

　　佟星洲拿下第四个出道位，在林椰身边落座。

　　明让和邱弋的总票数分别排在第二和第三，霸占了金字塔的第二层。

　　江敛登上了金字塔顶层的单人座。

　　他从金字塔的底层中间迈步而上，金字塔上的其他六个人纷纷起身，朝过道中间靠过来。

　　夏冬蝉主动给林椰让出路来，前面还挡着一个想和江敛拥抱的佟星洲。

　　江敛站在过道里，没有去看其他任何人，而是伸手拉过佟星洲身后的林椰，将第一个拥抱留给了他。

　　江敛在金字塔顶层转过身来，其他六个人也神情郑重地立于自己的座位前，主持人在金字塔前的舞台上道："那么现在，还有最重要的一件事，我们的组合名即将公布，请大家看大屏幕。"

　　随着主持人的话音落下，舞台大屏幕上缓缓出现四个大写字母——

WEEK。

台下粉丝们高声欢呼。

金字塔上的七名学员以崭新的男团成员身份，朝全场观众发出第一声问好，而后动作整齐地弯腰，对准观众席深深鞠了一躬。

主题曲音乐从耳侧响起，金色彩带漫天飞落。场上的呐喊声非但没有渐渐歇止，反而变得越来越热烈，越来越沸腾。

林梛在满场喧嚣里回头，与上方江敛目光相撞。

整个世界的声音如潮汐涌退，消散得干干净净，他们的眼里只容得下彼此。

TOP 2　　TOP 1　　TOP 3

番外

团综第 1 期：团成员入职新宿舍选房间

成团的第一天，所有成员从岛上的赛训基地离开，搬入了郊区的新宿舍。来码头接他们的还是熟悉的大巴车，七个成员排队上车，身后还跟着摄像大哥。

邱弋头也不回地问："团综拍摄是从现在就开始了吗？"

明让一巴掌拍在他的后背上："从我们出宿舍的时候就开始了。"

邱弋点点头，瞥见走在前面的三人已经各自独占了双人座，前排又要留给工作人员，便指着身旁仅剩的双人座道："我们坐这里吧。"

江敛拨开他的手指，弯腰坐下来道："有人了。"

邱弋闻言挑眉："你一个人，可以去坐单人座。"

江敛的视线越过邱弋："我和他坐。"

邱弋回头，对上林椰笑意明朗的脸，听见他说："让让，我要过去。"

邱弋面色一滞，给他让路。

明明大家都是好朋友，谁也不比谁高贵。可邱弋就是莫名觉得，自己站在中间格格不入。

大巴车在成员们的嬉笑打闹中驶向目的地。

新宿舍是四层高的欧风大别墅，公司准备了四个大房间作为成员们的卧室。

所有人进门以后，二话不说就先把行李箱丢在客厅里，上楼去参观卧室和其他房间。

楼上健身房、游戏厅和放映室准备俱全，四个卧室中有三间双人房和一间单人房。

单人房带独立的浴室，房中有豪华大书桌和豪华大书架，书架上放着崭新未拼的积木和手办。

邱弋和佟星洲当即冲上去迭声喊："我想睡这里！"

喊完以后面面相觑，目光渐露警惕。

佟星洲双手环胸，理直气壮："先来后到。"

邱弋毫不退让，连连喷声道："要敬老尊长啊小佟。"

明让一只手拽一个，将看似随时都能打起来的两个小朋友分开，语气凉凉道："八字还没一撇的事，别吵了。"

两人这才闭嘴不语。

双人房又分主卧和客卧，主卧是套房，带独立的卫生间和衣帽间，甚至还有一个小客厅。剩下的两间客卧里只有沙发和衣柜。

七人重新回到楼下客厅，工作人员站在镜头外问："你们打算怎么分房间？"

夏冬蝉道："单人房应该没有人不想睡吧。"

温免点头。"我也想睡单人房。不过，"他话锋一转，"如果大家协调不过来，单人房不如就留给我们的中心位。"

几分钟前还吵着要睡单人房的佟星洲立即出声附和："我同意。"

邱弋也开口："我投一票。"

林椰和夏冬蝉都没表态。

唯独明让意味不明地笑了笑："那要看江敛愿不愿意睡单人房吧。"

众人齐刷刷把视线投向他们团内的中心位。

在他们的注视下，江敛慢条斯理地勾唇："我不睡单人房，你们睡吧。"

三个已经表态的队友不约而同地眼露茫然。

工作人员适时提议："不如都以抽签来定。"

温免问："怎么抽？"

对方从沙发后方递给江敛七张经过筛选的扑克牌："抽扑克牌，每个人按照牌面大小上楼去选房间。"

提议得到众人的一致通过。

最后抽牌结果出来，挑房顺序依次为林椰、邱弋、佟星洲、温免、明让、江敛和夏冬蝉。

林椰起身上楼，临走前看了江敛一眼。

佟星洲难过地躺倒在沙发里："林椰肯定要选单人房，我的积木、我的手办，都将离我而去。"

工作人员跟在林椰身边采访："大家都想睡单人房，你会选择单人房吗？"

问话间他们已经从单人房门外走过，林椰漫不经心，直奔走廊深处的主卧而去。

工作人员语气略显震惊："单人房都不看一下吗？"

林椰背影轻滞，面色如常地转过身来："那就看一看。"

片刻之后，他毫不留恋地从单人房里关门退出来，再次迈腿朝主卧走去。

工作人员问他："你选双人房，是不是已经想好要和谁一起睡了？"

林椰闻言微顿，从镜头前抬起脸来，露出恰到好处的笑容："我只是觉得主卧更大而已。"

选完房间，工作人员离去。

邱弋第二个站起来，同样猜测林椰此时已经惬意地躺在单人房的大床上，他径直看向明让："我们两个一起睡主卧怎么样？"

明让点头，似是并不在意自己睡哪间："可以。"

"那就这么说定了，你到时候可别推错门啊。"邱弋也上楼了。

工作人员在二楼的楼梯间等他，见他也是一路直奔主卧，面上满是惊奇，暗想分明在楼下时，人人都想要睡单人房，上楼以后却瞬间变得心口不一。

想归想，工作人员没有再提及单人房的事。

邱弋走到房门紧闭的主卧外，伸手去推门。

林椰的声音从门里传出来："别推了，有人了。"

邱弋大为震惊："你怎么没去单人房？"

林椰反问："你不是也没去？"

邱弋没有再说话，转念想起此时单人房空无一人，不禁露出几分喜色，下意识地就朝单人房走，到门前时却又面露犹豫，他已经和明让说好，现在反悔就算是出尔反尔。

他心中百般挣扎，最终还是原路返回，走进了主卧旁边的那间次卧。

林椰会选择单人房，邱弋会选择主卧，并且已经和明让约好，那么就只剩下两间次卧，佟星洲甚至都没看那间单人房，就阴错阳差地进了另一间空出来的次卧。

温兔上楼以后，依次敲响了主卧和次卧的门。三间房里都已经有人，邱弋那间的床位已经被预订，剩下林椰和佟星洲睡的两间房，温兔私下里和林椰关系更好，毫不犹豫地选择了林椰那间房。

林椰却没给他开门，说是已经和江敛说好了。

温兔当场陷入沉思，一边回忆是不是确有其事，一边敲开佟星洲那间房的门。关门进入的那一瞬间，他猛然醒过神来，既然林椰在主卧里，两间次卧也都有人，那么谁又在单人房里？

他和佟星洲两人在房间内捶胸顿足，悔不当初。

明让第五个上楼，既没去单人房，也没去和邱弋约好的主卧，而是直接去了旁边邱弋在的那间次卧。

江敛第六个上楼，林椰打开主卧的门放他进来。

夏冬蝉第七个上楼，挨个敲过门后发现都已经满员，最后反倒捡了漏，莫名其妙地选到了人气最高的单人房。

团综第2期：睡衣派对真心话和大冒险

团综要录制一次睡衣派对，成员们先在网上挑选心仪的睡衣。

佟星洲心中还住着没长大的孩子，拿着手机在客厅里四处晃悠，不顾四个角落里都有拍摄机位，连声嚷嚷着要买连体睡衣穿，问谁要和他一起。

结果自然是无人应答。

倒是和林椰挤在同一张沙发里的江敛，闻言歪过头来，口吻戏谑地问："你也买连体睡衣穿怎么样？"

在兔子舞和女团舞之间坚定选择后者的林椰，当场就露出一言难尽的神色："不怎么样。"

江敛已经在手机上输入"可爱的连体睡衣"，视野内骤然出现五花八门的卡通睡衣，江敛指尖轻滑，眼底兴致和笑意更浓："你想要鹿还是兔子？棕熊也很可爱。"

林椰毫不犹豫地拒绝："谢谢，我都不要。"

江敛继续往下滑，在商品页面刷到一条宫廷少女风的白色棉布睡衣裙。裙子很长，身高一米七的混血模特穿也要到脚踝。江敛盯着模特那张脸，若有所思地看了两眼。

林椰也看了过来，语气微妙地问："好看吗？"

江敛问："什么好看吗？"

林椰瞥他一眼："模特好看吗？"

"不是有很多粉丝说你长得清秀吗？"江敛毫不客气地轻笑出声，"我只是在想，如果把她那张脸换成你的会是什么样子。"

林椰登时无语。

江敛继续兴致盎然地开口："如果你不想穿连体睡衣，买这个穿怎么样？再买一顶金色的长卷假发。"

林椰还未开口说话，捕捉到江敛话尾的邱弋就先看过来："什么？你们是打算玩角色扮演吗？"他朝镜头外的工作人员举手："如果找不到好看的睡衣，我们可以买角色服当睡衣穿吗？"

工作人员摇头："不可以噢。"

邱弋沉重地叹气。

最后除开佟星洲和温免，其他人都买了还算正常的睡衣。佟星洲买的是卡通连体睡衣，温免买的是披肩睡衣。

七套睡衣都在派对当天送货上门，夏冬蝉起得最早，蹲在客厅里翻找自己的包裹。工作人员挨个去敲房间门叫人起床，五分钟以后，大家陆陆续续睡眼惺忪地下楼来。

林椰和江敛最后出房间，人还在楼梯上，就听见佟星洲大着嗓门在楼下喊："是谁偷偷背着我买了恐龙睡衣？！竟然比我的睡衣还要可爱！"

江敛言简意赅地道："不是我。"

明让懒懒的声线紧随其后："也不是我。"

邱弋抖着自己的包裹大大咧咧开口："更不会是我了。"

夏冬蝉抱着自己的新睡衣："我的是这套。"

温免皱眉肃容道："你们知道的，我的心里只有二次元人物。"

剩下还有谁没回答？

众人冷不丁地将目光投向楼梯上的林椰。

林椰脚步顿住。"你们都看我干吗？怎么可能会是我？"他快步走下楼梯，弯腰去地上找包裹，"我和江敛在同一家店里买的——"

看清地上仅剩的两套睡衣以后，他的话音戛然而止。

有一套是江敛的，他能认出来。还有一套，就是佟星洲口中的恐龙连体睡衣。

没有他几天前挑的那一套。

林椰神色一滞，半晌无言以对地回头，对江敛道："你把我的那套换掉了？"

江敛这才走过来，用起床后低沉而沙哑的嗓音笑道："换掉了。"

晚上睡衣派对在宿舍里如期举行。

工作人员替他们准备了甜点和饮料，大家穿着新睡衣在一楼客厅出现。

林椰虽然心里不愿意，却还是不得不穿着恐龙睡衣下楼。他习惯性地挑江敛身旁空位坐下，佟星洲却把他拽过去，让他坐在自己和温免中间，甚至替他戴上衣领后的兜帽，和他们组成奇装异服三人组。

派对的第一个环节是讲鬼故事。

工作人员替他们熄掉灯，在角落里点燃几根蜡烛。

沙发距离隔得有点远，明让提议："不如我们把茶几移开，然后直接坐在地毯上。"

大家依言照做。

暗淡的光线中，江敛在身旁留出空位，转身朝林椰招手示意。

林椰脱离佟星洲的组织，弯腰走到江敛身侧盘腿坐下。

江敛在微弱的烛火中转过脸来，唇角挂着笑意，伸手摸了摸林椰头顶兜帽上软软的棘，又捏了捏他衣服后的长尾巴。

旁边其他人看得有趣，也纷纷效仿江敛的举动，凑过来对林椰睡衣上的棘和尾巴捏捏揉揉，弄得林椰有些哭笑不得。

而这时候，夏冬蝉已经在讲提前从网络上搜刮来的鬼故事，那张上过妆的脸在若明若暗的烛光中，故意摆出阴森恐怖的神情。

佟星洲挨着温免，一双眼睛紧紧盯着夏冬蝉，听得异常专注。邱弋坐在明让身旁，毫不见外地紧挨着明让，眉头紧皱，面上神色如临大敌。

唯独林椰和江敛两人，似乎不受周身笼罩的恐怖气氛影响，坐姿十分正常，手脚摆放也相当规矩，既谈不上亲密无间，也不算是太过疏离。

第二个环节是真心话大冒险。

客厅里的吊灯重新被打开，成员们从餐桌端来甜点和饮料。

明让将扑克牌覆在地毯上："老规矩，谁抽到的牌面点数最小，就要接受由点数最大的人发起的真心话或大冒险。"

七人轮流摸牌。

第一轮点数最大的是邱弋，点数最小的是佟星洲。

邱弋问："真心话还是大冒险？"

佟星洲犹豫两秒，然后答："真心话。"

邱弋扬眉坏笑："尺度有限制吗？"

明让扫他一眼："你别忘了，摄像机还在呢。"

邱弋略为失望，托腮沉思片刻，抬头道："你今天穿的是什么颜色的内裤？"

佟星洲有点不好意思，涨红着脸道："邱哥，你就不能给我留点偶像包袱吗？"

邱弋面上笑容扩大："这已经是我能够想到的尺度比较小的问题了。"

佟星洲伸手捂住脸，最后还是放下手咬牙答："豆沙粉。"

全然没有料到会是粉色，众人哄然大笑。

佟星洲忍不住把脸埋进腿间，一张脸红得鲜艳欲滴。

第二轮堪称风水轮流转。

邱弋和佟星洲的角色互相调换过来了。

佟星洲捏着牌，眯着眼睛，一副即将大仇得报的模样。

没等他开口问，邱弋就主动举手示意道："我选大冒险。"

佟星洲愉快地笑了起来："那就驮着我们这里体重最重的人，做十个心形俯卧撑吧。"

邱弋只能驮着明让做了十个心形俯卧撑。

第三轮点数最大的是明让，点数最小的是林椰。

明让问："真心话还是大冒险？"

林椰想了想道："大冒险。"

明让勾唇一笑："那就来点不一样的吧。"

林椰心中涌上不太好的预感。

温免饶有兴致地插话："怎么不一样？"

这个环节就是枕头大战。

这也是最后一个环节，工作人员特地给所有人都准备了塞满羽毛的枕头。

起初大家还精打细算想要结盟，混战开始以后，就不受控制地进入了无差别攻击模式。

白色羽毛漫天飞舞，视野内的景象令人眼花缭乱，林椰一枕头砸下去，抬起手时才发现对面的人是江敛。

对方抓着他的枕头神色难辨，在灯光下缓缓眯起眼睛来，怎么看都不像是能善罢甘休的模样。

林椰二话不说，就把自己的枕头留给了对方，转头躲过身旁其他人的投掷，穿着恐龙连体睡衣摇摇晃晃地往角落里跑。

工作人员此时在镜头外叫停，说是时间已经不早，今天的拍摄到这里结束，所有人都可以上楼洗澡休息了。

林椰脚下步子陡转，迈步朝楼梯的方向冲了过去。

江敛面不改色地迈步追上来，始终不紧不慢地跟在他身后不远的位置。

林椰穿过长长的走廊，撞开主卧的房门回头就要关上，却见江敛双手抵在门上，已经将门推开了大半。

眼见着就要拦不住，林椰索性放弃，收回双手转身就往衣帽间的方向跑。

江敛轻松伸手，抓住他衣服后面的尾巴，将人拽了回来："你跑什么？"

林椰头也不回地脱口而出："我不跑，还站在那里等着你来打我吗？"

江敛闻言扬眉："我还没控诉你用枕头砸我，你就来恶人先告状。"

林椰忍不住扬起唇角，很快又在江敛的不满注视中拼命压下，一本正经地冲他弯腰鞠了个躬："哥哥，我错了，您大人有大量，原谅我好吗？"

江敛借机抓住他头顶的棘捏了捏，这才语气愉悦地拍拍他脑袋道："啧，哥哥原谅你了。"

林椰闻言，嘴角轻轻抽了抽。

团综第 3 期：团成员影视城丧尸馆逃生

团综第三期的录制地点为著名影视城的丧尸体验馆。

影视城建在相邻的城市中，团成员们提前一天到影视城内的酒店住下，第二天再早起前往丧尸体验馆。

七人在傍晚时分抵达公司预订的酒店中，工作人员手握四张房卡坐在摄像机后，众人只看一眼就心中了然，果然又要面临分房间的选择。

只是这一次，分房间没有花上太多时间，成员们大多还是选择和宿舍里的室友睡一间。唯有明让心血来潮想要睡单人间，夏冬蝉欣然和他互换房卡，拖着行李箱与邱弋进了同一间房。

林椰和江敛亦毫无意外地住进一间双人间。

隔天早晨天还未亮时，工作人员就悄悄领着摄像大哥突击成员们的房间。拍摄团成员早上起床的片段属于突击性质的隐藏拍摄活动，因而团内七人竟无一人提前收到这个消息。

众人纷纷被摄像头的突然出现弄了个措手不及。

隐藏拍摄结束后，七人换好衣服做好造型坐车前往丧尸体验馆。

体验馆内的游戏主题为七日内从丧尸城中拿到血清逃生，七个人按照出道顺序依次上前去抽签，由此来决定每个人在游戏中扮演的角色。

江敛和明让抽到的是特种兵身份，佟星洲抽到的是博士身份，剩下包括林椰在内的四个人，都是手无缚鸡之力的平民身份。

工作人员介绍游戏的胜负玩法，七人当中有两人除了表面的身份以外，还拥有一个丧尸阵营卧底的隐藏身份。

七人需要在七日内找到血清顺利逃离丧尸城，而所有人中唯有博士才知道血清的下落。

假如血清在人类阵营手中，胜利的就是人类阵营。反之，假如血清最后落在卧底的手中，胜利的就是丧尸阵营。在倒数第二夜时，他们拥有一次淘汰卧底的机会。

丧尸阵营虽然只有两人，那两人却能拿到一句口令，只要在丧尸面前读出口令，就不会受到任何丧尸的攻击。

林椰垂眸扫一眼自己那张签上的隐藏口令，目光不动声色地从剩余六人脸上掠过，他还有一个队友，只是目前还不知道，队友到底是谁。

七人返回更衣室换上各自的角色服装，江敛和明让身穿帅气紧身的作战服，腰上配一把激光枪。佟星洲戴一副金色细框的眼镜，服装是长长的白大褂。剩下四个平民穿着普通，道具为一个双肩包。

三个小队被不同的工作人员带走，从城内不同的位置进入游戏。林椰和其他三个人被带到学校的医务室里，手腕上的电子表开始进行末日七天的倒计时。

四人在医务室商量，既然要拿到血清，首要任务就是要找到博士。

"佟星洲一定在医院里。"温免神色笃定，"可是我们要怎么从学校出去？"

邱弋道："我们可以先联系江敛和明让，他们手里有枪。"

夏冬蝉否决他的提议："我们没有能够联系上他们的工具。"

林椰最后道："学校里应该有监控室，我们先去监控室，再来制定离开学校的路线。"

剩下三人纷纷点头。

他们小心翼翼地从医务室摸出去，很快就在附近找到了监控室。监控室内果然有整个学校的监控画面，他们能够从画面中清晰地看到，学校里丧尸的分布地点。

温免又提出疑问："我们现在手上没有地图，出了学校很有可能既找不到江敛和明让，也找不到医院的位置，真的要这样冒险出去吗？"

邱弋道："我们可以分成两队去探路，最后再回学校碰头。"

林椰点头："我同意这个办法，不过还是要小心避开丧尸，被咬到就会出局。"

夏冬蝉却微微皱眉："兵分两路虽然探路效率更高，可是你们别忘了，我们中间还有卧底。"

林椰面不改色地对上他的目光："卧底应该不会动手，假如卧底现在动手，不就是间接暴露了自己的卧底身份？他们应该没那么傻。"

夏冬蝉思忖一秒，最终也点了点头。

他们在监控室里度过了第一夜。当第二天来临时，四人按照事先定下的路线，绕开学校里的丧尸离开学校，林椰与邱弋是一号小队，夏冬蝉和温免为二号小队。四人约好天黑前回到学校汇总探路信息。

林椰和邱弋在街边商店外看见橱窗里有一张地图，只是商店内还有两只丧尸在游荡，地图实在不好拿。

两人躲在商店旁边的墙边商量对策，林椰道："你去拿地图，我把丧尸引开。"

他摸不准邱弋是卧底还是平民，但在特种兵和平民两方阵营中，平民里出两个卧底的概率不大。而他也有保命的方法，由他去引开丧尸，假如最后迫不得已要念口令，也能避开被邱弋发现自己身份的可能。

邱弋却不赞同："还是我去吧，我跑得应该比你快。"

显然比起引开丧尸，林椰还是更想快点看到地图。因而他也没再和对方争，干净利落地点头道了声"好"。

邱弋引着两只丧尸朝另一条街跑去。

林椰绕进商店的橱窗边捡地图，打开看时才发现只是半张残缺的地图，上面恰好缺了医院的位置。他从店内出来，在回头去找邱弋和单独去找医院间迟疑片刻，最后还是朝着地图残缺边缘的方向走去。

既然医院不在这半张地图上，那必定就会在另一半地图上。

路过图书馆的时候，他不小心惊动了徘徊在图书馆附近的丧尸。两只丧尸闻声回头，朝他的方向追过来。林椰掉头朝身后狭窄的街道跑，却跑入了死胡同里。

他背抵在墙边，看那两只丧尸渐渐逼近，秘密口令已经在嘴边呼之欲出，身后的墙皮却陡然朝里陷下大块，一双有力的手臂从墙里穿出，将他从墙外拖进了墙里，拽在身前没有松手。

林椰惊吓之余缓过神来，抬手关上面前那块活动的墙皮，脸还未转过去，就先听见身后的人在自己耳旁低低笑了一声。

林椰从江敛身前退开，抬眸时发现自己已经站在了另一条街道上。

江敛问："其他人呢？你一个人行动？"

林椰道："我和邱弋走散了。"

江敛带着他朝前走："这都要天黑了，既然走散了，就和我一起走吧。"

两人回到警局里，明让早已和江敛分开行动。

他们坐在密闭房间的沙发里等天亮，角落里的摄像头缓缓转动，转播他们的一举一动，两人各自靠在沙发里闭目养神。

第三个天亮来临时，他们从警局走出来。

他们在街头遇到了意外碰头的明让和邱弋，邱弋也没有按约定返回学校。四人结伴回学校去找温兔和夏冬蝉，那两人没等到他们回来，也没再贸然离开学校。

六人在学校监控室会合以后，夏冬蝉拿出他们找到的半张残缺的地图，上面果然有医院的位置。只是缺了另一半，他们无法得知医院要怎么走。

邱弋忙开口道："我们也找到了一半地图，在林椰那里。"

众人目光齐齐望过来，林梛打消隐瞒地图的想法，将那半张地图拿出来，与夏冬蝉的地图拼凑在一起，通往医院的完整路线清晰显现出来。

六人即刻动身前往医院找佟星洲。

两个特种兵分别走在队首和队末，剩下四个平民被很好地保护在队伍中间。他们顺利地在医院里解救出被围困的博士，而博士手中有一张通往血清存放地点的秘密地图。

七人根据地图去寻找血清，中途由于被丧尸小队追赶，明让和佟星洲与大家走散了。猜想那两人大概也会去找血清，剩下五人决定按照原计划去存放血清的银行。

血清就放在银行的保险柜里，需要钥匙才能打开。可是钥匙不在银行里，他们又循着银行里留下的细碎线索，花上两个白天在图书馆里找到了那把钥匙。

卧底没有揪出来，血清放在谁那里都不放心。最后大家一致决定，将血清原封不动地放在保险柜中，七人离开银行去寻找出城求生的路。

半路被丧尸冲散时，林梛没有去找其他人，而是沿着来时的路跑回银行拿血清。只是等他到保险柜前时，却看见柜门大大打开，柜中早已空空如也。血清被其他人先一步偷偷拿走了。

他又从银行返回七人走散的那条街道，江敛坐在街边等他。

见他两手空空地回来，江敛勾唇扬眉道："你跑去拿血清了？"

林梛还没来得及说话，就听见拐角有急促重叠的脚步声追了过来。街边放着被人随手丢掉的空衣柜，江敛拉着林梛侧身躲入衣柜里，从柜中缝隙间清楚看见，两三只丧尸从街边摇摇晃晃地走过。

待确认那些丧尸不会再返回时，林梛要推门而出，却发现黑暗中江敛的手臂紧紧横在他身前，此时对方的手臂朝里微微一收，林梛的身体不由自主地朝后靠去。

江敛低沉悦耳的声音落入他耳中："你拿到的是卧底身份？"

林梛没有丝毫隐瞒地点点头："你有隐藏身份吗？"

江敛道："没有。"

林梛皱起眉来："我现在还不知道，另一个拿到卧底身份的是谁。"

江敛极为短促地笑一声："你该想的不是这个，而是回去以后，要怎么跟其他人交代，才不会暴露你的身份。"

林梛微微一愣，垂眸思考起来。

江敛："你的好朋友就在这里，你不打算找我帮忙？"

林梛眯着眼眸侧头望他，想也不想就道："你会无偿帮我？"

江敛抱着双臂低头看他:"你说呢?"

林椰露出果然如此的表情来:"说吧,你有什么要求?"

江敛微微一顿,回答他:"先欠着。"

两人迅速达成共识,林椰将注意力转移到衣柜外,因此也并未注意到,自己的口袋陡然微微下沉,有什么东西悄无声息地掉落了进去。

从衣柜里出来已经到天黑时间,两人按照七人事先约定好的那般,返回银行度过危险的夜晚。其他五个人已经回到银行里,并且发现血清丢失不见了。

工作人员的声音从广播中传来,要求七个人现在进行投票,选出两名卧底,并将卧底淘汰出局。

众人首先怀疑的人就是白天与他们走散的几个人。当时走散的人有林椰、夏冬蝉和邱弋,而江敛是在七人分散后,为了回头找人才离队的。

三名疑为卧底的成员分别陈述自己白天单独行动时的细节。

夏冬蝉说:"我手上没有武器,在医院里躲到傍晚,然后就直接回来了。"

邱弋道:"我担心血清被人拿走,就回银行来看,但是我到的时候,血清已经不在了。"

最后轮到林椰时,江敛直接代他答道:"他一直和我在一起。"

夏冬蝉和邱弋的话真伪难辨,被淘汰出局。被淘汰的两人需要进行开包检查,然而血清并不在两人的背包中。

剩下五人终于在最后一夜的零点前,逃出这座丧尸城。

工作人员等在出口处,见他们出来时就问:"血清在谁手里?"

温免和佟星洲不约而同地茫然摇头:"不在我这里。"

明让唇角倾斜,懒懒散散地抬起眼皮来:"也不在我这里。"

众人视线转向江敛所在的位置。

江敛双手插着裤袋扬眉望他们:"都看着我干什么?我这里没有血清。"

几人神情顿悟般看向江敛身旁的林椰。

邱弋甚至还理所当然地推理起来:"江敛是不是替你撒谎了,那天一定是你回银行去拿走了血清。"

林椰扯唇一笑,却略显遗憾地摊手道:"我的确回了银行,可是我去的时候,血清已经不在了。"

七人相互交换视线,皆是眼露迷惑。

工作人员也是相当无奈,要求剩下五人开包检查。几人依言拎起背包,将背包里的东西通通倒在地上,仍旧不见血清的踪影。

他们又伸手去翻自己的上衣和裤子口袋,什么也没摸出来。唯独林椰伸入上衣口袋内的手猛然顿住,片刻之后,当他再把手拿出来时,掌心内已经多出一个小小的玻璃瓶。

他迟疑着出声问:"这是血清吗?"

除开江敛以外的五人齐刷刷地将或诧异或震惊的目光投向他。

林椰回以一个同样茫然而无辜的眼神。

最后是卧底阵营的林椰和佟星洲获得胜利。

两人获得吃其他五人亲手下厨做的饭菜的殊荣。

团综录制顺利结束,成员们乘车返回酒店内收拾行李。大概是为了录制团综而起来过早,其他人坐上大巴以后,就开始靠着椅背闭眼补觉。坐在双人座靠窗位置的林椰转头问江敛:"血清是你塞到我口袋里的?"

江敛好整以暇地抬手撑在脸侧:"是我放的。"

林椰唇角扬了起来,却什么都没说,低头翻出耳机塞进耳朵里,似是准备听歌。

江敛的眼眸倾斜过来,轻喷出声道:"连声谢谢都不说?"

林椰仍旧没说话,脸上的笑容却越发灿烂起来。他抬起手来,将另一只耳机分给江敛。

后者接过耳机戴上,没有再计较道谢的事情,身体后仰靠在座位上,脸上挂起轻松而散漫的神色。

有些话像是从未说出口,却又像是早已说过。

一切皆在不言中。

图书在版编目（CIP）数据

不露声色 / 阿阮有酒著 . — 广州：广东旅游出版社，2023.7
ISBN 978-7-5570-3067-4

Ⅰ . ①不… Ⅱ . ①阿… Ⅲ . ①长篇小说—中国—当代 Ⅳ . ① I247.5

中国国家版本馆 CIP 数据核字 (2023) 第 103854 号

不露声色
BU LU SHENG SE

出 版 人：刘志松
责任编辑：陈　吉
责任技编：冼志良
责任校对：李瑞苑

广东旅游出版社出版发行
地址：广州市荔湾区沙面北街71号首、二层
邮编：510130
电话：020-87347732（总编室）　020-87348887（销售热线）
投稿邮箱：2026542779@qq.com
印刷：嘉业印刷（天津）有限公司
（地址：天津市静海经济开发区北区银海道48号）
开本：700毫米×980毫米　1/16
字数：388千
印张：22.25
版次：2023年7月第1版
印次：2023年7月第1次印刷
定价：49.80元

【版权所有　侵权必究】

如发现图书质量问题，可联系调换。质量投诉电话：010-82069336